Opfer-Leid

KJ Weiss

Opfer-Leid

Herstellung und Verlag: BoD - Books on Demand, Norderstedt

ISBN: 978-3-7448-8303-0

1

Es war kalt, er schätzte mindestens fünf, sechs Grad unter null. Trotz der dicken Stiefel und der Weste unter der dicken Daunenjacke fror er erbärmlich. Schutzsuchend drängte er sich in die Ecke des Hauseinganges und tastete nach den Scheinen in seiner Hosentasche. Viel Geld besaß er nicht mehr, aber für diese Unterkunft reichte es allemal. Dann konnte er auch endlich das Handy aufladen.

Er schob den Ärmel der Jacke hoch, um die Uhrzeit abzulesen. Fast acht. Hoffentlich war das Zimmer noch frei. Er zog den Schal bis knapp unter die Nase und machte sich auf den Weg.

Im Wohnzimmer brannte Licht, er drückte auf die Klingel und wartete, bis der Summer ertönte. Die Lampe im Hausflur war wieder mal kaputt, die Straßenbeleuchtung erhellte notdürftig die Stufen, sodass er sich hinauftasten konnte.

Sie stand in der geöffneten Tür und musterte ihn wortlos.

Schweigend streifte er die Handschuhe ab und zog einen zerknitterten Zehner aus der Hosentasche.

Sie schnappte danach und wich zurück, damit er hinter ihr eintreten konnte. Erst als sie die Tür geschlossen hatte, sagte sie: „Jamal ist nicht da. Du weißt Bescheid. Morgen früh um acht musst du wieder gehen."

Er nickte und streifte den Rucksack von seiner Schulter. Die Wärme begann bereits seine Muskeln zu entspannen und er fühlte, wie müde er war.

„Willst du auch was essen?"

Er zögerte und schüttelte den Kopf. Bei seinem letzten Aufenthalt hatte sie fünf Euro für zwei Scheiben hartes Brot, etwas Käse und eine Tasse Tee verlangt. Da bekam er selbst bei McDonalds mehr für sein Geld.

Sie wies mit einer Kopfbewegung zum Ende des Flurs. „Du weißt ja, wo es ist. Wenn du ins Bad musst, geh gleich. Ich bekomme Besuch."

Er senkte den Blick, während er sich an ihr vorbeiwand, damit sie seine Gedanken nicht lesen konnte. Zehn Euro für zwölf Stunden Wärme und Sicherheit und ein einigermaßen behagliches Bett, das durfte er nicht aufs Spiel setzen.

Er schälte sich aus Jacke und Weste und stellte die Stiefel unter das Bett, bevor er das Bad aufsuchte. Sein Blick fiel auf die sich in der Duschtasse stapelnde Schmutzwäsche, die fleckigen Fliesen und die Schmutzränder an Spülstein und Toilette. Er verzog abschätzig die Lippen. Sugar war eine Schlampe. Die saß den ganzen Tag nur auf ihrem Hintern und ließ sich aushalten.

Mit spitzen Fingern klappte er die Brille hoch und erleichterte sich im Stehen. Dann ließ er minutenlang heißes Wasser über seine Hände laufen, bis das Prickeln aufhörte. Anschließend füllte er den mitgebrachten Becher bis zum Rand.

Der letzte Beutel Tee, stellte er zurück in seinem Zimmer trübsinnig fest. Es wurde wirklich Zeit, wieder an die Arbeit zu gehen.

Er schob diesen unerfreulichen Gedanken zur Seite und griff zu Ladekabel und Handy. „Hallo, Mama. Wie geht es euch? Hast du das Geld bekommen?" Er warf sich auf das Bett und streckte sich wohlig.

Das Telefongespräch war kurz. Er schob wichtige Verpflichtungen vor und versprach, sich bald wieder zu melden. Das Wichtigste war, dass zu Hause alles gut lief, er selbst hatte nichts zu erzählen. Lieber einsilbig bleiben, dann verstrickte er sich nicht in Lügen.

Er drehte sich auf den Rücken, nippte an seinem Tee und grinste. Er war schon immer ein miserabler Lügner gewesen. Mama hatte ihn jedes Mal sofort durchschaut und es hatte Prügel gesetzt. Oh ja, sie hatte eine harte Hand. Das war auch nötig bei sieben Kindern. Und jetzt zählte sie auf ihn. Er war der Älteste, er musste sie unterstützen.

Während sein Körper sich immer mehr entspannte, ließ er seine Gedanken zurückwandern. Es war die Idee seines Onkels gewesen, dass er in Deutschland sein Glück versuchen sollte. Der hatte ihm seitenweise Berichte im Internet gezeigt: Jeder war dort glücklich und zufrieden. Keiner musste Hunger leiden. Der Staat sorgte für seine Bewohner, gab ihnen Geld und eine Wohnung, sogar ein Auto. Allein die finanzielle Unterstützung reichte aus, die Familie in der Heimat zu versorgen.

Er seufzte. Wie anders stellte sich die Wirklichkeit dar! Lange würde er den Betrug nicht mehr aufrechterhalten können. Die Beträge, die er seit dem letzten großen Coup schickte, waren deutlich geschrumpft. Bisher hatte er sich mit dem kalten Winter herausgeredet, der es ihm unmöglich machte, Arbeit zu finden. Aber seine Mutter war nicht dumm. Bald würde sie seine Lügen durchschauen.

Nein! Er wandte sich erfreulicheren Gedanken zu. Vielleicht gelang es ihm, so wie Jamal, eine Freundin zu finden, die ihn aufnahm und ihn heiratete. Dann konnten sie ihn nicht mehr abschieben. Er würde eine Ausbildung machen und einen gutbezahlten Job finden, sodass er sich weiter um seine Familie kümmern, sie vielleicht sogar nachkommen lassen konnte.

2

Angelika

Der Film, den wir gemeinsam ansehen wollten, hatte schon begonnen, als Michael endlich eintraf. Gerade lief die erste Werbepause.

„Soll ich dir erzählen, was bisher passiert ist?", fragte ich ihn.

Er ließ sich auf die Couch fallen und streckte sich stöhnend. „Das Auto ist nicht angesprungen", sagte er statt einer Antwort. „Wahrscheinlich irgendwas mit den Zündkerzen. Stefan hat mich abgeholt und später nach Hause gefahren. Ich muss mich morgen früh im Hellen darum kümmern."

Das hieß für mich, entweder laufen oder den Bus nehmen. Ich seufzte leise. Und das bei der draußen herrschenden Kälte! „Kann man nicht ändern", erwiderte ich laut. Nein, ich hatte mich viel zu sehr daran gewöhnt, das Auto zur ständigen Verfügung zu haben. Es würde mir guttun, einmal darauf zu verzichten. Bald war dieser Luxus sowieso vorbei.

Der Film lief weiter und unser Gespräch versiegte. Direkt anschließend stand Michael auf und erklärte, er müsse ins Bett. Die Arbeit am Auto bei den im Moment herrschenden Minustemperaturen hätte ihn völlig geschlaucht.

Gut, konnte ich mich den Aufzeichnungen widmen, die ich heute beim Aufräumen gefunden hatte. Für mich war es immer ein Highlight, wenn mein Mann einen Nachmittag bei einem Freund verbrachte und ich somit freie Bahn hatte, den Haushalt zu erledigen. Sonst siegte ständig das Gefühl, Rücksicht auf ihn nehmen zu müssen, das Bad nicht zu lange stillzulegen, nicht in dem Raum, in dem er sich aufhielt, zu putzen. Deshalb hatte ich die Stunden genutzt, wieder einmal gründlich auszumisten.

Die Blätter waren unter meinen Blusen hervorgeflattert, als ich diese aus dem Schrank nahm. Ich hatte tatsächlich vergessen, dass ich sie dort versteckt hielt, damit Michael sie nicht entdeckte. Bevor ich sie zerriss, wollte ich noch einmal nachlesen, was ich damals zu Papier gebracht hatte.

Das Ganze war auf eine Bitte von Heidrun zurückzuführen. „Gib mir einen groben Überblick über eure Familie. Das wird mir helfen, eure Situation besser nachzuvollziehen."

Ich konnte mich noch gut daran erinnern, wie ich damals, ebenfalls nachdem Michael schlafen gegangen war, vor dem ersten leeren Blatt gesessen und überlegt hatte, was ich schreiben sollte.

Ich bin dreiundfünfzig, mein Mann fünfundfünfzig, wir haben zwei Kinder, Mädchen, Liliane und Josephine. Josephine ist die Ältere, sie ist siebenundzwanzig, Liliane ist zweiundzwanzig.

Ja, was noch?, hatte ich überlegt und die Aufgabe auf den nächsten Tag verschoben.

„Schreib alles auf", sagte Heidrun auf meine Nachfrage. „Wie dein Mann und du euch kennengelernt habt, wie es dann mit einem Kind und schließlich mit zweien weiterging. Wie du die Freundschaft mit Hermann beurteilst. Alles, was mir hilft, euch als Familie kennenzulernen."

Also hatte ich am Abend versucht, das Wichtigste zusammenzufassen.

Ich traf Michael auf der Party einer Freundin, die im selben Unternehmen wie er arbeitete. Wir verstanden uns auf Anhieb, deshalb sagte ich zu, als er mich um eine Verabredung bat. Mit Michael war die Sonne in mein Leben zurückgekehrt, das erklärt es am besten. Er nahm alles viel leichter, dachte sich ständig Unternehmungen aus, hatte viele Bekannte, zog mich vom Rand mitten in die Gesellschaft. Das Leben machte plötzlich viel mehr Spaß.

Mein Gott, wie schwülstig! Hätte ich es nicht anders ausdrücken können? Ja, es stimmte. Mein Mann war extrovertiert und immer in Bewegung. Die Wochenenden waren ein einziger Rausch, angefüllt mit Besichtigungen oder den Besuchen irgendwelcher Events und natürlich den obligatorischen Partys am Abend. Er kannte Gott und die Welt und war bei seinen Bekannten äußerst beliebt. Wenn Michael erschien, herrschte immer gute Stimmung. Er wurde mit jedem gleich gut Freund, fand stets schnell Gesprächsstoff, aus denen sich oft anregende Diskussionen entwickelten.

Ich dagegen war das, was man früher als Mauerblümchen bezeichnete: schüchtern und brav und mit meinen aschblonden Haaren, die ich zu einem unvorteilhaften Bob geschnitten trug, den blassblauen Augen und den kleinen Speckröllchen an Bauch und Oberschenkeln beileibe keine Augenweide. Ich verstand lange nicht, was er an mir fand, er, der mit seiner charmanten Art und seinem guten Aussehen gleich zweifach gesegnet war.

Nach einem halben Jahr zogen wir zusammen, ein Jahr später heirateten wir. Da war ich vierundzwanzig und er sechsundzwanzig. Zwei Jahre danach wurde Josephine, genannt Josie, geboren. Ich gab meine Stelle auf und blieb zu Hause. Leider klappte es mit der nächsten Schwangerschaft nicht so schnell, wie wir es vorgehabt hatten. Daher suchte ich mir, als Josie in den Kindergarten kam, einen Halbtagsjob. Den behielt ich bis zur Geburt von Liliane, genannt Lilli, bei. Damals zeigte sich bereits die extreme Musikalität der Großen. Sie erhielt Klavier- und etwas später dann Geigenunterricht, erst nur jeweils einmal in der Woche, dann zweimal.

3

Er stellte den leeren Becher unter das Bett und schloss die Augen, verlor sich in seinen Träumen einer besseren Zukunft, sodass er die Türklingel nur am Rand seines Bewusstseins wahrnahm. Langsam dämmerte er hinüber in den Schlaf, als die murmelnden Stimmen im Nebenraum plötzlich lauter wurden. Er drückte seinen Kopf tiefer in das Kissen und versuchte den Streit auszublenden.

Die kurz darauf folgende Stille ließ ihn erneut aufmerken. War da nicht ein Keuchen gewesen, ein unterdrücktes Stöhnen? Er setzte sich im Bett auf und lauschte. Jetzt erklangen Schritte in Richtung seines Zimmers, leise und schleichend, als wolle derjenige nicht, dass er ihn hörte. Mit einem geschmeidigen Satz sprang er auf, dachte im letzten Moment noch daran, seine Kleidung vom Stuhl zu reißen, und schob sich mit dem Kleiderhaufen unter das Bett bis dicht an die Wand.

Die Tür öffnete sich so leise, dass er es gerade eben erahnen konnte. Er vergrub den Kopf in der Jacke und hielt die Luft an. Fuß- und Kopfteil des Bettes bestanden aus massivem Holz, wer sich nicht direkt davor auf die Erde legte, würde ihn nicht sehen. Aber die Wärme des Bettzeugs konnte ihn verraten. Hoffentlich gab sich der Eindringling mit einem kurzen Blick zufrieden!

Der Mann – es konnte nur er sein, Sugar hatte einen anderen Schritt – trat ins Zimmer und verharrte. Zwei, drei Sekunden stand er so da, bevor er den Raum wieder verließ. Die Geräusche verrieten ihm, dass dieser die anderen Räume kontrollierte und schließlich die Wohnung verließ.

Seine Muskeln schmerzten bereits von der verkrümmten Haltung, die ihm das niedrige Bett aufzwang, und die zentimeterhohe Staubschicht, die einen fauligen Geruch verströmte, reizte seine Atemwege. Wesentlich vorsichtiger als bei seinem Abtauchen krabbelte er unter dem tiefhängenden Lattenrost hervor. Die Hose, der Pullover und die Jacke waren über und über mit dicken Flusen bedeckt, das konnte er sogar in dem schwachen Lichtschein der Straßenlaterne, die den vorderen Bereich des Zimmers in ein schummriges Licht tauchte, erkennen. Was für ein Glück, dass er darauf verzichtet hatte, die Lampe anzuknipsen, schoss es ihm durch den Kopf. Sonst hätte sich der Eindringling niemals täuschen lassen.

Was war das überhaupt für eine Aktion gewesen? Handelte es sich bei dem Mann um einen eifersüchtigen Liebhaber? Zuzutrauen wäre es Sugar ohne weiteres, dass sie Jamal betrog. Aber ausgerechnet, wenn er im Nebenzimmer schlief? Sehr seltsam!

Nachdem er sich notdürftig gesäubert hatte, verhielt er unschlüssig. Sugar würde ihm den Kopf abreißen, wenn er sie ohne Grund störte. Der Fernseher, der, wie er wusste, von morgens bis abends eingeschaltet blieb, lief noch. Wahrscheinlich lag sie auf der Couch und sah wie üblich irgendeine dieser albernen Sendungen, die sie so liebte.

Nein, dafür war der Ton zu leise gestellt. Eher betäubte sie sich nach diesem gerade erlebten Streit mit Alkohol, dem sie sowieso schon viel zu oft zusprach. Besser er hielt sich bedeckt und blieb in seinem Zimmer.

Doch das seltsame Stöhnen, das er vernommen hatte, ließ ihm keine Ruhe. Egal wie Sugar reagierte, er musste sich einfach davon überzeugen, dass es ihr gutging.

Er schlich durch die Diele in Richtung Wohnzimmer und blieb in der Türfüllung stehen. Sie saß auf der Couch, der Oberkörper war zur Seite gesunken und wurde nur noch durch die stützenden Kissen gehalten, der Kopf war auf die Brust gesackt, sodass die wirre Haarflut ihr Gesicht verdeckte.

Befriedigt wandte er sich ab. Sie war schlicht und ergreifend betrunken, so weggetreten, dass sie nichts in ihrem Umfeld mitbekam. Er sollte diesen Umstand ausnutzen und sich etwas zu essen aus der Küche besorgen. Nach der überstandenen Aufregung knurrte sein Magen und verlangte dringend nach einer kleinen Mahlzeit. Er würde sich mit Toast begnügen, dazu etwas Marmelade. Das fiel bestimmt nicht auf.

Er aß mit Heißhunger vier Scheiben und trank dazu ein Glas Milch aus der noch fast vollen Packung. Geschirr und Besteck wusch er so leise wie möglich im Waschbecken und legte es zurück in die Schublade.

Ein letzter prüfender Blick auf den Tisch; die zurückgelassenen Krümel mischten sich mit den älteren, es würde auffallen, wenn er ihn abputzte. Besser er ließ alles, wie es war.

Erst vor seiner Zimmertür angekommen bekam er das zu fassen, was ihn unterbewusst seit seinem kurzen Blick auf sie gestört hatte. Er fluchte unterdrückt auf und hastete zurück ins Wohnzimmer. Dieses Mal blieb er nicht an der Tür stehen, sondern trat dicht vor sie und streckte die Hand nach ihr aus.

Schon bevor er ihren Kopf berührte, wusste er, dass sie tot war und wappnete sich innerlich vor dem, was er zu sehen bekam. Er schob die Haare zur Seite und versuchte ihr Kinn anzuheben.

Ihre Augen wirkten seltsam verdreht, ihre Zunge schien im Mundwinkel festzuhängen. Um den Hals war das Gewebe blutunterlaufen und geschwollen und mit Kratzern übersät, als hätte sie verzweifelt gegen die Hände, die sie würgten, angekämpft.

Mit einem Stöhnen wich er zurück, die Leiche kippte zur Seite und er erbrach sich über den Tisch. Panisch rannte er zurück in sein Zimmer, zog sich hastig die Stiefel an, griff nach Jacke, Weste, Schal und Rucksack. Im letzten Moment fiel ihm sein Handy ein, das noch am Ladekabel hing. Dann jagte er aus dem Haus und hielt nicht eher inne, bis zwischen ihm und der Toten etliche hundert Meter Abstand lagen.

4

Angelika

Ja, dachte ich. Es war damals eine schwere Zeit. Ständig auf Achse zu sein, dazu mit einem Baby, beziehungsweise Kleinkind, hatte seinen Tribut gefordert. Josies Privatlehrer, die sie laut dem Experten, den wir aufsuchten, nachdem ihr Talent nicht mehr zu übersehen war, dringend für ihre Entwicklung benötigten, kosteten nicht nur viel Geld. Ihre Räume befanden sich zudem so weit von unserer Wohnung entfernt, dass ich die eineinhalb Stunden, die der Unterricht dauerte, mit Lilli in der Nähe verbringen musste, eine nicht immer einfache Aufgabe.

Ich sah wieder hinunter auf meine Aufzeichnungen.

Josies Grundschulzeit habe ich in keiner guten Erinnerung. Sie wollte oder konnte sich nicht auf den Unterricht konzentrieren, hatte ständig ihre Musik im Kopf, wurde aufsässig und übellaunig. Deshalb entschlossen wir uns schließlich, sie auf ein Internat für musisch Begabte zu schicken, was auch ihr Wunsch war. Schon kurze Zeit später zeigte sich, dass wir die richtige Entscheidung getroffen hatten. Sie blühte regelrecht auf und wurde wieder zu einem fröhlichen Kind, das endlich auch lernte, sich in anderen Bereichen anzustrengen. Nur das Heimweh machte ihr sehr zu schaffen, weswegen wir uns bemühten, sie so oft wie möglich an den Wochenenden nach Hause zu holen.

„Und Lilli?", hatte mich Heidrun am Tag, nachdem ich ihr die Blätter aushändigte, am Telefon gefragt.

„Wie, du bist die Aufzeichnungen schon durchgegangen?" Wir waren übereingekommen, meinem Mann diese Beschreibungen vorzuenthalten, ebenso unsere Gespräche darüber. Er hatte genug mit der momentanen Situation zu kämpfen.

„Mir ist aufgefallen, dass du in den schwierigen Jahren mit Josie deine andere Tochter außen vorlässt. Wie ging es ihr damit?"

„Sie kannte es ja nicht anders. Ich denke, sie war ganz zufrieden, dabei zu sein. Klar, sie ist in dieser Zeit bestimmt zu kurz gekommen. Aber was hätte ich denn tun sollen?"

Damit wir Josies Stunden bezahlen konnten, musste ich wieder mitarbeiten. Ich bekam die Stelle bei meiner jetzigen Chefin, brachte Lilli, damals zwei Jahre alt, morgens um acht in die Kita und holte sie mittags um zwei wieder ab. An den Wochenenden bemühten wir uns, etwas gemeinsam mit den Kindern zu unternehmen, nur musste der Haushalt natürlich auch noch erledigt werden. Mehr als die Nachmittage blieben nicht für gemeinsame Freizeitveranstaltungen.

Und zumindest den Samstagvormittag hielt Michael sich frei, um mit Freunden zusammen seinen Hobbys zu frönen, genauso wie er zwei- bis dreimal wöchentlich abends nicht zu Hause war. Er brauchte die Abwechslung, er war ein Mann, der sich mitteilen wollte, dem die langweiligen Fernsehabende nicht reichten, der im Gegensatz zu mir die Kraft fand, sich in hitzige Diskussionen zu stürzen und spitzfindige Wortgefechte zu führen.

Nachdem Josie ins Internat gekommen war, verbesserte sich unser Leben. Ich hatte mehr Zeit für Lilli, an den Wochenenden ohne Josie unternahmen wir viel gemeinsam, die anderen verbrachten wir hauptsächlich zu Hause. Aber sie liefen wesentlich harmonischer ab als früher. Die beiden Schwestern spielten viel zusammen, es gab kaum Streit, weder zwischen den beiden noch zwischen Josie und mir.

Nach der Schule erhielt unsere Älteste das Angebot, in einem renommierten Orchester zu arbeiten. Mittlerweile bekommt sie regelmäßig Einladungen zu Soloauftritten. Lilli, die zuerst begeistert zur Schule gegangen war, wurde nach und nach immer fauler und desinteressierter und schaffte mit Ach und Krach ihr Abitur. Sie suchte sich einen Praktikumsplatz und hielt auch das Jahr durch, erklärte jedoch anschließend, lieber etwas anderes machen zu wollen. Was, wisse sie bisher nicht.

Danach folgten weitere Schilderungen über unser Sorgenkind, das bis kurz vor diesem alles verändernden Telefongespräch ihr Leben vor sich hindümpeln ließ, ohne sich zu irgendetwas aufraffen zu können, und unsere, also Michaels und meine, damalige Situation, die ich überblätterte. Mich interessierte, was ich über Hermann angemerkt hatte.

Hermann Fischer und Michael haben sich bei der Bundeswehr kennengelernt. Das war lange, bevor wir zusammenkamen. Der eine trat bedingungslos für den anderen ein, mein Mann konnte sich jederzeit darauf verlassen, dass sein Freund ihn unterstützte, genauso wie umgekehrt Hermann sich auf ihn. Es waren nicht nur die gemeinsamen Hobbys und Unternehmungen. Obwohl von ihrer Art her sehr unter-

15

schiedlich, hielten sie wie Pech und Schwefel zusammen. Ich würde sagen, eine solch gute, von beiden Seiten gleichstarke Freundschaft ist selten.

Perfekt ausgedrückt, lobte ich mich. Genauso hatte ich es empfunden. Nach einem Blick auf die Uhr beschloss ich, den Rest später zu lesen. Außerdem waren die folgenden Sätze nichts, was sich als Gute-Nacht-Geschichte eignete. Ich legte die Blätter zurück unter die Blusen und machte mich ebenfalls bettfertig.

5

Er war die halbe Nacht durch die Straßen gelaufen. Schließlich war er auf eine abbruchreife Fabrik gestoßen, deren löchriger Zaun deutlich anzeigte, dass bereits andere vor ihm hier Zuflucht gesucht hatten. Während er einmal um das Gebäude herumschlich, entdeckte er zwei eingeschlagene Fenster, durch die er sich mühelos hätte hindurchquetschen können. Nur die herausragenden Glassplitter ließen ihn zögern. Kurz darauf sah er die aufgebrochene Seitentür, die sein Eindringen wesentlich problemloser gewährleistete. Er schob sie auf und schlüpfte hinein.

Steinchen und loser Dreck knirschten bei jedem Schritt, während er sich vorsichtig durch die Dunkelheit vortastete. Er beschloss, sich direkt an der Wand, deren raue Oberfläche er erfühlte, niederzulassen. Es war sinnlos, in dieser Schwärze weiter in das Innere vordringen zu wollen. Und die Kälte würde ihm überall gleich zusetzen.

Er nahm den Rucksack vom Rücken und stellte ihn zwischen seinen Beinen ab. Im letzten halben Jahr hatte er einiges gelernt, das Wichtigste war, seine Habe nie aus den Augen zu lassen. Die Menschen, die sich wie er am Rande der Gesellschaft befanden, nahmen keine Rücksicht auf fremde Leidensgenossen, der teure Schlafsack, der ihm vor knapp einer Woche gestohlen worden war, würde sein letzter Verlust sein, hatte er sich geschworen.

Er tastete nach dem Messer in seiner Jacke und legte es so unter den Rucksack, dass er es mit einem schnellen Griff erreichen konnte. Dann horchte er ein letztes Mal in die Dunkelheit. Den fehlenden Geräuschen nach schien er allein zu sein, zumindest aber befand sich niemand in unmittelbarer Nähe. Zufrieden schloss er die Augen und wartete darauf, dass der Schlaf ihn übermannte. Vergebens, seine Gedanken kamen einfach nicht zur Ruhe. Immer wieder durchlebte er den Augenblick, als er Sugars Kopf anhob und in die Augen einer Toten blickte.

Nicht dass sie ihm etwas bedeutet hätte. In Wahrheit hatte er trotz des günstigen Preises diesen Unterschlupf nur gewählt, wenn es ihm unumgänglich erschien. Sugar war keine angenehme Person gewesen, kalt und berechnend und irgendwie auch total abgedreht. Er hatte von Anfang an nicht verstehen können, dass Jamal sich auf sie einließ. Sie hatte irgendetwas an sich, das ihn zurückschrecken ließ.

Jamal nahm ihn kurz nach seinem Einzug bei ihr mit in die Wohnung. „Ich habe das große Los gezogen", schwärmte er auf dem Weg dorthin. „Sie ist total verliebt in mich und will mich so schnell wie möglich heiraten, damit ich hierbleiben kann."

Er hatte sich für den Freund gefreut und ihm deshalb nach diesem ersten Besuch verschwiegen, dass er ein ungutes Gefühl in der Magengegend verspürte. Sugar sah nicht schlecht aus. Ihre langen, hellblond gefärbten Haare mit dem fransigen Pony und die großen blauen Augen vermittelten den Eindruck, sie sei ein zartes Persönchen, das auf einen Beschützer angewiesen war, um sich in der rauen Welt zurechtzufinden. Sie lebte von der Fürsorge und den Alimenten, die der Vater ihres Kindes ihr zahlen musste, hatte eine drei-Zimmer-Wohnung und genügend Geld, dass sie sich mehr als nur das Nötigste leisten konnte.

Sie hatte ihn freundlich begrüßt und sehr verliebt mit Jamal getan, aber er hatte sofort gespürt, dass ihre Gefühle nicht echt waren. Auch dem Kleinen, der fast immer unbeaufsichtigt in seinem Zimmer spielte, brachte sie keine echte Liebe entgegen. Er brauchte nur an seine eigene Mutter zu denken, wie sie mit ihrer Schar umgegangen war, um den Unterschied zu merken. Dieser genervte Gesichtsausdruck und das offensichtliche Desinteresse an dem Jungen hatten ihm schnell gezeigt, dass sie Fröhlichkeit und Freundlichkeit nur vortäuschte. Bei ihr musste man vorsichtig sein, warnte ihn sein Instinkt.

Trotzdem tat er Jamal gegenüber begeistert und gratulierte ihm zu seiner Eroberung. Wie hätte er mit seinen gerade mal zweiundzwanzig Jahren dem Älteren gegenüber seine Ahnung erklären sollen? Außerdem war Sugar, wie sie sich nannte, seine letzte Hoffnung. Die kurzfristige Duldung konnte sich schnell in eine endgültige Abschiebung wandeln.

Nun, Jamal hatte schon bald gemerkt, dass er nach ihrer Pfeife tanzen musste, um sie bei Laune zu halten. Es dauerte nicht lange und sie warf ihn zum ersten Mal raus. Zwei Wochen später stand er erneut auf der Straße. Das wiederholte sich regelmäßig, bis der Freund endlich begriffen hatte, dass sie nicht daran dachte, ihn das Zepter übernehmen zu lassen – und schon gar nicht, ihn zu heiraten. Seitdem nutzte dieser den Aufenthalt bei ihr, um sich nach einer besseren Möglichkeit umzusehen. Noch war er nicht bereit, Deutschland freiwillig zu verlassen. Wie er träumte er von einem Neuanfang in einem Land, in dem man sich alles leisten konnte, was man wollte.

6

Angelika

Wir saßen noch am Mittagstisch, als es Sturm klingelte.

„Das ist bestimmt der Paketbote", nuschelte ich mit vollem Mund.

Michael, der im Gegensatz zu mir bereits aufgegessen hatte, erhob sich folgsam und ging zur Tür. Wie immer dachte er gar nicht daran, die Gegensprechanlage zu nutzen, und drückte sofort auf.

Kopfschüttelnd wandte ich mich wieder meinem Gemüse zu. Eines Tages wird er an den Falschen geraten, dachte ich noch, nicht wissend, wie schnell diese Vermutung zutreffen würde. Ich hatte gerade erst eine weitere Gabel genommen, als das Geschrei losbrach.

„Mörder!", hörte ich Hermann schreien.

Ein wuchtiger Aufprall riss mich vom Stuhl hoch und in die Diele. Die Wohnungstür stand sperrangelweit offen, Hermanns Hand lag um die Kehle meines Mannes, der, geradezu an die Wand genagelt, verzweifelt versuchte sich zu wehren.

„He!", schrie ich, so laut ich konnte.

Doch entweder hörte mich Hermann nicht oder es war ihm egal, dass ich aufgetaucht war. „Dreckiger Mörder", knurrte er. „Das wirst du büßen!" Er hob die freie Rechte und hieb sie Michael ins Gesicht, der mittlerweile um sich trat und mit seinen Händen Hermanns Linke umklammerte, um sie von seinem Hals wegzureißen.

Ich stürzte mich von hinten auf den Angreifer, was mir nur einen schmerzhaften Ellenbogenstoß in die Rippen einbrachte, der mich zurückschleuderte und mir die Luft nahm. Der ehemalige Freund meines Mannes musste verrückt geworden sein, anders ließ sich dieser Überfall nicht erklären. „Ich rufe die Polizei, wenn du nicht sofort aufhörst!", drohte ich mit überschnappender Stimme und lief, als er immer noch nicht reagierte, zurück ins Wohnzimmer, um meine Worte in die Tat umzusetzen.

Doch in dem Moment kam von meinem Mann ein mattes Ächzen, das mich umdrehen ließ. Sein Gesicht begann bereits blaurot anzulaufen, seine Abwehrbewegungen schienen mir matter geworden zu sein. Ich hatte keine Zeit, auf die Polizei zu warten, ich musste handeln.

Ich rannte in die Küche, mein Blick irrte umher und fiel auf die Pfanne auf dem Herd, eine große, schwere Gussausführung, die ich von meiner Mutter geerbt hatte. Ich umklammerte mit beiden Händen den Griff und hob sie hoch. Das noch nicht angetrocknete Fett lief über meine Finger und tropfte auf den Boden, was ich in meiner Aufregung gar nicht bemerkte.

Hermann nagelte meinen Mann immer noch an der Wand fest und drosch auf den völlig Hilflosen ein. Ich fackelte nicht länger, sondern holte mit der Pfanne aus und knallte sie ihm in den Rücken.

Ich hatte erreicht, was ich wollte. Er ließ Michael los, der langsam zu Boden rutschte und wandte sich mir zu. „Lass uns in Ruhe!", warnte ich und hob die Pfanne erneut. Eben hatte ich mich nicht getraut, auf seinen Kopf zu zielen, aus Angst, ihn womöglich tödlich zu treffen. Jetzt bereute ich diese Entscheidung. Der Ausdruck in seinen Augen zeigte deutlich, dass er diese Hemmungen nicht kannte.

Ich wich vorsichtig einen Schritt zurück, dann, als er mir folgte, einen zweiten und einen dritten. Meine Hände begannen zu zittern und die Pfanne wurde immer schwerer. Wie sollte ich mich gegen ihn zur Wehr setzen? Er war viel größer und stärker als ich.

Trotzdem machte ich mich bereit, zuzuschlagen. Ich musste es zumindest versuchen.

Ein Grinsen glitt über sein Gesicht. Er schien meine Angst zu spüren, ja, regelrecht zu genießen. Ich umklammerte den Pfannenstiel fester und nahm all meinen Mut zusammen. Gleich der erste Schlag musste ihn außer Gefecht setzen, zu einem zweiten würde ich nicht kommen.

Fast gleichzeitig machten wir einen Schritt aufeinander zu. Ich zielte auf seinen Unterleib und legte so viel Kraft wie möglich in meinen Angriff. Er drehte sich im letzten Moment zur Seite und wehrte mit dem Arm ab. Die Pfanne glitt mir aus der Hand und knallte gegen den Schuhschrank, bevor sie mit einem lauten Poltern zu Boden fiel.

Hermann stürzte sich auf mich, das heißt, er wollte sich auf mich stürzen, hielt jedoch mitten in der Bewegung inne. Ein erstaunter Ausdruck erschien auf seinen Gesichtszügen, dann verdrehte er die Augen und krachte auf die Fliesen.

Hinter ihm wurde mein Mann sichtbar, den Holzbügel, den er sich von der Garderobe gegriffen hatte, noch drohend erhoben. „Ruf die Polizei", krächzte er, nachdem er sich davon überzeugt hatte, dass unser Gegner bewusstlos war.

7

Sonnenstrahlen direkt auf seinem Gesicht weckten ihn. Er blinzelte, wusste im ersten Moment nicht, wo er sich befand. Dann erinnerte er sich wieder. Gleichzeitig wurde ihm die Kälte bewusst, die seine Beine in steifgefrorenes Holz verwandelt zu haben schien, seine Zehen schmerzten, als würden sie jeden Moment abfallen.

Stöhnend erhob er sich und machte ein paar ungelenke Schritte. Die Schmerzen verteilten sich blitzschnell über den gesamten Körper, es kribbelte und piekte überall. Er stellte sich in den überraschend kräftigen Sonnenstrahl und begann sich gezielt zu bewegen, um die Durchblutung anzukurbeln. Schließlich hielt er schwitzend inne und genoss mit geschlossenen Augen die Helligkeit und Wärme. Vielleicht hatten diese elenden Minustemperaturen endlich ein Ende gefunden.

Plötzlich verspürte er einen geradezu reißenden Hunger. Kein Wunder, sein Abendessen hatte er ja komplett von sich gegeben und es war bestimmt schon später Vormittag, nein Mittag, verriet ihm ein Blick auf seine Armbanduhr. Eine angebrochene Packung Cracker musste sich noch im Rucksack befinden. Und die Wasserflasche hatte er bei Sugar aufgefüllt.

Scheiße! Jamal! Der wusste nichts von dem, was passiert war. Er musste ihn warnen. Kehrte er zurück, wurde er bestimmt verhaftet.

Er riss das Handy aus seiner Tasche und tippte die Nummer des Freundes ein, erreichte aber nur die Mailbox, auf der er sich hütete, eine Nachricht zu hinterlassen. Nein, er musste Jamal persönlich benachrichtigen.

Bevor er das Fabrikgelände verließ, erleichterte er sich in den Büschen hinter dem Gebäude, da, wo ihn niemand beobachten konnte. Im Gegensatz zu vielen anderen, die auf der Straße lebten, verrichtete er sein Geschäft nie an dem Ort, an dem er schlief. So hatte seine Mutter ihn nicht erzogen und so wollte er auch nie enden.

Selbst in den Aufnahmeeinrichtungen war er immer wieder auf dieses Phänomen gestoßen. Nur weil es sich um Gemeinschaftsunterkünfte handelte, hieß das schließlich nicht, dass man nicht eine gewisse Sauberkeit an den Tag legen sollte. Ständig waren die Toiletten verstopft, vor den Urinalen sammelten sich eklig riechende Pfützen, sogar in den Duschen hinterließen diese Chaoten ihren Dreck. In letzter Zeit, obwohl immer weniger Flüchtlinge ankamen, war es noch schlimmer geworden. Nicht wenige pissten direkt in die Ecken der abgetrennten Unterkünfte, sodass in dem Zelt der aggressive Uringeruch mit dem nicht minder aggressiven Reiniger kämpfte und ihm auf den Magen schlug. Die Müllberge, denen die Betreiber nie Herr zu werden schienen, sorgten dafür, dass sich auf dem abgezäunten Gelände die Ratten tummelten, die angesichts des herrschenden Überflusses die Köder in den aufgestellten Fallen verschmähten. Und die Diebstähle unter den Bewohnern hatten deutlich zugenommen. Man durfte seine Habseligkeiten nicht einen Moment aus den Augen lassen.

Jamal hatte ihm geraten, sich ein Gepäckfach am Bahnhof zu mieten, was er auch tat - zumindest so lange, wie es ihm möglich war. Nach seiner Flucht traute er sich nicht mehr, diesen Ort aufzusuchen. Das eine Mal, um seine Sachen zu holen, war extrem genug gewesen. Seit diesem Attentat auf den Weihnachtsmarkt wimmelte es dort von Polizisten. Er hatte sein Glück kaum fassen können, von keinem behelligt zu werden, und sich geschworen, den Bahnhof und seinen Umkreis von nun an zu meiden.

Jetzt musste er wohl oder übel diesen Vorsatz brechen. Der Freund hielt sich mit Vorliebe dort auf und diejenigen, mit denen dieser Kontakt hatte, ebenfalls. Er war es Jamal schuldig, ihn so schnell wie möglich über den Mord zu informieren.

Auf seinem Weg verschlang er heißhungrig die letzten Cracker, doch das bohrende Hungergefühl ließ nicht nach. Außerdem sehnte er sich nach einer Tasse starken Kaffee, der das immer noch vorhandene Kältegefühl in seinem Innern hoffentlich vertrieb.

Die Aussicht darauf beschleunigte seine Schritte. Wenn er sich schon in die Höhle des Löwen begeben musste, konnte er sich ebenso gut vorher stärken. Ja, er würde, bevor er sich auf die Suche machte, einen Burger und ein Heißgetränk bei McDonalds kaufen und anschließend gleich deren Toilette benutzen. Die Anlage war immer sauber, die achteten auf vernünftige Hygiene.

8

Angelika

Michael, den nur noch die Wand aufrechthielt, rutschte nun langsam zu Boden, ließ aber seinen Blick wachsam auf Hermann ruhen, der sich weiterhin nicht regte. Ich konnte erkennen, dass er große Schmerzen hatte.

„Soll ich dir ein Glas Wasser holen?"

Er schüttelte den Kopf. „Das Schlucken tut viel zu weh", flüsterte er kaum verständlich.

Einen Arzt! Fassungslos über mein Versäumnis wählte ich erneut. Die Sprechstundenhilfe unseres Hausarztes verwies mich an die Feuerwehr. Die versprach, sofort einen Krankenwagen und einen Notarzt zu schicken, was ich selbst in meiner momentanen Lage als ziemlich übertrieben empfand. Anderseits – konnte ich entscheiden, wie schwer Michael oder Hermann verletzt waren? Immerhin war Letzterer immer noch bewusstlos. Trotz allem hoffte ich inbrünstig, dass sich daran bis zum Eintreffen der Polizei nichts ändern würde. Mir graute vor einer Wiederholung des Erlebten.

Die Beamten tauchten schon kurz nach diesem Anruf auf. Zum Glück erschienen zwei relativ fit wirkende Männer mittleren Alters, denen ich zutraute, mit einem tobenden Hermann fertig zu werden. Sie zwangen den langsam zu sich Kommenden, auf dem Boden liegen zu bleiben, bis der Notarzt eine erste Untersuchung vorgenommen hatte.

„Was ist passiert?", fragte der, der sich als Herr Baumann vorgestellt hatte.

Da mein Mann erst auf seinen Hals und dann auf mich wies, übernahm ich es, das Geschehene zu erzählen. Bis ich fertig war, traf der Notarzt ein, der bei Hermann den Verdacht auf eine Gehirnerschütterung und einen Knochenbruch an dem Arm, mit dem er die Pfanne abgewehrt hatte, äußerte und ihn daher mit ins Krankenhaus nehmen wollte. Meinen Mann untersuchte er wesentlich flüchtiger. „Gehen Sie zu Ihrem Hausarzt und lassen Sie Ihre Verletzungen dokumentieren", empfahl er ihm. „Der kann Sie gleich für die nächsten Tage krankschreiben. Es wird ein paar Tage dauern, bis Sie wieder vernünftig sprechen können."

Die Polizisten wollten ebenfalls aufbrechen. „Was passiert jetzt?", fragte ich Herrn Baumann. „Wie geht es weiter? Was, wenn er demnächst wieder vor unserer Tür auftaucht?"

„Wir werden mit ihm reden und ihm klarmachen, dass Sie Anzeige erstattet haben. Und dass er sich besser von Ihnen fernhalten soll", erwiderte der. „Mehr können wir nicht machen. Seien Sie besser vorsichtig. Nutzen Sie die Gegensprechanlage und schauen Sie sich sorgfältig um, bevor Sie das Haus verlassen."

Na, das waren ja schöne Aussichten! „Was hat er eigentlich damit gemeint?", fragte ich Michael, nachdem wir wieder allein waren. „Wieso hat er dich einen Mörder genannt? Was hast du gemacht?"

„Nichts." Nun, da die schlimmste Aufregung vorüber war, verfiel er wieder in seine etwas wehleidige Art. Er zuckte mit den Schultern und deutete auf seinen Hals, um mir zu zeigen, dass er nicht in der Lage war, mir Rede und Antwort zu stehen.

„Irgendetwas muss geschehen sein", bohrte ich nach. „Warum sollte er sonst nach all der Zeit plötzlich bei uns auftauchen und dich angreifen?"

Wieder hob er die Schultern und ließ sie fallen.

„Bist du etwa bei ihm vorbeigefahren?"

Er schüttelte heftig den Kopf.

„Hat er mit dir Kontakt aufgenommen?"

„Nein", presste er unter Mühen hervor. „Ich habe keine Ahnung, was in ihn gefahren ist."

Er konnte tatsächlich kaum sprechen! Entschlossen stieß ich mich von der Wand ab, an der ich immer noch lehnte, und hielt ihm meine Hand hin, um ihm hochzuhelfen. „Komm, wir gehen zu Dr. Ploch. Das ist im Moment wichtiger, als uns den Kopf zu zerbrechen, was in Hermann gefahren ist."

Der Arzt stellte neben einer Kehlkopfquetschung noch multiple Prellungen fest und verordnete Bettruhe und Sprechverbot bis zu einem nächsten Kontrolltermin in drei Tagen. So lange würde ich mich gedulden müssen. Michael handelte bestimmt genau nach dessen Anweisung und würde mich auf später vertrösten, anstatt sich mir anzuvertrauen. Denn dass irgendetwas Gravierendes zwischen den beiden vorgefallen sein musste, lag auf der Hand. Niemand rastete ohne Grund dermaßen aus. Hermanns Geschrei: du Mörder!, hallte noch immer in meinen Ohren nach. Was konnte bloß passiert sein?

Auf die Antwort musste ich dann nur bis zum Abend warten. Mein Mann, der sich direkt nach unserer Rückkehr auf die Couch begeben hatte, schaltete den Fernseher an und ich machte mich daran, die Spuren des Kampfes zu beseitigen. Der Schlag mit der Pfanne hatte etliche Fettspritzer an Wand, Decke und Schuhschrank hinterlassen, die mittlerweile eingetrocknet waren. Ich schrubbte und lauschte mit einem Ohr den regionalen Nachrichten, die gerade begonnen hatten.

Richtig aufmerksam wurde ich erst, als mein Mann ein halbersticktes Stöhnen von sich gab. In der Annahme, es ginge ihm plötzlich schlechter, stürzte ich ins Wohnzimmer und hörte gerade noch den Sprecher die letzten Einzelheiten zum Mord an Michelle F. berichten, deren Leiche am frühen Morgen von einem aufmerksamen Nachbarn gefunden worden war. Das eingeblendete Foto des Hauses, in dem die Tat geschah, verdrängte die letzten Zweifel. Es handelte sich bei dem Opfer um Sugar, Hermanns Tochter.

9

Auf dem Bahnhofvorplatz hatte sich eine Gruppe Nordafrikaner versammelt, er umging die laut Diskutierenden in einem großen Bogen. Allein an ihrem großspurigen Gehabe konnte er schon erkennen, dass sie auf Ärger aus waren. Und die machten selbst vor ihren eigenen Leuten nicht halt, wenn sie einen als leichtes Opfer ins Visier genommen hatten.

Der Wachmann vor McDonalds musterte ihn kurz, ließ ihn aber ohne weiteres passieren. Es zahlte sich eben aus, sich ordentlich und sauber zu halten und durch eine entspannte Körperhaltung Ungefährlichkeit zu signalisieren. Er kicherte leise in sich hinein, als er sich in die Schlange vor dem Schalter einreihte. Was sich nicht nur in solchen Fällen, sondern gerade auch bei seiner Arbeit als Vorteil erwies, nahm ihm auf der anderen Seite den Schutz vor kriminellen Übergriffen. Ein harmloses Weichei wurde viel eher angegriffen als ein Kerl, der eine gewisse Bedrohlichkeit ausstrahlte.

Er setzte sich an einen kleinen Tisch direkt neben der Heizung und trank einen ersten großen Schluck, den er genüsslich im Mund hin und her rollen ließ. Dann konnte er sich nicht mehr beherrschen und verspeiste seinen Burger mit vier großen Bissen. Für den restlichen Kaffee nahm er sich Zeit, zog sogar seine Jacke aus, um sich vernünftig aufzuwärmen. So ließ sich die Kälte später wesentlich besser ertragen. Noch zweimal versuchte er, Jamal auf dem Handy anzurufen, beide Male teilte ihm eine unpersönliche Stimme mit, der Teilnehmer sei zurzeit nicht erreichbar.

Er zögerte seinen Aufbruch hinaus. Sich in den Bahnhofsbereich zu begeben, bedeutete, sich der Gefahr auszusetzen, dass die Polizei auf ihn aufmerksam wurde. Die Kontrollen waren auch hier bestimmt verstärkt worden. Sollte er es vielleicht lieber in dem Wohnheim probieren, in dem der Freund untergekommen war?

Nein, dort würde er sich wenn überhaupt nur am frühen Morgen und am Abend aufhalten. Jamal liebte es, so oft wie möglich mit seinen vielen Bekannten zusammenzustehen und Neuigkeiten auszutauschen und der beliebteste Treffpunkt war nun mal der Bahnhof. Er war es ihm schuldig, ihn schnellstens über den Mord an Sugar zu informieren. In der Tür wäre er fast mit Ali zusammengestoßen, der sich in Begleitung zweier seiner Freunde befand und sich unnötig breitmachte.

„Hast du Jamal gesehen?", fragte er ihn anstelle einer Begrüßung.

„In den letzten Tagen nicht. Aber Hamid treibt sich hier irgendwo rum. Ist er nicht öfter mit dem zusammen unterwegs?" Ali grinste breit und gewährte einen großzügigen Blick auf seine faulenden Zähne. „Wie sieht's aus? Mein Angebot steht noch. Du kannst dich uns anschließen, wenn du willst."

„Hab was Eigenes am Laufen", wehrte er ab und hob grüßend die Hand. „Ich muss los." Um Ali machte er normalerweise einen großen Bogen. Was der abzog, war ihm zu heftig. Klar, wer überleben wollte, musste sich auf Illegales einlassen – zumindest, wenn man sich in einer ähnlichen Lage wie er befand. Aber es gab Unterschiede, was man bereit war zu tun und was nicht. Er jedenfalls beschränkte sich auf einfache Diebstähle, bei denen niemand körperlich zu Schaden kam. Er hatte kein Verständnis für die brutalen Überfälle, auf die Ali sich spezialisiert hatte. Man könne dabei gut seinen angestauten Frust loswerden, behauptete der, und sich endlich einmal an den Deutschen rächen, die sie erst hierher geholt hatten und nun nichts mehr von ihnen wissen wollten.

Stark und dumm, eine gefährliche Mischung. Nicht dass er selbst viel besser dastand. Doch bei ihm hatte es an den Umständen gelegen, dass er die Schule nicht beenden konnte. Der frühe Tod des Vaters hatte ihn zum Hauptversorger aufsteigen lassen. Durch die schwere Arbeit war seine Absicht, den Abschluss nachzuholen, bald in Vergessenheit geraten. Er hatte sich einfach nicht aufraffen können und sich schon für ewig in dieser Tretmühle gefangen gesehen. Genau deshalb hatte er sich von seinem Onkel überreden lassen, sein Glück in Deutschland zu versuchen.

Zuerst sah es ja auch so aus, als hätte er es gut getroffen. Es gab Geld bar auf die Hand, obwohl im Lager alles zur Verfügung stand, was sie benötigten. Seine Mutter war freudig überrascht, dass er so schnell in der Lage war, ihr Geld zu schicken. „Siehst du, dein Onkel hatte recht. Du hast das Richtige getan."

Zu diesem Zeitpunkt stimmte er ihr unumwunden zu. Die Menschen waren nett und behandelten ihn gut. Er konnte sich mit seinem bisschen Englisch ausreichend verständigen und hatte sich bereits für einen Deutschkurs angemeldet, an dem er fleißig teilzunehmen gedachte. Und Arbeit gab es genug, das war ja bekannt. Die Deutschen freuten sich über jeden, der kam, um sich hier niederzulassen, weil sie selbst nicht genug Kräfte hatten, die anfallende Arbeit zu erledigen. Sobald er Fuß gefasst hatte und genug Geld verdiente, würde er seine Mutter und seine Geschwister nachkommen lassen. Eine rosige Zukunft lag vor ihnen allen.

10

Nach eineinhalb Stunden vergeblicher Suche entdeckte er Hamid telefonierend hinter dem Bahnhof auf einem der großen Steine in der Sonne sitzend, die den Parkplatz für die Fernbusse von der Straße abtrennten. Er lamentierte lautstark und gestikulierte wild mit den Händen. Im Näherkommen konnte er hören, dass dieser eine Verabredung für den heutigen Abend traf. Er konnte sich denken, worum es sich dabei handelte.

Als er ihn erreicht hatte, klappte dieser sein Handy zu und sah grinsend zu ihm auf. „Tarik! Alles paletti?"

„Hast du Jamal gesehen?", fragte er.

„Der ist noch unterwegs, hat irgendwas am Laufen. Er wollte erst am Wochenende zurückkommen." Hamid runzelte die Stirn. Bestimmt war ihm erst in diesem Moment aufgegangen, dass sein Gegenüber vielleicht nicht über dessen Treiben Bescheid wusste.

„Ich bin selbst ein paar Tage weg gewesen." Mehr musste er nicht erklären, sein Status als Illegaler war kein Geheimnis. „Hast du von Sugar gehört?"

„Ja, klar. Gut für Jamal, dass er nicht mal in der Stadt ist." Hamid sprang auf. „Komm, ich lade dich auf einen Kaffee und einen Döner ein. Dann kannst du mir erzählen, wie es dir ergangen ist."

Es kristallisierte sich schnell heraus, dass dieser ihn überreden wollte, bei seinen Raubzügen mitzumachen, nur deshalb hatte er sich großzügig gezeigt. Und Tarik verschwieg den eigentlichen Grund, warum er zurückgekehrt war genauso wie seinen Aufenthalt in Sugars Wohnung, sondern tat, als hätte er von dem Mord kurz zuvor von einem Bekannten erfahren. Der Typ, den er mit ihr streiten gehört hatte, war seiner Meinung nach ein Deutscher gewesen, zumindest sprach er akzentfrei. Trotzdem musste niemand erfahren, dass er sich im Nebenzimmer aufgehalten hatte, als die Tat geschah. Man konnte sich auf keinen dieser sogenannten Freunde verlassen. Für ein gutes Angebot würde ihn jeder von denen verkaufen.

„Du musst uns nur Rückendeckung geben", versicherte ihm Hamid.
„Nach Polizei Ausschau halten und so."

Also auch darauf achten, dass keiner der anderen Reisenden oder zufällig Vorbeikommenden sie beobachtete. Das hörte sich nach einer
leichten Aufgabe an.

„Heute Abend kommen noch fünf Busse. Wenn alles klappt, nehmen
wir uns jeden vor. Du kriegst deinen Anteil direkt anschließend bei
mir." Hamid hob fragend die Augenbraue. „Hast du eine Unterkunft?
Sonst kannst du bei mir übernachten. Und morgen stelle ich dich Ahmed vor. Der sucht einen, der sich mit ihm die Miete teilt."

Bei diesem Angebot konnte er nicht Nein sagen. Eine feste Bleibe
unter der Hand für billiges Geld – endlich war ihm das Glück wieder
hold.

„Im Bahnhof selbst arbeiten wir momentan nicht", klärte Hamid ihn
auf. „Zu viele Kontrollen. Und seitdem dieser Spinner in den Weihnachtsmarkt gerast ist, sind die Leute uns gegenüber wesentlich skepti-
scher. Im Dunkeln bei den Bussen ist es einfacher und du kommst
besser weg, wenn Gefahr droht."

Das war ihm selbst nur zu bewusst. Anfangs war er von Weihnachtsmarkt zu Weihnachtsmarkt getingelt und hatte sich in dem Gedränge
ohne Schwierigkeiten bedienen können. Besonders die, die an den
Glühweinständen feierten, waren leichte Opfer. Ihn wunderte es echt,
dass die Menschen nicht besser aufpassten.

Ihr Pech, sein Glück. Er hatte reichlich Beute gemacht und seiner
Familie eine wundervolle Überraschung beschert. Ihre Lebenskosten
waren für das ganze nächste Jahr gesichert. Dann, bevor er für sich
selbst einen Batzen beiseitelegen konnte, hatte es dieses Attentat gegeben und damit endete diese Einnahmequelle.

Er hatte seine Arbeit auf die Kaufhäuser der Innenstädte verlegt, die in
der Vorweihnachtszeit ähnlich gute Bedingungen boten. Zwischen den
Menschenmassen gestaltete sich ein schneller Griff relativ einfach. Nur
musste man da immer auf der Hut vor den Detektiven sein, die anscheinend ein besonderes Auge auf ihn und seine Partner warfen.
Dreimal war er äußerst knapp einer Festnahme entkommen, weshalb

er seinen Aktionsradius auf die Bahnhöfe verlegte. Doch auch dort hatten sich die Verhältnisse geändert, wurde ihm gleich bei seinem ersten Versuch bewusst, als sich eine zupackende Hand auf seine Schulter legte, die sich als die eines Wachmanns entpuppte.

Daher war Hamid Angebots eigentlich kein schlechter Neuanfang. Der Kerl hatte es irgendwie geschafft, den heißbegehrten Status eines anerkannten Asylanten zu bekommen, erhielt Geld vom Staat und nannte eine kleine Wohnung sein eigen. Zudem verfügte er über gute Kontakte – im Prinzip ein echter Glücksfall, dass er ihn getroffen hatte.

11

Michael

Die Kripobeamten erschienen am nächsten Morgen, kaum dass Angelika zur Arbeit aufgebrochen war. So hatte ich wenigstens noch eine kurze Schonfrist, bevor ihr Sturm der Entrüstung über mich hereinbrach.

„Ich kann kaum sprechen", hatte ich meine Beschwerden übertrieben, die, nachdem ich die von Dr. Ploch verschriebenen Tropfen genommen hatte, mittlerweile erträglich waren, sodass ich mich bereits auf ein ausgiebiges Frühstück freute. Geli gegenüber hatte ich weiter den stark Leidenden gespielt und in ihrer Gegenwart bloß etwas Kamillentee getrunken. Besser die drohende Auseinandersetzung auf später verschieben. Die knappe halbe Stunde, die ihr blieb, reichte sowieso nicht aus, ihr meine Beweggründe zu erklären.

„Sind Sie erkältet?", fragte Hauptkommissar Niemann, der ältere der beiden, während seine Kollegin sich neugierig umsah.

Zum Glück räumte Geli jeden Morgen, bevor sie das Haus verließ, auf, sodass unser Wohnzimmer relativ ordentlich wirkte. Gut, die Einrichtung war in die Jahre gekommen, rustikale Eichenmöbel galten schon lange nicht mehr als der Hit. Aber dank Gelis Pflege sahen sie immer noch präsentabel aus, warum sollten wir sie austauschen?

„Nein, das stammt von dem gestrigen Überfall", flüsterte ich.

Er und seine Kollegin sahen sich erstaunt an. Scheinbar wussten sie nichts von dem, was sich hier gestern abgespielt hatte.

Erst in diesem Moment dämmerte mir die Wahrheit. Sie waren nicht gekommen, um mich wegen dieses Vorfalls zu befragen. „Hermann Fischer hat gestern versucht mich umzubringen", verdeutlichte ich. „Als meine Frau mir zu Hilfe kam, ging er auf sie los und es gelang mir, ihn mit einem Kleiderbügel außer Gefecht zu setzen."

Kommissarin Dietrich hatte sich als Erste wieder gefangen. „Wir werden uns mit den Kollegen in Verbindung setzen", nickte sie. „Wir möchten Sie zu dem Mord an Michelle Fischer befragen. Zeugen haben Sie am Tattag vor dem Haus gesehen, ist das richtig?"

Ich fühlte, wie mir der Schweiß ausbrach. „Das war am Vormittag. Ist sie nicht abends ermordet worden?"

„Was wollten Sie dort?", übernahm Herr Niemann, ohne auf meine Frage einzugehen. „Haben Sie sie besucht?"

„Nein, ich …" Tja, wie sollte ich es ihnen erklären, ohne als Stalker dazustehen?

„Sie sind mehrfach aufgefallen." Frau Dietrich sah mir direkt in die Augen. „Sie scheinen relativ häufig vor Ort gewesen zu sein."

„Ich bin nie mit ihr in Kontakt getreten", versicherte ich. „Ich war nie in der Wohnung und habe auch nicht mit ihr gesprochen."

„Was hatten Sie dann vor ihrem Haus zu suchen?"

Ich zuckte mit den Achseln. Das würden die beiden nicht verstehen, ich verstand mich ja selbst nicht. Es war wie ein Zwang. Ich konnte einfach nicht damit aufhören. Ich wollte Rache.

„Sind Sie Frührentner?" Frau Dietrich musterte mich prüfend.

Obwohl ich dieses Jahr meinen sechsundfünfzigsten Geburtstag feierte, sah ich jünger aus, wie mir meine Freunde wiederholt bestätigt hatten. Kein Wunder, dass sie derart ungläubig wirkte. „Nein, ich bin zurzeit arbeitsunfähig krank."

„Und seit wann?"

Meine Kehle begann zu brennen. Ich musste mich räuspern, um antworten zu können, und zuckte wegen des kurzen, heftigen Schmerzes zusammen. „Seit einem Dreivierteljahr." Meine Stimme war rau und kaum zu verstehen. Ich lehnte mich zurück und massierte mir vorsichtig den Hals. Sollten sie ruhig merken, dass ich unter dem gestrigen Angriff noch deutlich zu leiden hatte.

„Eine physische oder eine psychische Krankheit?", fragte Frau Dietrich nach.

Musste ich darauf antworten? Das ging die doch wohl überhaupt nichts an! Also zuckte ich nur unverbindlich mit den Schultern.

„Wo waren Sie am Montagabend zwischen zwanzig und dreiundzwanzig Uhr?", übernahm wieder Herr Niemann.

„Hier. Meine Frau kann das bestätigen. Wir haben zusammen ferngesehen."

„War sonst noch jemand anwesend?"

„Nein!", fauchte ich und bereute es sofort, weil der nächste heftige Stich meine Kehle durchzuckte.

„Trotzdem sind Sie sicher, dass Sie die ganze Zeit hier verbrachten?" Frau Dietrich ließ mich deutlich spüren, dass sie mir kein Wort glaubte. „Wir werden Ihre Frau ebenfalls befragen."

„Kein Problem", quetschte ich mit Müh und Not hervor. So gut, wie ich gedacht hatte, ging es mir längst nicht. Durch das viele Sprechen war mein Hals dermaßen gereizt, dass das vorher kaum noch spürbare Brennen nun zu einem lodernden Brand hochkochte, Schlucken war so gut wie unmöglich geworden.

„Nun gut", Herr Niemann, dem meine Grimassen nicht entgangen waren, erhob sich. „Können Sie bitte auf der Wache vorbeischauen und Ihre Fingerabdrücke abnehmen lassen? Sie haben doch bestimmt nichts dagegen, dass wir sie zu Vergleichszwecken benutzen, oder?"

Da ich nie in Michelles, beziehungsweise Sugars, wie sie von klein auf genannt wurde, Wohnung gewesen war, hatte ich eindeutig nichts zu befürchten. Also nickte ich bestätigend.

„Wir melden uns, sobald es Ihnen besser geht, noch einmal", verkündete Frau Dietrich, während sie den Flur zum Ausgang entlangschritt.

12

Angelika

Ich war gerade mit der Reinschrift eines Testaments beschäftigt, eine äußerst komplizierte Angelegenheit, weil der Klient beim letzten Termin darauf bestanden hatte, noch x Ergänzungen einzufügen, die ihm erst nachträglich eingefallen waren, und daher nicht begeistert, als mein Handy klingelte. Das Display zeigte die Nummer von Susi, meiner Schwägerin. Wahrscheinlich hatte sie mitbekommen, dass sich Hermann im Krankenhaus befand. Sie arbeitete dort im Op., hatte jedoch im Laufe der Jahre weitreichende Beziehungen zu fast sämtlichen Abteilungen aufgebaut und wusste stets genau, was auf den jeweiligen Stationen vor sich ging.

Trotzdem nahm ich das Gespräch an. Michaels Schwester hatte mir bezogen auf die Krankheit ihres Bruders oft mit Rat und Tat zur Seite gestanden, ich war ihr mehr als verpflichtet.

„Rate mal, wer auf der Chirurgischen liegt?", tönte es mir entgegen.

„Hermann Fischer", gab ich zurück.

„Spielverderberin", sie kicherte vergnügt. „Aber du weißt bestimmt nicht, dass zwei Beamte von der Kripo heute da waren und Genaueres zu dem Verhältnis zwischen ihm und euch wissen wollten."

„Hast du etwa das Gespräch belauscht?" Selbst sie hatten wir wohl oder übel im Unklaren lassen müssen, was zwischen uns vorgefallen war. Ziemlich peinlich, wenn der Grund jetzt auf diese Weise zutage trat.

„Natürlich nicht", tat sie empört. „Die haben verlangt, dass sie ihn in einem separaten Zimmer befragen dürfen."

„Wieso liegt er eigentlich auf der Chirurgie?", fiel es mir erst jetzt ein zu fragen. Waren seine Kopfverletzungen etwa deutlich schlimmer ausgefallen?

„Der Unterarmbruch muss operativ gerichtet werden. Keine Panik. Also willst du nun wissen, was er gesagt hat?"

„Sicher, erzähl!"

„Gar nichts." Sie lachte triumphierend. „Er meinte, sie sollten deinen Mann befragen, wenn sie Näheres erfahren wollten. Der hätte aus völlig haltlosen Gründen einen Hass auf seine Tochter gehabt. Und er könne sich ohne weiteres vorstellen, dass der die Tat begangen habe."

„Das hat er den Beamten erzählt? Und woher weißt du das?" Mein Herzschlag beruhigte sich langsam wieder. Damit konnten Michael und ich allein entscheiden, was und wie viel wir aussagen würden.

„Weil Petra gekommen ist, noch während die Kripobeamten ihn verhörten. Sie ist sofort anschließend ins Zimmer und er musste ihr Rede und Antwort stehen. Naja, du kennst sie ja, die ist nicht gerade leise, wenn sie sauer wird. Die hat derart rumgekreischt, dass die Stationsleitung reingegangen ist und um Ruhe bitten musste."

Wenn seine Frau laut wurde, drehte normalerweise auch Hermann auf. Demnach hatten die Krankenschwestern jedes Wort bis auf den Flur hören können. „Und deswegen war sie derart wütend?"

„Sie meinte, er hätte ruhig sagen können, worum es bei eurem Streit ging. Dann würden die sehen, wie extrem dein Mann sei."

„Hermann ist gestern aufgetaucht und hat Michael angegriffen", erklärte ich. „Ich wollte eingreifen und er stürzte sich auf mich und um mich zu retten, zog dein Bruder ihm eins mit dem hölzernen Kleiderbügel über. Die Armverletzung stammt von meinem Angriff mit der gusseisernen Bratpfanne."

Sie quietschte vor Vergnügen. „Das ist uns leider entgangen. Er hat dem Arzt gegenüber angegeben, er sei in eine Schlägerei verwickelt gewesen. Warum hast du mich nicht gleich gestern angerufen?"

„Dein Bruder musste ebenfalls untersucht werden. Dr. Ploch stellte eine Kehlkopfquetschung und haufenweise Prellungen fest. Bis wir wieder zu Hause waren und ich Michael mit allem Nötigen versorgt hatte, fingen gerade die Nachrichten an", schwindelte ich. Natürlich hätte ich ihr Bescheid geben können. Doch nach dieser Attacke stand mir nicht der Sinn danach, mit irgendjemandem zu reden.

„Männer!", sie schnaubte. „Leidet er sehr?"

„Er kann kaum sprechen", verteidigte ich ihn. Das fehlte noch, dass sie ihn anschließend auch noch anrief. „Dr. Ploch hat bis Freitag absolutes

Redeverbot verhängt. Will er was essen oder trinken, muss er vorher ein Schmerzmittel nehmen. Es geht ihm wirklich schlecht."

„Dann hat er dich also nicht angerufen und dir erzählt, dass die Kripobeamten vorher bei ihm waren?" Mitleid mit ihrem Bruder war ihr von jeher fremd. Die ganze Familie hatte bei allem, was zwischenmenschliche Beziehungen betraf, Probleme.

„Nein, wie gesagt, er kann kaum sprechen." Trotzdem war ich natürlich sauer, dass Michael mich nicht informiert hatte. Er hätte mir wenigstens eine SMS schicken können. Die Ahnung, dass Hermann einen guten Grund gehabt haben musste, bei uns aufzutauchen, wurde immer mehr zur Gewissheit.

„Du rufst mich gleich heute Abend an, ja? Ich will alles ganz genau wissen."

Mit dem Versprechen, mich zu melden, beendete ich das Gespräch. Nur gut, dass Susanne während der Arbeit stark eingebunden war und keine Zeit hatte, mich richtig auszuquetschen. Ich musste mich unbedingt mit meiner Chefin kurzschließen, wie Michael und ich vorgehen sollten.

13

Michael

Ich schloss aufatmend die Tür hinter den Kriminalbeamten. Sollte ich Geli anrufen und sie bitten, einen Termin bei Frau Kohlmeier für mich zu machen? Benötigte ich wirklich die Hilfe eines Anwalts? Stattdessen nahm ich den Hörer der Gegensprechanlage ab und lauschte. Wie ich vermutet hatte, blieben die beiden Kommissare im geschützten Eingangsbereich stehen. Das metallische Knipsen und der tiefe Atemzug verrieten mir, dass ich mit meiner Einschätzung richtig gelegen hatte. Herr Niemann benötigte vor der Fahrt zum nächsten Verdächtigen eine Ration Nikotin. Mir war bei der Verabschiedung aufgefallen, dass er, kaum über die Schwelle getreten, eine Packung Zigaretten aus seiner Jackentasche gezogen hatte. Wahrscheinlich ließ ihn seine Kollegin im Auto nicht rauchen. Und bei dem eisigen Wind war es angenehmer, unter dem Vordach stehen zu bleiben.

„Glaubst du ihm?", drang seine Stimme klar und deutlich zu mir herauf.

„Nein", kam die prompte Antwort. „Der hat eindeutig Dreck am Stecken. Vor allem, da er uns nicht sagen wollte, was er vor ihrem Haus zu suchen hatte. Schade, dass wir bisher keinen Zeugen auftreiben konnten, der ihn eintreten sah."

„Der findet sich." Herr Niemann klang eindeutig optimistisch. „Außerdem haben wir bald seine Fingerabdrücke. Wenn wir ihm beweisen können, dass er in der Wohnung gewesen ist, wird er mit Sicherheit gesprächiger."

Fast hätte ich losgeprustet. Die gab es dort definitiv nicht.

„Mist, wir hätten uns den Arbeitgeber seiner Frau nennen lassen sollen", ließ sich Frau Dietrich vernehmen, „um jetzt sofort mit ihr zu telefonieren. Damit er sich nicht mit ihr absprechen kann."

„Wenn der mit drinsteckt, haben die sich längst abgesprochen."

Diese Aussage zeigte deutlich, wie sie das Verhältnis zwischen Eheleuten sahen. Dabei war ich persönlich mir sicher, dass Geli mir kein falsches Alibi gegeben hätte.

„Er kam allerdings glaubhaft rüber", fuhr Herr Niemann fort. „Zumindest in der Beziehung. Wenn, hat er sich jemanden gekauft, der die Drecksarbeit für ihn erledigt hat. Irgendetwas schwelt zwischen denen, besonders, wenn wir den Angriff des Vaters dazurechnen. Weißt du was? Wir disponieren um und nehmen uns den als nächsten vor. Ich bin echt gespannt, was der zu erzählen hat."

Die letzten Worte hatte ich kaum noch verstehen können. Ich eilte zum Fenster und sah gerade noch, wie der Kommissar die Kippe in den Rinnstein schnippte und auf der Beifahrerseite einstieg.

Ja, das würde mich auch interessieren, was Hermann bei der Befragung aussagen würde. Ob er sich weiterhin bedeckt hielt? Oder sollte ich lieber damit rechnen, dass er den Polizeibeamten den Grund offenlegte, der ihn dazu getrieben hatte, mich anzugreifen und als Mörder zu beschimpfen? Traute er mir denn diese Tat trotz unserer langjährigen Freundschaft zu? Eigentlich müsste er mich besser kennen.

Heute war Mittwoch, vor Freitag würde ich nicht auf der Wache auftauchen, schließlich hatte ich bei dem gestrigen Überfall deutliche Blessuren davongetragen, von denen ich mich zuerst erholen musste. Damit brauchte ich vor nächster Woche nicht mit einem erneuten Besuch der Polizei zu rechnen, so hoffte ich. Bis dahin hatten meine Frau und ich Zeit, uns zu überlegen, wie wir vorgehen wollten, beziehungsweise konnten uns von verschiedenen Seiten beraten lassen, was ich angeben und was lieber verschweigen sollte.

Doch zuerst einmal musste ich mit Geli ins Reine kommen. Davor graute mir regelrecht. Wenn sie erfuhr, was ich gemacht hatte … Ich konnte nur hoffen, dass sie mich erklären ließ und nicht auf der Stelle ausflippte.

Ich begab mich zurück in die Küche und nahm eine weitere Dosis meiner Tropfen. Mittlerweile tat jeder Atemzug weh.

Das, was mich jedoch am meisten verwunderte, sinnierte ich, während ich auf das Einsetzen ihrer Wirkung wartete, war die Tatsache, dass mich Sugars Tod regelrecht kalt ließ. Ich hatte eigentlich erwartet, dass ich in irgendeiner Form Genugtuung empfinden würde über die Art, wie sie gestorben war. Doch ich spürte weder Bestürzung noch Befriedigung, als würde der Mord eine Fremde betreffen, die ich niemals kennengelernt hatte. Oder war dieser Mangel an Empfindungen normal und vielleicht der erste Schritt zur Gesundung?

14

Angelika

Erst nach Feierabend ergab sich die Möglichkeit, meine Chefin auf mein Problem anzusprechen. Glücklicherweise hatte ich ja direkt nach dem Bekanntwerden der Geschichte ihren Rat eingeholt, daher musste ich sie nur von dem gestrigen Angriff und seinen Folgen in Kenntnis setzen, um sie auf den neuesten Stand zu bringen. „Sollen wir mit diesem Punkt jetzt offen umgehen?", fragte ich abschließend.

„Nein, ich würde weiterhin nicht darüber reden, weder der Polizei noch Ihrer Schwägerin gegenüber. Bleiben Sie in Ihrer Aussage vage. Ja, es hat einen heftigen Streit gegeben, mit Vorwürfen von beiden Seiten. Das hat die Freundschaft zwischen Ihnen entzweit. Danach hatten Sie zu keinem aus der Familie mehr Kontakt. So ist es doch, oder?"

„Ich bin mir nicht sicher", gestand ich. „Mein Mann scheint mir einiges verschwiegen zu haben. Durch die Kehlkopfquetschung bedingt, haben wir unser Gespräch auf heute verschoben. Ich jedenfalls hatte mit denen nichts mehr zu tun."

„Reden Sie mit ihm, möglichst umgehend." Frau Kohlmeier griff nach ihrer Aktentasche und wandte sich zur Tür. „Sie können mich jederzeit anrufen, das wissen Sie."

Mit einem ausgesprochen mulmigen Gefühl im Bauch fuhr ich nach Hause.

Meine Arbeitszeit begann um acht Uhr dreißig und endete um dreizehn Uhr dreißig. Da ich seit Michaels Krankschreibung meist den Wagen nutzen konnte, betrat ich schon eine Viertelstunde später unsere Wohnung. Mein Mann lag auf der Couch und hörte Musik.

„Na? Geht's besser?" Ich ließ mich ihm gegenüber in den Sessel fallen.

Mit der Fernbedienung regelte er die Lautstärke der Musik herunter.

„Etwas, nicht viel", flüsterte er leise.

„Ja, wenn gleich morgens die Polizei auf der Matte steht und eine Aussage fordert, ist das schwer zu verkraften." Ich grinste süffisant.

Er konnte seine Betroffenheit über mein Wissen nicht verbergen. Nicht dass er zusammenzuckte oder ein ertapptes Gesicht machte. Aber nach fast dreißig Jahren Ehe war mir sein Mienenspiel zu vertraut, um mich von den fragend erhobenen Augenbrauen beeinflussen zu lassen, die sein Unverständnis signalisieren sollten.

„Hermann liegt auf der Chirurgie und Susi hatte nichts Eiligeres zu tun, als mich anzurufen." Mit diesen Worten erhob ich mich und wandte mich Richtung Küche. „Nimm deine Tropfen. Ich kümmere mich ums Essen. Wir können dabei unsere Neuigkeiten austauschen."

Normalerweise kochte ich nachmittags für den nächsten Tag vor oder brutschelte uns irgendetwas Schnelles in der Pfanne, wie gestern glücklicherweise geschehen. Durch die nachfolgenden Ereignisse war ich weder zum Einkaufen noch zum Kochen gekommen. Heute Morgen hatte ich die Dose mit dem eingefrorenen Möhreneintopf aus dem Gefrierschrank genommen und auf die Spüle gestellt. Ich verteilte zwei großzügige Portionen auf die Teller und wartete exakt fünf Minuten, bevor ich sie in der Mikrowelle erwärmte. Die Wirkung des Schmerzmittels müsste gleich einsetzen.

„Die Polizisten sind, kurz nachdem du gegangen warst, erschienen", berichtete Michael, sobald wir am Tisch Platz genommen hatten. „Und weil ich mir nicht sicher war, was ich über das Verhältnis zwischen den Fischers und uns sagen durfte, habe ich mich auf die Kehlkopfquetschung rausgezogen. Sie wollen sich nächste Woche noch einmal melden."

„Frau Kohlmeier", also meine Chefin, „meint, wir sollen uns in dieser Geschichte lieber weiter bedeckt halten, auch deiner Schwester gegenüber." Ich würde ihn später genauer instruieren, es war wichtig, dass wir ungefähr das Gleiche aussagten. „Sind sie wegen des tätlichen Angriffs hier gewesen?"

„Nein, die ermitteln in dem Mordfall. Wieso hat Susi mit dir telefoniert? Woher weiß sie, dass die Beamten bei mir waren?"

„Weil sie anschließend direkt ins Krankenhaus gefahren sind, um Hermann auszufragen." Ich hatte sein Ablenkungsmanöver wohl bemerkt, ließ mir aber nichts anmerken, sondern berichtete in aller Ausführlichkeit, was sie mir mitgeteilt hatte, und hängte anschließend noch die heutigen Erlebnisse in der Praxis an, damit er in Ruhe weiteressen konnte. Denn ich würde nun nicht eher ruhen, bis er mir das, was er bisher so beharrlich verschwiegen hatte, anvertraute.

15

Obwohl das Zimmer, in dem Tarik die Nacht verbrachte hatte, sich als schmaler Schlauch entpuppte, in den gerade mal eine Matratze und ein Stuhl hineinpassten, eher eine Kammer, ohne Tür, mit einem Vorhang zu verschließen, war der Schlaf erholsam gewesen. Und lang, wie er mit einem Blick auf seine Armbanduhr feststellte. Es ging bereits auf die Mittagszeit zu, doch in der Wohnung herrschte wohltuende Stille.

Ob Hamid … Ha, Hamid! Tarik musste ein Auflachen unterdrücken, als er an das gestrige Desaster dachte. Er und seine Leute waren komplette Idioten, flogen gleich beim ersten Diebstahl auf und mussten rennen, damit das aufgebrachte Opfer sie nicht erwischte.

Wie vereinbart hatte er sich im Hintergrund gehalten und auf Polizisten und Wachpersonal geachtet, eine einfache Aufgabe und zudem weit genug vom eigentlichen Geschehen entfernt. Nach der Flucht der Bande war er ihnen mit einigem Abstand gefolgt. Immerhin hatte Hamid ihm ein Bett für die Nacht versprochen. Ihn traf schließlich keine Schuld.

„Warum lasse ich mich mit denen ein?", tobte Hamid, nachdem sie sich allein auf den Weg zu seiner Wohnung machten. „Unfähig sind die! Amateure!" Er musterte seinen Begleiter von der Seite. „Was ist? Versuchen wir es morgen allein?"

Nein, er hatte genug gesehen. Hamid war nicht besser als seine Kumpel. Er schüttelte vorsichtig den Kopf. „Ich kann nicht. Das sind Peanuts, die wir abgreifen. Ich muss mir was suchen, was richtig Geld einbringt."

Statt erneut aufzufahren, lachte Hamid. „Recht hast du. Vielleicht sollte ich Kemals Angebot annehmen und für ihn arbeiten."

Er horchte auf. „Sucht der Leute?"

„Der kann immer Neue gebrauchen. Wir gehen morgen zusammen hin."

Die Wohnung war ein finsteres Loch, mit hohen Decken und winzigen Räumen. Aber zumindest war es warm und Hamid tischte sogar ein genießbares Essen auf.

„Anders als der Fraß in den Camps, was?", fragte er augenzwinkernd.

Anschließend saß Hamid gemütlich vor dem Fernseher, während er die Gelegenheit nutzte und stundenlang mit seiner Familie sprach. Sein Onkel hatte die Mutter und die Geschwister sofort rübergeholt, als sein Anruf über Skype kam.

„Wir bekommen auch einen Computer!", rief Amir, sein kleiner Bruder, stolz. „Dann kannst du jeden Tag mit uns reden."

„Von dem Geld, das du geschickt hast", fügte seine Mutter hinzu. Sie wirkte glücklich, ihren Ältesten vor sich zu sehen. „Behältst du auch genug für dich selbst?"

„Mir geht es gut", log er und hoffte, es möge ihr nicht auffallen, dass er eine direkte Antwort umging.

Doch die Familie war viel zu aufgeregt, ihn leibhaftig vor sich zu haben. Seine Geschwister berichteten über alles, was in seiner Abwesenheit passiert war. Nur Leila hielt sich merklich zurück.

„Was ist mit dir?", fragte er sie, nachdem alle Neuigkeiten ausgetauscht waren.

„Ich heirate bald."

Sie wirkte eher deprimiert. „Wann? Warum habt ihr mich nicht informiert? Wer ist es?"

Die Mutter blickte zum Onkel, bevor sie antwortete. „Sie wird in drei Monaten Milads Frau. Das ist ein großes Glück für uns."

Er musste sich zurückhalten, damit er sie nicht anschrie. Dieser Mann war eine schlechte Wahl, ein Taugenichts, dem er keinen Hund anvertraut hätte. Aber sie konnte nichts dafür. Der Onkel hatte diese Hochzeit arrangiert, um einen Esser weniger im Haus zu haben. Das wusste er so sicher, wie ihm klar war, dass er nichts dagegen tun konnte. Dabei hatte er doch ausreichend Geld geschickt, um die Familie zu ernähren!

„Wie steht's mit deinem Studienplatz?", fragte er seinen Bruder Rafiq. Er war eindeutig der Klügste seiner Geschwister, er konnte es noch weit bringen.

Der zuckte mit den Schultern. „Ich habe einen Job angenommen. Ich kann später noch studieren, wenn du uns zu dir holst."

Seine Wut wurde immer größer. Auch das war dem Onkel anzulasten. Er bestimmte über das Geld, das er heimschickte. Seine Mutter musste ihm gehorchen.

Er riss sich zusammen und sie plauderten noch eine Weile über Nebensächlichkeiten. Als er den Computer ausschaltete, war er so deprimiert, dass er gleich in dem Zimmer verschwand, das Hamid ihm gezeigt hatte, und sich auf die Matratze warf. Die Wut kochte hoch. Er musste schnellstens einen Weg finden, an genügend Geld zu kommen, sodass er zurückkehren konnte, um für sich und die Familie eine gesicherte Existenz aufzubauen. Der Traum, sie nach Deutschland zu holen, war gescheitert.

16

Michael

„Du hast was getan?!" Geli war sofort auf hundertachtzig. Sie ließ den Löffel, den sie gerade hatte zum Mund führen wollen, fallen und funkelte mich an. „Das ist nicht dein Ernst!"

„Es kam mir so unfair vor, dass sie für das, was sie angerichtet hat, nicht zur Rechenschaft gezogen wird", versuchte ich mich zu verteidigen. „Deshalb wollte ich sie wenigstens für ein anderes Vergehen drankriegen. Frau Klotz hatte uns doch erklärt, dass Kinder wie Sugar als Erwachsene oft auf die schiefe Bahn geraten. Und bei ihr waren die Ansätze deutlich zu sehen. Eine abgebrochene Ausbildung, in erster Linie von der Arge lebend, ein uneheliches Kind." Ich hielt in meiner Aufzählung kurz inne. Nein, es war Zeit, reinen Tisch zu machen. „Die hatte eine Art Asylanten-Auffangstation. Neben dem Typen, der bei ihr lebte, gingen dort ständig andere ein und aus. Wer weiß, vielleicht gewährte sie sogar einer Gruppe gefährlicher Islamisten Unterschlupf", setzte ich hinzu.

Dass sie mich nicht auslachte, war alles. „Das glaubst du selbst nicht! Langsam vermute ich, du bist wie Petra, machst dir ungeachtet der Tatsachen dein eigenes Bild und trägst es wie ein Fanal vor dir her!", fauchte sie.

Also mich mit Hermanns Frau zu vergleichen, war ein starkes Stück!

„Und überhaupt, ich dachte, die Fischers wären ein für alle Mal für uns gestorben. Warum konntest du nicht endlich mit dem Ganzen abschließen? Du hast mit dieser Aktion nur dir selbst geschadet!"

Jede weitere Rechtfertigung wäre vergebliche Liebesmüh. Ich zuckte mit den Schultern. „Das ist deine Sicht der Dinge."

„Nicht nur meine", schnaubte sie. „Zufälligerweise sind dein Psychiater und dein Therapeut genau der gleichen Meinung." Wie um sich zu beruhigen, holte sie tief Luft. „Bist du zu ihr in die Wohnung gegangen?"

Aha, wir wandten uns wieder meinem vorangegangenen Geständnis zwecks Schadensbegrenzung zu. „Natürlich nicht! Was hätte das bringen sollen? Nein, ich habe das Haus beobachtet und bin ihr ein paarmal gefolgt, wenn sie allein losgezogen ist."

Geli musterte mich aus zusammengekniffenen Augen. „Tagsüber oder abends?"

„Sowohl als auch", musste ich kleinlaut gestehen.

Sie schaltete schnell. „Immer dann, wenn du angeblich mit Joachim oder Detlef unterwegs warst, vermute ich."

Ich hob die Schultern an und ließ sie wieder fallen. Was hätte ich zu meiner Verteidigung vorbringen sollen? Sie verstand sowieso nicht.

„Mensch Micha, siehst du nicht, dass du dich in Teufels Küche gebracht hast? Du kommst der Polizei als Tatverdächtiger doch wie gerufen. Es gibt bestimmt Nachbarn, die dich vor dem Haus gesehen haben." Obwohl sie kaum etwas gegessen hatte, schob sie den Teller von sich.

Gut, das Schlimmste war anscheinend überstanden. „Das Auto parkte fast nie in direkter Nähe. Ich bin meist ausgestiegen und habe mich in die Bäckerei schräg gegenüber gesetzt. Selbst wenn man nicht ganz vorn sitzt, hat man durch das Fenster einen superguten Blick." Und da man sofort bei der Bestellung bezahlen musste, konnte ich ihr ohne zu zögern folgen, wenn ich sie entdeckte.

„Abends hat der Bäcker zu."

„Die paar Male saß ich im Auto zwei, drei Häuser weiter. Aber das war wirklich selten. Ich bin garantiert nicht groß aufgefallen."

„Und wie ist dann die Kripo auf dich aufmerksam geworden?"

Mist, ich hatte mich selbst ins Abseits gestellt! „Wahrscheinlich hat irgendeine neugierige Nachbarin meine Autonummer aufgeschrieben und diese an die Polizei weitergegeben. Blöderweise war ich am Morgen des Mordtages vor Ort und bin eine Weile im Wagen sitzen geblieben, weil ich dachte, Sugar geht irgendwohin, nachdem Petra den Kleinen abgeholt hatte. Da muss mich irgendjemand gesehen haben."

So, damit war das Schlimmste auch heraus.

Statt loszuschreien, lehnte sich Geli zurück, schloss die Augen und atmete mehrmals tief durch. „Was hast du dir von dieser Observierung versprochen?"

„Genau das, was ich dir von Anfang an gesagt habe: Ich dachte, ich erwische sie bei irgendetwas Strafbarem, das ich an die Polizei hätte weitergeben können."

Sie seufzte. „Hättest du Frau Klotz besser zugehört, wüsstest du, dass diese Art von Frauen sich meist anders verhält."

„Ich habe ihr zugehört", konterte ich, hatte sogar das meiste nachgelesen. „Die Studien in diesem Bereich stecken noch in den Kinderschuhen. Bisher richtete sich das Augenmerk hauptsächlich auf Männer. Von denen ist bekannt, dass sie wesentlich häufiger straffällig werden als Normalos. Sugar ist … war nie der normale Typ Frauchen. Sie hatte es schon als Teenager faustdick hinter den Ohren. Ich zumindest kann mir durchaus vorstellen, dass sie, wenn sich die Gelegenheit bot, ihren Vorteil nutzte."

Geli ahnte, worauf ich hinauswollte. Durch unsere enge Freundschaft mit den Fischers hatten wir damals zur Genüge die Phase mitbekommen, in der Sugar schier außer Rand und Band zu geraten schien. „Trotzdem", sie schüttelte nachdrücklich den Kopf. „Das, was du gemacht hast, ist absoluter Irrsinn. Das ist genau das, wovor uns sowohl meine Chefin als auch Frau Klotz gewarnt haben. Sugar ist zum Opfer geworden und du zum Täter." Du weißt, wie ich das meine", sagte sie schnell, bevor ich protestieren konnte. „Natürlich bist du nicht ihr Mörder, dazu …" Sie stutzte. „Wo hattest du das Auto geparkt, als es nicht mehr ansprang?"

Oh Gott, hoffentlich rastete sie jetzt nicht aus! „Schräg gegenüber von Sugars Wohnung."

17

Angelika

Ich erhob mich kommentarlos, um den Tisch abzuräumen. Nicht einmal seine Lüge mit dem Wagen hielt ich ihm vor. Ich war zutiefst gekränkt über sein Verhalten und das sollte er ruhig spüren.

„Ich konnte ja wohl kaum ahnen, dass sie ermordet wird", versuchte er sich zu rechtfertigen. „Ich habe schließlich nicht mit dem Finger auf sie gezeigt und gerufen: Missbraucherin! Nein, ich habe sie aus der Ferne beobachtet. Nur wenn ich ihr hätte etwas nachweisen können, wäre ich zur Polizei gegangen."

„Ja und?" Ich hatte mich immer noch nicht beruhigt. „Natürlich hätte es mir genau wie dir eine tiefe Befriedigung verschafft, wenn sie mit irgendetwas Illegalem aufgefallen wäre und sich dafür vor Gericht hätte verantworten müssen. Aber das war doch nicht deine Aufgabe, sie zu überwachen. Wir sollten uns in aller Ruhe zurücklehnen und abwarten, sagte Heidrun. Die kriegte garantiert irgendwann ihre Strafe."

„Das konnte ich nicht!" Sein Hals erinnerte ihn anscheinend schmerzhaft an die gerade erst überstandene Verletzung, denn er mäßigte seine Stimme und fuhr wesentlich ruhiger fort: „Ich wollte sie für das, was sie unserer Lilli angetan hat, büßen lassen. Ich konnte nicht dabei zusehen, wie die ihr Leben unbehelligt genießt und meine Tochter sich seit Jahren mit dem herumquält, was passiert ist. Das ist so ungerecht." Statt ihm zuzustimmen, verdrehte ich ostentativ die Augen. „Wir haben x-mal darüber gesprochen. Jeder, aber auch wirklich jeder, hat uns nahegelegt, die Vorfälle auf sich beruhen zu lassen." Ich holte wieder tief Luft, bevor ich die nächste Frage abschoss. „Wie oft genau hast du sie beobachtet?"

Er verzog das Gesicht. „Ziemlich regelmäßig", gab er dann zu. „Und natürlich an den Tagen, an denen ich das Auto zur Verfügung hatte. Weißt du …"

„Auch nachdem du bei deinem Therapeuten warst?", ließ ich ihn nicht mehr zu Wort kommen. Auf weitere Rechtfertigungen konnte ich gut verzichten.

Er wich meinem Blick aus, griff nach seinem Tabak und begann sich eine Zigarette zu drehen. „Ich habe die Sitzungen vor drei Monaten abgebrochen. Sie brachten sowieso nichts. Mir ging es statt besser immer schlechter."

Widerlegen konnte ich dieses Statement nicht. Er war definitiv in den letzten Wochen ruhiger und umgänglicher geworden. Er saß nicht mehr stundenlang grübelnd herum, war alles in allem wesentlich umgänglicher und betriebsamer geworden. Das meiste im Haushalt hatte er bereits erledigt, wenn ich von der Arbeit kam, kein Vergleich zu den Monaten davor, in denen er fast ausschließlich antriebslos auf der Couch gesessen hatte. Aber dass ausgerechnet die Beschäftigung mit Sugar, die Hoffnung, ihr bald irgendetwas ans Zeug flicken zu können, ihm diesen Auftrieb gegeben hatte! Nein, auf diese Idee wäre ich nie gekommen.

„Wann hast du den nächsten Termin bei deinem Psychiater?"

Sein verwirrter Gesichtsausdruck zeigte deutlich, dass er mit dieser Frage nichts anzufangen wusste. „Nächste Woche Mittwoch um zehn."

„Ich nehme mir frei und komme mit", erklärte ich mit Nachdruck. „Es wird Zeit, dass du endlich in die Normalität zurückfindest."

Mein Mann starrte auf die Zigarette in seiner Hand und schien meine Worte gar nicht gehört zu haben. „Weißt du, was komisch ist?" Er schüttelte sichtlich erstaunt über sich selbst den Kopf. „Ich kann nicht einmal sagen, dass ich Befriedigung über ihren Tod empfinde. Sowohl die Umstände, die dazu führten, als auch die Tatsache als solche lassen mich völlig kalt. - Und Lilli geht es dadurch auch nicht besser, ist mir klargeworden."

Fast gegen meinen Willen verspürte ich Mitleid mit ihm. „Der Ansatz ist da. Sie hat sich freiwillig in Therapie begeben", versuchte ich ihn zu trösten.

Er seufzte schwer. „ Das ist das Einzige, worauf wir im Endeffekt stolz sein können. Dass wir sie zu einem starken Menschen erzogen haben, der selbst gesunden will." Mit einer angewiderten Miene warf er die Zigarette, ohne sie anzuzünden, auf den Tisch.

Ja, Gott sei Dank hatte Lilli endlich den Mut gefunden, sich diesem Thema zu stellen und mit der Aufarbeitung zu beginnen. Sie war das eigentliche Opfer! Unser Sinnen und Trachten hätte in erster Linie darauf abzielen sollen, sie moralisch zu unterstützen und alles in unserer Macht Stehende für sie zu tun. Unsere Bedürfnisse nach Rache und Aufklärung hatten dahinter zurückzustehen, konnte oder wollte Michael das nicht verstehen?

Mein Mann erhob sich ächzend von seinem Stuhl. „Ich lege mich kurz auf die Couch. Ich fühle mich nicht besonders."

Ich hatte schon eine scharfe Erwiderung auf der Zunge. Dann sah ich sein graues müdes Gesicht und verkniff mir jede weitere Bemerkung. Die Auseinandersetzung mit mir hatte ihn sichtlich mitgenommen.

Aufgeschoben, dachte ich grimmig, aber nicht aufgehoben. Mein Instinkt sagte mir, dass noch weitere Geständnisse zu erwarten waren.

18

Hamid war aufgestanden, nachdem er ihn in der Küche rumoren hörte. Das Frühstück nahmen sie in aller Schnelle ein und machten sich anschließend gleich auf den Weg. Schweigend marschierten sie nebeneinander her, bis sie drei Straßen weiter ein türkisches Café erreichten. Hamid schnippte seine Kippe in den Rinnstein und öffnete die Glastür. Drinnen waren fast alle Tische besetzt und jeder warf ihnen einen kurzen Blick zu, bevor er sich wieder seinem Gesprächspartner zuwandte. Hamid schob sich durch die knapp bemessenen Freiflächen bis zu einer Nische ganz hinten im Raum, in der drei Männer saßen.

„Suchst du noch Leute, Kemal?"

Er hatte instinktiv erfasst, wer das Sagen hatte. Den circa Fünfzigjährigen umgab diese gewisse Aura von Macht, es hätte gar nicht der äußeren Anzeichen von Wohlstand bedurft, ihn als den Anführer zu kennzeichnen.

Kemal musterte Hamid und ihn ausgiebig, bevor er antwortete: „Gute Leute kann ich immer gebrauchen. Setzt euch." Mit einer knappen Handbewegung wies er die beiden Jüngeren an aufzustehen.

Er ließ dem Gefährten den Vortritt und quetschte sich neben ihn auf die Bank.

„Hat dein Freund Erfahrung?"

„Nein, aber er ist ein cleverer Kerl. Lernt schnell. Er wird dich nicht enttäuschen."

„Keine Geschäfte nebenher."

„Kein Problem", versicherte Hamid und er nickte.

„Du gehst mit ihm, du mit ihm." Kemal wies auf die beiden Männer, die neben dem Tisch stehen geblieben waren. „Wenn sie mit euch zufrieden sind, habt ihr den Job. Tägliche Auszahlung, hundert Euro, wenn alles gut läuft. Später mehr."

Bevor sie sich trennten, gelang es ihm, Hamid flüsternd zu fragen: „Was mache ich dafür?"

„Na, Drogen verkaufen. Was dachtest du?"

„Ihr arbeitet zu zweit", erklärte ihm sein Begleiter, der es nicht für nötig gehalten hatte, sich vorzustellen, auf ihrem Weg. „Der eine wickelt das Geschäft ab, der andere kümmert sich um die gebunkerte Ware und ist derjenige, der jeden einzelnen Verkauf einträgt. Wenn ihr versucht uns zu bescheißen, merken wir das sofort."

Sie erreichten einen kleinen Park, der trotz der Kälte bevölkert war. Kinder tobten über die Wiesen oder radelten auf kleinen Fahrrädern umher. Bis auf einige Säufer, die sich auf zwei nebeneinander stehenden Bänken versammelt hatten und lautstark lamentierten, waren kaum Erwachsene zu sehen, und die achteten auf ihre Hunde, die zwischen den Büschen schnüffelten.

Sein Begleiter schien hier bekannt zu sein, die Kinder wichen ihm aus, die Bier trinkenden Männer mieden seinen Blick, der herausfordernd hin und her glitt. Unbehelligt durchquerten sie den Park. Neben dem durch Querbalken gesicherten Ausgang stand ein junger Mann, lässig gegen einen Baumstamm gelehnt, scheinbar völlig desinteressiert an dem Geschehen um ihn herum. Nur seine Augen, die unablässig die Umgebung scannten, zeigten seine Wachsamkeit.

„Ein Neuer zum Einarbeiten", stellte sein Begleiter ihn vor und an ihn gewandt: „Heute ist dein Probetag. Yusuf zeigt dir, wie es abläuft. Morgen übernimmst du seinen Posten." Kaum hatte er zu Ende gesprochen, drehte er sich auf dem Absatz um und marschierte zurück.

„Tarik", stellte er sich vor.

Sein Gegenüber grinste. „Wird echt Zeit, dass die einen Neuen einstellen. Bei dem Wetter stundenlang rumzustehen, ist echt nervig", sagte er. „Sprichst du vernünftig Deutsch?"

„Nicht viel, verstehen ist besser", radebrechte er.

„Mit dem Geld kennst du dich aber aus, oder?"

Er nickte, nichts einfacher als das.

„Kundschaft", stellte Yusuf mit einem Blick über seine Schulter fest und winkte den jungen, abgerissen wirkenden Mann näher.

Bis zum späten Abend hatte er alles gelernt, was nötig war. Er kannte die einzelnen Waren und ihre Preise, wusste, wer sein Kontaktmann war und merkte sich, wie Yusuf mit den Kunden umsprang, die eher wie Bittsteller herangeschlichen kamen.

„Ware gegen Bares. Was anderes gibt es nicht. Macht einer Ärger, pfeifst du nach Muhammed."

Der war ein Schrank von einem Mann, mit einem stark vernarbten Gesicht, der sein Gegenüber allein schon durch sein Aussehen einschüchterte. Er nickte, obwohl er sich sicher war, mit den meisten selbst klarzukommen. Die hatten viel zu viel Angst, leer auszugehen, wenn sie ihn angingen.

Yusuf schien seine Gedanken zu erraten. Er grinste. „Wart's ab. So'n richtig Verzweifelter tickt gern mal aus. Dann bist du froh, dass Muhammed in der Nähe ist."

„Was ist mit der Polizei?" Das war seine größte Sorge. Anhand der Fingerabdrücke würden sie ihn schnell als Gesuchten erkennen.

„Meist fahren die nur im Streifenwagen vorbei. Aufpassen musst du auf die anderen, die nicht in Uniform stecken. Aber die erkennst du schnell. Du siehst ja, was normalerweise hier rumläuft. Dann verdünnisierst du dich, bis die Luft wieder rein ist. Gib mir mal deine Handynummer!"

Yusuf gab seine Daten auch an Muhammed weiter, der für die Ware verantwortlich zeigte und ihn mit Nachschub versorgte, immer nur so viel, dass er, falls man ihn doch erwischte, normalerweise nach Feststellung seiner Personalien wieder auf freien Fuß gesetzt würde. Er hütete sich, ihnen zu erzählen, dass er bereits zur Fahndung ausgeschrieben war, sondern behauptete auf Nachfrage, er sei ein Geduldeter.

„Du kommst morgen um zwei und übernimmst bis um zehn", bestimmte Yusuf, nachdem er ihm seine und Muhammeds Nummer übermittelt hatte. „Und sei pünktlich!"

Von seinem ersten Geld musste er sich unbedingt neu einkleiden, beschloss er auf dem Rückweg zu Hamids Wohnung. Er hatte die letzten Stunden erbärmlich gefroren und seine Zehen fühlten sich an wie abgestorben. Gut, dass er wenigstens einen Unterschlupf für die Nacht hatte.

19

Angelika

Ich war immer noch so sauer auf Michael, dass ich, nachdem ich die Küche aufgeräumt hatte, zu einem Spaziergang aufbrach. Ich musste mir meine Wut und meinen Frust erst einmal ablaufen, bevor wir weiterreden konnten.

Nicht nur der eisige Wind trieb mir die Tränen in die Augen. War ich denn blind gewesen, dass ich die Veränderungen nicht bemerkt hatte? Doch, ich hatte sie sehr wohl gesehen, nur gedacht, die Therapie würde endlich anschlagen. Michael wirkte nicht mehr so niedergedrückt, begann wieder Tatkraft zu entwickeln, und traf sich sogar ab und zu mit seinen Freunden und Bekannten. Ich hatte eigentlich erwartet, dass er bald zu seiner Arbeit zurückkehren dürfe und sich unser Leben damit fast normalisierte. Dass wir an den Nachwirkungen dieser Geschichte noch lange zu knacken haben würden, war mir natürlich schon bewusst. Deshalb freute ich mich ja über jeden kleinen Fortschritt.

Mir war von Anfang an klar gewesen, dass Michaels persönliche Hölle meine übertraf. Ich schaffte es definitiv besser, Lillis Aussage zu verarbeiten. Klar hatte ich mir anfangs ebenfalls schwere Vorwürfe gemacht und die Wut, die ich verspürte, lauerte weiterhin im Hintergrund. Abgeschlossen hatte ich mit dem, was wir erfahren hatten, noch lange nicht.

Vielleicht lag es auch daran, dass Hermann eben sein bester Freund war. Die zwei kannten sich länger als wir beide uns. Und nun standen sie sich wie zwei unversöhnliche Feinde gegenüber. Dieser Umstand brachte zusätzlichen Stress.

Trotzdem hätte ich nie erwartet, dass Michael auf derartige Ideen kam. Sugar aufzulauern und sie zu verfolgen! Mein Mann war zu einem waschechten Stalker mutiert!

Dass er ihr Mörder war, schloss ich rigoros aus. Ja, es gab eine Zeit, in der hätte ich nicht für ihn die Hand ins Feuer gelegt. Selbst mich erschreckten seine Ausbrüche. Deshalb reagierte ich mit einem erleichterten Aufatmen auf die Entscheidung der Ärzte, ihn in die Psychiatrie einzuweisen. Michael benötigte dringend sowohl medikamentöse als auch therapeutische Hilfe, um aus seinem Tief herauszufinden.

Die hohe Tablettendosis knockte ihn regelrecht aus. Zurück in unserer Wohnung war er anfangs kaum fähig, einen geregelten Tagesablauf einzuhalten. Einzig die Tatsache, dass er kurz darauf einen Platz in der Tagesklinik bekam, hinderte ihn daran, seine gesamte Zeit nahezu bewegungslos auf der Couch zu verbringen. Die intensiven Gesprächstherapien taten ein Übriges, ganz, ganz langsam kehrte er in die Normalität zurück.

Und jetzt das! Standen wir etwa wieder am Anfang?

Heidrun! Ich würde Heidrun anrufen, beschloss ich, machte auf dem Absatz kehrt und eilte zurück.

In meiner Wut war ich weiter gelaufen als gedacht, ich benötigte fast eine Stunde für den Weg und kam völlig verfroren zu Hause an. Michael saß in Lillis ehemaligem Zimmer vor dem Computer und spielte eines dieser hirnlosen Ballerspiele, um sich abzureagieren. Ich hatte das Wohnzimmer für mich.

Ich gönnte mir eine heiße Tasse Kräutertee und griff nach dem Telefon.

Sie nahm nach dem dritten Läuten ab. „Klotz?"

„Es brennt. Hast du einen Moment für mich?"

„Willst du nicht lieber vorbeikommen?" Gott sei Dank! Heidrun war anscheinend nicht in einer Therapie.

„Ich bin in zehn Minuten da."

Michael sah kaum auf, als ich mich abmeldete. Er schien völlig in seiner Spielewelt versunken. Ich griff nach meiner Jacke und den Autoschlüsseln und verließ aufatmend die Wohnung.

Während der Fahrt verfluchte ich einmal mehr den Umstand, dass wir mit niemandem in unserem Freundeskreis über dieses Thema sprechen durften. Heidrun war im Prinzip die Einzige, die mir blieb, wenn es wie jetzt ein Problem gab.

Immerhin hast du sie so überhaupt kennengelernt, versuchte ich das Positive zu sehen. Meine Chefin hatte mir diesen Kontakt vermittelt. Die Psychologin Heidrun Klotz, die sich vor kurzem zur Ruhe gesetzt hatte, war eine langjährige Klientin von ihr. Sie wusste, dass diese ab und zu auf privater Basis interessante Fälle annahm und hatte für mich nachgefragt, ob sie kurzfristig zur Verfügung stünde. Nachdem Frau Kohlmeier ihr einen kurzen Abriss gegeben hatte, war sie bereit gewesen, sich mit uns zu treffen. Schon nach wenigen Terminen bemerkte ich eine Veränderung in ihrem Verhalten. Die Gespräche wurden zunehmend freundschaftlicher und den kleinen Obolus, den sie uns abnahm, konnte man eher unter Schmerzensgeld verbuchen. Mittlerweile stand sie mir näher als so mancher unserer Freunde.

20

Michael

Gut für Angelika, dass es Heidrun gab. Sie war mittlerweile das, was für sie einer Freundin am Nächsten kam. In der Beziehung waren meine Frau und ich total gegensätzlich. Ich liebte es, mich mit meinen Freunden zu treffen und hatte einen großen Bekanntenkreis. Angelika verbrachte ihre Freizeit gern allein. Sie brauche keine anderen Leute um sich, sagte sie, wenn ich die Sprache darauf brachte. Sie könne sich gut allein beschäftigen.

Das war überhaupt nicht der Knackpunkt. In der Beziehung verstand ich sie einfach nicht. Sie blieb lieber zu Hause statt auszugehen, hasste große Partys und Menschenaufläufe und hatte kaum eigene Kontakte. Ab und zu traf sie sich mit ihrer ehemaligen Arbeitskollegin, mal bei ihr, mal bei uns, fast nie irgendwo zum Essen. Einmal in der Woche telefonierte sie ausgiebig mit den Kindern und jeden Freitag fuhr sie bei ihren Eltern vorbei, die eine halbe Stunde Fahrtzeit von uns entfernt wohnten. Die Einzige, mit der sie ein halbwegs freundschaftliches Verhältnis pflegte, war unsere Nachbarin. Bloß kamen deren Mann und ich nicht sonderlich gut miteinander klar. Deswegen besuchten sie sich meist gegenseitig für einen kurzen Plausch, gemeinsame Unternehmungen gab es nicht.

In ihrer Freizeit, die, das gab ich unumwunden zu, nicht gerade üppig war, las sie oder sah sich mit Vorliebe Dramen im Fernsehen an, spielte regelmäßig ihre Denkspielchen am Laptop, den ich ihr vor zwei Jahren zu Weihnachten geschenkt hatte, und machte dreimal in der Woche Yoga mithilfe der Wii. Sonntags liebte sie es, lange Spaziergänge zu unternehmen, bei denen ich sie normalerweise begleitete, was uns beiden zugutekam. Das war nämlich eine gute Möglichkeit, sich über alles Mögliche auszutauschen. Selbst Themen, bei denen wir uns in die Haare zu kriegen drohten, wurde bei einem kräftigen Marsch die Härte genommen. Außerdem entsprachen diese Ausflüge für mich dem, was einem regelmäßigen Fitnessprogramm am nächsten kam. Ich konnte mich nun mal nicht aufraffen, Sport zu treiben.

Seitdem ich von Lillis Martyrium wusste, hatte ich mich von den vorher so geliebten Aktivitäten völlig zurückgezogen. Es fehlte mir die Kraft, mich auf andere einzulassen. Der Spaß an gemeinsamen Unternehmungen war mir abhandengekommen und ich konnte mir nicht vorstellen, dass sich daran jemals etwas ändern würde. Das, was ich erfahren hatte, bestimmte mein gesamtes Denken und Handeln. Es saß wie ein ständiges mahnendes Stechen in meinem Herzen. Das Leben bestand nur noch aus Graustufen. Wie konnte ich jemals wieder glücklich sein? Wie meine mir allgegenwärtig erscheinende Schuld vergessen? Wieso hatte ich nie etwas bemerkt? Warum hatte sich Lilli uns nicht anvertraut? Und im Stillen natürlich die immerwährende Frage: Warum war diese grauenhafte Sache ausgerechnet meinem Kind passiert?

An dem Tag, als meine Frau mich aufklärte, war ich in keinster Weise auf das vorbereitet, was mich erwartete. Obwohl, als ich später darüber nachdachte, wurde mir klar, dass es durchaus Vorzeichen drohenden Unheils gegeben hatte. Die ganze Woche über war Angelika schon stiller als sonst gewesen. Mehrfach hatte ich sie dabei ertappt, wie sie grübelnd in ihrer Hausarbeit innehielt, sich jedoch bei Nachfragen ein Lächeln abrang und behauptete, es sei nichts mit ihr.

Erst am Freitagabend rückte sie mit der Sprache heraus. „Ich habe für morgen früh einen gemeinsamen Besuch bei einer Bekannten eingeplant. Wir sollen um elf bei ihr sein."

„Das geht nicht", protestierte ich. „Ich bin mit Hermann verabredet."

„Dann sag ihm bitte ab. Dieses Gespräch ist wichtiger."

Warum tat sie so geheimnisvoll? „Worum geht es dabei und wer ist diese Bekannte?"

„Lass uns morgen früh darüber reden. Das ist keine Sache, die wir in fünf Minuten abhandeln können."

„Rede jetzt sofort mit mir!", verlangte ich. Unsere gemeinsamen Treffen, bei denen wir stundenlang an diversen Computern herumbastelten, lagen mir echt am Herzen. Ich freute mich schon die ganze Woche darauf.

„Mir wäre es lieb, wenn wir dieses Problem morgen im Beisein dieser Psychologin klären würden."

Ein Problem? Für das wir eine Psychologin benötigten? Meine Alarmglocken schrillten. „Meine Güte, mach kein Drama daraus!", fuhr ich sie an. „Sag mir, worum es geht! Ich werde es schon ohne professionelle Unterstützung verkraften."

„Lilli hat angerufen." Und nach einer kurzen Pause. „Sie ist endlich mit dem herausgerückt, was sie belastet."

„Ja, und?" Ich musste rückblickend zugeben, im ersten Moment fiel mir ein Stein vom Herzen. Ich hatte tatsächlich kurzfristig die Befürchtung gehegt, Geli wolle sich von mir trennen und traue sich nicht, mir allein gegenüberzutreten.

Wie dumm von mir! Denn das, was sie mir mitzuteilen hatte, war viel grauenhafter als alles, was ich mir jemals hätte vorstellen können.

„Lilli ist jahrelang von Sugar sexuell missbraucht worden", sagte Angelika in meine Gedanken hinein.

21

Angelika

Wie immer parkte ich auf dem zweiten Einstellplatz, der sich vor der umgebauten Garage befand. Hier hatte Heidrun ihre Praxis betrieben. Heute nutzte sie die Räume hauptsächlich für ihr Hobby, das Handarbeiten, das sie nun mit ähnlicher Intensität betrieb wie ihre frühere Tätigkeit. Sie hielt Kurse ab, nutzte eine eigene Internetseite, auf der sie neue und alte Techniken vorstellte und den Anfängern mit Rat und Tat zur Seite stand, und gestaltete die tollsten Kleidungsstücke, die man sich vorstellen konnte. Ob Sticken, häkeln oder stricken, Heidrun war in allem meisterhaft – zumindest in meinen Augen, die ich gerade mal einen Knopf annähen oder eine Hose kürzen konnte.

Bevor ich klingeln konnte, öffnete sie die Tür. Ich folgte ihr in den kleinen Raum, der für die wenigen Ratsuchenden gedacht war, denen sie sich seit ihrem offiziellen Rentenbeginn annahm. Erst im Nachhinein hatte ich erfahren, was für ein Glück wir gehabt hatten, einen Termin bei ihr zu bekommen. Eigentlich betrieb sie die Psychologie nur noch hobbymäßig und achtete darauf, sich nicht zu sehr zu involvieren.

„Ich habe mich bereits viel zu lange mit dem Elend anderer beschäftigt", hatte sie mir anvertraut, nachdem unser Verhältnis sich zum freundschaftlichen wandelte. „Normalerweise ist mein Limit drei Sitzungen pro Woche. Euch habe ich nur dazu genommen, weil ich erstens deiner Chefin noch einen Gefallen schuldete und zweitens euer Fall mich ehrlich gesagt reizte. Auf Derartiges trifft man in meiner Sparte äußerst selten."

„Wir hätten auch gern darauf verzichtet", konnte ich mich nicht bremsen zu erwidern.

Sie hatte mir tröstend die Hand getätschelt. „Das kann ich mir lebhaft vorstellen. Keiner will freiwillig seine Lieben mit so etwas in Verbindung gebracht sehen."

Jetzt ließ ich mich auf das Zweiersofa ihr schräg gegenüber plumpsen und begann zu berichten. „Ich hätte ihn am liebsten erwürgt", schloss ich.

„Du bist enttäuscht, weil du dachtest, er wäre auf dem Weg der Besserung." Sie lehnte sich zurück und griff nach ihrem Kaffeebecher. „Auch einen?"

„Ich bin enttäuscht, weil ich feststellen muss, dass er sich weiterhin seinen Rachegelüsten hingibt, statt sich endlich mit der Realität abzufinden", verbesserte ich sie. „Nein, ich habe gerade erst einen Tee getrunken. Ich melde mich, wenn ich was möchte."

„Er kann nicht anders." Ihre grauen Augen musterten mich besorgt. „Es ist kein böser Wille von ihm, Angelika. Für ihn sind diese Rachegelüste, wie du es nennst, ebenfalls nicht einfach zu ertragen. Es treibt ihn regelrecht in diese Richtung, er hat die Geschichte immer noch nicht verarbeitet. Sein Weg ist viel länger als deiner."

Bevor ich antworten konnte, sprang mir die Beruhigungskatze auf den Schoss, drehte sich zweimal um sich selbst und ließ sich gnädig auf meinen Beinen nieder. Sie stieß ihr Köpfchen auffordernd gegen meine Hand, bis ich begann sie zu streicheln.

Bei unserem ersten Treffen hatte sie sich Michael auserkoren und er blieb auch ihr Favorit, so lange wie er mitkam. Bei meinen Besuchen tauchte sie meist nur sporadisch auf, beehrte mich kurz mit ihrer Anwesenheit und verschwand relativ schnell wieder.

„Sie ist meine beste Assistentin", hatte Heidrun geschmunzelt, als ich sie irgendwann darauf ansprach. „Sie spürt, wenn jemand unter starker Spannung steht, und meint, es sei ihre Aufgabe, denjenigen zu beruhigen. Und es funktioniert. Ist dir nicht aufgefallen, dass Michael schon nach wenigen Minuten wesentlich entspannter wirkte?"

„Ich hatte es eher auf deinen Einfluss geschoben." Irgendwie hatte ich ihr nicht glauben können.

Doch heute sah ich selbst, dass ihre Aussage stimmte. Das Streicheln und ihre angenehme Wärme entspannten mich zusehends. Schon eine Viertelstunde später war ich in der Lage, wesentlich gelassener zu argumentieren.

„Wie siehst du es? Sollen wir der Polizei gegenüber weiterhin mauern?"

„Unbedingt. Vor allem, da Hermann vermutlich auch nicht mit der Sprache rausrücken wird. Die Idee deiner Chefin ist gut. Ihr bleibt nahe bei der Wahrheit, ohne zu viel zu verraten. Durch seine Aktion steht Michael sowieso im Fokus der Ermittlungen. Man muss die Kripo nicht unbedingt mit der Nase darauf stoßen, dass er ein astreines Motiv hätte."

„Er ist es nicht gewesen", protestierte ich.

„Das weißt du und ich nehme es auch an. Doch die Beamten kennen ihn nicht. Sie sehen nur die Fakten. Wann ist der Mord geschehen? Hat Michael wenigstens ein vernünftiges Alibi?"

Wie, sie nahm es an? Hieß das, sie hielt ihn durchaus für dazu fähig, einen Mord zu begehen? Ich fragte lieber nicht nach. Für mich stand fest, dass mein Mann niemals der Täter war. „Ich habe keine Ahnung, wann sie genau ermordet wurde. In dem Fernsehbericht hieß es, in der Nacht von Montag auf Dienstag. Michael war bis kurz nach acht bei einem Freund, der ihn auch nach Hause brachte. Wir sahen gemeinsam fern. Er ist direkt mit dem Filmende um zehn schlafen gegangen, ich um halb elf. Das Dumme ist allerdings, dass sein Auto über Nacht in der Nähe von Sugars Wohnung parkte. Es ist nicht angesprungen und er hat es erst am nächsten Morgen abgeholt."

Heidrun hob ungläubig die Augenbrauen. „Bist du dir sicher, dass diese Aussage stimmt?"

22

Michael

Ich hatte es mir auf der Couch gemütlich gemacht, nicht nur mein Hals, mein gesamter Körper schmerzte, obwohl ich mit den Tropfen relativ großzügig umging. Eigentlich wollte ich versuchen, vor der drohenden Aussprache mit Geli ein wenig zu schlafen, doch ich konnte nicht verhindern, dass meine Gedanken an den Anfang der Geschichte, den Beginn meiner ganz persönlichen Hölle zurückwanderten.

„Das glaubst du doch wohl selbst nicht!", hatte ich Geli angefahren. Eine Äußerung, die eher meiner Fassungslosigkeit und meiner inneren Abwehr entsprang, als dass ich es tatsächlich so meinte. Nie! Niemals konnte meinem Kind Derartiges passiert sein!

Sie sah mich stumm an und schüttelte den Kopf. Ich wusste, dass du so reagieren würdest, las ich in ihren Augen.

Die Fragen begannen sich in meinem Kopf regelrecht zu türmen. „Wann hat sie es dir gesagt? Wieso erst jetzt? Warum hat sie nie mit uns darüber gesprochen?" Ich hielt inne und barg mein Gesicht in den Händen. Totale Erschöpfung hatte mich ergriffen. In Wahrheit zweifelte ich nicht einen Moment an ihren Worten.

„Sie hat mich am Montag angerufen und mir alles erzählt. Sie wollte endlich reinen Tisch machen."

Meine Güte, meine Frau war normalerweise wesentlich redefreudiger. Sonst ließ sie sich nicht jede Einzelheit aus der Nase ziehen. „Was genau hat sie dir gesagt?", wiederholte ich.

„Du kannst dich bestimmt erinnern, dass wir uns schon über ihre Jungenabstinenz gewundert haben", begann sie umständlich ihren Bericht. Ich ließ sie in ihrem Tempo reden. Hauptsache, ich erfuhr die relevanten Tatsachen.

„Über Händchenhalten und einen Kuss ist sie nie hinausgegangen. Das hat sie mir bei dem Telefonat noch einmal bestätigt. Sie ekelte sich, wenn einer versuchte sie anzufassen. Deshalb ließ sie sich nie auf eine richtige Beziehung ein.“

Und deshalb hat sie die Schule derart schlecht und eine vernünftige Ausbildung gar nicht auf die Reihe gekriegt, schoss es mir durch den Kopf. Ich behielt diesen Gedanken jedoch lieber für mich. Erst einmal hören, worauf meine Frau hinauswollte.

„Dann hat sie vor kurzem Alex kennengelernt. Und sich in ihn verliebt. Und deshalb hat sie angefangen, sich mit dem Vorgefallenen, was sie bisher tief in sich vergraben hatte, auseinanderzusetzen. Es war die Liebe, die sie dazu brachte, sich zu öffnen. Sie fing an, sich mit dem Thema näher zu befassen, las Artikel und Berichte dazu im Internet. Sie erkannte, dass sie keine Mitschuld an dem trug, was damals passierte. Sie …“

„Moment“, unterbrach ich sie nun doch. „Wieso Mitschuld?“

„Weil sie das alles hat mit sich machen lassen. Sie dachte jahrelang, sie sei selbst schuld, weil sie nie was gesagt und sich nie gewehrt hat. Sie schämte sich, dass sie es kaum aushalten konnte.“

Also richtig gedacht! Deshalb hatte sie ihren Weg nicht gefunden und war derart unentschlossen vor sich hingedümpelt! Angelika sprach es nicht aus, musste sie auch nicht. Ich konnte mir sehr gut vorstellen, wie es in meiner Tochter ausgesehen haben musste. Schlagartig wurde mir speiübel. Ich sprang auf und rannte ins Bad.

Auf dem Rückweg schüttete ich mir einen großen Whiskey ein. Den brauchte ich, um weitere Einzelheiten ertragen zu können. Mein Kopf schmerzte unerträglich und in einer kleinen versteckten Ecke meines Gehirns wimmerte die ganze Zeit über eine Stimme: mein armes Kind! Mein armes, armes Kind! Ich hätte schreien können vor Entsetzen. Eigentlich wollte ich den Rest überhaupt nicht erfahren. Mir reichte das bisher Gehörte. Meine Welt war bereits zusammengebrochen.

An dem besagten Abend wurde nicht mehr viel geredet. Ich trank eine halbe Flasche Whiskey und taumelte ins Bett, ich wollte nur noch im Schlaf gnädiges Vergessen finden. Am nächsten Morgen nötigte mich Angelika, direkt bei Hermann anzurufen und ihm abzusagen.

„Aus unserem Treffen wird leider nichts", brachte ich mit Müh und Not heraus. Am liebsten hätte ich ihm mein Wissen sofort an den Kopf geschleudert. Doch Angelika war der Meinung, wir sollten zuerst mit dieser Psychologin sprechen, bei der sie uns einen Termin besorgt hatte. Diesen Besuch schob ich als Erklärung vor, ich behauptete, es handle sich bei dieser Frau um eine ehemalige Arbeitskollegin Angelikas, die nur kurz in der Stadt sei und uns eingeladen habe. Danach beendete ich das Telefonat abrupt, indem ich tat, als hätte meine Frau nach mir gerufen. Trotzdem war ich nach den paar Worten schweißgebadet. Ihm irgendwann wieder gegenüberzutreten zu müssen, erschien mir unmöglich.

„Es ist normal, dass Sie so empfinden", beruhigte mich Heidrun Klotz. „Gerade deshalb ist es wichtig, dass Sie zuallererst mit sich selbst ins Reine kommen und den Kontakt so lange meiden. Ich kann mir vorstellen, wie es in Ihnen aussieht. Auf der einen Seite sind Sie am Boden zerstört, weil Sie es nicht geschafft haben, Ihre Tochter zu beschützen. Sie fühlen sich schuldig, minderwertig. Sie denken, Sie haben als Vater versagt. Auf der anderen Seite empfinden Sie eine unglaubliche Wut auf diese Sugar. Sie möchten, dass sie dafür bestraft wird, was sie Ihrer Tochter angetan hat."

Ich war ziemlich verblüfft, dass sie genau das aussprach, was ich dachte. Wir waren erst gute zehn Minuten bei ihr und ich hatte es meiner Frau überlassen, ihr die Hintergründe zu erklären. Eigentlich war ich auch etwas sauer auf Angelika. Sie wusste Bescheid und hatte, statt mich einzuweihen, sich mit ihrer Chefin besprochen. Wenn alles so gelaufen wäre, wie von Geli beabsichtigt, hätte ich erst heute und hier erfahren, was Lilli ihr anvertraute. Ziemlich heftig, was? Schreckte sie dermaßen vor meiner Reaktion zurück, dass sie glaubte, die Hilfe einer zweiten, in diesen Dingen erfahrenen Person zu benötigen?

23

Angelika

Als ich Heidrun verließ, konnte ich wesentlich gelassener auf das ausstehende Gespräch mit Michael blicken. Ich würde ruhig bleiben, mich zu keinerlei Bemerkungen hinreißen lassen, egal was er zu erzählen hatte.

Bevor ich heimkehrte, fuhr ich am Supermarkt vorbei und kaufte für das morgige Mittagessen ein. Angesichts seiner Schluckstörung beschloss ich, ein Reisgericht zu kochen, und packte die benötigten Zutaten in meinen Einkaufswagen.

Zu Hause angekommen verschwand ich gleich in der Küche und begann mit den Vorbereitungen. Wie ich es erwartet hatte, tauchte mein Mann fünf Minuten später im Türrahmen auf und griff ostentativ nach seiner Medizin. Ich beachtete ihn nicht weiter, sondern widmete mich dem Kleinschneiden der Zwiebeln und Tomaten.

Er setzte sich an den Tisch und nahm einen großen Schluck Wasser aus seinem Glas. „Ich weiß, dass ich Mist gebaut habe", sagte er leise. „Aber ich kam einfach nicht gegen diesen Hass auf sie an. Ich wollte ihr unbedingt was ans Zeug flicken. Irgendwas, das allen zeigen würde, wie sie wirklich ist."

Das war nur die eine Seite. In erster Linie wollte er ihren Vater treffen. Der, der die Wahrheit weit von sich gewiesen hatte, der ihn, seinen besten Freund, der Treue zu seiner Familie opferte und ihn damit, zumindest in Michaels Augen, zum Lügner degradierte. Ich glaubte sogar, dass dessen Reaktion zumindest den späteren Verlauf seines Handelns mehr diktierte als der Hass auf Sugar.

„Wenn ich dir von meinen Unternehmungen erzählt hätte …" Er verstummte und warf mir einen um Verzeihung heischenden Blick zu. „Ich habe mittlerweile selbst erkannt, wie blöd ich mich benommen habe. Ich war auf dem total falschen Weg."

Vor oder nach diesem Mord, wollte ich fragen, verbiss mir jedoch jeden Kommentar. Damit hätte ich ihn nur noch mehr in die Defensive gedrängt.

„Lilli geht es ja nicht besser, wenn meine Rachegelüste befriedigt sind. Ich finde es nur so verdammt unfair, dass sie nicht für das, was sie unserer Tochter angetan hat, bestraft werden kann."

Wobei wir wieder bei unserem Thema Nummer eins waren, diesen Punkt kauten wir bereits seit Monaten regelmäßig durch. Selbstverständlich brodelten auch in mir immer noch Zorn - und Aufbegehren. Zu erfahren, was unsere Lilli durchgemacht hatte und wie stark ihre Psyche dadurch beschädigt war – ich konnte kaum daran denken, ohne dass es mir die Tränen in die Augen trieb. „Wie war das denn jetzt am Tag ihrer Ermordung?", fragte ich laut. „Was hast du gemacht?"

„Petra holte wie schon so oft gleich morgens den Kleinen ab", begann er zu berichten. „Deshalb dachte ich, Sugar unternimmt irgendwas. Als sie nicht erschien, habe ich mich in das Café schräg gegenüber gesetzt und abgewartet. Ich glaube, die hat einen neuen Freund. Zumindest sah ich einen Kerl ins Haus gehen, der zu ihr passte, einer von diesen zwielichtigen Typen, mit denen sie sich immer rumtrieb."

„Hattest du nicht gesagt, sie wäre mit einem Asylsuchenden zusammen?"

„Der ist schon seit einer Woche nicht mehr aufgetaucht. Wahrscheinlich hatte er die Schnauze voll von ihr."

Oder sie von ihm, ergänzte ich stumm und wandte mich zum Herd, um das Gehackte anzubraten.

„Ich bin bis mittags im Café geblieben, dann habe ich dich abgeholt."

Und nach dem gemeinsamen Essen einen Termin bei deinem Therapeuten vorgeschoben, nach dem das Auto angeblich nicht mehr angesprungen ist!

„Ich hatte echt gehofft, es gäbe was Interessantes zu beobachten", rechtfertigte Michael sich, als hätte er meine Gedanken erraten. „Nur deshalb bin ich noch mal hin. Mit der Batterie, das war meine Schuld. Ich hatte sie schon vor längerem aufladen wollen. Die kleine Standheizung gab ihr wohl den Rest."

Ich rührte heftiger. Eine eigene kleine Heizung, damit der Herr nicht fror! Und mir gegenüber hatte er so getan, als läge es an den Zündkerzen!

„Stefan holte mich ab und wir fuhren zu ihm, weil wir nicht am Nachmittag unter den Augen aller das Auto flottmachen wollten." Er hüstelte. „Der war froh und dankbar, dass ich Zeit für ihn hatte. Ein kompletter Crash. Ich brauchte Stunden, um ihm zumindest wieder Zugriff zu gewähren."

Stunden? „Wann wart ihr denn bei ihm?"

„Das muss so gegen halb sechs gewesen sein. Ja, es herrschte reichlich Feierabendverkehr und die Parkplätze vor und hinter mir waren besetzt. Er hätte auf der Straße neben mir halten müssen. Das ging um diese Uhrzeit nicht."

Also stimmte nicht ein Wort von dem, was er mir erzählt hatte: Stefan sei quer durch die Stadt zu ihm gebraust, um ihm Starthilfe zu geben, nur um festzustellen, dass die Zündkerzen hinüber waren. Deshalb hätte er bei seiner anschließenden Computerhilfe ebenfalls nicht auf die Uhr schauen können.

„Haben die Polizisten dich nach deinem Alibi gefragt?"

„Ich gab an, dass ich bei Stefan war, der mich dann nach Hause brachte und ich mit dir zusammen fernsah. Stimmt ja auch."

Während ich den Reis, die Tomaten und die gefrorenen Paprikastreifen in den Topf gab und Wasser auffüllte, ließ ich mir seine Aussage durch den Kopf gehen. „Im Nachmittagsbereich bist du nicht entdeckt worden? Und was ist mit dem Auto? Haben sie danach nicht gefragt?"

„Bisher nicht. Das war wohl eher ein Routinebesuch. Die wussten ja nicht mal von Hermanns Auftauchen am Tag zuvor. Dieser verdammte Idiot! Durch seinen Angriff hat er mich bestimmt zum Verdächtigen Nummer eins gemacht." Er hielt inne, aber ich wusste instinktiv, dass er noch weitere Dinge vor mir zurückhielt.

24

Michael

Angelika musste sich weiter ums Essen kümmern. Ich nutzte die Gelegenheit, um mich ins Wohnzimmer zu verziehen. Im Moment war ich mir nicht sicher, ob ich tatsächlich mit allem herausrücken sollte, was ich in letzter Zeit unternommen hatte. Vom vielen Reden tat mir jetzt schon der Hals weh. Wollte ich reinen Tisch machen, würde ich wahrscheinlich stundenlang erzählen müssen.

Ich legte mich auf die Couch und schob mir eines der Zierkissen unter den Kopf. Meine Gedanken wanderten zurück zu dem ersten Treffen mit dieser Psychologin, zu dem ich eigentlich mit echtem Widerwillen gefahren war, innerlich nicht bereit, mich ihr zu öffnen.

„Ich kann nicht fassen, dass ich nie etwas gemerkt habe", hörte ich mich zu meinem Erstaunen sagen.

„Das ist das Schreckliche daran", nickte Frau Klotz. „Meist werden die Opfer von den Tätern derart unter Druck gesetzt, dass sie sich nicht trauen, die Wahrheit zu erzählen. Und in diesem Fall, wenn Kinder Kinder missbrauchen, ist es fast immer so, dass die Aggressoren ihren Opfern suggerieren, sie hätten eine Mitschuld und würden, wenn das Vorgefallene herauskäme, genauso bestraft wie sie selbst."

„Das verstehe ich nicht. Es hätte Lilli klar sein müssen, dass sie keinerlei Schuld daran hat", wandte Angelika ein. „Sie ist vier Jahre jünger als Sugar. Und das waren keine harmlosen Doktorspiele, was da ablief."

„Angefangen hat es garantiert mit relativ harmlosen Spielchen, zu denen sich Ihre Tochter überreden ließ. Diese Sugar nutzte das Vertrauensverhältnis aus, das sie als ältere Freundin besaß. Sie erzählten, Lilli sei immer gern zu den Fischers mitgegangen und Sugar habe eine tolle Art gehabt, mit der Kleinen umzugehen. Die Beziehung sei in ihren Augen besser gewesen als zu der eigenen Schwester."

Angelika lief rot an. „Josie hatte von Anfang an ihre Musik", verteidigte sie unsere Älteste. „Sie war kaum einmal zum Spielen bereit, besuchte lieber Michaels Tante, die unten im Haus wohnte, weil die sie jederzeit an ihr Klavier ließ. Außerdem sind unsere beiden fünf Jahre auseinander. Und Josie wechselte schon mit zehn auf dieses Internat für musisch besonders begabte Kinder.“

Unser Wunderkind! Von wem sie diese Begabung hatte, war mir schleierhaft. Weder Geli noch ich spielten ein Instrument oder konnten singen. Und Josephine war ein Ausnahmetalent, das wurde uns von mehreren Seiten bescheinigt. Sonst hätten wir niemals diese Belastung auf uns genommen, die unsere Familie auseinanderriss.

„Seit wann hatten Lilli und Sugar vermehrt Kontakt?“

Angelika sah mich hilfesuchend an.

„Von Anfang an. Das heißt, seit die Kleine zwei Jahre alt war“, verbesserte ich mich. „Da nahm ich sie oft mit, wenn ich mich mit Hermann traf. Sugar war jedes Mal hellauf begeistert, genauso wie meine Tochter. Die freute sich darauf mitzudürfen.“

„Es war für uns keine einfache Zeit“, übernahm Geli. „Ich hatte wieder angefangen zu arbeiten, dazu kamen der Haushalt und Josies viele Musikstunden. Ich war froh, wenn ich Lilli anderweitig gut aufgehoben wusste.“ Sie lachte bitter. „Nie, niemals hätte ich damit gerechnet, dass diese … diese …“ Sie suchte nach Worten, zuckte dann mit den Schultern.

„Und wie lange hielt das nach außen hin gute Verhältnis?“

Wir tauschten uns mit stummen Blicken aus. „Als Sugar in die Pubertät kam, also mit dreizehn, vierzehn“, erwiderte ich schließlich.

„Nein, das Ganze schlief nach und nach ein“, widersprach Geli. „Lilli spielte in dem Alter viel mit den Nachbarskindern und hatte sich meist schon verabredet, wenn Michael sich mit Hermann treffen wollte. Die beiden sahen sich nur noch auf den gemeinsamen Feiern, wenn Familie und Freunde beisammensaßen. Doch da hatte Sugar ihre Freundinnen ebenfalls eingeladen und gab sich ausschließlich mit denen ab.“

„Lilli war nach ihren eigenen Angaben neun, als sie den Mut aufbrachte, sich von ihr zu lösen. Ihre Tochter hat den endgültigen Schlussstrich gezogen. Sie hat den Mut gefunden, sich selbstständig aus dieser unseligen Beziehung zu befreien“, erinnerte uns Frau Klotz.

Meine Frau brach plötzlich in Tränen aus. „Wissen Sie, was mich am meisten fertigmacht? Uns gegenüber verhielt Sugar sich immer freundlich, aufrichtig freundlich, wie ich fand. Wir gehörten für sie zur Familie dazu, wurden zu jedem wichtigen Ereignis eingeladen. Sie bemühte sich richtiggehend um uns. Bis zum Schluss. Ich komme mir jetzt regelrecht verarscht vor. Die wusste die ganze Zeit über, was sie unserem Kind angetan hat und machte auf gute Freunde."

„Für Sugar ist das längst Schnee von gestern", wandte Frau Klotz ein. „Sie misst dem Ganzen nicht die Bedeutung zu wie Sie. Sie hat in dieser Beziehung kein Unrechtbewusstsein. Ihr ist vermutlich nie klargeworden, was sie Ihrer Tochter angetan hat." Dann hielt sie uns einen Vortrag, dass diese Kinder auch Opfer wären, selbst durch die Hölle gegangen seien, um so zu werden.

Ich ließ ihre Worte an mir abprallen. Ich hatte kein bisschen Mitleid mit Sugar, sah nur Lillis Martyrium, wollte keine Entschuldigung hören, die ihre Schuld infrage stellte. Für mich war sie die Täterin, die bestraft gehörte.

25

Angelika

„Es gibt da noch was, was ich dir sagen muss", begann mein Mann, als ich ins Wohnzimmer trat.

Bevor ich mich in den Sessel ihm gegenüber setzte, holte ich den Aschenbecher aus dem Schrank und meine Zigaretten aus der Jackentasche. „Zuerst einmal gestehe ich, dass der Stress mich zurück in die Abhängigkeit gebracht hat." Ich zündete mir den Glimmstängel an und nahm einen tiefen Zug. „Ich dachte, ich kriege es in den Griff. Tja, scheint zurzeit nicht so."

„Ha, dann werde ich nicht mehr in die Küche vertrieben", freute sich Michael, der wesentlich früher seine guten Vorsätze über Bord geworfen hatte als ich. Direkt in der Klinik war er seiner Sucht erlegen, angeblich weil fast alle Mitpatienten ebenfalls rauchten.

Ich blieb wesentlich länger standhaft. Der Angriff auf Michael war dann der Tropfen, der das Fass zum Überlaufen brachte. Ich konnte meine Gier nicht länger unterdrücken, die mich noch am selben Nachmittag die erste Zigarette seit fünf Jahren hatte rauchen lassen. Natürlich war mir schwindelig geworden und sie schmeckte nicht gerade berauschend. Trotzdem empfand ich das Nikotin als Beruhigung und wollte nicht darauf verzichten. So ließen sich die weiteren Überraschungen, die mein Mann mir zu bieten hatte, besser ertragen.

„Kannst du mir meinen Tabak und die Blättchen holen?", bat er, während er sich umständlich aufsetzte.

„Mit deinem schlimmen Hals?"

Er rutschte unruhig hin und her. „Glaube mir, es wird ein langer Abend."

So vorgewarnt ermahnte ich mich selbst zur Ruhe, nachdem ich ihm das Gewünschte gereicht hatte und zusah, wie er sich umständlich eine Zigarette drehte.

„Damals nach der Tagesklinik", begann er, „du weißt ja, dass die dort die Tabletten auf ein erträgliches Maß reduzierten, sodass ich fähig war, wieder zu denken. Also, was ich sagen will: Du hast dich in deiner Arbeit vergraben und ich hatte jede Menge Zeit zum Nachdenken."

Ach, ja? Mir gegenüber hatte er den schwer Depressiven heraushängen lassen, der stundenlang auf der Couch lag, trübsinnig vor sich hinstarrte und sich zu keiner körperlichen Anstrengung aufraffen konnte. Doch ich kam nicht dazu nachfragen, denn er begann mit seinem Bericht, und was er erzählte, ließ meine Haare zu Berge stehen.

Ohne dass ich es bemerkt hatte, war er aktiv geworden, versuchte auf eigene Faust herauszufinden, ob es noch andere gab, die Schlechtes über Sugar zu berichten hatten. Zuerst nahm er Kontakt zu Hermanns erster Frau auf und stellte sich dabei anscheinend sehr geschickt an, platzte nicht sofort mit seiner Anklage heraus, sondern stellte dieses erste Treffen als Zufall hin. Er erkundigte sich eingehend nach ihrer momentanen Situation, wie es den Kindern ginge und so weiter. In Smalltalk war Michael nahezu unübertroffen. Er konnte sich super auf sein Gegenüber einstellen und ihm das Gefühl geben, wirklich interessiert zu sein. Zudem war er mit Sonja immer gut ausgekommen, so wie ich auch. Wir waren beide enttäuscht, als sie sich von Hermann trennte. Mit Petra, seiner neuen Liebe, fand sich keine richtige gemeinsame Basis. Unsere Unternehmungen zu viert, die früher an der Tagesordnung gewesen waren, ließ ich bald darauf mit der fadenscheinigen Begründung einschlafen, Josies Musikunterricht ermögliche keine freie Minute mehr, was definitiv gelogen war.

„Bei dem ersten zufälligen Treffen", Michael setzte bei dem Wort zufällig Gänsefüßchen in die Luft, damit ich auch wirklich Bescheid wusste, „sagte ich Sonja zum Schluss, dass der Kontakt zwischen Hermann und mir abgebrochen sei. Dann schob ich einen dringenden Termin vor und versprach, ihr demnächst alles Weitere zu erzählen." Er grinste. „Du kannst dir sicher denken, dass sie zwei Tage später bei uns anrief und verkündete, die Sache lasse ihr keine Ruhe Wir wären doch die allerbesten Freunde gewesen. Was denn um Himmels Willen vorgefallen sei?"

„Ich versuchte mich damit rauszureden, dass es halt schrecklich zwischen uns gekracht hätte. Sie kenne ihn und seine Art ja. Und weil sie sich damit nicht zufriedengeben wollte, schob ich nach, dass Petra anschließend das Ganze auf die Spitze getrieben hätte, indem sie uns beschuldigte, Lügen zu erfinden, uns aufs Übelste beschimpfte und Hermann ihr noch den Rücken stärkte."

„Bist du in ihr Geschäft gegangen, bei dieser ersten zufälligen Begegnung?", fragte ich rundheraus.

Michael hatte den Anstand zu erröten. „Ich habe behauptet, ich suche nach einem passenden Geschenk für dich und tat fürchterlich überrascht, dass sie die Inhaberin des Ladens sei. Sie nahm mir das ab, weil ich mich vorher nie hatte dort blicken lassen."

„Und wie ist sie an unsere Telefonnummer gekommen?"

„Äh, ich glaube, ich habe im Gespräch zufällig verlauten lassen, dass wir noch immer in derselben Wohnung leben."

Klar, ganz zufällig!

„Ich sollte dir übrigens schöne Grüße von ihr bestellen und dass sie sich freuen würde, wenn du dich mal meldest."

„Und wann war das?"

Er überlegte. „Vor zwei, drei Monaten? Ja, das kommt hin."

Na, toll! Bestimmt dachte sie, ich hätte kein Interesse.

„Sie hat eben noch mal angerufen. Wollte wissen, ob wir mehr erfahren haben, als in der Zeitung steht. Sonderlich betroffen wirkte sie nicht, bloß ziemlich neugierig."

„Hast du ihr von Hermanns Angriff erzählt?"

„Warum nicht? Sie war ja zu mir auch offen."

Danach musste ich später noch einmal fragen. „Aber von Lilli doch wohl nicht!"

„Natürlich nicht. Ich habe nur erwähnt, dass Sugar nicht gerade die Hoffnungen erfüllte, die ihr Vater in sie setzte. Und auf ihre Nachfrage hin bin ich etwas deutlicher geworden. Mehr als dass ich sie darüber aufklärte, wie die sich entwickelt hat und zuletzt lebte, war da nicht. Sie sagt, ihr Ältester hätte gemeint, Sugar sei von Anfang an ein komisches Kind gewesen. Er und sein Bruder wären nie mit ihr klargekommen."

26

Michael

Bisher hatte ich das Wichtigste noch mit keinem Wort erwähnt. Sollte ich Geli endlich in diese Richtung lenken oder zuerst ihre Neugier befriedigen?

Bevor ich reagieren konnte, überfiel sie mich mit ihren Fragen.

„Ihre Söhne sagen, Sugar sei ein richtiges Biest gewesen. Sie versuchte andauernd, sie zu irgendwelchem Mist anzustiften und stellte sich, wenn es rauskam, als Unschuldsengel hin. Außerdem hätte sie sehr früh sexuelles Interesse an den Tag gelegt. Waren die beiden Jungen zu Besuch, beobachtete sie sie auf Schritt und Tritt und tauchte oft zufällig auf, wenn sie sich umzogen. Auch durchs Schlüsselloch hat sie geschaut, wenn einer von ihnen auf der Toilette war. Und sie selbst hat nie abgeschlossen und sogar die Tür aufgelassen."

„Kannst du dich an den Sommer erinnern, der so heiß war? Als Hermann den Swimmingpool kaufte?" Angelika beugte sich wie elektrisiert vor. „Ich sehe es direkt vor mir. Sugar zog sich andauernd ihr Badehöschen aus und tanzte nackt herum. Die Jungen dagegen sind zum Umziehen reingegangen."

„Ich dachte, die Kleine sei wegen des tollen Schwimmbads außer Rand und Band." Meine Frau hatte eindeutig ein besseres Gedächtnis als ich. „In welchem Jahr war das?"

„Lilli hatte gerade ihren ersten Geburtstag gefeiert. Also war Sugar fünf."

„Und wenn sie musste, hat sie sich ins Gras gesetzt und gepinkelt, so, dass alle sie sehen konnten", fiel es mir ein.

„Du, in dem Alter denkt man sich nichts dabei. Vielleicht überbewerten wir ihr Benehmen anhand dessen, was wir wissen."

„Unsere beiden haben so was nie gemacht", erklärte ich im Brustton der Überzeugung.

Sie lachte. „Nein, Josie und Lilli waren zurückhaltender. Allerdings hatten wir auch einen anderen Erziehungsstil."

„Trotzdem. Wenn du all das zusammennimmst, ergaben sich schon früh Anzeichen für ein sexuell ausgerichtetes Interesse", beharrte ich. „Hermanns Jungen sind sechs beziehungsweise sieben Jahre älter als Sugar. Das hatte nichts mehr mit Neugier zwischen ungefähr Gleichaltrigen zu tun."

Geli seufzte. „Hinterher sieht man leider oft Dinge, die man damals nicht bewusst wahrgenommen hat. Stellten die Jungen nicht kurz darauf ihre Besuche ganz ein? Hat Sonja sich dazu geäußert?"

„Nicht direkt. Sie meinte nur, die beiden wären kaum noch zu bewegen gewesen, dorthin zu gehen. Dann hat sie schnell das Thema gewechselt. Ich dachte, es läge hauptsächlich an der unerfreulichen Atmosphäre, die zu diesem Zeitpunkt herrschte. Selbst wir haben ständig irgendwelche Gründe vorgeschoben, warum wir angeblich nicht kommen konnten."

Petra, von Anfang an ein schwieriger Charakter, war mit Marcel schwanger, als die Beziehung zwischen ihr und Hermann kurz vor dem Aus stand. Selbst vor Besuchern wurde keinerlei Rücksicht genommen, sie gifteten sich lauthals an und man saß daneben und wusste nicht, ob man gehen oder bleiben sollte. Irgendwann hatten die beiden sich wieder zusammengerauft, zu Auseinandersetzungen kam es jedoch weiterhin relativ häufig. Petra ließ sich seine unbeherrschten Zornesausbrüche nicht gefallen und drohte jedes Mal mit Auszug, obwohl sie an diesen Reaktionen durchaus eine Mitschuld trug. Sie stichelte und zickte herum und wunderte sich dann, dass er hochging.

Selbst ich, der ich normalerweise mit jedem gut auskam, hatte meine Schwierigkeiten mit ihr. Ein falsches Wort und sie spielte beleidigt, im Gegensatz dazu nahm sie jedoch kein Blatt vor den Mund und erwartete, dass man mit ihrer Offenheit fertig wurde, ohne sauer zu reagieren. Geli zog sich raus, sooft es möglich war, und ich traf mich regelmäßig mit Hermann allein, was mir im Endeffekt auch lieber war. Zwei Männer unter sich können viel normaler miteinander reden als mit ihren Ehefrauen neben sich.

Aber in einem Punkt hielt selbst ich mich zurück, und zwar wenn es um ihre finanziellen Streitigkeiten ging. Beide gaben gern mehr Geld aus, als sie zusammen verdienten und lebten daher ständig am Limit, wobei jeder dem anderen Vorwürfe machte.

So etwas wäre bei Geli und mir undenkbar gewesen. Selbst während Josies teurem Internatsaufenthalt lebten wir nie über unsere Verhältnisse. Stattdessen versuchten wir trotz der hohen Unkosten, eine eiserne Reserve für schlechte Zeiten anzusparen, auch, um uns und den Kinder ab und zu etwas Besonderes bieten zu können.

Hermann verdiente nicht schlecht, aber je mehr Geld da war, desto mehr stiegen die Ansprüche. Die Fischers kamen immer nur knapp über die Runden, obwohl Petra von Anfang an mitarbeitete. Sie jobbte als Verkäuferin, meist in wechselnden Bäckereien. Lange hielt sie es nirgendwo aus. Irgendetwas war immer nicht auszuhalten, mal die Kolleginnen, mal der Chef, mal die Arbeitszeiten, mal das Publikum. An ihr lag es nie.

Seitdem Sugar ausgezogen war, musste diese natürlich ebenfalls unterstützt werden. Und dem Sohn wurde von vornherein jeder Wunsch erfüllt. Das Billigste war nie gut genug, für keinen in dieser Familie. Man kaufte vom Feinsten, und, wenn das Geld mal nicht ausreichte, eben auf Raten.

27

Angelika

Michael starrte nachdenklich vor sich hin, vermutlich überlegte er, wie er zu dem eigentlichen Problem überlenken konnte. Ich wartete gespannt, bis jetzt hatte ich keine Ahnung, was auf mich zukommen würde.

Er öffnete den Mund und im selben Augenblick klingelte das Telefon. Auf dem Display erkannte ich Lillis Nummer. „Ich muss drangehen."

Er nickte und lehnte sich erschöpft zurück. Bestimmt schmerzte der Hals wieder. Im Eifer des Gefechts hatten wir beide seine Verletzung vollkommen ausgeblendet.

„Mama, warum hast du mich nicht angerufen?", überfiel mich meine Tochter. „Ich habe gerade erst erfahren, dass Sugar ermordet wurde. Wisst ihr schon Näheres?"

Unter Umgehung der Tatsache, dass ihr Vater die Tote gestalkt hatte und bereits im Visier der Polizei war, berichtete ich ihr die Neuigkeiten.

„Du hast Hermann mit der Pfanne abgewehrt?" Lilli pfiff begeistert. „Wahnsinn! Schade, dass ich nicht dabei war."

„Ich bin fast gestorben vor Angst", gestand ich. „Ich dachte, er bringt deinen Vater um."

„Wie kam er auf die Idee, dass Papa …" Sie hielt inne. „Ach, so. Wegen mir."

„Nein", sagte ich sehr bestimmt. „Du bist in keinster Weise verantwortlich. Es war seine Entscheidung, uns komplett zu meiden. Und ich denke, dieser Angriff ist eher sein Ventil gewesen, mit dem Tod seiner Tochter fertig zu werden. Du weißt, aus dieser Familie hat nie jemand selbst Schuld an dem, was passiert. Immer sind die anderen verantwortlich."

„Trotzdem sollte niemand, auch sie nicht, unter derartigen Umständen ums Leben kommen."

Meine Lilli! Sie ging mit dieser Geschichte besser um als wir.

„Erzähl ihr ruhig, was ich gemacht habe", ging Michael, der zugehört hatte, dazwischen. „Keine Geheimnisse mehr in der Familie!"

Ich stellte das Gespräch laut, bevor ich seiner Anweisung folgte.

„Wie konntest du nur!" Sie reagierte ähnlich wie ich. „Was sollte das bringen?"

Er gab sich kleinlaut und schwor, eingesehen zu haben, dass er sich echt blöd verhalten habe. „Ehrlich, es war zuletzt mehr Gewohnheit als dass ich erwartete, einen Hinweis zu erhalten!", rief er in Richtung Hörer.

„Das sagst du jetzt nicht einfach so?", vergewisserte sie sich.

„Nein. Ich erzähle es dir, weil ich nichts Wichtiges vor dir zurückhalten möchte. Ich habe mir nichts zuschulden kommen lassen und daher auch keine Repressalien zu befürchten."

Sie nahm es relativ gelassen auf, deshalb wagte ich nachzufragen: „Wie geht es dir?"

Der langen Pause nach, die entstand, bemühte sie sich um Ehrlichkeit: „Gut. Ich fühle … nichts. Weder Befriedigung noch nimmt es mich mit. Es ist, als sei es einer völlig Fremden zugestoßen. Man verspürt keine wirkliche Betroffenheit, wenn du verstehst, was ich meine."

Das war für ihre Verhältnisse schon eine erstaunlich lange Antwort. Damals, als sie mir von ihrem Martyrium am Telefon erzählte, war es das erste und einzige Mal, dass wir über dieses Thema sprachen, genauso wie sie es mir überließ, ihre Schwester und Michael zu informieren. Sie stünde ganz am Anfang, erklärte sie. Allein diese Beichte hätte sie reichlich Überwindung gekostet. Die Aufarbeitung des Ganzen würde zusammen mit einer Therapeutin erfolgen. Der erste Termin wäre bereits in wenigen Tagen. Wir sollten bitte respektieren, dass sie im Moment nicht in der Lage sei, weiter darüber zu reden. Und daran hielten wir uns bis heute.

„Hast du schon mit Josie gesprochen?", fragte Lilli jetzt. „Sie kommt demnächst auf ihrer Konzertreise hier vorbei und will mich dann besuchen. Ist doch toll, oder?"

„Ja, das wird bestimmt schön für euch", stimmte ich aus vollem Herzen zu. Nachdem Josie in das Internat gewechselt war, entwickelten die beiden innerhalb kürzester Zeit eine gute Beziehung zueinander, die bis heute anhielt. Teilweise hatte ich sogar das Gefühl, sie standen sich zuletzt näher als ihren Eltern.

„Und euch möchte ich demnächst auch besuchen. Ich habe mir extra eine Woche Urlaub aufgehoben. Im Februar und Anfang März stehen noch Prüfungen an. Würde es euch danach passen?"

Ausgerechnet jetzt, wo ich nicht überblicken konnte, wie sich Michaels Verstrickung in den Mordfall weiterentwickeln würde!

„Alex möchte mich begleiten. So lernt ihr ihn endlich auch kennen", sagte sie in die entstandene Pause hinein. Das war ihr Freund, derjenige, der vermutlich als Auslöser, sich diesem Problem zu stellen, anzusehen war. Ich setzte meine Hoffnung sowohl auf ihn, den ich bisher nur einmal kurz bei Skype gesehen hatte, wo er sich zehn Minuten zu Lilli setzte und bis auf ein Nein und zwei Ja schweigend unserem Gespräch lauschte, als auch auf ihre Psychologin. Ich drückte meiner Tochter fest die Daumen, dass sie eine ähnlich gute Therapeutin wie ich in Heidrun gefunden hatte. Der traute ich zu, fast jeden wieder hinzukriegen. Sie war der Meinung, dass Lilli stärker sei als gedacht und dieses Trauma bewältigen und ein normales Leben führen könne. Allerdings müsse man ihr Zeit lassen, in ihrem Tempo vorzugehen.

„Wir würden uns freuen. Nur weiß ich nicht, wann Papa seine Kur antreten muss", ließ ich mir ein letztes Schlupfloch. „Wir telefonieren bis dahin ja sicherlich noch öfter miteinander. Sonst trefft ihr halt nur auf mich", beeilte ich mich hinzuzufügen. Nicht dass meine Tochter dachte, sie wäre nicht willkommen.

„Ich freue mich auch."

Erst als ich das Gespräch beendet hatte, stellte ich fest, dass auch Michael in ein Telefonat vertieft war. „Stefan", formte er mit den Lippen. Na, das konnte dauern. Ob dann aus seiner Beichte heute überhaupt noch etwas würde?

28

Michael

Stefan hatte am Nachmittag Hermann im Krankenhaus besucht, der sich über den Grund unserer Prügelei ziemlich bedeckt hielt. Deshalb war sein Verlangen nach Aufklärung nun umso größer. „Er will immer noch nicht mit der Sprache rausrücken. Was ist zwischen euch vorgefallen?", dröhnte es mir entgegen.

„Er denkt, ich sei schuld am Tod seiner Tochter", wiegelte ich ab. „Das ist bestimmt nur seiner Trauer geschuldet. Du weißt, wie er reagiert. Hinterher tun ihm seine Ausbrüche leid."

„Aber wie kommt er denn darauf?"

„Ich habe keine Ahnung. Es war eine Überreaktion."

„Worüber habt ihr euch damals gestritten?"

„Das tut nichts zur Sache." Das war das Schlimme, wenn eine derart enge Freundschaft in die Brüche ging. Man konnte es fast mit einer Scheidung vergleichen. Jeder musste sich neu positionieren, sich überlegen, mit wem er weiterhin Kontakt halten wollte und wie sich dieser gestalten sollte. Nach wie vor mit beiden Parteien umzugehen, erforderte viel Fingerspitzengefühl. „Dieser Punkt ist längst geklärt", fügte ich hinzu, um meinen Worten die Schärfe zu nehmen. „Es lag am Verhalten der beiden, dass wir nicht wieder zusammengefunden haben. Nach dieser Reaktion waren wir, also Geli und ich, nicht bereit, uns noch mal auf die Fischers einzulassen."

Wie erwartet schluckte Stefan die Erklärung nicht. „Ging es denn bei eurem Streit um Sugar?"

„Nein. Es war in erster Linie ein Disput zwischen Hermann und mir, der leider ausartete, bis auf beiden Seiten die Standpunkte verhärtet waren. Keiner von uns wollte nachgeben und irgendwie fanden wir keine Möglichkeit, die Unstimmigkeiten vernünftig aus dem Weg zu räumen. Dafür waren zu viele böse Worte gefallen." Ich klopfte mir selbst auf die Schulter. Das hatte ich überzeugend vorgebracht.

Nicht nach Stefans Meinung! „Wieso greift er dich dann an und du schlägst ihn krankenhausreif?"

„In diesen Momenten der Wut ist Hermann nicht zurechnungsfähig." Er hatte selbst genügend Ausbrüche mitbekommen, um mir zu glauben.

„Er brüllt und tobt. Zu körperlichen Auseinandersetzungen ist es nie gekommen", widersprach Stefan trotzdem.

„Hermann hatte gerade erfahren, dass jemand seine Tochter umgebracht hat. Bei ihm ist eine Sicherung durchgeknallt", wurde ich deutlicher. „Ich war wohl der Einzige, an dem er sie auslassen konnte. Es war leider nicht möglich, mich anders gegen seinen Angriff zu wehren. Er war wie rasend. Er hat sogar Geli angegriffen, als die mir zu Hilfe kam."

„Ist ihr was passiert?" Er klang nun eindeutig besorgt. Meine Frau wurde bei meinen Freunden als ruhender Pol angesehen, die versuchte jeden Streit zu schlichten, die niemals persönlich angriff und nach dem Motto: leben und leben lassen, agierte.

„Gott sei Dank nicht. Aber ich musste Hermann eins mit dem Kleiderbügel überziehen, damit er von ihr abließ." Ob er endlich begriffen hatte?

„Meine Fresse!" Wenn Stefan aufgeregt war, verfiel er in seinen früheren Slang, den Linda, seine Frau, ihm mühsam abtrainiert hatte. „Das muss echt heftig gewesen sein."

„Ich habe eine Kehlkopfquetschung davongetragen und kann kaum sprechen. Unser Gespräch klappt nur, weil ich gerade eben mein Schmerzmittel genommen habe. Ohne geht gar nicht."

„Siehste! Es ist immer besser, beide Seiten zu hören. Linda konnte sich nämlich nicht vorstellen, dass du auf Hermann los bist."

Die liebe Petra hatte, kaum aus dem Krankenhaus zurück, Stefans Frau über den Zustand ihres Mannes informiert und darum gebeten, dass der Freund ihm einen Besuch abstatte, um ihn moralisch zu unterstützen, wie sie sagte. Nach ihrer Schilderung war Hermann zu einem klärenden Gespräch bei uns erschienen, das eskalierte und in dessen

Verlauf ihr Mann einen komplizierten Armbruch und eine schwere Gehirnerschütterung davontrug.

Stefan gegenüber hatte sich Hermann wesentlich vorsichtiger geäußert. Er sei wohl etwas über das Ziel hinausgeschossen und aus Angst hätten wir uns gewehrt, lautete seine Aussage. Er hatte sogar ehrlich hinzugefügt, dass er an seinen Verletzungen im Endeffekt selbst schuld sei, was er auch der Polizei gegenüber klargestellt hätte.

Linda war sofort geneigt, diese Variante als die Wahrheit anzusehen und hatte ihn gedrängt, sich bei mir zu melden.

„Und wie geht das jetzt mit euch weiter?", unterbrach Stefan meine Gedanken.

„Gar nicht. Das regelt die Polizei. Geli musste sie rufen, weil Hermann dermaßen ausrastete."

„Was für ein Schlamassel."

Ich schob meinen mittlerweile wieder arg schmerzenden Hals vor und vertröstete ihn auf ein ausführliches Gespräch bei unserem Treffen nächste Woche. Angesichts meiner Verletzungen appellierte ich an sein Verständnis, dass ich es an diesem Freitagabend noch nicht schaffen würde, dazuzustoßen. Er solle mich bitte bei Holger entschuldigen.

29

Angelika

Dass sich Stefan noch vor dem regelmäßigen Treffen der Männer am Freitagabend melden würde, hätte ich mir eigentlich denken können. Ob er nur wegen des Mordes an Sugar anrief? Oder hatte er bereits von Hermanns Angriff auf uns gehört?

Er und Holger waren seit langem sowohl Hermanns als auch Michaels Freunde. Sie wussten von unserem Zerwürfnis, mein Mann hatte ihnen ja klarmachen müssen, dass wir keine Lust verspürten, den Fischers auf einer Feier über den Weg zu laufen. Beide entschieden sich, uns den Vorzug zu geben, was Petra tatsächlich mir anlastete. Dabei war ich bekanntermaßen ein Partymuffel und ergriff liebend gern jede nur mögliche Ausrede, um nicht daran teilzunehmen.

Der Kontakt zwischen Stefan, Holger und Hermann bestand weiterhin. Das hatten wir auch nicht anders erwartet. Keiner von uns verlangte, dass sie diese Freundschaft aufkündigen sollten. Das hatten wir schließlich nicht zu entscheiden. Und da wir nicht bereit waren, über den Grund des Zerwürfnisses zu sprechen – Hermann und Petra hielten sich genauso bedeckt wie wir -, bestand für sie keine Notwenigkeit, Stellung zu beziehen.

Stefan fühlte sich mit dieser neuen Situation äußerst unwohl. Er war mit Hermann genauso gut befreundet wie mit Michael, im Gegensatz zu Holger, der eher ein lockerer Bekannter war. Er vermisste die früheren Männerabende zu dritt oder viert und versuchte oft meinen Mann zu bewegen, doch den ersten Schritt auf Hermann zuzumachen. „Die sind von unserem Kreis regelrecht abgeschnitten", sagte er mehr als einmal. „Außer Holger und mir haben sie niemanden, der sie besucht."

Das sei uns ja wohl kaum anzulasten, lautete Michaels stereotype Antwort, und bald weigerte er sich kategorisch, mit Stefan über diesen Punkt zu sprechen.

Unwillkürlich fiel mir Heidruns Spruch ein, den wir damals kaum hatten glauben können: Eure Beziehung ist durch diese Geschichte beendet, da hilft auch kein guter Wille.

Jetzt lauschte ich den einsilbigen Antworten meines Mannes, denen ich nicht entnehmen konnte, worum es ging. Aber er schien eindeutig in die Defensive gedrängt.

Bevor ich mich aufs Zuhören beschränkte – ich war leider jemand, der versuchte, dem in Bedrängnis Geratenen die richtigen Antworten zu soufflieren -, wählte ich die Nummer meiner anderen Tochter. Josie würde bestimmt längst im Konzerthaus sein, ich wollte ihr zumindest eine kurze Nachricht auf dem Anrufbeantworter hinterlassen.

Wider Erwarten hob sie selbst ab. „Mama, ich wollte mich auch bei dir melden. Wie geht es euch?"

Dieses Kind war in allem zurückhaltend, sowohl in seinen Liebesbekundungen wie auch in seiner Neugier. Sie hatte mit Sicherheit von Sugars Tod erfahren, würde es jedoch mir überlassen, ob und inwieweit ich darüber sprechen wollte. Michael hatte mal gesagt, sie benötige sämtliche ihrer Gefühle für ihr Spiel, da bliebe für die normale Welt nicht mehr viel übrig. Manchmal musste ich ihm wirklich recht geben.

Ich erzählte ihr dasselbe, was ich Lilli berichtet hatte. „Die Polizei ermittelt, Papa ist ebenfalls schon befragt worden", schloss ich.

Josie reagierte wesentlich gelassener. „Er hat sich mit seinem Verhalten am meisten geschadet", befand sie. „Sag ihm, er soll die Sache ad acta legen, vorwärts blicken, so, wie Lilli es längst macht."

Ich musste schmunzeln. War es mangelnde Empathie oder eher die richtige Art, mit den Problemen umzugehen? Ich wusste es wirklich nicht.

„Wie geht es ihm?"

„In den letzten Wochen hat sich sein Zustand wesentlich gebessert. Ich begleite ihn in ein paar Tagen zu seinem nächsten Psychiater-Termin. Ich denke, er kann bald wieder arbeiten gehen."

Danach wechselte ich das Thema und fragte nach ihrer Konzertreise.

„Ah, du hast mit Lilli gesprochen. Schade, die Karten für euch sind bereits unterwegs. Ich wollte euch überraschen. Ich trete bei euch in der Nähe auf und habe anschließend zwei Tage Pause. Ich hatte gehofft, wir könnten einige Stunden miteinander verbringen."

Ich musste über ihre Wortwahl schmunzeln. Nein, Josie trug ihr Herz tatsächlich nicht auf der Zunge. „Ich freue mich. Und ja, wir werden uns die Zeit selbstverständlich nehmen. Wann ist es so weit?"

„In sechs Wochen. Die Tournee beginnt übermorgen. Ich bin gerade am Packen."

Noch während ich das Gespräch beendete, um sie nicht zu lange aufzuhalten, schüttelte ich den Kopf. Jeder andere hätte sich freudig mitgeteilt, kaum dass er diese Konzertreise unter Dach und Fach wusste. Diese Chance bedeutete einen gewaltigen Karrieresprung. Sie gehörte nun fest zur ersten Garnitur. Josie dagegen war damit zufrieden, überhaupt spielen zu können – und nahm die Engagements, wie sie kamen. Für sie stand die Musik im Vordergrund, nicht das Geld.

30

„Du musst dir was Eigenes suchen“, empfing ihn Hamid. „Mein Vermieter spinnt sowieso schon rum. Für heute ist es noch okay, aber morgen musst du weg sein.“

„Wo soll ich denn hin?“ Die Verzweiflung drohte, ihn zu übermannen. Hatten sich denn alle gegen ihn verschworen?

„Es gibt da mehrere Häuser, wo du gegen Geld jederzeit einen Schlafplatz kriegst. Ist zwar nur eine Matratze in einem Raum mit vielen anderen“, Hamid grinste hämisch, „doch das kennst du ja aus den Camps.“

Lag es vielleicht nur daran? „Ich könnte dir auch was zahlen.“

„Nein. Du musst raus. Die Nachbarn und der Vermieter warten geradezu darauf, dass sie mich bei so was erwischen. Ich bin froh, diese Bude zu haben. Die setze ich nicht für dich aufs Spiel.“

„Und dein Kumpel Ahmed?“

„Hat schon einen Mieter gefunden. Noch einen kann er nicht aufnehmen.“

Tarik gab auf. „Wo finde ich diese Häuser?“

„Ich bringe dich morgen früh hin. Das ist kein Problem.“

„Wann musst du arbeiten?“

Hamid schüttelte den Kopf. „Für mich ist das nichts. Da mach ich lieber weiter wie bisher. Ist sicherer.“ Er schnaubte. „Ich trag das ganze Risiko und wenn die mich erwischen, schieben die mich ab. Die Bezahlung ist auch nicht das, was ich erwartet hatte.“

Ein hässlicher Verdacht durchzuckte ihn. Kemal war niemand, dem man sich widersetzte. War er auf ein abgekartetes Spiel hereingefallen? Konnte es sein, dass Hamid sein Geld damit verdiente, im Auftrag des Bosses nach Leuten zu suchen, die verzweifelt genug waren, sich auf das Angebotene einzulassen, und sie ihm zuführte? Als Dieb jedenfalls konnte er sich garantiert nichts dazuverdienen. Dafür war er viel zu dilettantisch vorgegangen.

Ja, dachte er, nachdem er die Matratze in seinem Zimmer direkt vor die Heizung geschoben und sich komplett angezogen unter die Decke gekuschelt hatte, das würde passen. Diese plötzliche Freundlichkeit ihm gegenüber, dass er ihm von sich aus anbot, ihn an dem Raubzug zu beteiligen, war schon seltsam. Bis zu diesem Moment hatte Hamid ihn nie groß beachtet. Sie sprachen kurz miteinander, wenn sie sich trafen, das war alles.

Sein Handy, das er erst beim Betreten des Zimmers eingeschaltet hatte, summte. Das Display zeigte ihm fünf entgangene Anrufe seines Bruders an. Mit klopfendem Herzen rief er zurück. Sie hatten doch erst gestern miteinander gesprochen. Was war passiert?

„Ich komme zu dir." Die Stimme seines Bruders klang aufgeregt. „Ich warte nicht mehr, bis du uns endlich holst. Morgen breche ich auf. Es ist alles fertig geplant."

„Nein." Wie sollte er ihm bloß klarmachen, dass sie auf ein Märchen hereingefallen waren? Immerhin hatte er genau wie alle anderen, die hier gestrandet waren, nur Positives berichtet, die Mär vom Land, in dem statt Wasser Milch und Honig fließen, aufrechterhalten, um nicht eingestehen zu müssen, wie die Wirklichkeit aussah.

„Doch." Die Stimme seines Bruders klang trotzig. „Der Onkel spielt sich als Oberhaupt der Familie auf. Wir tanzen alle nach seiner Pfeife. Er kassiert dein Geld und überlässt uns Brosamen. Ich will endlich selbst an die Reichtümer kommen."

Ihm wurde geradezu schlecht vor Wut. Wie hatte er das Naheliegendste übersehen können? In erster Linie profitierte sein Onkel von dem unerwarteten Geldsegen.

„Das geht nicht", versuchte er seinem Bruder zu erklären. „Die Bedingungen hier haben sich verändert. Dein Asylantrag würde abgelehnt. Die nehmen nur noch echte Kriegsflüchtlinge auf."

„Du hast es auch geschafft!" So leicht ließ sich dieser nicht von seinem Vorhaben abbringen.

Es half nichts, er musste Farbe bekennen. „Ich habe keine eigene Wohnung, ich lebe bei Freunden, sonst könnte ich euch nicht so viel Geld schicken. Das Leben ist teuer, viel teurer als bei uns. Und ich habe den Status eines Geduldeten, der jederzeit widerrufen werden kann. Ich wollte es euch nicht sagen, weil … Sag Mama und dem Onkel nicht davon."

„Aber das ganze Geld!" Es klang wie ein Aufschrei.

Er seufzte. „Ist nicht von Dauer. Ich mache dafür Dinge, von denen ich nicht möchte, dass du sie tust." Nein, das klang nicht gut. „Ich habe mich aufs Stehlen verlegt, ich stehe immer mit einem Bein im Gefängnis. Wenn die mich erwischen … Anders kann ich euch nicht helfen. Und wer weiß, wie lange es noch dauert, bis ich sowieso abgeschoben werde. Das schöne Märchen, das man sich bei uns erzählt, ist nicht die Wirklichkeit. Die prüfen mittlerweile genau, wer kommt. Du kannst denen nichts vormachen."

„Aber …"

„Und ohne richtigen Status bekommst du nichts", fuhr er ungerührt fort, um seinem Bruder jede Hoffnung zu nehmen. „Dann bist du genauso arm dran wie bei uns. Ich weiß, wovon ich spreche. Die, die was anderes sagen, lügen. Weil sie nicht zugeben wollen, dass wir einer Fata Morgana nachgelaufen sind."

Die Stille hielt so lange an, dass er schließlich fragte: „Bist du noch dran?"

„Ich glaub dir nicht!" Die Verbindung wurde unterbrochen.

Er wählte erneut. Nur der Anrufbeantworter sprang an. Er versuchte es wieder und wieder, sein Bruder nahm nicht ab. Er schickte ihm eine kurze Nachricht, in der er ihn bat, niemandem von diesem Gespräch zu erzählen und sich am nächsten Abend noch einmal bei ihm zu melden. Es wurde Zeit, ihm die bittere Wahrheit ausführlich darzulegen.

31

Angelika

Nach dem Telefonat mit Stefan gab Michaels Stimme nur noch ein leises Krächzen von sich, weswegen er seine Beichte auf morgen verschob. „Einen Tag eher oder später. Das ist egal. An dem Geschehenen kann ich sowieso nichts mehr ändern."

Er mit seinen ominösen Andeutungen! Aufgrund der Wechseljahrsbeschwerden hatte ich schon an normalen Tagen enorme Einschlafschwierigkeiten. In dieser Nacht lag ich gefühlte Stunden wach. Alle möglichen Szenarien gingen mir durch den Kopf, was Michael noch angestellt haben könnte. Am Morgen fühlte ich mich wie gerädert und trank lieber gleich zwei Tassen Kaffee.

Der kalte Wind, der mir auf dem Weg zur Arbeit entgegenblies, tat sein Übriges, ich kam langsam zu mir. Heute hatte ich freiwillig auf das Auto verzichtet. Der halbstündige Marsch quer durch die Stadt half mir, einen Großteil der Spannung abzubauen, sodass ich relativ gelassen dem neuen Tag entgegensah.

Unsere erste Klientin war eine alte Dame, die ihr Testament zugunsten eines ihrer Kinder ändern wollte. Der Sohn samt seiner Familie kümmerte sich vorbildlich, die Tochter ließ sich einmal im Jahr blicken. Selbst zum Telefon griff sie kaum. „Das geht seit Jahren so", erklärte sie meiner Chefin. „Warum sollte sie dermaßen von meinem Ableben profitieren, wo sie sich entschieden hat, mich zu meiden? Das Geld, das mein Mann und ich zur Seite legten, war unsere Altersabsicherung. Ich komme mit der Rente aus und verbrauche fast nichts davon. Ich will es denen geben, die mich regelmäßig unterstützen. Bis auf einen kleinen Betrag soll sie leer ausgehen."

Das würde voraussichtlich eine längere Sitzung. So einfach, wie die Dame sich das vorstellte, funktionierte es leider nicht. Doch ich war mir sicher, dass meine Chefin ihr genügend Hinweise geben konnte, wie sich ein Teil ihres Vermögens vorab unterbringen ließ.

Ich widmete mich dem ersten Diktat. Bei dem Wort Schwägerin – der Klient bedachte jedes seiner Familienmitglieder in einzelner Aufzählung – fiel mir siedend heiß Susie ein. Die hatte ich in der gestrigen Aufregung total vergessen. Ich holte flugs mein Handy hervor und schrieb ihr eine SMS, dass ich mich später melden würde. Danach schaltete ich es vorsichtshalber aus. Meine eigenen Probleme mussten warten.

In der Praxis jagte heute tatsächlich ein Termin den anderen. Und alle dauerten bis weit über die eigentliche Planung hinaus. Seufzend griff ich nach dem Telefon, um Michael mitzuteilen, dass es länger dauern würde. Ich erreichte nur den Anrufbeantworter. Mein Mann war nicht zu Hause.

Um halb drei, meine Chefin hatte gerade die Tür hinter sich geschlossen, versuchte ich es erneut. Wieder nahm er nicht ab. Ich schaltete mein Handy ein. Drei Anrufe in Abwesenheit und eine SMS. Die stammten allerdings allesamt von Susi. Ich rief Michaels Nummer auf – und wurde auf die Mailbox weitergeleitet.

Meine Sorge trieb mich nach Hause. Musste ich eben morgen eine halbe Stunde eher anfangen.

Auf dem Weg steigerte sich meine Nervosität, sodass ich zuletzt fast rannte. Was hatte er jetzt wieder angestellt?

Der Einstellplatz war leer, ich hätte mich nicht beeilen müssen. Völlig ausgepumpt schlich ich die Stufen nach oben hinauf. Mir blieb nichts übrig, als zu warten, bis er zurückkam.

Schon beim Eintreten schlug mir dumpfe Luft entgegen. Nicht mal gelüftet hatte er! Ich riss sämtliche Fenster weit auf und begann, in der Küche Ordnung zu schaffen. Das blinkende Telefon entdeckte ich erst ganz zum Schluss.

Zwei der Anrufe stammten von mir, der dritte von Susi, dann tauchte eine mir unbekannte Ziffernfolge auf. Mein Finger schwebte über der Wahlwiederholung. Sollte ich es wagen?

Stattdessen fuhr ich meinen Laptop hoch und schloss in der Zwischenzeit die Fenster. Die eisigen Temperaturen hatten die Räume im Nu ausgekühlt und ich fröstelte nicht nur vor Aufregung und Sorge.

Ich setzte mich vor den Bildschirm und gab die Zahlenfolge ein. Im selben Moment begann das Telefon zu klingeln und ich zuckte erschreckt zusammen. Susi! Nein, die musste warten.

Lukas Kramer, Weserstraße vier, las ich ab. Der Name kam mir bekannt vor, nur konnte ich ihn keiner mir bekannten Person zuordnen. Ich griff erneut nach dem Telefon und prüfte, wann der Anruf eingegangen war. Neun Uhr! Michael schien direkt danach gegangen zu sein. Lukas, Lukas Kramer. Ich hatte diesen Namen mehrfach gehört. War er vielleicht ein Arbeitskollege meines Mannes?

Nein, falsche Richtung, von denen wollte er zurzeit keinen treffen. Und um irgendeinem Bekannten seiner Freunde einen Gefallen zu tun, hätte er aufgrund seiner angegriffenen Gesundheit auch nicht das Haus verlassen. Es musste ein zwingender Grund vorgelegen haben. Nur wusste ich leider nicht welcher.

32

Hamid weckte ihn um acht Uhr. „Du kannst bei mir frühstücken, danach bringe ich dich zu deiner neuen Unterkunft."
Schweigend saßen sie sich gegenüber, Tarik hatte kein Interesse mehr daran, sich mit dem Mann zu unterhalten, wollte jedoch auf das kostenlose Frühstück nicht verzichten. Anbieten für die zwei Übernachtungen und die Mahlzeiten zu bezahlen, würde er nicht. Diese Kleinigkeiten waren bestimmt in dessen Lohn enthalten. Er musste sparsam sein, wollte er das Ziel, das er sich gesteckt hatte, erreichen.
Hamid führte ihn bis zu einer völlig heruntergekommenen Häuserzeile, die aussah, als stamme sie aus dem Altertum. Vor der Tür befand sich ein Gitter, die meisten der Fenster waren mit Brettern vernagelt, die anderen so verdreckt, dass man nicht hineinsehen konnte.
„Der Eingang ist hier", er deutete auf einen der schmalen Gänge, die ein Haus von dem anderen trennten. „Hinten ist eine Tür, die ist offen. Links, das erste Zimmer, da fragst du nach Ibrahim. Bestell ihm einen Gruß von mir, dann weiß er Bescheid."
Wieder einer, für den Hamid den Wasserträger machte! Er nickte und wich zurück, damit dieser nicht auf die Idee kam, sich mit einer freundschaftlichen Umarmung von ihm zu verabschieden. „Wir sehen uns." Einen Dank brachte er nicht über die Lippen, wandte sich abrupt ab und marschierte los.
Der kleine Hinterhof war eine einzige Müllhalde: aufgeplatzte Säcke, aus denen der Abfall quoll, ein zerschlissenes Sofa mit drei Beinen, rostige Fahrradwracks, an denen die wertvollsten Teile fehlten und weitere Hinterlassenschaften der Bewohner, die er nicht näher betrachten wollte. Vorsichtig balancierte er auf dem schmalen, durch regelmäßige Benutzung relativ sauberen Grat zur Tür. Diese stand offen und gab den Blick auf einen heruntergekommenen Flur frei. Kaum war er eingetreten, wusste er, warum die Luft von draußen einströmen sollte. Es stank nach Fäkalien und Essensdünsten. Zusammen mit dem Ge-

ruch nach Zwiebeln und Knoblauch mischten sie sich zu einem ekelerregenden Duft.

Ein Mann trat aus dem linken Zimmer und musterte ihn schweigend.

Viel konnte er bei dem herrschenden Dämmerlicht nicht erkennen, sein Gegenüber war klein und gedrungen und trug, wohl zum Ausgleich zu der zurückweichenden Haarpracht, einen riesigen Schnäuzer, dessen Enden traurig herabhingen.

„Schlafplatz?", fragte er auf Deutsch. „Hamid", er zeigte nach draußen, „hat mich hergebracht", fuhr er auf Arabisch fort.

Der Mann schien ihn zu verstehen. Jedenfalls nickte er und wies mit einer Handbewegung in Richtung auf die Treppe. „Für vierundzwanzig Stunden oder nur Tag oder nur Nacht?"

Sein Arabisch war schwer zu verstehen. Tarik zögerte.

„Zehn Euro halbe Zeit, zwanzig Euro ganzer Tag."

„Nur für die Nacht", erwiderte er rasch. Das war ja Wucher!

Wieder nickte der Mann und begann die ausgetretenen Holzstufen hinaufzusteigen, die bei jedem Tritt knarrten. Im ersten Stock angekommen wandte er sich nach rechts. Tarik folgte ihm durch den breiten Rahmen, der wahrscheinlich früher einmal die Wohnungstür gehalten hatte und irgendwann durch einen dicken Vorhang ersetzt worden war. Auch vor den einzelnen Zimmern hingen schmuddelige Stoffbahnen, allesamt bis auf einen zugezogen. Diesen Raum betrat der Mann und deutete auf eine Matratze unter dem Fenster. „Das ist deine, von acht bis acht."

Tarik schluckte. Sieben Matratzen lagen so eng beieinander, dass man vorsichtig hindurchbalancieren musste, um die eigene zu erreichen. Auf dreien lagen Männer und schliefen, den Kopf auf ihren Rucksäcken, die dünne Decke bis zur Nasenspitze hochgezogen. Trotzdem nickte er. Für diese Nacht würde er es ertragen.

Beim Hinausgehen wies der Mann auf den Vorhang neben dem Eingang. „Toilette. Waschen."

„Küche?", fragte er zögernd. Wenn die genauso aussah wie die restliche Wohnung, wollte er dort eigentlich nicht essen.

„Nur für ganze Tage." Der Mann zuckte die Schultern und streckte die Hand aus. „Jetzt zahlen, ich halte frei. Viele kommen", setzte er fast entschuldigend hinzu.

Tarik drückte ihm den Schein in die Hand und verließ fluchtartig das Haus. Da war selbst die Nacht in der verlassenen Fabrik angenehmer gewesen. Er musste sich umsehen, ob es etwas Ähnliches nicht hier in der Nähe gab. Ausgestattet mit einem vernünftigen Schlafsack würde er die Nächte gut überstehen können. Und das Geld dafür hatte er schnell wieder eingespart. Zehn Euro für zwölf Stunden in einem Mehrbettzimmer!

33

Michael

„Wir müssen uns treffen."

Ich wusste sofort, wer in der Leitung war. „Kein Problem. Wann und wo?"

„In einer Stunde beim Bäcker am Shopping-Center?"

Genau wie beim letzten Mal. „Gut, bis gleich."

Zu dieser frühen Stunde waren noch reichlich Parkplätze vorhanden. Lukas saß bereits vor einer Tasse Kaffee und einem belegten Brötchen, als ich eintrat. Er grinste mich schief an und wedelte auffordernd mit der Hand. „Willst du auch was?"

„Später vielleicht." Ich ließ mich ihm gegenüber auf die Bank fallen.

„Hat dich Hermann auch angerufen?"

Anscheinend wusste er nichts von unserem Kampf. Ich klärte ihn auf.

„Mann." Er hatte glatt vergessen, von seinem Brötchen abzubeißen. „Das ist heftig. Mich hat er gestern Abend angerufen. Der dreht völlig am Reifen. Jetzt beschuldigt er mich, Sugar getötet zu haben."

„Er versucht wohl den Fall selbst zu klären. Du kennst ihn ja. Seine geheiligte Familie!"

„Sind die Bullen schon bei dir aufgetaucht?"

„Gestern Morgen. Ich habe mich auf meine Verletzung rausgezogen, muss aber morgen zur Wache und meine Fingerabdrücke abgeben. Eine weitere Vernehmung soll folgen."

„Das ist der Grund, warum wir hier sitzen." Er nickte heftig. „Ich soll gleich bei denen vorbeikommen. Was sage ich denen denn?"

Tja, wie gingen wir am besten vor? War es nicht doch an der Zeit, mit der Wahrheit herauszurücken? „Du hältst dich an das Offensichtliche", entschied ich mich um. „Ihr hattet Streit, weil Sugar dich für die Überprüfung durch das Jugendamt verantwortlich machte. Das heißt, sie nahm dir deinen Antrag auf geteiltes Sorgerecht und regelmäßigen Umgang mit deinem Sohn übel", verbesserte ich mich, „und beschimpfte dich am Telefon. Dafür hast du deine Mutter als Zeugin."

„Und unsere Überwachung?"

„Lassen wir unter den Tisch fallen." Mist, ich musste wenigstens zugeben, dass ich aufgefallen war. „Warte ab, was sie wissen. Mich haben wohl leider verschiedene Nachbarn vor dem Haus gesehen. Wenn sie was in der Richtung sagen, behauptest du einfach, ich hätte dich gebeten, mich in der Nähe zu treffen." Das konnte klappen. Lukas mit seinem treuen Augenaufschlag und seiner hilflos-gutmütigen Ausstrahlung nahm man das ab.

„Also soll ich alles auf dich schieben?"

„Ja, ich winde mich da schon raus." Immerhin hatte ich ihm das Ganze eingebrockt. Von allein wäre er nie auf die Idee gekommen, mitzumachen.

„Ich muss in drei Stunden aufs Revier. Kannst du so lange bei mir bleiben? Ich bin furchtbar aufgeregt."

Mein schlechtes Gewissen ließ es nicht zu, ihm diese Bitte abzuschlagen. Nachdem er aufgegessen hatte, bummelten wir durch die Geschäfte. Lukas beruhigte sich tatsächlich so weit, dass er sogar Interesse an den neuesten Video-Games aufbrachte. Ich musste schließlich die Uhr im Auge behalten, damit wir rechtzeitig starteten.

Wir benutzten mein Auto, ich setzte ihn, der mittlerweile völlig nervös auf seinem Sitz hin und her rutschte, direkt vor der Wache ab und versprach, auf ihn zu warten. Mit reinzugehen traute ich mich nicht. Man musste die Polizei ja nicht gleich mit der Nase auf unsere Verbindung stoßen.

Es dauerte fast eine Stunde, bis er zurückkehrte, wesentlich gelassener als vorher. „Das war halb so wild", meinte er, während er auf dem Beifahrersitz Platz nahm. „Die haben mich gefragt, wann ich das letzte Mal in der Wohnung war, ob ich weiß, wer ihr neuer Freund ist und solche Sachen. Zuletzt musste ich meine Fingerabdrücke abgeben, aber nur, damit sie die ausschließen können. Das war richtig interessant. Die haben da diese neue Technik. Du brauchst einfach …"

„Haben die nach mir gefragt?" Bevor ich mir meine mittlerweile dritte Zigarette anzündete – ich hatte in der Zwischenzeit einen großen Vorrat vorgedreht, bot ich ihm ebenfalls eine an.

Er griff gierig danach. „Nee, gar nicht. Aber nach Hermann haben sie gefragt." Er stieß aufatmend eine gewaltige Qualmwolke aus. „Ich habe denen erzählt, dass er mich angerufen hat. Das fanden die nicht gut. Ich solle ihm sagen, er möchte sich bitte direkt an die Polizei wenden, wenn er das noch mal macht." Er kicherte. „Ich glaube, der kriegt Ärger."

Ich startete den Motor und rangierte aus der Parklücke. „Und jetzt? Zurück zur Arbeit?"

„Nee, nach Hause. Ich habe mir heute freigenommen, weil … das hätte ich nicht geschafft. Ich war viel zu aufgeregt."

Kein Problem, ich wusste ja, wo er wohnte.

34

Angelika

Da ich nicht weiterkam, beschloss ich, Susi endlich auf den neuesten Stand zu bringen. Dabei konnte ich gleich von ihrem exorbitant guten Namensgedächtnis profitieren. Die vergaß nie einen Namen.

Die erste Viertelstunde erzählte ich ausführlich von dem, was sich zugetragen hatte. „Morgen muss Michael zur Abschlussuntersuchung und danach zur polizeilichen Vernehmung", schloss ich.

Weitere fünf Minuten vergingen mit ihren Spekulationen, wer wohl als Täter infrage kam, während ich darüber nachgrübelte, wie ich den bewussten Namen einfließen lassen konnte und zwar so, dass ich Susis Neugier nicht gleich aufs Neue anstachelte. Mir fiel kein passendes Manöver ein, deshalb sagte ich bei der Verabschiedung, als sei es mir gerade eingefallen: „Du, sagt dir der Name Lukas Kramer etwas?"

„Mensch, Geli! Hörst du mir eigentlich nicht zu? Den Lukas könnte ich mir gut als Mörder vorstellen, habe ich eben noch gesagt. Dem hat die Michelle übel mitgespielt." Susi weigerte sich, Sugar bei ihrem Kosenamen zu nennen, dem sie ihrer Meinung nach nicht gerecht wurde. „Die ist alles andere als süß", hatte sie relativ früh erkannt, wesentlich eher als wir, obwohl sie Sugar ausschließlich bei deren Besuchen zu Lillis und Josies Geburtstagsfeiern getroffen hatte.

Ich beeilte mich jedes Mal, ihr Kontra zu geben und verstand nicht, was sie an Sugar auszusetzen hatte. Nur gut, dass sie nie erfuhr, wie richtig sie mit ihrer Einschätzung gelegen hatte.

„Dass der Kramer heißt, war mir völlig entfallen", erwiderte ich jetzt auf Susis Vorwurf schnell. „Dein Gedächtnis ist nun mal viel besser als meins."

Derart hofiert verabschiedete sie sich in aller Freundschaft von mir, ermahnte mich allerdings, sie regelmäßig über sämtliche Neuigkeiten zu informieren. „Ich halte ebenso die Ohren offen und gebe dir weiter, was ich erfahre."

Ich lehnte mich in meinem bequemen Computerstuhl zurück und holte tief Luft. Sugars geschasster Lebensgefährte! Was hatte Michael mit ihm zu schaffen?

Lukas war der Letzte einer Reihe von Freunden, den wir bewusst miterlebt hatten. Der erste, Patrick, war der Grund, dass sie damals von Zuhause auszog. Sie lernte ihn in der Firma kennen, in der sie ihre damalige Ausbildung machte – die sie nach genau drei Monaten abbrach. Angeblich, weil ihr die Arbeit nicht zusagte, aber böse Zungen behaupteten, sie habe die Probezeit nicht bestanden. Ich vermutete ebenfalls letzteres. Die Lehre als Bürokauffrau lag weit über Sugars Niveau. Ehrlich gesagt verstand ich überhaupt nicht, wie sie auf der Gesamtschule ihren Abschluss sogar mit der Zulassung für die Oberstufe schaffte. Diesen Weg ging sie freiwillig nicht, wahrscheinlich weil sie sich klar darüber war, dass ein Abitur jenseits ihrer Möglichkeiten lag.

Diesen Gedanken hatte ich außer gegenüber Michael nie laut geäußert, weil er sich vermutlich überheblich anhörte. Dabei war ich zu diesem Zeitpunkt weit davon entfernt, Hassgefühle gegenüber Sugar zu hegen. Ich sah in ihr ein von Grund auf liebes Mädchen, das durch falsche Freunde auf Abwege geraten war, ein bisschen faul, doch immer bemüht zu helfen, nicht intelligent, aber aufgrund ihrer Art, mit fast jedem auszukommen, den ewigen Nörglern vorzuziehen. Für mich hatte Sugar den Bonus von früher, ich hatte oft genug beobachtet, wie sie sich auf jüngere Kinder einstellen konnte und ihnen das Gefühl gab, gleichwertig zu sein. Ihre endlose Geduld und ihre liebevolles Wesen waren ihre hervorstechendsten Eigenschaften gewesen. Ich dachte sogar daran, ihr nahezulegen, eine Ausbildung zur Erzieherin zu beginnen. Nur gut, dass sie bereits andere Pläne gehabt hatte.

Mit der Lehre endete auch Sugars Beziehung zu Patrick. Sie begann eine Ausbildung zur Verkäuferin, brach diese aber ein Jahr später ab, als die Trennung von ihrem nächsten Freund anstand. Danach jobbte sie in den unterschiedlichsten Unternehmen und wechselte genauso häufig ihren Freund. Nach der Geburt des kleinen Louis war sie zu beschäftigt, um weiterzuarbeiten. „Wenn er in den Kindergarten geht", sagte sie. „Ich bin jung, ich habe genug Zeit. Mein Sohn kommt für mich an erster Stelle."

Angeblich war dieser auch der Grund, warum sie sich von Lukas trennte. Er würde den Kleinen misshandeln, behauptete sie. Zum Beweis legte sie Fotos von großen blauen Flecken vor, die auf Beinen und Armen des Jungen zu sehen waren. Obwohl ihm bei der polizeilichen Untersuchung nichts nachgewiesen werden konnte, weigerte sie sich seitdem, ihm sein Besuchsrecht zuzugestehen.

Das war kurz vor unserem Streit mit den Fischers, wodurch unser Kontakt zu Lukas ebenfalls abbrach, der nur auf der häufigen Anwesenheit von Sugar bei ihren Eltern beruhte. Wieso er Michael angerufen hatte, war mir ein Rätsel.

35

Tarik kramte sein Handy hervor und versuchte seinen Bruder zu erreichen. Abgeschaltet! Hoffentlich hieß das, er war auf der Arbeit und nicht bereits unterwegs zu ihm. Tarik seufzte schwer. ‚Melde mich heute Abend bei dir‘, schrieb er. ‚Wir müssen unbedingt reden!‘

Natürlich konnte er verstehen, was in diesem vorging. Selbst damals, als er angekommen war, hatte er noch genauso gedacht wie sein Bruder. Sie wurden am Bahnhof von einer Menschenmenge empfangen, die ihnen zujubelte, als seien sie Helden. Jeder bekam ein Willkommenspäckchen in die Hand gedrückt. Man musste sich um nichts kümmern, die Weiterfahrt war bereits organisiert. Klar, die Ankunft im Camp schockte erst mal. Er hatte tatsächlich geglaubt, sie würden in einem der schönen Häuser untergebracht, an den sie vorbeifuhren.

Hier wirst du registriert und dann weitergeschickt, sagten ihm seine Landsleute, die ihn empfingen. Ja, man fand sich sofort wieder zusammen. Das war auch nötig bei all den unterschiedlichen Nationen und Religionen, die hier aufeinandertrafen. Vor allem bei jemandem wie ihm, der kein Wort Deutsch und nur einige Brocken Englisch sprach und keine Vorstellung davon hatte, wie der Ablauf war.

Komisch, das fiel ihm erst in diesem Moment auf. Keines dieser Videos, die er im Netz gesehen hatte, erzählte von diesen ersten Monaten. Stattdessen sah man Familien vor großen Häusern, Männer in ihren neuen Autos oder wie sie stolz von Zimmer zu Zimmer gingen und ihre große Wohnung vorführten. Mehrere Räume allein für die Kinder, das war wahrer Luxus.

Bis er begriff, dass diese großen Häuser in Mietwohnungen unterteilt und die Autos nicht neu, sondern für hiesige Verhältnisse alt, aber gepflegt waren, dauerte es eine ganze Weile. Trotzdem ließ seine Begeisterung nicht nach. Hundertfünfunddreißig Euro bekam man im Monat, selbst im Camp. Davon konnte seine Mutter in Afghanistan ihre gesamte Familie ernähren. Die Wohnung bezahlte der Staat, erfuhr er von den Informierteren. Und man erhielt genug Geld, um behaglich leben zu können, einfach so, ohne dass man eine Gegenleistung erbringen musste. Auch die Ärzte und Krankenhäuser durfte man jederzeit ohne Bezahlung aufsuchen – wenn man erst einmal das Anmeldeprozedere durchlaufen hatte jedenfalls.

Weil gleichzeitig mit ihm sehr, sehr viele Flüchtlinge angekommen waren, gab es keine ärztliche Untersuchung, keine genaue Überprüfung. Man zeigte seine Papiere vor – erst später wurde ihm von Landsleuten erklärt, er hätte seinen Pass wegwerfen und sich als Syrer ausgeben sollen, um seine Chancen auf ein Bleiberecht zu verbessern – und wurde einer neuen Unterkunft zugeteilt, die man mithilfe der dort abfahrenden Busse erreichte. Diese war schon wesentlich komfortabler: ein richtiges Haus, Vierbettzimmer, saubere Toiletten, die regelmäßig vom Personal gereinigt wurden, besseres Essen. Außerdem durfte man an einem Deutschkurs teilnehmen, den eine streng dreinblickende ältere Frau gab, der es gelang, ihnen erste Kenntnisse der Sprache zu vermitteln. Zumindest denjenigen, die sich aufrafften, mitzumachen, was erstaunlich wenige waren.

Er war einerseits traurig, als er diese Unterkunft nach fast vier Monaten verlassen musste, anderseits freute er sich, dass es endlich weiterging. Bald hatte er die letzte Hürde genommen.

Das neue Domizil war ein Schock. Wieder standen mehrere Zelte auf einem eingezäunten Grundstück, daneben zwei Reihen Baracken. Er wurde in einer der Letzteren untergebracht, in die Zelte kamen die Neueingetroffenen. Doch waren diese verwohnt und dreckig. Für die Sauberkeit seien sie nun selbst verantwortlich, erfuhr er, ebenso für das Essen. Man gab ihnen mehr Geld, damit sie sich eigene Mahlzeiten kochen konnten. Er sparte, begnügte sich mit den einfachsten Dingen, die Summe, die er nach Hause schickte, wuchs.

Der einzige Lichtblick war seine Bekanntschaft mit Jamal, der schon länger hier ausharrte. Der nahm ihn unter seine Fittiche, erkundete mit ihm zusammen die Umgebung, erklärte ihm, wie das Leben in Deutschland funktionierte, gemeinsam mit ihm saß er jeden Tag bei dem auch hier angebotenen Unterricht.

Jamal war ehrgeizig und lernte schnell, radebrechte in den verschiedensten Sprachen, konnte sich mit fast allen verständigen, was ihm viele neue Kontakte bescherte. Der wusste bereits genau, wo er sich niederlassen wollte, wenn diese letzte Hürde genommen war. „Mein Cousin lebt schon seit zwei Jahren hier und hat eine eigene Wohnung. Komm mit, wenn ich ihn besuche."

Dort erfuhr er zum ersten Mal, dass die Unterstützung, die man bekam, an gewisse Bedingungen geknüpft war. Kein Problem, dachte er bei sich. Ich will arbeiten, ich nehme alles, was man mir anbietet. Die Summen, die man verdienen konnte, erschienen ihm gigantisch.

Lange vor ihm erhielt Jamal seinen Bescheid, der ihm den Status eines Geduldeten verlieh. Der Freund war bitter enttäuscht.

„Immerhin wirst du nicht ausgewiesen", tröstete er ihn, was, wie er mittlerweile wusste, ebenfalls eine Option war, von der er zuvor nie geahnt hatte, dass es sie überhaupt gab.

„Wir bleiben auf jeden Fall in Kontakt", versprach Jamal. Und daran hielt er sich, auch wenn sie sich gegenüber früher viel seltener sahen. Dass dieser sich nicht meldete, war vollkommen untypisch. Hoffentlich hatte die Polizei ihn nicht verhaftet!

36

Michael

„Komm bitte mit rein", bat Lukas, nachdem ich mit laufendem Motor vor dem Reihenhaus hielt. „Mama will bestimmt wissen, was es gegeben hat."

Auch diese Bitte konnte ich ihm nicht abschlagen. Seine Mutter war sowieso sauer auf ihn, dass er sich von mir hatte überreden lassen, Sugar zu beobachten.

Lukas war nach dem Rauswurf in das Haus seiner Eltern zurückgekehrt, die ihn mit Freuden wieder aufnahmen. Seine Mutter hatte diese Beziehung von Anfang an nicht gewollt. Ich war mir fast sicher, dass die Bemühungen Louis betreffend von ihr ausgingen. Liebend gern hätte sie den Enkel unter ihre Fittiche genommen.

Frau Kramer öffnete die Tür, bevor wir sie erreicht hatten. Ihre Miene verfinsterte sich, als sie mich erblickte. „Wo ist der Junge?", überfiel sie Lukas.

„Bei Petra und Hermann."

Ich gab ihm einen kleinen Schubs, weil er tatsächlich zögerte, einzutreten.

„Wir setzen uns in die Küche", bestimmte seine Mutter. „Papa hat Nachtschicht. Er braucht seine Ruhe."

Wie bei jedem Besuch in diesem Haus tat ich es Lukas gleich und entledigte mich an der Garderobe meiner Jacke und meiner Schuhe, bevor ich ihm weiter durch die Diele folgte. Frau Kramer führte ein strenges Regiment, selbst ihr Mann, ein wortkarger Typ, den ich erst ein einziges Mal zu Gesicht bekommen hatte, fügte sich ihren Regeln.

„Die haben mich nicht in Verdacht", versicherte Lukas, nachdem er auf der Eckbank weit genug durchgerutscht war, dass ich mich neben ihn quetschen konnte. Der Raum war wie sämtliche Zimmer im Haus relativ klein und vollgestellt. Die Einzige, die sich hier mühelos bewegte, war Frau Kramer. Sauber war es allerdings, alles glänzte und blitzte. Wahrscheinlich beschäftigte sie sich von morgens bis abends mit der

Hausarbeit, seitdem ihre Kinder sie nicht mehr brauchten. Wobei brauchten das falsche Wort war. Lukas konnte froh sein, dass seine Eltern weiterhin für ihn sorgten. Allein wäre der nicht klargekommen.

„Wollen die uns auch vernehmen?" Sie nahm die Kaffeekanne von der Warmhalteplatte und goss ihrem Sohn ein. Dann blickte sie mich fragend an und schob mir, als ich nickte, die Tasse zu, die für sie gedacht gewesen war.

„Keine Ahnung. Die wollen mit allen sprechen, die Sugar kannten, hat die Frau, die mit mir gesprochen hat, gesagt." Seit seiner Rückkehr aus dem Gebäude wirkte Lukas wieder gelöster, der Stress war komplett von ihm abgefallen.

Ich beneidete ihn um diese Einstellung. Für ihn war die Angst vor Repressalien Vergangenheit, nichts, worüber man noch nachdenken musste.

„Das war eine Schnapsidee von euch, Sugar zu beobachten", sie warf mir einen bösen Blick zu.

„Das mit dem Gutachten dauerte viel zu lange", verteidigte Lukas mich. „Außerdem sieht derjenige nur die Sugar, die sie sehen lassen will. Wir hätten viel bessere Sachen ausgegraben."

Ich wusste, was er damit meinte. Geli und ich waren ja auch jahrelang auf das Bild von ihr hereingefallen, das sie nach außen zeigte. Es stimmte, was Heidrun uns erklärt hatte: Man musste diese Menschen näher kennen und regelmäßigen Umgang mit ihnen haben, um sie zu durchschauen.

Frau Kramer ließ diese Aussage unkommentiert stehen. Sie holte einen Aschenbecher von der Spüle und zündete sich eine Zigarette an. Lukas stieß mir den Ellenbogen in die Seite und zog die Augenbrauen hoch. Ich holte mein Etui hervor und gab ihm eine, verzichtete jedoch selbst lieber, obwohl ich mich ebenfalls nach einem weiteren Nikotinstoß sehnte. Naja, lange konnte dieses Gespräch ja nicht mehr dauern.

Weit gefehlt. Lukas musste Fragen über Fragen beantworten, bis seine Mutter sich endlich zufriedengab. „Wir holen den Jungen zu uns", bestimmte sie und stemmte sich vom Stuhl hoch, als laste die Schwere der ganzen Welt auf ihr.

Ich sah schnell zur Seite, damit sie mein Lächeln nicht entdeckte. Frau Kramer war ein kleines schmales Persönchen, das neben ihrem hochgewachsenen Mann und den Söhnen, die nach ihrem Vater schlugen, regelrecht zerbrechlich wirkte. Aber sie hatte einen eisernen Willen und war diejenige, die diese Familie regierte. Normalerweise wurde das gemacht, was sie sagte.

„Nein, Mama. Das können wir nicht machen", protestierte Lukas trotzdem. „Die geben den Kleinen bestimmt nicht raus."

„Das werden wir ja sehen." Ihre Augen blitzten kampfeslustig. „Wer meinen Sohn als Mörder beschimpft, hat nicht das Recht, meinen Enkel zu hüten."

Es wurde Zeit, dass ich eingriff. „Wenden Sie sich lieber an das Jugendamt", empfahl ich ihr. „Hermann und Petra sind im Moment in einem Ausnahmezustand. Wollen Sie Louis die Szene, zu der es garantiert kommt, wirklich zumuten?"

Ich hatte die richtigen Worte gefunden. Sie sackte in sich zusammen.

„Es ist so ungerecht", jammerte sie. „Sugar war eine schlechte Mutter und hat einfach alle Schuld auf Lukas geschoben. Zumindest Petra weiß ganz genau, dass ihre Tochter ein gemeines Aas ist. Die halten alle gegen uns zusammen!"

In diesem Punkt waren wir uns einig. Ich nutzte die Gunst der Stunde und stimmte in ihre Klagen ein. Erst als ich gefühlte Stunden später zum Auto ging, sah ich auf die Uhr. Fast vier! Geli würde mich umbringen!

37

Angelika

Ich konnte nicht stillsitzen, eine bohrende Unruhe hielt mich gepackt. Ich tigerte von einem Zimmer zum nächsten, unfähig, mich mit irgendetwas zu beschäftigen. Stattdessen griff ich zu einer Zigarette nach der anderen, bis die Wohnung mit Ausnahme des typischen Alkoholgeruchs wie eine Kneipe stank – zumindest so, wie ich es von meinen früheren Besuchen her kannte. Mittlerweile war man als Raucher ja an öffentlichen Orten verpönt.

Ich riss die Fenster ein zweites Mal auf und sah gerade noch Michael einparken. Na, der konnte sich auf was gefasst machen!

Bis ich seinen Schlüssel im Schloss hörte, hatte ich mich etwas beruhigt und beschlossen, eine andere Strategie zu verfolgen. Ohne sein Hereinkommen zu beachten, schlenderte ich in die Küche und wärmte mir ein spätes Mittagessen in der Mikrowelle auf. „Willst du auch was essen?", gelang es mir tatsächlich, freundlich zu fragen.

„Ja." Er ließ sich auf den Stuhl mir gegenüber fallen. „Ich habe einen Mordshunger. Das war ein Tag heute!"

Ich wies mit meiner Gabel auf den Topf. „Bitte, bedien dich. Es ist noch genug da."

Er schaufelte sich eine großzügige Portion auf den Teller und schauderte ostentativ. „Können wir die Fenster zumachen? Es ist verdammt kalt geworden."

„Noch fünf Minuten." Ich aß ungerührt weiter. „Du bist anscheinend heute Morgen nicht mehr zum Lüften gekommen."

Meine Strategie ging auf. „Lukas hat angerufen, kaum dass du zur Arbeit bist."

„Lukas? Welcher Lukas?", stellte ich mich unwissend.

„Der Ex von Sugar." Er setzte sich wieder und begann zu essen.

„Was wollte der denn von dir?", bohrte ich nach.

„Gleich. Ich bin total ausgehungert." Er kaute und schluckte schneller als ich und war noch vor mir fertig. „Ich schließe eben die Fenster, dann erzähle ich dir alles."

Das will ich dir auch geraten haben, dachte ich grimmig, nahm unsere leeren Teller und stellte sie auf die Spüle.

„Auch eine?" Er hielt mir eine von seinen Selbstgedrehten unter die Nase.

Ich schüttelte den Kopf und griff zu meinen eigenen Zigaretten. Auf eine mehr oder weniger kam es heute nicht mehr an. „Also?", konnte ich mir nicht verkneifen zu fragen, da er stumm in den aufkräuselnden Rauch starrte.

„Das ist eine lange Geschichte", begann er. „Am besten erzähle ich sie dir von Anfang an."

Vor knapp zwei Monaten hatte Michael mit seiner Beobachtung, wie er es nannte, begonnen. Dem Ganzen war eine intensive Internetrecherche vorangegangen. Alles, was Heidrun, sein Psychiater und sein Therapeut zu dem Thema Missbrauch vorgebracht hatten, musste vertieft werden, er ackerte seitenweise psychologische Stellungnahmen durch, sah auf YouTube jeden Film, interessierte sich für den kleinsten jemals erschienen Zeitungsartikel, besuchte regelmäßig die Portale der Gruppen, die sich der Hilfesuchenden annahmen, ohne sich jedoch selbst einzubringen.

„Es gab ja nichts, was sie für mich tun konnten", brachte er zu seiner Verteidigung vor. „Und diese Stinkwut in mir wurde und wurde nicht weniger."

Seltsamerweise waren es gerade die Filme über entsprechende Einrichtungen, die Kindern wie Sugar helfen sollten, zurück in eine normale Gefühlswelt zu finden, die seinen Entschluss bestärkten, tiefer zu graben. „Jeder Experte sagt, diese Kinder finden da allein nicht mehr heraus. Und wo es einmal geklappt hat, versuchen sie es wieder."

Warum hatte ich von dem, was in ihm vorging, nichts bemerkt?

Weil ich gerade zurück auf dem Weg in die Normalität war, musste ich mir eingestehen. Im Gegensatz zu meinem Mann wollte ich diese Geschichte hinter mir lassen, nicht ständig an das Geschehene erinnert werden, langsam gesunden anstatt meinen Hass zu nähren.

Doch, er hatte mich darauf angesprochen, zumindest indirekt. „Ist dir eigentlich aufgefallen, dass wir die einzigen Freunde sind, die es mit den Fischers diese lange Zeit ausgehalten haben?", hatte er mich eines Abends gefragt. „Denk mal nach! Die Petzolds, die Meißners, die Overkamps, seine beiden Jungs – selbst seine Schwester ist irgendwann nicht mehr aufgetaucht. Seltsam, findest du nicht?"

„Das lag an Hermanns Art", hatte ich genervt entgegnet. Immer wieder fing er mit diesem Thema an. Ich konnte, ich wollte es nicht mehr hören. „Du und Stefan seid eben anders gestrickt. Euch stören seine Ausbrüche nicht."

„Oder es hatte schon damals mit Sugar zu tun. Viele Kinder lassen sich das, was sie gemacht hat, nicht einfach gefallen, sondern reden irgendwann mit ihren Eltern."

„Und die ziehen sich zurück, ohne etwas zu unternehmen?", hatte ich gespottet.

Sein eigensinniges Beharren auf seiner These war für mich Grund genug gewesen, die Reißleine zu ziehen. Ostentativ hatte ich nach der Fernbedienung gegriffen und den Fernseher eingeschaltet. Oh, wäre ich doch bloß aufmerksamer gewesen! Ich hätte erkennen müssen, wie sehr er sich in diese Idee verrannte, und dass er nicht ruhen würde, bis er sämtliche Geheimnisse ausgegraben hatte.

„Mit wem hast du gesprochen?", fragte ich jetzt alarmiert.

Er verzog das Gesicht. „Mit allen."

Ich schlug die Hände vor mein Gesicht und atmete tief durch. Mit bebenden Fingern zündete ich mir die nächste Zigarette an. „Und? Wie haben sie reagiert?" Nicht nur, dass er mich hintergangen hatte. Er hatte auch sein Versprechen, mit niemandem darüber zu reden, gebrochen! Das wäre ein guter Grund für Hermann, zu Recht sauer auf ihn zu sein. Man redete nicht schlecht hinter dem Rücken eines anderen und setzte Gerüchte in die Welt.

38

Michael

An Gelis beredtem Mienenspiel konnte ich ablesen, was sie dachte. „Ich bin nicht blöd", erklärte ich ruhig. „Ich habe die Begegnungen zufällig arrangiert. Dirk Petzold trainiert im Fitnesscenter zwei Straßen weiter, Karola Meißner arbeitet immer noch bei Aldi und Achim Overkamp habe ich zufällig vor seinem Büro getroffen."

„Und woher wusstest du von Dirk?"

„Karola hat mir das erzählt, während ich meine Einkäufe in den Wagen packte. Ich ließ eine Bemerkung in die Richtung fallen, ob sie die Petzolds oder Overkamps noch ab und zu sieht. Sie wiegelte gleich ab. Sie und Heinz sind geschieden, die Kinder aus dem Haus. Sie hat einen neuen Freund und dadurch einen komplett anderen Bekanntenkreis. Dirk ist ihr einmal auf dem Parkplatz des Fitnesscenters über den Weg gelaufen und wollte sie gleich einladen, mitzumachen. Du kennst ihn ja."

Geli grinste vielsagend, ich wusste genau, was sie von ihm hielt. Er war ein Macho, wie er im Buche stand, obwohl er von seinem Aussehen nicht viel hermachte: mittelgroß, dünn, schütteres Haar, Hakennase. Zog er allerdings ein enganliegendes T-Shirt an, entdeckte man beachtliche Muskelpakete, die man ihm gar nicht zugetraut hätte. Er strotzte geradezu vor Selbstvertrauen und hatte eine große Klappe, die ihn aufgrund seiner harmlosen Erscheinung mehr als einmal in Schwierigkeiten gebracht hatte, was ihn kaum berührte. Er schlug nie als erster zu, aber wehe dem, der es wagte, ihn anzugreifen.

„Also habe ich ein Probe-Abo im Fitness-Center abgeschlossen, für drei Monate. Das hat auch gereicht. Diese Quälerei ist definitiv nicht meins. Schon beim zweiten Mal habe ich Dirk an einem Gerät entdeckt. Statt auf mich aufmerksam zu machen, wartete ich, bis er auf mich zukam. Natürlich tat ich überrascht, ihn hier zu sehen. Ich lud ihn spontan auf ein Vitamingetränk ein."

Ihn auszufragen, war keine Kunst. Dirk hatte immer schon bereitwillig über sich und seine Aktivitäten erzählt. Er sei in Hartz IV gerutscht und arbeite nebenbei schwarz. Damit komme er gut über die Runden. Bettina, seine Frau, hätte sich als Putzfrau einen großen Stamm zufriedener Kunden aufgebaut, natürlich ebenfalls unter der Hand. Bis auf den Ärger mit den Kindern sei alles super.

Geli merkte auf. „Irgendetwas Spezielles?"

„Nein, das übliche. Abgebrochene Lehre, Ärger mit der Polizei, der Jüngere. Eine Sechzehnjährige geschwängert der Ältere."

Sie schnaubte, gab aber keinen Kommentar dazu ab. „Hast du ihn darauf angesprochen, warum die Freundschaft zwischen ihm und den Fischers in die Brüche gegangen ist?"

„Angeblich weil Hermann sich weigerte, für ihn zu bürgen. Das hätte er ihm nicht verzeihen können, sagte er. Sie seien wie Brüder gewesen. Da müsse der eine für den anderen eintreten."

„Also eine komplette Niete."

„Der ja." Ich sah Angelika deutlich an, was sie von meiner Aktion hielt, nämlich gar nichts. Na, die würde noch Augen machen! Dirk und Karola hatte ich extra an den Anfang der Geschichte gelegt, gerade weil die beiden nicht interessant waren. Umso größer wäre ihr Erstaunen, hatte ich mir ausgerechnet. Und desto eher würde sie mir mein eigenmächtiges Handeln und meine Geheimniskrämerei verzeihen, hoffte ich.

„Achim wusste nicht, warum die Freundschaft zwischen Petra und seiner Frau zerbrach", begann ich zu berichten. „Von einem auf den anderen Tag erklärte sie ihm, die doofe Kuh nie wieder sehen zu wollen. Er dachte, sie hätten sich gestritten und würden sich irgendwann schon wieder einkriegen. Pustekuchen! Hermann schickte einen Monat später eine Einladung zu seiner Geburtstags-Party und Simone warf sie gleich in den Müll. Da die Freundschaft von den Frauen ausging, hatte er keine großen Probleme damit, sie nicht mehr zu sehen. Nur für Selina fand er es schade. Die hätte doch so an Sugar gehangen."

Angelikas Augen waren ein einziges Fragezeichen. „Ach, nee", sagte sie langsam.

„Wusste ich auch nichts von", bestätigte ich. „Die Male, die wir sie sahen, saß sie fast nur eng an ihre Mutter gedrückt da und nörgelte, ihr sei langweilig."

„Ich vermutete damals, es läge daran, dass Sugar und Lilli so gut zusammen spielten und sie eifersüchtig sei." Geli hielt inne. „Selina ist zwei Jahre jünger als Sugar, richtig?"

Worauf wollte sie hinaus? Ich nickte.

„Und kurz darauf zerbrach die Freundschaft der beiden Frauen. Das war nur ein paar Monate später, ich erinnere mich noch genau, dass Petra damals sagte, Simone sei für sie gestorben. Keiner traute sich nachzufragen, weil Hermann meinte, allein ihr Name sei ein rotes Tuch für seine Frau. Glaubst du, Selina ist auch missbraucht worden?"

„Die Vermutung liegt schon nahe, findest du nicht? Dann hat sie sich irgendwann ihrer Mutter anvertraut, worauf die Freundschaft zwischen Simone und Petra mit einem Riesenkrach endete. Mein Verdacht erhärtete sich, nachdem ich anschließend mit Frauke sprach", ließ ich die Bombe platzen. „Und jetzt rate, warum sie mit ihrem Bruder gebrochen hat!"

39

Er hatte sich gut geschlagen. Zweimal war Muhammed ihm zu Hilfe geeilt, wobei er sich sicher auch allein hätte wehren können. Aber so kamen sie sich näher und wechselten wenigstens ein paar Worte miteinander. Tarik erfuhr, dass dieser den Job bereits seit vier Monaten machte und zuvor seine Stelle inngehabt hatte, bis Yusuf ihn ablöste. „Der hat einen guten Draht zum Chef. Arbeitet jetzt in einer Wohnung. Ist sicherer."

Der Park würde regelmäßig kontrolliert. Tagsüber sei das kein Problem, bei Dunkelheit müsse man mehr aufpassen. Sie stellten ihre Handys auf ein entsprechendes Signal, damit jeder den anderen warnen konnte.

Heute war alles glattgegangen, außer dass er trotz der langen Unterhose, dem Rollkragenpullover mit zusätzlichem T-Shirt darunter, der Daunenjacke und der dicken Stiefel nach vier Stunden angefangen hatte zu frieren. Da half auch der heiße Kaffee, mit dem Muhammed ihn versorgte, nicht viel.

„Du wirst dich dran gewöhnen", meinte der, als sie sich trennten. „In ein paar Tagen merkst du es nicht mehr."

Kaum war er verschwunden, holte Tarik sein Handy hervor und drückte auf die Nummer seines Bruders. Dieser meldete sich mit einem Brummen und wartete dann offensichtlich darauf, dass Tarik mit seiner Beichte begann.

„Kabul gilt als sichere Stadt", legte dieser sofort mit den nackten Tatsachen los. Es brachte nichts, länger drumherum zu reden. Er musste den Bruder an seinen Erlebnissen teilhaben lassen, damit dieser verstand. „Mein Asylantrag ist abgelehnt worden. Ich soll abgeschoben werden."

„Nein!" In diesem Schrei lag die ganze Verzweiflung, die der Bruder verspürte.

Tarik schluckte, er wusste, welche Hoffnungen dieser gehegt hatte. Mit zwei einfachen Sätzen war es ihm gelungen, sie zu zerstören. „Ich bin ein Illegaler, ich verstecke mich vor der Polizei. Sollten die mich finden, setzen sie mich in ein Flugzeug zurück in die Heimat."

„Ich verstehe nicht. Anfangs klangst du so begeistert. Was ist passiert? Hast du irgendwelchen Mist gemacht, dass sie dich wegschicken?"

Er verstand es ja selbst kaum. Jamal hatte ihn schließlich aufgeklärt. „Die Behörden prüfen genau, ob du verfolgt wirst oder aus einem Kriegsgebiet kommst", gab er sein Wissen an den Bruder weiter. „Oder es irgendeinen anderen Grund gibt, warum sie dich hierbehalten müssen. Bei mir lag keiner vor."

„Aber es hieß doch, die Deutschen sind dringend auf Einwanderer angewiesen!"

„Sie nehmen nur die, deren Leben bedroht ist", wiederholte er. „Ich habe bei meiner Vorladung gesagt, dass wir keine Zukunft in Kabul sehen, dass wir kaum das Nötigste zum Überleben haben, dass gerade Frauen dort gefährdet sind und ich deshalb vorgereist bin, um meine Familie nachholen zu können. Glaub mir, ich habe mein Bestes gegeben. Die urteilen nach anderen Kriterien und nach denen bin ich es nicht wert, auf Dauer aufgenommen zu werden."

Sein Bruder schluckte schwer. „Im Internet hieß es, alle sind willkommen."

„Alle Flüchtlinge, die um ihr Leben fürchten müssen", verbesserte Tarik ihn. „Armut und der Wille zu arbeiten, zählen leider nicht."

„Und das viele Geld, das du geschickt hast?"

Er seufzte. Wollte oder konnte der Bruder ihn nicht verstehen? „Solange dein Status geprüft wird, kriegst du Unterstützung, weil du nicht arbeiten darfst. Danach habe ich mich aufs Stehlen verlegt." Er hielt inne. Nein, er musste ihm die ganze Wahrheit sagen. Ihm jegliche Resthoffnung nehmen. „Ich bin abgehauen, als ich den Bescheid bekam, dass ich das Land verlassen soll. Es gibt hier einige wie mich. Wir versuchen, uns vor der Polizei zu verstecken. Kriegen die mich, setzen die mich sofort fest."

„Weil du ein Dieb bist? Musst du dafür lange ins Gefängnis?"

„Nein, die sperren mich ein, bis sie ein Flugzeug haben, das mich nach Hause bringt." Das war nicht ganz richtig. Dass man ihn gleich in Haft nehmen würde, lag daran, dass er bereits einmal abgehauen war. Nachdem sie ihn kurz vor Weihnachten auf dem Bahnhof erwischt hatten, wurde er in ein besonderes Camp gebracht. Dort sollten Abgewiesene wie er auf den Flug in die Heimat warten. Es dauerte gerade mal zwei Tage, bis er erkannte, dass die Kontrollen äußerst lasch gehandhabt wurden und man das Gelände durchaus verlassen durfte. Die dachten tatsächlich, dass man freiwillig bis zur Abschiebung ausharrte. Er nutzte die erste Gelegenheit, sich abzusetzen.

„Was hast du jetzt vor?" Sein Bruder schien endlich zu kapieren, dass er die Wirklichkeit schilderte.

„Ich bleibe, bis man mich erwischt. Und ich werde alles dafür tun, mich so lange wie möglich nicht erwischen zu lassen!"

40

Michael

Ächzend lehnte sich Geli auf ihrem Stuhl zurück und griff nach einer weiteren Zigarette. „Hast du Frauke die Wahrheit anvertraut?"

Nein, es war ganz anders gewesen. Gut, ich hatte ihr bewusst aufgelauert, im Auto gewartet, bis sie den Getränkemarkt, den sie leitete, abschloss, und war dann langsam auf sie zu geschlendert. „Na, so was!", hatte ich überrascht ausgerufen. „Dass ich dich hier treffe!"

Sie schien erfreut, mich zu sehen, und brachte sogar Verständnis dafür auf, dass ich offensichtlich vergessen hatte, wo sie arbeitete. Ich behauptete, einen Freund in der Nähe besucht zu haben und fragte sie, wie ich dachte, überzeugend spontan, ob wir nicht kurz irgendwo was zusammen trinken sollten.

Zu meiner Überraschung sagte sie ohne Umschweife zu und führte mich in die kleine Eckkneipe eine Straße weiter. Am Tresen drängten sich die Gäste dicht an dicht, an den drei kleinen Tischchen saß niemand.

„Ich nehme ein Wasser", sagte sie und nahm Kurs auf den entferntest liegenden Tisch. „Ich muss gleich noch fahren."

Ich zwängte mich zwischen zwei Gruppen und gab unsere Bestellung auf. Mit den vollen Gläsern steuerte ich auf unseren Tisch zu. Ihr erwartungsvoller Blick gab mir Rätsel auf. Einen Augenblick lang verspürte ich Unsicherheit. War sie noch verheiratet oder auch geschieden? Sie dachte doch wohl hoffentlich nicht, das hier sei ein Date?

„Mann, wenn ich das Angelika erzähle", sagte ich, noch bevor ich mich gesetzt hatte. „Was für ein unglaublicher Zufall." Damit waren die Fronten hoffentlich geklärt.

„Wie geht es Lilli?"

Ich erstarrte und hätte beinahe die Gläser fallen lassen. Ohne dass ich es verhindern konnte, traten mir Tränen in die Augen.

„Setz dich, Micha!" Sie sprang auf und nahm mir die Getränke aus der Hand. „Also doch! Entschuldige, ich hätte sanfter mit dir umspringen sollen."

Endlich hatte ich mich so weit wieder in der Gewalt, dass ich auf dem Stuhl Platz nehmen konnte - mit dem Rücken zu den anderen Gästen. Frauke hatte an alles gedacht.

„Woher weißt du …?" Ich brach ab. Oder war das nur ein Schuss ins Blaue gewesen?

„Mir ist zu Ohren gekommen, dass die Freundschaft zwischen dir und Hermann Knall auf Fall beendet wurde und keiner von euch beiden darüber redet, was eigentlich vorgefallen ist." Sie grinste humorlos. „Da habe ich mir meinen Teil gedacht. Leider."

„Was meinst du damit?" Bevor ich irgendetwas zugab, sollte sie mehr als Andeutungen von sich geben.

Sie zögerte. „Normalerweise rede ich nicht darüber. Außer meinem Mann und mir hat keiner eine Ahnung. Lilli ist was Schlimmes passiert, habe ich recht?"

Ich nickte. Das konnte ich ruhig zugeben.

„Valerie auch. Ich könnte mich jetzt noch ohrfeigen, dass ich damals nicht besonnener vorgegangen bin." Sie nahm einen winzigen Schluck aus ihrem Glas und benetzte sich die Lippen, schloss die Augen und atmete einmal tief durch. Dann suchte ihr Blick den meinen. „Ich habe Michelle dabei überrascht, wie sie an meiner Tochter sexuelle Handlungen vornahm."

Obwohl ich Derartiges erwartet hatte, lief mir ein eisiger Schauer den Rücken hinunter. „Was …? Wie …?", brachte ich krächzend heraus.

„Wir waren zu Besuch da, Valerie und ich", begann sie zu berichten. Ich konnte ihr ansehen, dass es ihr immer noch schwerfiel, darüber zu reden. „Michelle und Valerie verschwanden wie üblich im Kinderzimmer und ich saß mit Petra in der Küche. Kurz darauf erhielt ich einen Anruf von meiner Mutter, dass mein Vater mit Verdacht auf einen Schlaganfall ins Krankenhaus eingeliefert wurde. Sie war völlig aufgelöst, ich versprach, sofort zu kommen." Sie biss sich auf die Lippe. „Petra meinte noch, ich solle Valerie doch bei ihnen lassen. Ich wollte sie lieber mitnehmen. Das hätte Stunden dauern können. Also schnappte ich mir ihre und meine Jacke und lief ins Kinderzimmer, um sie zur Eile anzuspornen. Ich riss die Tür auf. Sie lagen auf dem Bett, Valerie war fast nackt. Michelles Kopf befand sich zwischen ihren Beinen. Was sie genau machte, konnte ich nicht sehen, wollte ich auch nicht. Ich schrie sofort los. War richtig hysterisch." Sie senkte den Blick und schüttelte den Kopf. „Dieses Bild hat sich für immer in mein Gedächtnis eingebrannt."

Ich musste zweimal ansetzen, um zu fragen: „Wie ging es weiter?"

Lautes Gelächter war vom Tresen zu hören. Eine Frau kreischte, ein dumpfes Poltern ertönte. Frauke schien die ausgelassene Stimmung nicht zu bemerken. Sie umklammerte ihr Glas, dass die Finger weiß wurden. „Ich habe meine Tochter angebrüllt, sie solle sofort raus-kommen, und bin zurück zu Petra. Gut, ich war sehr aufgeregt, erst das mit meinem Vater und direkt danach direkt dieser Anblick. Ich glaube, ich habe sie total überfahren mit meinen Anschuldigungen. Ich stand völlig neben mir."

„Wie hat Petra reagiert?"

Frauke hob den Kopf und sah mich an. „Ich solle nicht so'n Wind machen. Ja, das waren genau ihre Worte. Die beiden würden sich eben ausprobieren, was denn schon dabei sei! Zum Glück kam in diesem Moment meine Tochter. Ich zog sie regelrecht hinter mir her aus dem Haus. Im Auto sprachen wir nicht darüber. Ich war viel zu fertig und sie hielt ihr schlechtes Gewissen zurück. Ich brachte sie zu Olaf und fuhr weiter zum Krankenhaus. Mein Vater hatte trotz allem oberste Priorität. Und um mit Valerie zu reden, musste zuerst mein Kopf klar werden. Ich musste herausfinden, was genau passiert war."

41

Angelika

Bis zu diesem Punkt hatte ich seiner Erzählung stumm gelauscht, jetzt konnte ich mich nicht mehr zurückhalten. „Dachte sie etwa, es könne von beiden Seiten aus dazu gekommen sein?", platzte ich heraus.

„Um zu einer richtigen Einschätzung zu kommen, war Frauke viel zu geschockt", erwiderte Michael kopfschüttelnd. „Sie sagte: Meine Gedanken drehten sich eher fieberhaft im Kreis. Ich war entsetzt, angeekelt. Das hatte nichts mit Doktorspielchen zu tun, das war mir sofort bewusst."

Ich zog die Beine an und verschmolz regelrecht mit dem Sessel. „Erzähl weiter!"

„Ihr Vater hatte tatsächlich einen Schlaganfall und kam auf die Intensivstation. Bis Frauke alle Formalitäten geregelt und ihre Mutter beruhigt und zurück nach Hause gebracht hatte, war es Abend. Valerie schlief bereits, Olaf meinte, sie hätte richtig krank ausgesehen. Sie sollte sie morgen vielleicht lieber in der Schule entschuldigen."

„Hatte sie ihm schon …?"

„Nein, er war ahnungslos. Dabei beließ sie es auch. Zuerst wollte sie mit Valerie sprechen. Sie meldete sich und ihre Tochter am Morgen krank und kuschelte mit ihr zusammen auf der Couch. Als Erstes versicherte sie ihr, dass sie nicht sauer auf sie sei. Sie hätte nichts Falsches getan." Er seufzte. „Kannst du dir vorstellen, wie das ist, hat sie mich gefragt. Du musst mit Engelszungen auf dein eigenes Kind einreden, damit es dir erzählt, was vorgefallen ist. Und dabei lieb und nett bleiben und dich nicht aufregen, damit sie nicht mitbekommt, wie sehr es dich graust."

Ja, ich konnte mir nur zu gut vorstellen, wie sie sich dabei gefühlt hatte. Obwohl mein Gespräch mit Lilli natürlich anders verlaufen war. „Aber sie hat die Wahrheit herausbekommen." Das war das Einzige, was mir einfiel. Natürlich hatte sie das! Sonst hätte sie nicht mit den Fischers gebrochen. „Wie schlimm war es?", setzte ich nach.

„Ihre Tochter hatte im Endeffekt noch Glück. Es war erst das zweite Mal, dass Sugar Valerie dazu überredete. Beim ersten Mal ist nicht viel passiert. Die beiden Mädchen sind zusammen unter die Dusche gegangen und haben sich gegenseitig eingeseift. Und als Michelle Valerie abtrocknete, hat sie sie wohl an einigen Stellen ziemlich unsanft angefasst. Bei diesem zweiten Mal behauptete sie, Valerie was ganz Tolles zeigen zu wollen, ein supertolles Geheimnis wäre das, nur für sie beide. Keiner dürfe davon wissen. Und als Valerie sich zierte, hat sie eingelenkt und angefangen, sie durchzukitzeln und mit ihr ein bisschen zu balgen, bis sie ihr schließlich dabei die Kleidung runterzog und meinte, jetzt käme das Tolle. Valerie solle ganz still liegen bleiben und sie einfach machen lassen. Das wäre noch viel, viel schöner. Und genau in dem Moment trat Frauke ein."

So ähnlich musste es bei Lilli auch abgelaufen sein! Ich brauchte jetzt unbedingt einen Schnaps.

Wir wechselten von der Küche ins Wohnzimmer. Michael schenkte mir gleich eine doppelte Portion ein und wartete, bis ich die Hälfte getrunken hatte. Der Alkohol wirkte schnell. Mein Magen entkrampfte sich und wohlige Wärme durchströmte meine eiskalten Glieder. Ich war bereit für den Rest.

„Frauke besprach sich mit Olaf, wie sie vorgehen sollten. Sie kamen überein, dass sie am Abend in Ruhe mit Schwägerin und Bruder darüber reden solle. Für die war das damals genauso Neuland wie für uns", setzte er erklärend hinzu. „Die fanden das äußerst seltsam, dass ein Mädchen in dem Alter sich so verhielt."

Uns erging es ähnlich. Bis zu dem Telefonat mit Lilli hatte ich von derartigen Übergriffen unter Kindern nie gehört. Als ich mich daraufhin im Internet klugmachte, war ich entsetzt über die Vielzahl von Fällen, die dort beschrieben wurden. Warum wurde dieses Thema in der Öffentlichkeit totgeschwiegen?

„Petra hatte schon mit Sugar gesprochen", erzählte Michael weiter. „Und die stellte ihr Vergehen natürlich als simplen Scherz hin. Angeblich wäre beim Balgen und Durchkitzeln die Kleidung verrutscht. Mehr sei nicht gewesen. Trotzdem versuchte Frauke, den beiden den Ernst der Lage klarzumachen. Sie erwähnte das Duschen und beschrieb, wie Sugar vorgegangen war. Petra ließ sie kaum ausreden und rastete aus. Die Situation eskalierte dermaßen, dass Frauke unverrichteter Dinge das Haus verließ. Am nächsten Tag rief sie ihren Bruder an und traf sich in der Mittagspause mit ihm. Der schien nach und nach für ihre Worte empfänglich zu werden, denn er versprach, mit Sugars Kinderarzt zu reden. Aber Frauke solle bitte seiner Frau in den nächsten Tagen besser aus dem Weg gehen. Petra sei extrem genervt und nicht mehr in der Lage, normal zu reagieren."

„Genervt!", entfuhr es mir. „Ich wäre vor Sorge außer mir gewesen. Nein, ich hätte mich sofort am nächsten Tag um einen Experten bemüht."

42

Michael

„Du kannst sie nicht mit uns vergleichen. Nicht mal Hermann", fügte ich nach einer kurzen Pause hinzu. Das, was mir noch auf der Zunge lag, hielt ich lieber zurück, sonst wären wir direkt wieder bei dem Punkt gelandet, den ich bis heute nicht verstand. Dass man vielleicht zuerst abwehrend reagierte, wenn das eigene Kind beschuldigt wurde, konnte ich durchaus nachvollziehen. Aber dass man lieber weiterhin den Kopf in den Sand steckte, statt der Sache auf den Grund zu gehen – und sei es auch nur, um Gewissheit zu haben, dass man überbesorgt reagierte -, war für mich der Gipfel. Ich jedenfalls hätte alles darangesetzt, meinem Kind die Hilfe zukommen zu lassen, die es benötigte.

Geli griff nach ihren Zigaretten und zündete den Glimmstängel umständlich an. Sie litt genauso, wie ich gelitten hatte, als ich diese Geschichte hörte, wurde mir klar.

„Frauke hörte zwei Wochen lang nichts von Hermann", erzählte ich weiter. „Also rief sie ihn erneut an. Es kam zu einem zweiten Treffen. Und plötzlich war ihr Bruder ganz anderer Ansicht. Es sei nicht nötig, etwas zu unternehmen, meinte er. Er habe mit Sugar geredet und ihr ausführlich erklärt, dass das, was sie getan hätte, kein normales Spiel sei. Sie wäre sehr einsichtig gewesen und sehr verständig. Er habe den Eindruck, es sei von ihrer Seite ein erstes Ausprobieren gewesen. Wahrscheinlich habe sie in der Schule oder bei ihren Freundinnen irgendwelche Dinge gesehen oder gehört. Frauke wisse ja, die Kinder heute wären viel weiter als früher. Allein schon durch die Möglichkeiten, die das Internet bietet."

„Und sie hat sich damit zufriedengegeben?" Ui, meine Frau war richtig aufgebracht!

Dabei hatte ich damals ähnlich geschockt wie sie reagiert. Diese Geschichte schrie nach weiterführender Aufklärung. „Was sollte sie machen?", nahm ich Frauke in Schutz. „Sich ans Jugendamt wenden?

Sugar, Hermann und Petra wären bei ihrer Version geblieben. Denkst du, die hätten was unternommen?"

„Nein", musste sie nach kurzem Nachdenken zugeben.

Auf den Seiten zu diesem Thema im Internet stand genau dasselbe: Wurden die Kinder erwischt, redete man mit ihnen. Erst bei länger andauernden oder wiederholten Vergehen wurde auf die Spezialisten verwiesen. Nur die schlimmsten Fälle landeten in speziellen Heimen. Dazu hätte es bei Sugar keinerlei Veranlassung gegeben.

„Frauke fand das Ganze auch eher unbefriedigend. Doch ihr und Olaf fiel nichts ein, was sie hätten unternehmen können."

„Trotzdem sind sie nie wieder bei den Fischers aufgetaucht."

Ich lachte auf. „Das lag an Petra. Die hatte Hermann aufgetragen, seiner Schwester zu sagen, sie wäre in ihrem Haus nicht mehr willkommen. Die beiden, also Hermann und Frauke, treffen sich seitdem ungefähr einmal im Monat bei ihr. Zu Sugar und zu Petra ist der Kontakt komplett abgerissen."

„Wieder jemand, den Hermann der Familie zuliebe geopfert hat", stellte Geli fest. „Wobei ich an ihrer Stelle höchstwahrscheinlich den Kontakt komplett abgebrochen hätte. Für mich wäre ein normaler Umgang nicht mehr möglich gewesen. Wie könnte ich ihm jemals wieder vertrauen?"

Galt dieser Kommentar auch mir? Ich schwieg lieber und wartete auf weitere Fragen.

„Also hat Hermann ihr von dem Bruch mit dir erzählt?"

„Jein. Frauke und Sonja hatten seit jeher ein gutes Verhältnis, das sich nach der Scheidung fortsetzte. Und Sonja trifft sich weiterhin mit Linda. Dadurch weiß Frauke von vielem, was bei den Fischers passiert."

Stefans Frau hatte ihr Geheimnis gut gehütet. Keiner von uns ahnte, dass sie sich weiterhin mit Hermanns Ex traf.

Prompt erkannte Geli die Zusammenhänge. „Dann hat Sonja dich angelogen. Sie wusste längst von eurem Streit."

Ja, ich war mir im Nachhinein auch ziemlich blöd vorgekommen.

„Wahrscheinlich dachte sie, ich erzähle ihr, was abgelaufen ist."

Geli grinste, wurde aber schnell wieder ernst. „Aber du hast Frauke hoffentlich gebeten, über diese Geschichte nichts weiterzuerzählen?"

„Natürlich! Und das gleiche habe ich ihr versprochen. Sonja hat sie sich nie anvertraut und so soll es auch bleiben."

Geli schien beruhigt und runzelte nachdenklich die Stirn. „Gab es sonst noch relevante Neuigkeiten?"

„Naja, die Geschichte von Dirk stimmt. Nur dass er vergaß zu erwähnen, dass er massenhaft Schulden hatte, als er Hermann um diese Bürgschaft bat. Die Beziehung zu Heinz endete mit seinem Umzug, Karola und Petra verstanden sich von Anfang an nicht besonders, also hatte keine von beiden Lust, sich beim anderen zu melden. Simone war Petras beste Freundin, keiner hatte Kontakt zu ihr."

„Schade. Ich dachte, es käme noch was nach."

„Kommt. Kommt." Ich konnte mir ein siegesgewisses Grinsen nicht verkneifen. „Ein Jahr nach dieser Geschichte mit Valerie wurde Sugar tatsächlich von einem Kinderpsychologen behandelt, weil sie ihren kleinen Bruder malträtierte."

43

Angelika

Ich griff nach meinem Glas, um mich zu stärken, und nahm einen weiteren großen Schluck. Anscheinend standen noch weitere Enthüllungen an. „Malträtierte oder missbrauchte?"

„Angeblich wurde sie ihm gegenüber zunehmend aggressiv. Der traute sich kaum noch aus seinem Zimmer, wenn sie zu Hause war. Ständig hatte er neue blaue Flecken und ähnliche Verletzungen. Das erfuhr Frauke allerdings erst wesentlich später, als Hermann eines Tages ziemlich angeschickert bei ihr auftauchte und ihr sein Leid klagte."

Davon konnte ich ebenfalls ein Lied singen. Nach einem ersten ähnlichen Auftritt bei uns wurden wir zur regelmäßigen Anlaufstelle, wenn seine Probleme überhandnahmen.

„Zu dem Zeitpunkt war Sugar gerade zum wiederholten Mal beim Klauen erwischt worden. Hermann jammerte, dass doch nach dieser Behandlung beim Kinderpsychologen alles viel besser gewesen wäre. Ob er sie noch einmal dort hinschicken solle? Auf Fraukes Nachfrage gab er zu, dass Sugar mit zehn die gesamte Familie aufgemischt hätte. Sie sei unverschämt zu ihrer Mutter gewesen und habe den Kleinen als Punchingball benutzt. Nur ihm wäre es noch gelungen, sie zur Raison zu bringen. Angeblich sei sie in der Schule dermaßen gemobbt worden, dass sie sich so veränderte, hätte der Psychologe herausgefunden."

„Naja", entfuhr es mir.

„Frauke dachte ähnlich. Sie empfahl ihrem Bruder, den Typ erneut einzuschalten. Nach diesem Ausbruch hielt er sich bedeckt, behauptete auf ihre Nachfrage nur, Sugar sei auf einem guten Weg. Alle weiteren Eskapaden wurden mit der Begründung entschuldigt, sie sei dabei, sich zu finden. Man müsse das Kind seine Fehler selbst machen lassen und ihm Zeit geben."

Was war das für eine Liebe, die das Offensichtliche nicht sehen wollte und stattdessen für alles beschönigende Worte fand?

„Von unserer Trennung hatte seine Schwester bereits durch Sonja erfahren, die es wiederum von Linda wusste. Keine Ahnung, wie sich das so schnell herumsprach. Hermann hätte wohl von sich aus nichts erzählt, meinte Frauke. Sie musste ihn gezielt darauf ansprechen. Er reagierte in ihren Augen äußerst seltsam, zuckte mit den Schultern und sagte, manchmal würde man eben erst nach Jahren merken, dass man in wichtigen Punkten nicht übereinstimmt und keinen gemeinsamen Konsens mehr findet. Von einem Streit war nicht die Rede. Diese Auskunft erhielt sie später von Sonja, die jedoch selbst nichts Genaues wusste."

„Frauke wunderte sich, warum daraus ein so großes Geheimnis gemacht wurde, und dachte sich ihren Teil", ergänzte ich.

„Sie hatte tatsächlich ein schlechtes Gewissen und überlegte, uns anzurufen."

Verständlich. Anderseits konnte ich ihr Handeln nachvollziehen. Was hätte sie damals anders machen sollen? Alle Bekannten der Fischers warnen? Ohne echte Beweise? Nein, sie musste sich darauf verlassen, dass ihr Bruder den Ernst der Lage begriff und handelte. Schließlich hätte es durchaus sein können, dass durch sein energisches Eingreifen, Sugar auf den richtigen Weg zurückgeführt wurde. Gerade mit solchen Verdächtigungen musste man äußerst vorsichtig agieren.

Als hätte er meine Gedanken erraten, fuhr Michael fort: „Ich habe ihr deutlich zu verstehen gegeben, dass ich ihre Reaktion nachvollziehen kann und wir wahrscheinlich im umgekehrten Fall nicht anders gehandelt hätten. Sie wusste schließlich nicht, wie schlimm es sich weiterentwickeln würde."

„Ich glaube, es war besser, von dieser Geschichte zu hören, nachdem wir unseren Schock einigermaßen weggesteckt hatten", gestand ich. Dass mein Mann bis vor kurzem von einer angemessenen Verarbeitung noch weit entfernt war, fiel mir erst während meiner Antwort ein. Wie musste er sich gefühlt haben, als er Fraukes Bericht hörte?

„Sie hatte schon hin und her überlegt, ob sie uns anrufen sollte, dann jedoch lieber Abstand davon genommen, weil sie sich nicht sicher war, ob sie mit ihrem Verdacht richtig lag."

Auch das konnte ich verstehen. Über dieses Thema sprach niemand freiwillig. „Hast du ihr erzählt, wie lange Lillis Martyrium dauerte?" Meine Gefühle waren zwiespältig. Instinktiv wollte ich meine Tochter beschützen, keiner sollte das Ausmaß ihres Leides kennen.

„Nur zugegeben, dass ihr Ähnliches passiert ist und dass es leider erst Jahre später herausgekommen ist. Frauke drängte mich, etwas zu unternehmen. Ich solle an den Kleinen denken. So ein Mensch wie Sugar dürfe keine Kinder großziehen."

Ich verstand. „Und so kam Lukas ins Spiel."

Michael nickte. „Ich war es, der seine Mutter und ihn darin bestärkte, sich an das Jugendamt zu wenden."

44

Während er den Rest des Weges zu seiner Unterkunft zurücklegte, wanderten Tariks Gedanken in die Vergangenheit zurück.

Sie hatten in einem kleinen Dorf im Süden Afghanistans gelebt. Der Vater war als reisender Händler kaum zu Hause, er und seine Mutter kümmerten sich gemeinsam um den Obstgarten und die Hühner, die sie auf dem kleinen Stück Land hielten. Später dann half er den Nachbarn auf den Feldern, mit zwölf war er alt genug, in der Stadt als Schuhputzer zu arbeiten. Kurz vor seinem vierzehnten Geburtstag starb der Vater und der Onkel holte sie zu sich nach Kabul. Fortan wohnten sie alle zusammen in seinem Haus, seine Mutter und die Mädchen schliefen in dem einen, er und seine Brüder in dem anderen Zimmer.

Ein Jahr lang ging er weiter zur Schule und verdiente ein wenig Geld als Wasserträger und Straßenverkäufer. Doch das reichte bei weitem nicht aus, der Onkel war ein armer Mann, der seine eigene Familie kaum durchbrachte. Deshalb musste er sich eine Arbeit suchen. Wenigstens die Geschwister sollten eine vernünftige Bildung erhalten.

Sein um ein Jahr älterer Cousin brachte ihn bei sich in der Fabrik unter, wo sie den ganzen Tag Lastwagen beluden, eine schwere und eintönige Arbeit, nach der er nicht mehr in der Lage war, zu lernen. Seine Hoffnung, einen Schulabschluss zu erreichen, schwand.

Zumindest hatte er verhindern können, dass seine beiden älteren Schwestern, vier und fünf Jahre jünger als er, die Schule verließen, indem er einen Teil seines Verdienstes an den Nachbarsjungen gab, der die beiden auf ihrem Weg bewachte. In dem Teil von Kabul war es unmöglich, die Mädchen ohne Aufsicht herumlaufen zu lassen. Man hätte ihnen noch die Schuld gegeben, wenn es zu Übergriffen gekommen wäre. Dafür machte er eben freiwillig Überstunden, er arbeitete wirklich hart – und trotzdem reichte es gerade mal für das Notwendigste.

Die Möglichkeit, in Deutschland zu leben und zu arbeiten, war ihm wie ein Geschenk Allahs erschienen. Er hatte sich ausgiebig im Internet informiert: Die Mutter würde eine große Wohnung zugewiesen bekommen, die Mädchen konnten nicht nur die Schule zu Ende besuchen, sondern auch eine vernünftige Ausbildung machen, sein drei Jahre jüngerer Bruder studieren, genauso wie hoffentlich der Kleine. Er selbst wäre somit in der Lage, sich zum ersten Mal in seinem Leben um sich selbst zu kümmern. Mit zweiundzwanzig stand ihm alles offen. Er wollte lernen, sein Traum, selbst eine Universität zu besuchen, rückte in greifbare Nähe.

Was für Strapazen hatte er auf sich genommen, um dieses Ziel zu erreichen. Mit dem wenigen Ersparten war er nicht weit gekommen, dafür oft an die Grenzen seiner Kräfte gelangt, hatte gehungert, gefroren, sich von Land zu Land vorwärtskämpfen müssen – und trotzdem nie aufgegeben. Und jetzt sollte alles umsonst gewesen sein?

Nein, schwor er sich. Bevor ich zurückgehe, fülle ich mir die Taschen.

Er bog in die Straße ein, in der sich seine Unterkunft befand. Eigentlich war es eine Frechheit, dass er für knapp neun Stunden Schlaf den gleichen Betrag wie die anderen zu zahlen hatte. Muhammed wollte sich umhören, ob jemand bereit war, ihn aufzunehmen. Er selbst wohnte noch bei den Eltern, die natürlich nicht wussten, mit welcher Arbeit er sein Geld verdiente. Ihnen hatte er erzählt, er arbeite als Packer, bei täglicher Auszahlung.

„Ich bleibe nur bei Kemal, weil ich hoffe, bald aufzusteigen. Für nen Zehner die Stunde kannst du fast überall Arbeit finden."

Eine Taschenlampe hätte er sich ebenfalls zulegen sollen, dachte er, während er sich vorsichtig zwischen den Häusern zum hinteren Eingang tastete. Es war stockdunkel, der Schein der Straßenlaterne drang nur wenige Meter in den engen Durchgang. Ihm wurde übel, während er sich bemühte, dem ausgetretenen Pfad durch den Hinterhof zu folgen. Der Gestank war wesentlich schlimmer als am Morgen.

Die Tür war nur angelehnt, im Flur brannte dieselbe trübe Lampe. So leise wie möglich stieg er die Treppe hinauf, schob sich durch den Vorhang und betrat das Zimmer, das der Mann ihm gezeigt hatte. Das

Licht von der Straße erhellte den Raum notdürftig. Jede Matratze bis auf seine war besetzt. Er balancierte durch die Reihen und ließ sich darauf fallen, den Rucksack schob er unter seinen Kopf. Der Schlaf würde bestimmt nicht lange auf sich warten lassen, so erschöpft wie er war.

Es zog durch das Fenster, stellte er kurz darauf fest, ein eisiger Hauch, der sein Gesicht völlig gefühllos machte. Er rappelte sich auf und schob die Matratze in die Nische darunter, die früher wohl mal eine Heizung beherbergt hatte. Ja, das war besser. Er schloss erneut die Augen, doch seine Gedanken kamen nicht zur Ruhe. Immer wieder durchdachte er seine Idee. Würde er das Ganze über die festgesetzte Zeit durchhalten können? War seine Planung überhaupt realistisch? Konnte er es schaffen, das benötigte Geld zusammenzukriegen?

Irgendjemand furzte so laut, dass es selbst das Schnarchen seines Nachbarn übertönte. Eigentlich musste er dankbar sein, direkt am Fenster zu liegen. Der Gestank durch die Ausdünstungen der Männer war hier wesentlich erträglicher. Die Nächte im Camp konnte man in keinster Weise mit der jetzigen Schlafsituation vergleichen. Vielleicht sollte er morgen Abend besser dorthin ausweichen. Oder gab es noch eine andere Möglichkeit?

Irgendwann übermannte ihn mitten in seinen Grübeleien der Schlaf. Der Aufbruch der Frühaufsteher ließ ihn hochschrecken, danach dämmerte er vor sich hin. Trotzdem war er sich nach dieser einen Nacht schon sicher, dass er hier kein zweites Mal unterkommen wollte. Das Waschen erübrigte sich angesichts der dreckstarrenden Hölle, die er vor sich sah. Er erleichterte sich und bemühte sich, dabei den Atem anzuhalten. Anschließend ergriff er die Flucht, rannte an Ibrahim vorbei, der unten aus seinem Zimmer kam, ohne ihm mitzuteilen, ob er wiederkommen würde. Bloß raus hier!

45

Michael
Gleich nach der Abschlussuntersuchung bei meinem Hausarzt fuhr ich
zur Wache.
„Voß, ich soll meine Fingerabdrücke zum Vergleich im Mordfall Fischer abgeben", informierte ich den Polizisten hinter dem Tresen.
Er griff zum Telefonhörer und fragte bei den zuständigen Beamten
nach. „Sie möchten bitte zuerst bei Hauptkommissar Niemann vorbeischauen, Zimmer dreiunddreißig in der ersten Etage."
Mein Herzklopfen hielt sich in Grenzen. Gestern hatten Geli und ich
noch lange diskutiert, was ich aussagen sollte. Wir waren übereingekommen, die Vergangenheit offenzulegen. Nur so ließ sich mein En-
gagement und meine häufige Anwesenheit vor Sugars Wohnung erklä-
ren.
Herr Niemann stand bereits im Türrahmen und hieß mich eintreten.
Sein Büro war ein kleines Kabuff, ein Schreibtisch direkt neben dem
Fenster, davor zwei Besucherstühle. Es blieb gerade genug Raum für
zwei hohe, schmale Aktenschränke an den Wänden.
„Nehmen Sie bitte Platz", er wies auf die Stühle vor dem Schreibtisch.
„Fühlen Sie sich gesundheitlich in der Lage, mit mir über den Mordfall
Michelle Fischer zu sprechen?", fragte er, nachdem er sich ebenfalls
gesetzt hatte.
Ich nickte stumm. Jetzt schnürte mir die Aufregung doch den Hals
zusammen.
„Ich nehme die Vernehmung auf, sind Sie damit einverstanden?" Seine
Hand zuckte bereits zu dem kleinen Gerät.
„Ja", krächzte ich.
„Gut." Er lächelte mich tatsächlich an. „Wie lange kennen Herr Fi-
scher und Sie sich?"
Das war leicht. „Seit unserer Bundeswehrzeit. Wir wurden während
unseres gemeinsamen Dienstes Freunde und blieben es, bis vor etwa

einem Jahr ein heftiger Streit zu unüberbrückbaren Differenzen führte."

„Sie kannten Michelle Fischer also von klein auf?"

Komisch, dass er gar nicht wissen wollte, worum es bei dem Streit gegangen war! „Seit ihrem vierten Lebensjahr", präzisierte ich. „Michelle ist die Tochter seiner zweiten Frau Petra, die diese mit in die Ehe brachte."

„Brach der Kontakt zu Michelle Fischer nach dem Streit mit ihrem Vater ab?"

Mir entwich ein Schnauben. „Ja, zu der gesamten Familie."

„War sie der Auslöser?"

Die wussten eindeutig mehr, als ich vermutet hatte. Nur gut, dass ich bereit war, reinen Tisch zu machen. „Ja, so kann man es sagen."

„Was warfen Sie ihr vor?"

„Mit ihr selbst habe ich damals nicht gesprochen. Mit der wollte ich nie wieder etwas zu tun haben. Ich informierte ihren Vater darüber, dass meine Tochter Lilli nach jahrelangem Schweigen endlich den Mut gefunden hatte, über den Missbrauch zu reden, den Michelle ihr zwischen ihrem sechsten und neunten Lebensjahr antat."

Herr Niemann hob diskret eine Augenbraue, mehr regte sich nicht in seinem Gesicht. „Wie reagierte er?"

„Er wies diese Verdächtigung weit von sich, versuchte das Geschehene zu verharmlosen, fand tausend Entschuldigungsgründe für seine Tochter." Noch immer geriet ich in Wut, wenn ich daran zurückdachte.

„Ihre Tochter Lilli ist vier Jahre jünger als Michelle Fischer?"

Woher wusste er das denn? „Das stimmt."

„Mit wem haben Sie über das Vorgefallene sonst noch gesprochen?"

„Mit niemandem. Naja, mit einer befreundeten Psychologin, meinem Psychiater, meinem Therapeuten", schränkte ich ein. „Und mit den Ärzten in der Klinik. Alle rieten uns davon ab, es an die große Glocke zu hängen. Michelle war damals unter vierzehn, der würde sowieso nichts passieren. Außerdem hatte Hermann Fischer gedroht, uns wegen übler Nachrede zu verklagen. Das wollten wir unserer Tochter nicht antun."

Er sah mich auffordernd an, als erwarte er einen Nachsatz.

Mist! Frauke! Das hätte ich mir eigentlich denken können! „Vor ungefähr zwei Monaten kam es bei einem Treffen zwischen Frau Menke und mir zu einer Art Gespräch über dieses Thema. Ihre eigene Tochter hatte ähnliche Erfahrungen gemacht, gestand sie mir. Ich deutete daraufhin an, dass sie damit nicht allein stand. Ins Detail gegangen bin ich nicht."

Nur gut, dass ich freiwillig alles aufgedeckt hatte!

46

Es war etwas wärmer geworden, dafür hingen drohend dunkelgraue Wolken über den Straßen, die von einem baldigen Unwetter sprachen. Tarik schritt rasch aus, sein Ziel war der McDonalds am Bahnhof. Dort, so hoffte er, würde er einige Bekannte treffen, die ihm vielleicht weiterhelfen konnten, eine Unterkunft zu finden.

Nach einem ausgiebigen Frühstück verschwand er in den gepflegten Sanitäranlagen, wusch sich, ohne sich an dem steten Strom der Eintretenden zu stören, gründlich und wechselte das T-Shirt unter seinem Pullover, das nach einer einzigen Nacht fürchterlich stank. Er stopfte es in seinen Rucksack, zog das letzte Paar frischer Socken hervor und benutzte eine der Kabinen. Danach machte er sich auf die Suche nach bekannten Gesichtern.

„Frag Jamal. Wenn einer dir helfen kann, dann er." Samir grinste über sein verblüfftes Gesicht. „Hast du ihn nicht getroffen? Der ist schon seit ein paar Tagen zurück. Seine Schlampe wurde ermordet. Er musste zur Polizei, wegen einer Aussage. Jetzt lebt er wieder bei uns im Wohnheim."

„Ist er in der Nähe?" Sein Puls schlug vor Aufregung schneller. Wenn er sich beeilte, konnte er ihn sehen, bevor er zur Arbeit musste.

„Nein. Keine Ahnung, wo der sich rumtreibt. Komm entweder ganz früh morgens oder spät am Abend. Zum Schlafen ist er zurück."

„Warum geht er nicht an sein Handy? Ich habe es jeden Tag versucht." Samir lachte lauthals. „Das hat er sich klauen lassen, der Idiot."

Selbst Tarik konnte sich ein Grinsen nicht verkneifen. Ausgerechnet Jamal, an dessen Fingerfertigkeit er nie herankommen würde!

„Er hat es auf dem Zimmer liegen lassen", erklärte Samir zum besseren Verständnis. „War nur kurz weg. Den Neuen kann man nicht trauen. Die klauen jedem alles."

Tarik nickte. Das kannte er aus den Erstaufnahmeeinrichtungen. „Sag ihm, wenn du ihn siehst, ich komme morgen früh vorbei. Er soll auf mich warten."

Idiot, Idiot, Idiot!, beschimpfte er sich auf dem Weg zum Park selbst. Wieso hatte er gedacht, der Freund wäre untergetaucht und würde sich vor der Polizei verstecken?

Jamal war freiwillig in dem Wohnheim geblieben, weil, wie er überall verkündete, es sich nicht lohnte, nach einer eigenen Bleibe zu suchen. Kurz nach seiner Umsiedlung hatte er Sugar kennengelernt und verbrachte die meiste Zeit bei ihr, was von den Betreibern der Unterkunft stillschweigend geduldet wurde. Sie hatte ihn monatelang hingehalten, obwohl es durchaus möglich gewesen wäre, ihn offiziell aufzunehmen – hatten ‚Freunde‘ von Jamal jedenfalls behauptet. Er dagegen sagte, sie bekäme die Genehmigung vom Amt nicht. Deshalb wollten sie bald heiraten. Dann könne er ohne Probleme bei ihr einziehen.

Er hatte sein Entsetzen deutlich gezeigt, als er davon erfuhr. „Du willst dich echt an sie binden?"

„He! Ich kriege so ein Bleiberecht. Und sobald sie mich zum Vater macht, dürfen die mich nicht mehr wegschicken. Das ist meine Freikarte ins Glück."

Aber ausgerechnet diese Schlampe? Jamal hatte was Besseres verdient! Der Freund konnte seine vorsichtig vorgebrachten Vorbehalte nicht verstehen. „Keiner sagt, dass ich ewig mit ihr zusammenbleibe. Sie ist mein Sprungbrett, mehr nicht."

Nein, auf so etwas würde er sich nie einlassen. Diese Sugar kommandierte Jamal herum, verlangte, dass er ihr bei dem Kind half, schickte ihn einkaufen, kochte nicht mal regelmäßige Mahlzeiten, sodass er oft genug einspringen musste. Eigentlich sollte es umgekehrt sein. Der Mann arbeitete hart und kümmerte sich um die wichtigen Angelegenheiten, der Rest war Frauensache.

Klar, dass in diesem Land ein anderer Wind herrschte, hatte er mitbekommen. War ja nicht zu übersehen. Für seine Schwestern tat es ihm leid. Sie würden in dieser Atmosphäre unter seiner Obhut aufblühen, dachte er. Und für die Mutter wäre der tägliche Kampf, für ihre Familie zu sorgen, erledigt gewesen. Die Brüder hätten einen vernünftigen Beruf erlernt, vielleicht sogar studiert, wie er es für sich geplant hatte:

Deutsch lernen, Schulabschluss, Studium – in Gedanken hatte er sich schon als Architekt oder Ingenieur gesehen.

Vorbei, aus der Traum. Es blieb ihm nur die Hoffnung, innerhalb kurzer Zeit genügend Geld zu verdienen, sodass er sich in Kabul eine bescheidene Existenz aufbauen konnte.

Es hatte zu regnen begonnen, der aufgekommene Wind blies ihm die Wassertropfen direkt in die Augen. Er blinzelte. Drüben an der Ecke wartete Muhammed. Die Arbeit rief.

47

Michael
Herr Niemann nickte zufrieden. Anscheinend hatte ich bisher in allem richtig reagiert. „Wie kommt es, dass Zeugen Sie wiederholt vor dem Haus der Ermordeten sahen?"

„Ich hatte, kurz nachdem ich von der Geschichte erfuhr, eine Art Zusammenbruch. Die Ärzte diagnostizierten eine Depression." Ich sah ihm offen in die Augen. „Ich weiß nicht, ob Sie das verstehen: Als Vater fühlt man sich mitverantwortlich. Man hat sein Kind nicht schützen können. Außerdem war ich derjenige, der sie immer und immer wieder zu Besuchen zu der Familie mitnahm. Meine Frau war mit ihrem Job, dem Haushalt und unserer anderen Tochter genug belastet. Ich dachte, ich tue ihr und Lilli einen Gefallen. Ja, ich Blödmann habe die Freundschaft zwischen den beiden Mädchen auch noch gefördert!"

„Deshalb beschlossen Sie, sich an Frau Fischer zu rächen?"

„Nein!", empörte ich mich. „Ja, irgendwie schon. Aber nicht so, wie Sie denken."

„Sie haben Sie beobachtet."

„Ich wollte ihr was ans Zeug flicken. Alle Artikel, die ich zu dem Thema gelesen habe, sagen aus, dass so jemand wie Michelle sich nicht von alleine ändert. Die war und blieb eine Gefahr für ihr näheres Umfeld." Ha, das hatte ich gut formuliert!

„Und? Haben Sie etwas herausgefunden?"

Der Kerl war die Ruhe selbst. Der zeigte mit keinem Zucken, was er selbst dachte! „Nein, leider nicht. Ich meine, ich habe beobachtet, dass sie ihr Kind oft zu ihrer Mutter abschob, häufig laute Partys feierte, wechselnde Bekanntschaften pflegte." Ich zuckte die Schultern. „Nichts, was sich gegen sie verwenden ließ."

„Sie kennen Lukas Kramer?"

Warum wechselte er andauernd von einem zum anderen Punkt? Was bezweckte er damit? Ich setzte mich gerader hin und beschloss, auf der

Hut zu sein. „Ja, ich suchte ihn anlässlich meiner Recherche auf und …"

„Ihrer Recherche?"

„Ich hoffte, über Verwandte, Bekannte und ehemalige Freunde weitere Anhaltspunkte zu erhalten, wo ich vielleicht ansetzen konnte."

„Und? Hat er Ihnen weitergeholfen?"

„Er erzählte mir, dass er vorhabe, sich an das Jugendamt zu wenden, um den Kontakt zu seinem Sohn wiederherzustellen, den er längere Zeit nicht sehen durfte. Ich bestärkte ihn und seine Mutter in dem Entschluss. Wir haben uns ein paarmal getroffen und darüber geredet, wie sie am besten vorgehen sollten. Ab und zu kam Lukas dazu, wenn ich Michelle überwachte. Aber nicht, weil er mich unterstützte, sondern weil er sich mit mir unterhalten wollte." So, Versprechen eingelöst! Niemand durfte unter dem, was ich getan hatte, leiden.

„Wie oft bezogen Sie Stellung in ihrer Straße?"

Ich zuckte mit den Schultern und bemühte mich um einen harmlosen Gesichtsausdruck. „Manchmal jeden Tag in der Woche, manchmal weniger. Immer wie ich Zeit hatte. Ich bin krankgeschrieben. Es erschien mir sinnvoller, als ständig grübelnd zu Hause zu sitzen."

„Waren Sie am Mordtag ebenfalls dort?"

„Ja, vormittags bis gegen halb zwei und nachmittags. Um siebzehn Uhr holte mich ein Freund ab, da mein Auto nicht mehr ansprang. Ich verbrachte die nächsten Stunden mit ihm und er fuhr mich nach Hause, wo ich gegen halb neun ankam. Meine Frau saß vor dem Fernseher, die kann das bezeugen."

Herr Niemann sah auf die Blätter vor sich. „Danach haben Sie die Wohnung nicht mehr verlassen?"

„Nein. Meine Frau und ich sahen zusammen fern. Ich ging direkt nach dem Film schlafen, sie etwas später."

Er machte sich eine kurze Notiz. „Wissen Sie, wer der derzeitige Freund von Frau Fischer war?"

„Bis vor kurzem handelte es sich um einen Asylbewerber. Der wohnte fest bei ihr. Ich weiß nicht, ob sie sich von ihm getrennt hat, aber seit Mittwoch vor dem Mord tauchte er nicht mehr auf. In den letzten

Tagen vor ihrem Tod kam mehrfach ein junger Mann und blieb wohl auch über Nacht. Zumindest sah ich ihn zweimal morgens das Haus verlassen."

„Kannten Sie ihn?"

„Nein."

„Wären Sie bereit, uns, falls erforderlich, bei der Erstellung eines Phantombildes behilflich zu sein?"

„Gern." Ich hatte ihn oft genug gesehen, um genauere Angaben machen zu können. Zwar war er nie in meine Richtung gekommen, hatte mir also nie direkt gegenüber gestanden, aber eine vernünftige Beschreibung brachte ich allemal zustande. Noch waren meine Augen ziemlich gut.

„Nennen Sie bitte alle Namen und deren Verhältnis zu den Fischers, die Ihnen einfallen."

Nun, das war nicht schwer. „Die Petzolds, die Meißners, die Overkamps, Sonja, Hermanns ehemalige Frau, und Frauke, seine Schwester, plus Familien. Seine Eltern sind tot, Petra hat nur wenig Kontakt zu ihrer Mutter. Die kam vielleicht einmal im Jahr vorbei."

Anschließend listete ich unseren gemeinsamen Bekanntenkreis auf und musste zu jedem die genaue Adresse angeben.

„Ich vergaß zu erwähnen, dass ich den Eindruck hatte, Michelle ließe häufig Asylbewerber bei sich übernachten. Ich sah regelmäßig unterschiedliche Typen morgens aus dem Haus kommen", fiel mir zuletzt noch ein.

„Gut." Ohne darauf zu reagieren, schaltete Herr Niemann das Aufnahmegerät ab. „Das war's schon für heute. Gehen Sie bitte jetzt hinunter in Raum drei. Dort nimmt mein Kollege ihre Fingerabdrücke. Ach, Herr Voß?"

Sein Ruf stoppte mich auf dem Weg zur Tür.

„Und geben Sie uns bitte auch gleich eine Speichelprobe. Dagegen haben Sie doch sicher nichts einzuwenden, oder?"

48

Angelika

Michael hatte mir nach seiner Aussage gleich eine SMS geschickt: halb so wild, alles gut verlaufen. Trotzdem rief ich ihn direkt nach Arbeitsende an.

„Gut, dass wir uns gestern einen Schlachtplan zurechtgelegt hatten." Seine Stimme klang unaufgeregt. „Vor mir war Frauke zur Vernehmung da. Sie hat alle Fragen wahrheitsgemäß beantwortet. Und wenn ich nicht beim Arzt das Handy ausgeschaltet und anschließend vergessen hätte, wieder einzuschalten, wäre ich darauf vorbereitet gewesen. Sie schickte mir extra eine Sprachnachricht, kaum dass sie das Gebäude verlassen hatte."

Er nutzte natürlich WhatsApp, wohingegen ich mich bis jetzt erfolgreich geweigert hatte, mir diesen Service zuzulegen. Ich hasste dieses elende Hin und Her von Nichtigkeiten. „Wie hat der Kriminalbeamte reagiert?"

„Gar nicht. Du, der hüpfte von einem Thema zum anderen. Nichts von dem, was ich sagte, wurde intensiviert. Ich glaube, der hat mich schon von seiner Verdächtigenliste gestrichen."

Gut zu wissen. „Ich husche eben in die Stadt, um ein Geschenk für Heidrun zu kaufen", erinnerte ich ihn. „Wir sind morgen bei ihr eingeladen."

Er stöhnte auf. „Muss ich mit?"

„Denk dran, was sie alles für uns getan hat." Wir waren ihr mehr als verpflichtet. „Du kannst dir eine Tiefkühlpizza auftauen. Ich kaufe mir unterwegs eine Kleinigkeit."

Ich schlug den Weg in die Innenstadt ein und überlegte, wonach ich schauen sollte. Von Handarbeit hatte ich null Ahnung, genauso wenig wie von Gartenpflanzen, ihrem anderen Hobby. Ihre Einrichtung beschränkte sich auf das Nötigste, an irgendwelchem Schnickschnack schien sie kein Interesse zu haben. Was schenkte man so jemandem?

Nach einer Stunde sinnlosem Herumgerenne durch volle Einkaufs-
straßen und Kaufhäuser – es schien, als sei die halbe Bevölkerung
unterwegs – legte ich einen Zwischenstopp in einem Schnellimbiss ein
und kaufte mir eine kleine Pizza und eine Cola. Ich quetschte mich in
die hinterste Ecke und gönnte mir eine ruhige Viertelstunde.

Tatsächlich hatte sich Heidrun als unser Fels in der Brandung entpuppt. Es tat einfach gut, mit jemand Kompetentem zu sprechen, der
unsere Wut und gleichzeitigen Schuldgefühle verstand, mit dem man
immer und immer wieder dasselbe durchkauen konnte, der auch noch
nach dem zehnten Mal geduldig die Zusammenhänge erklärte und der
sich auch nicht scheute, uns seine persönliche Meinung mitzuteilen,
wie Sugar, nach allem, was wir berichteten, einzuschätzen war.

Nicht dass sie uns vorgab, wie wir reagieren sollten! Beim ersten Mal
ließ sie uns unsere Empörung herausschreien und versuchte gleichzeitig, uns die Schuldgefühle zu nehmen, die mindestens ebenso groß
waren.

„Ihr habt nichts falsch gemacht", sagte sie immer und immer wieder
auf unsere sich im Kreis drehenden Litaneien. „Solche Dinge passieren, man kann sich nicht davor schützen."

„Aber warum hat Lilli nicht den Mut gefunden, sich uns anzuvertrauen?", fragte Michael ein ums andere Mal. „Wir waren nie übermäßig streng, ich kann nicht verstehen, wieso sie Angst hatte, uns davon
zu erzählen." Er schluckte. „Stattdessen hat sie sich weiter und weiter
quälen lassen."

„Zum einen haben Täter wie Sugar ein besonderes Gespür für verletz-
liche Kinder", erklärte Heidrun. „Sie wissen instinktiv, bei wem ihnen
kaum Gefahr droht, zurückgewiesen oder verraten zu werden. Eure
Tochter gehörte offensichtlich zu diesem nicht gerade kleinen Perso-
nenkreis."

Damit hatte sich meine nächste Frage gleich erledigt: wieso Lilli und
Josie nicht? Unsere Älteste war, ganz abgesehen davon, dass sie kein
Interesse an Sugar zeigte und sich bei gemeinsamen Besuchen nie in
die Spiele mithineinziehen ließ, ein ganz anderer Typ. Deshalb hatte
Sugar sich wahrscheinlich nie an sie herangetraut.

„Zum anderen besteht zwischen Täter und Opfer zumeist ein Macht-gefälle, in eurem Fall der Altersunterschied. Allein durch den Status der älteren Freundin hatte Sugar schon einen großen Vorteil, den sie geschickt ausnutzte. Sie verführte eure Tochter regelrecht zu den ersten kleineren sexuellen Erkundungen und nutzte dann diese, sie zu erpressen, ihr zu Willen zu sein. Kinder haben ein ausgeprägtes Gespür dafür, was in den verbotenen Bereich fällt, beziehungsweise ahnen, dass das, was sie taten, von den Eltern nicht gern gesehen wird."

„Ja, Lilli ist lange Zeit ein Herzchen gewesen", stimmte ich ihr zu.

„Ein böses Wort und sie brach gleich in Tränen aus."

„Ihr dürft nicht vergessen, sie kannte Sugar bereits einige Jahre, bevor es zu diesem Missbrauch kam. Bisher hatte sie diese als freundlich und geduldig erlebt, immer bereit, sich mit ihr auf ihrem Niveau zu beschäftigen. Diese Freundschaft war etwas Besonderes für Lilli, weil Sugar sie wie eine Gleichgestellte behandelte. Natürlich kam sie dadurch auch in den Genuss, viele Dinge tun zu dürfen, die sie mit Gleichaltrigen nicht hätte unternehmen können, und natürlich erfuhr und erlebte sie mit und durch Sugar Dinge, die anderen Kindern verborgen blieben. Das meine ich im positiven Sinne", belehrte sie Michael, der wütend über ihre Aussage den Kopf schüttelte. „Negativ ist sicherlich Sugars unbegrenzter und unbeaufsichtigter Zugang zum Internet zu bewerten. Eure Tochter …"

„Den durften sie nicht nutzen", widersprach mein Mann.

Heidrun entschlüpfte ein mitleidiges Lächeln „Und wer kontrollierte die Einhaltung des Verbots?"

Niemand, da war ich mir sicher.

49

Nachts um halb elf stand Tarik am Tor der Erstaufnahmeeinrichtung und bat um Asyl. Den Trick hatte Jamal ihm verraten. Am Wochenende waren keine Beamten zur Überprüfung vor Ort. Erst am Montag wurden die Eingetroffenen richtig registriert. Er vertraute auf sein Glück, dass der Wachmann am Eingang entweder ein anderer war als letzte Woche oder durch die immer noch große Zahl der Ankommenden sich nicht mehr an ihn erinnerte.

Nach seiner Flucht aus diesem Abschiebelager hatte er sofort Jamal angerufen, denn er wusste nicht wohin. Dieser war sofort bereit gewesen, ihm zu helfen. „Hol deine Sachen aus dem Schließfach und mach dich zu mir auf den Weg. Wir finden schon eine Lösung."

Dank dessen Tipp hatte er zumindest an den Wochenenden nicht auf der Straße übernachten müssen. An den anderen Tagen war er in einem der leerstehenden Gebäude untergeschlüpft, die es in jeder Stadt gab. Allerdings besaß er da auch noch den Schlafsack, den er von seinem letzten Geld gekauft hatte.

Wie früher vor seiner Verhaftung die kleineren Pensionen abzuklappern, um die zu finden, die es mit einer Anmeldung nicht so genau nahmen, traute er sich nicht. Und jetzt, nach dem Mord an Sugar, erst recht nicht. Hoffentlich kannte Jamal jemanden, der ihn aufnehmen würde. Sonst musste er sich wieder auf die Suche nach etwas Ähnlichem wie dieser Fabrik machen.

Der Wachmann am Tor war ihm unbekannt und ließ ihn ohne weitere Nachfragen ein. Er wurde zur Anmeldung geschickt, traf wieder auf eine fremde Person und füllte den Zettel mit Angaben zu seinen Personalien aus, wobei er wie immer, wenn er in einer dieser Einrichtungen auftauchte, einen falschen Namen benutzte. Nachdem er sein Essen hastig hinuntergeschlungen hatte, bekam er eine Kammer im

Zelt zugewiesen, in der nur eine Person schlief. Den Handywecker ließ er aus. Ob er eine Stunde eher oder später bei Jamal eintraf, war egal. Trotzdem war er froh, diese Stätte direkt nach dem späten Frühstück wieder verlassen zu können. Es hatte sich einiges geändert. Es gab schon immer Gruppen, um die man besser einen großen Bogen machte, jene, die sich nicht scheuten, die, die kaum etwas besaßen, zu bestehlen, denen das Messer locker saß und die es bei einem Streit sofort zum Einsatz kommen ließen. Und nicht zu vergessen die, die ihren Hass auf Andersartige sofort zur Sprache brachten. Doch diese waren in der Minderheit gewesen, das Gros der Flüchtlinge versuchte miteinander auszukommen.

Jetzt hatte er das Gefühl, die Lage spitze sich zu. Von denen, die morgens gemeinsam mit ihm im Frühstückszelt saßen, war bestimmt ein Drittel zugedröhnt mit irgendwelchen Drogen oder Alkohol oder noch benommen von dem, was sie am Abend zuvor eingeworfen hatten. Der Ton war aggressiver geworden, Beschimpfungen flogen hin und her, selbst der Wachmann und das Küchenpersonal wurden angepöbelt. Man musste nicht nur auf sein Zeug verschärft aufpassen, auch die Hemmschwelle, sich für Kleinigkeiten zu prügeln, war gesunken. Er sah fast kaum noch Familien und selbst die schienen fast alle aus den ehemaligen Ostblockstaaten zu stammen. Viele der allein reisenden Männer hätte er zu Hause gleich in die Kategorie: besser einen großen Bogen um sie machen, eingeordnet. Nein, das Camp war nur noch eine Notlösung für den Fall, dass er keine andere Möglichkeit der Unterbringung fand.

Beim Verlassen hatte er wieder Glück. Normalerweise musste man sich an der Pforte abmelden. Nur saß dort im Moment ein Wachmann, der sich bestimmt an ihn erinnern würde. Er war letzten Sonntag dazwischengegangen, als Tarik an der Wäscheausgabe Ärger mit dem Kerl, der vor ihm dran gewesen war, bekam, weil dieser sich aufregte, dass er eine in seinen Augen bessere Jacke erhielt, obwohl ihm der Betreuer mehrfach versuchte zu erklären, dass es an den unterschiedlichen Größen lag und nicht an einer Bevorzugung. Bevor der Wachmann eingreifen konnte, hatte der Typ ihm einen Schlag ins Gesicht verpasst, sodass seine Nase heftig zu bluten begann. Daraufhin gab ihm der Betreuer gleich noch einen fast neuen Pullover.

Er hatte gerade beschlossen zu warten, bis eine größere Gruppe das Gelände verließ, sodass er unbemerkt an ihnen vorbeischlüpfen konnte, als ein Tumult im benachbarten Zelt ausbrach. Einer der Flüchtlinge rannte schreiend herum und bedrohte mit einem Messer die Anwesenden. Ohne ersichtlichen Grund, soweit er sehen konnte. Wahrscheinlich einer von denen, die sich im Drogenrausch befanden.

Sofort stürzten die meisten Wachmänner, die sonst über das gesamte Gelände verteilt Streife liefen, herbei und versuchten, Herr der Lage zu werden. Der im Pförtnerhaus griff nach dem Telefon, um die Polizei zu verständigen, wobei er seine Kollegen nicht aus den Augen ließ, denen es nicht gelang, den mit dem Messer wild um sich fuchtelnden Mann zu überwältigen. Das war seine Chance, unbemerkt durch den Ausgang zu gelangen.

50

Angelika

Michael war nach seinem Besuch im Präsidium deutlich erleichtert und lief nun langsam wieder zu seiner alten Form auf. Gleich am nächsten Morgen hatte er mit seinem Freund Joachim telefoniert und sich mit ihm verabredet.

„Denk dran, wir sollen gegen sechs bei Heidrun sein", mahnte ich.

„So lange wollte ich nicht bleiben. Ich bin rechtzeitig genug wieder da."

Ich machte mich an die Hausarbeit, war mit meinen Gedanken aber woanders. Durch den Mord an Sugar und Michaels Geständnis drängte das längst verarbeitet Geglaubte mit Macht in die Gegenwart zurück.

Als Lilli damals anrief, hatte ich mit dieser Eröffnung überhaupt nicht gerechnet. Im Gegenteil, ich war gespannt darauf, Neues über diesen Alex zu hören, der vor kurzem in ihr Leben getreten war. Stattdessen hörte ich schon an ihrer Stimme, dass etwas Ernstes passiert sein musste.

„Setz dich erst mal hin", verlangte sie. „Ich hätte schon längst mit dir darüber reden sollen."

Und dann erzählte sie mir von dem, was sie durchgemacht hatte.

Ich war völlig geschockt. Ich hatte nicht einmal gewusst, dass es diese Art von Missbrauch gab! Und mein Kind war betroffen!

Sie erklärte mir genau das, was wir später auch von Heidrun hören würden: Sie habe sich schuldig gefühlt, hätte nicht gewusst, wie sie Sugar Einhalt gebieten solle, sich aber auch nicht getraut, mit uns darüber zu sprechen. Warum? Das könne sie mittlerweile selbst nicht mehr nachvollziehen. Sie habe sich halt furchtbar geschämt.

Und es sei ja nicht so, dass sie später ständig damit zu kämpfen gehabt hätte. Irgendwann sei es ihr gelungen, die Gedanken daran in die hinterste Ecke ihres Gedächtnisses zu sperren. Wieder richtig bewusst geworden sei es ihr, als sie Alex kennenlernte. Da habe sie sich zum ersten Mal seit langem richtig damit auseinandergesetzt und im Internet nach Antworten gesucht. Sie wisse nun, dass sie keine Schuld treffe, wobei dieses Wissen und das, was sie fühle, immer noch zwei verschiedene Dinge wären.

Das Schlimmste für mich war diese Riesenentfernung zwischen uns. Dass ich nicht zu ihr hin eilen und ihr vor Ort helfen konnte. Mein armes Mädchen! All die Jahre hatte sie sich gequält! Denn dass diese Erfahrung ihr Leben von Grund auf verändert hatte, war mir nur zu bewusst. Ich hatte immer schon zu Michael gesagt, irgendetwas laste auf unsere Lilli. Es müsse einen Anlass dafür geben, dass sie sich so desinteressiert verhielte und nichts mit sich anzufangen wisse.

Sie habe sich bereits mit Alex ausgesprochen und er wolle ihr bei der Aufarbeitung zur Seite stehen, verkündete sie. Ein Termin bei einer dementsprechend geschulten Therapeutin sei ebenfalls gemacht. Sie wolle endgültig mit dem Gewesenen abschließen.

Nach ihrer Bitte, Michael und Josie zu informieren und dieses Thema bitte nicht mehr zur Sprache zu bringen, kamen bessere Neuigkeiten. „Ich habe mich entschlossen, zum Herbst ein Studium zu beginnen. Besser spät als nie."

Ich freute mich zwar für sie, war aber viel zu geschockt, um echte Begeisterung aufzubringen.

„Und stellen Sie sich vor, Lilli verspürt noch nicht einmal einen richtigen Hass auf Sugar", sagte ich empört zu Heidrun bei unserem ersten Treffen. Was ich von mir und Michael nicht behaupten konnte. Wir glühten geradezu vor Wut und Empörung.

„Das ist normal, sie hat ja mit der Verarbeitung dieses Traumas kaum angefangen", beruhigte diese mich. „Sämtliche Gefühle, die diesen Bereich betreffen, wurden abgespalten. Sonst wäre sie längst auf der Strecke geblieben."

Gut, dass wir jede Woche einmal mit ihr reden konnten. Alle Antworten fand man im Internet leider immer noch nicht und vor allem nichts, das hundertprozentig auf die eigene Lage zugeschnitten war.

Sie war es auch, die uns sofort davor warnte, mit Anschuldigungen gegen Sugar herauszuplatzen. „Das Ganze ist über zehn Jahre her. Sehen Sie bitte auch die andere Seite. Sie könnten mit Ihrer Anklage das Leben der erwachsenen Michelle Fischer zerstören. Immerhin besteht die Möglichkeit, dass diese mittlerweile auf den rechten Weg zurückgefunden hat und …"

Michaels lautes Schnauben unterbrach sie. „Die? Ganz bestimmt nicht!"

Heidrun zog die Augenbrauen hoch. „Nein? Und das wissen Sie genau? Was hat sie sich denn seitdem zuschulden kommen lassen?"

Ich verstand. „Jeder wäre empört, wenn er davon erführe und würde sich von ihr abwenden."

„Für eine Sache, die sie im nicht strafmündigen Alter begangen hat", ergänzte Heidrun. „Auch so kann man ein anderes Leben zerstören."

51

Jamal umarmte ihn stürmisch. „Wo warst du? Ich habe überall nach dir gesucht!"

„Ich musste untertauchen. Damit die Polizei mich nicht findet." Tarik schluckte. „Ich war in der Nacht bei Sugar, als sie starb."

Jamal zog ihn vom Flur in sein Zimmer, bevor er weitersprach. „Mit wem hatte sie sich eingelassen? Weißt du, wer es getan hat?"

„Nein. Ich war im Kinderzimmer. Sie hatte gesagt, sie bekäme Besuch. Ich solle nicht rauskommen. Ich hörte die Stimme eines Mannes. Sie stritten. Dann wurde es plötzlich still. Ich versteckte mich unter dem Bett, bis der Mann die Wohnung verlassen hatte. Ich musste zur Toilette und sah sie auf der Couch sitzen. Erst auf dem Rückweg sah ich, dass irgendwas nicht stimmte. Sie war tot und ich bin abgehauen."

Sein Freund kniff die Augen zusammen und musterte ihn. „Die Polizei weiß, dass du dort warst."

„Mir ist das Essen hochgekommen", gestand er kleinlaut. „Direkt vor ihr."

Jamal ließ sich aufs Bett fallen, sein Blick wurde besorgt. „Sie sprachen von deinen Fingerabdrücken, die sie überall gefunden haben. Ich sagte, du seist oft zu Besuch da gewesen und hättest auch manchmal bei uns übernachtet."

„Ich war es nicht!" Er rubbelte sich verzweifelt durch die Haare. Er musste sofort weg aus der Stadt, sich einen neuen Plan ausdenken. Wie sollte er seiner Familie helfen, wenn er verhaftet wurde?

„Hast du Geld?"

„Nicht viel. Das meiste ist für den Weg hierhin draufgegangen. Nach meiner Flucht wollte ich nicht gleich wieder durch Diebstähle auffallen."

Jamal dachte nach. „Ich könnte dich bei den Kirmesleuten unterbringen. Denen erzählen wir, dass du ein Illegaler bist. Die halten dicht und geben dir trotzdem Arbeit. Schlafen kannst du in einem der alten Wohnwagen. Damit bist du für die Polizei unsichtbar."

Das waren die, bei denen der Freund regelmäßig aushalf. Seitdem er nicht mehr damit rechnen musste, abgeschoben zu werden, drehte er keine krummen Dinger mehr. Tarik hatte insgeheim darüber gelächelt. Der Mann mit den flinken Fingern, dem niemand das Wasser reichen konnte, verdiente sein Geld nun mit Schweiß und Muskelkraft.

„Mich haben sie gleich nach dem Mord vernommen. Sugar hatte meine Handynummer in ihrem Speicher. Ich musste am nächsten Tag auf die Wache kommen."

„Was hast du gesagt, wo du gewesen bist?" Die Behörden durften von dieser Nebenarbeit nichts wissen. Jamal behauptete im Wohnheim, sich bei Sugar aufzuhalten. Deshalb war er nie aufgeflogen.

Jamal grinste. „Bei meinen Freunden auf der Kirmes. Ich hätte mich mit Sugar gestritten und sei deswegen für ein paar Tage zu ihnen gefahren, um mich zu beruhigen. Die haben das bestätigt. Ich war ja wirklich da - nur aus einem anderen Grund. Man konnte mir nichts anhängen."

„Und? Bist du sehr traurig?" Er wusste nicht, wie er sich besser ausdrücken sollte. Bisher hatten sie nicht über seinen Verlust gesprochen.

„Nein, ich hatte die Schnauze schon vorher voll von ihr. Andauernd hielt sie mich hin. Das Aufgebot war immer noch nicht bestellt. Ständig hatte sie neue Forderungen, was ich machen und tun sollte. Ich habe bei den Kirmesleuten ein Mädchen kennengelernt, Tochter vom Chef. Die ist die richtige."

„Zum Heiraten?" Er konnte seine Ungläubigkeit kaum verbergen.

„Die zickt nicht so rum. Bei der kann ich sofort einziehen. Sie liebt mich."

Wie machte Jamal das bloß? „Seit wann kennst du sie?"

„Schon länger. Seitdem ich bei denen arbeite. Zu Sugar bin ich nur noch gegangen, damit ich nicht hier im Heim rumhängen muss. Vor zwei Wochen sind wir uns nähergekommen."

„Also hast du gar nicht mit Sugar gestritten?" Er verstand überhaupt nichts mehr.

„Doch, weil ich ihr gesagt habe, dass ich endgültig gehe. Sie ist ausgerastet, nicht ich."

„Ist das für dich nicht zu gefährlich, mich dort unterzubringen? Ich meine, kriegen die Behörden mich, fällt das auf dich zurück."

„He, wir sind Freunde. Du würdest für mich das Gleiche tun."

Nach langem Hin und Her beschlossen sie, dass Jamal ihn nur hinbringen solle. Dieser würde die nächsten Wochen ab und zu vorbeikommen, aber offiziell im Wohnheim angemeldet bleiben. Noch an diesem Abend wollten sie aufbrechen.

52

Michael

Der Termin mit meinem Psychiater war zufriedenstellend verlaufen. Er hatte meinem Vorschlag, langsam mit der Wiedereingliederung zu beginnen, tatsächlich zugestimmt. Demnach konnte ich die blöde Kur, zu der ich absolut keine Lust hatte, absagen. Ab dem fünfzehnten Februar würde ich meinen Arbeitsplatz für zunächst drei Stunden aufsuchen und dann nach und nach die Zeit steigern. Wie das funktionieren sollte, musste mein Chef entscheiden, größere Aufträge blieben damit vorerst gestrichen.

Geli war nun doch nicht mit zu dem Arzt gekommen. Sie hatte schließlich gemerkt, dass ich mich seit Sugars Tod eindeutig auf dem Weg der Besserung befand. Nein, die Befriedigung meiner Rachegelüste war nicht die Ursache. Eigentlich hatte ich bereits in den Wochen davor langsam wieder mein normales Lebensgefühl zurückgewonnen, zwar im Moment noch reichlich fragil, aber ein großer Schritt in die richtige Richtung. Diese Überwachung – ich gelangte langsam zu der Überzeugung, das Ganze unter Schnapsidee zu verbuchen. Besser ich hätte von Anfang an einen Detektiv mit dieser Aufgabe betraut.

Und was diese Rachegelüste anging: Ich persönlich fand diesen Mord höchst unbefriedigend, machte er doch aus der bösen Täterin ein armes, unschuldiges Opfer. Nein, ich persönlich hätte ein anderes Szenario vorgezogen. Etwa, dass diese Gutachterin herausfand, was für ein Aas Sugar wirklich war. Dass sie ihr Kind vernachlässigte und oft viel zu hart anfasste, wenn nicht sogar Schlimmeres. Oder dass ich sie eben bei einer Straftat ertappt hätte und sie ihrer gerechten Strafe zugeführt wurde.

Meine Wut- und Hassgefühle waren auch nicht mit Sugars Tod verschwunden. Immerhin schaffte ich es mittlerweile, diese nicht mehr auf meine Frau, meine Bekannten oder sogar Fremde zu projizieren. Bei Heidruns Geburtstagsfeier hatte ich fast in alter Manier mit den Besuchern geplaudert, war leicht und locker von Gesprächsthema zu

Gesprächsthema gehüpft und hatte um mich herum die übliche gute Laune verbreitet. Selbst Geli lobte mich.

„Die therapeutische Begleitung ist bei Ihnen weiterhin dringend erforderlich", hatte mein Psychiater befunden. „Sonst lasse ich mich auf dieses Experiment nicht ein."

Der nächste Termin bei meinem Therapeuten stand bereits fest und die wöchentlich folgenden ebenso. Mein Wille zu gesunden, war definitiv gestiegen, nicht zuletzt durch Hermanns Attacke, die mir bewusst gemacht hatte, dass ich drauf und dran gewesen war, meine Beziehung zu Geli aufs Spiel zu setzen. In den letzten Monaten hatten wir nur noch nebeneinanderher gelebt, von einem echten Miteinander weit entfernt.

Ich beschloss, einen längeren Spaziergang zu unternehmen. Die Kälte war angenehmen, fast frühlingshaften Temperarturen gewichen, es tat gut, sich zu bewegen und dabei den Gedanken freien Lauf zu lassen.

Nach einer knappen Stunde ließen mich meine schmerzenden Muskeln wissen, dass sich die Unbeweglichkeit durch meine fast ausschließlich sitzende Tätigkeit nun rächte. Ich fühlte mich wie gerädert, konnte kaum noch einen Fuß vor den anderen setzen.

Ich nahm die Abkürzung durch die Seitenstraße, die mich quer über den Parkplatz führte, der sich hinter den aneinandergebauten Häusern bis zu unserem hinzog. Wie ich vermutet hatte, stand die Kellertür weit offen. Geli konnte noch so schimpfen, die Kunzes dachten nie daran, sie hinter sich wieder zu schließen.

Ich kroch im wahrsten Sinne des Wortes die Treppe hoch und fiel gleich auf die Couch. In den nächsten Stunden bis zu Gelis Rückkehr würde ich mir Ruhe gönnen. Ich aktivierte die Weckfunktion des Handys und schloss die Augen.

Irgendwann musste ich trotz der Schmerzen in Beinen und Füßen eingeschlafen sein. Der schrille Ton der Schelle riss mich mitten aus einem Albtraum, in dem Hermann drohend über mir stand und auf mich hinabbrüllte. Im ersten Moment des Erwachens erwartete ich fast, ihn vor mir zu sehen. Das zweite Klingeln brachte mich in die Gegenwart zurück. Wahrscheinlich hatte Geli ihren Schlüssel vergessen. In der Beziehung war sie etwas schusselig. Andauernd legte sie ihn an einem anderen Ort ab und musste sich auf die Suche danach machen.

Während ich zur Tür schlich, fiel mein Blick auf die Uhr. Erst halb zwei. Das konnte niemals Geli sein. Ob Hermann mir einen erneuten Besuch abstatten wollte?

Ich schwenkte Richtung Küche ab, um zuerst einen Blick aus dem Fenster zu werfen. Wer unten vor dem Haus stand, konnte ich zwar nicht sehen, aber ich war mir ziemlich sicher, dass, falls es sich tatsächlich um Hermann handelte, dieser nicht zu Fuß gekommen war. Entweder hatte er sich trotz seiner Verletzung selbst hinter das Steuer gesetzt oder Petra genötigt, ihn zu fahren.

Statt seines goldfarbenen Mercedes' entdeckte ich einen dunklen BMW, den ich nicht zuordnen konnte. Vielleicht hatte Hermann ja weiter die Straße rauf geparkt. Ich hatte die Hand bereits am Fenstergriff, als der oder besser gesagt die Besucher in mein Sichtfeld traten. Sofort zuckte ich zurück. Was wollten Herr Niemann und seine Kollegin denn von mir?

Ich trat ein, zwei Schritte ins Zimmer, sodass ich von unten garantiert nicht zu sehen war. Neugierig beobachtete ich, wie die beiden zu ihrem Fahrzeug gingen. Kurz bevor sie einstiegen, wandte sich Frau Dietrich um und blickte an der Hauswand empor. Instinktiv machte ich einen weiteren Schritt zurück und spürte, wie mir der Schweiß aus allen Poren strömte. Obwohl ich nichts zu befürchten hatte, fühlte ich mich schuldig.

Daran änderte sich auch nichts, nachdem der Wagen außer Sichtweite war. Was hatten die beiden Kripobeamten von mir gewollt? Warum tauchten sie ohne vorherige Anmeldung bei mir auf? Wurde ich etwa doch noch verdächtigt?

53

Seit vier Tagen lebte Tarik nun schon bei den Kirmesleuten. Wie Jamal vorhergesagt hatte, nahmen sie ihn ohne große Nachfrage auf. Er bekam einen alten Wohnwagen zugewiesen, der bisher als Lager genutzt wurde und den sie noch am Abend seiner Ankunft gemeinsam entrümpelten. Anna, die neue Freundin, trieb irgendwo eine alte Matratze und einen Schlafsack auf und organisierte ein paar leere Kartons, sodass er gleich die Nacht dort verbringen konnte.

Am nächsten Tag schleppte Jamal ihn zu einem längeren Gespräch mit dem Chef. „Du kannst beim Auf- und Abbau helfen. Ich zahle dir zehn Euro die Stunde. Dich an einem Fahrgeschäft einzusetzen, ist mir zu riskant. Die Kontrollen sind scharf und ich will keinen Ärger."

Ansonsten war Karl, der Chef, eigentlich ganz nett. Und Jamal war eindeutig gern gesehen. Ohne mit der Wimper zu zucken, log der, er würde nun eine Weile im Wohnheim bleiben müssen, sein Antrag sei in Bearbeitung. Er müsse sich für Nachfragen bereithalten.

Sie verabschiedeten sich mit einer Umarmung voneinander. „Mach ja keinen Scheiß", zischte Jamal ihm leise zu.

Dieser Ausspruch war auf ihre Unterhaltung in seinem Wohnheim zurückzuführen. Der Freund rastete regelrecht aus, als er hörte, was Tarik seit seiner Ankunft getrieben hatte.

„Sag mal, spinnst du? Du spielst freiwillig das Kanonenfutter für den? Die hätten dich spätestens nach einer Woche hopsgenommen! Was hast du dafür gekriegt? Einen Hunderter am Tag? Für das Risiko? Wie kann man so blöd sein!"

Um Jamal nicht zu verärgern, senkte er demütig den Kopf und ließ ihn toben. Hauptsache, der Freund half ihm, aus der Stadt zu verschwinden.

„Der Vorschlag kam von Hamid", wagte er den Versuch einer Erklärung, nachdem dieser sich wieder beruhigt hatte. „Ich dachte …"

„Hamid ist eine Ratte!"

„Aber du …"

„Ich benutze ihn, um an Informationen zu kommen. Hamid ist umtriebig, der weiß über fast jeden hier Bescheid. Aber nie, niemals würde ich mich auf irgendwelche Geschäfte mit dem einlassen."

„Du hättet mich vor ihm warnen können."

„Ich hatte erwartet, du seist klug genug zu erkennen …" Jamal unterbrach sich und schüttelte den Kopf. „Meine Schuld. Ruf jetzt sofort an und sag diesem Muhammed, du hättest gerade erfahren, dass du fälschlicherweise wegen Mordes gesucht wirst und untertauchen musst. Dann kriegst du keinen Ärger, wenn du hinwirfst."

Er tat, was der Freund verlangte. Danach besserte sich dessen Laune merklich.

Tarik nutzte die verbleibende Zeit, um seine Kleidung zu waschen und zu trocken und genoss eine ausgiebige Dusche. Die Anlage war gut in Schuss und wesentlich sauberer als die im Camp, obwohl dort ebenfalls jeden Tag geputzt wurde. Und es stank nicht überall dermaßen nach Pisse. Die Bewohner hier lebten wesentlich friedlicher und angepasster. Naja, vielleicht lag es auch daran, dass diese hier für längere Zeit ausharren mussten. Es dauerte immer noch etliche Monate, bis der Antrag auf Asyl fertig bearbeitet war.

„Wo bist du untergekommen?" Jamal, der auf dem Bett gesessen und sich über WhatsApp mit seiner neuen Freundin unterhalten hatte, blickte interessiert auf, als er zurück in das Zimmer kam.

„Die erste Nacht habe ich in einer verlassenen Fabrik verbracht, die nächsten zwei bei Hamid. Gestern bin ich deinem Tipp gefolgt und in die Erstaufnahme gegangen."

„Und davor?"

Beschämt gestand er ihm, was für eine Unterbringung er sich von Hamid hatte aufschwatzen lassen. „Einmal und nie wieder, das kannst du mir glauben!"

Jamal schüttelte sich. „Ich hoffe, du hast dir nichts eingefangen. Gut, dass alles durchgewaschen ist und du duschen warst."

Er überlegte, ob er ihn daran erinnern sollte, dass es in den Erstaufnahmeeinrichtungen auch nicht gerade sauber ablief. Und damit meinte er nicht nur die hygienischen Verhältnisse. Mehrfach hatte er mitbekommen, dass Personen mit ansteckenden Krankheiten, die eigentlich in einem Extra-Zelt untergebracht waren, sich nicht an die Quarantänebestimmungen hielten und munter weiter durch das Camp spazierten. Manche verließen sogar das Grundstück und gingen in die Stadt, darunter auch die mit Krätze. Man konnte schon fast von Glück sagen, wenn man sich dort nichts weghote.

Nein, lieber dieses Thema meiden, beschloss er. Warum sollte er Jamal unnötig aufregen. Nicht dass der noch sein Angebot, ihn bei diesen Kirmesleuten unterzubringen, aus Sorge um deren Gesundheit zurückzog. Er, Tarik, hatte nur diese eine Chance, sich zu verstecken.

54

Michael

Ich tigerte, nur unterbrochen von einem kurzen Rauchzwischenstopp, durch die Wohnung, bis ich endlich unser Auto auftauchen und in die Einfahrt zum Parkplatz einbiegen sah. Geli! Mal sehen, was die von dieser Entwicklung hielt.

Am Fenster stehen bleibend, wartete ich auf ihre Rückkehr - meine Frau nahm immer den Vordereingang! -, als der dunkle BMW ein zweites Mal auftauchte. Mist, Geli würde die beiden bestimmt mit nach oben bringen!

Nein, auf eine weitere Befragung hatte ich definitiv keine Lust. Ich schnappte mir mein Handy, meine Jacke und meinen Schlüssel und verließ die Wohnung, dachte sogar daran, hinter mir abzuschließen. Der Weg nach unten war mir versperrt, also nahm ich die Treppe nach oben. Bevor ich die Tür zum Dachboden öffnen konnte, hörte ich, wie meine Frau zusammen mit den Polizisten eintrat.

„… müsste eigentlich längst zu Hause sein", drang Gelis Stimme zu mir hinauf. „Haben Sie geklingelt?"

Die Antwort konnte ich nicht verstehen, Herr Niemann sprach sehr leise. Ich blieb stocksteif stehen und wartete, bis die drei in unsere Wohnung eintraten. Erst nachdem die Tür ins Schloss gefallen war, verschwand ich in dem, wie ich hoffte, sicheren Versteck.

Als erstes schaltete ich das Handy aus. Geli würde wahrscheinlich versuchen mich telefonisch zu erreichen. Dann schaute ich mich um, ob es irgendeine Möglichkeit gab, mich vor einem zufälligen Blick zu verbergen. Albern, das wusste ich selbst. Trotzdem konnte ich dieses unbehagliche Gefühl nicht abschütteln, das mir signalisierte, ich sei in Gefahr. Das plötzliche Auftauchen der Polizisten hatte garantiert nichts Gutes zu bedeuten.

Der Dachboden des Hauses stand allen Bewohnern als Trockenraum zu Verfügung, obwohl fast jeder von uns neben einer Waschmaschine einen Trockner besaß, die sich im Keller befanden. Die Leinen, die sich kreuz und quer spannten, waren bis auf die Bettwäsche von den Kunzes leer. Stattdessen hatten einige der Mieter, ich tippte dabei auf unsere direkten Nachbarn, allerhand Kisten und Kartons an den Seiten gestapelt. Ich entdeckte sogar ein auseinandergenommenes Regal und zwei alte Lautsprecherboxen im hinteren Teil.

Im Notfall würde der Platz ausreichen, mich dahinter zu verstecken. Allerdings nur, sobald wirkliche Notwendigkeit bestand. Das Gerümpel starrte vor Dreck. Wie musste es da erst auf dem Boden aussehen?

Ich schlich zurück zur Tür, die ich in weiser Voraussicht angelehnt hatte, und schob sie einen Spalt breit auf. Wir wohnten in der ersten Etage von insgesamt vier, danach kam noch die Treppe hier herauf. Das würde mir genug Zeit geben, mich in Sicherheit zu bringen.

Der Besuch schien endlos zu dauern. Dabei stellte ich später fest, dass es gerade einmal zwanzig Minuten waren, die die Polizisten dazu nutzten, Geli auszufragen, wo ich stecken könnte. Und sie verließen das Haus natürlich, ohne es von oben bis unten nach mir abzusuchen. Meine Aufregung war völlig umsonst gewesen.

Was erzähle ich bloß Geli, fragte ich mich.

Das hatte sich erledigt, als ich ihr Gesicht sah. Sie kam mir entgegengelaufen, kaum dass sie den Schlüssel im Schloss hörte. „Wo warst du? Bist du den Polizisten begegnet?"

„Nein, ich …"

„Gott sei Dank. Du, die wollen unbedingt mit dir reden. Warum, haben sie nicht gesagt. Ich soll dir ausrichten, du möchtest dich bitte umgehend bei ihnen melden. Besser noch vorbeikommen. Was ist da los?"

Also doch keine Paranoia! „Keine Ahnung. Haben die wirklich nicht verlauten lassen, worum es geht?"

„Nein, nur dass sie dich dringend sprechen müssen." Geli war den Tränen nahe. „Ich weiß nicht, die kamen mir total seltsam vor. Wortkarg und gleichzeitig ernst, das beschreibt es am besten."

Ich zog sie an mich. „Flipp jetzt nicht aus. Ich habe den Verdacht, sie halten mich für den Täter."

Statt auszurasten, wurde Geli blass und schwankte bedenklich. Ich führte sie zur Couch und nötigte sie in die Horizontale. „Wieso das denn?", krächzte sie.

„Keine Ahnung", wiederholte ich. „Ich war hier bei dir, als Sugar ermordet wurde."

„Das habe ich auch ausgesagt", nickte sie.

Direkt am Freitag nach meiner Vernehmung hatte Herr Niemann bei ihr in der Praxis angerufen und sie gefragt, ob sie sich an die genaue Uhrzeit erinnern könne, zu der ich an dem Tag nach Hause gekommen sei. „Gegen halb neun", hatte sie wahrheitsgemäß erwidert. „Ich habe den Spielfilm auf Sat1 geguckt. Bei seinem Eintreten begann gerade die erste Werbepause."

„Und trotzdem bin ich nun aus irgendwelchen Gründen in deren Visier geraten." Ich kniete mich neben sie und sah ihr fest in die Augen. „Ich war es nicht, ehrlich!"

„Ich glaube dir."

Das war nicht so dahingesagt, sie meinte ihre Aussage ernst. Ein Stein, nein, ein riesiger Felsbrocken fiel mir vom Herzen. Wenigstens Geli stand auf meiner Seite. „Wann ist Sugar getötet worden? Sind die Spezialisten nicht mittlerweile in der Lage, den genauen Zeitraum eingrenzen zu können?

„Das haben die mir nicht mitgeteilt. Und ich sah bisher keinen Grund nachzufragen."

„Du rufst an und klärst das Ganze." Sie machte Anstalten, aufzustehen.

Ich hielt sie zurück. „Ich glaube, das ist keine gute Idee. Wenn die mich tatsächlich verdächtigen, werden sie mich zur Wache bestellen. Bin ich dort, nehmen sie mich fest und stecken mich in Untersuchungshaft."

„Das können die nicht", begehrte sie auf. „Du warst zum Zeitpunkt ihres Todes längst zu Hause."

Und wenn sie mir das Alibi nicht abnahmen? Nein, darauf wollte ich es nicht ankommen lassen.

55

Angelika

„Ich rufe Frau Kohlmeier an." Meine Chefin war keine Strafverteidigerin, entsprechende Tipps konnte sie trotzdem geben.

Dieses Mal ließ Michael mich gewähren. Er sah echt fertig aus, stellte ich fest, während ich dem Freizeichen lauschte. Sein Gesicht wirkte blutleer und grau, die Fältchen um Augen und Mund hatten sich tief eingegraben, die Schultern hingen bleischwer herab. „Hallo Chefin, ich bin's. Ich brauche dringend Ihren Rat." Ich ratterte ohne Luft zu holen, die Fakten herunter. „Was sollen wir tun?"

„Ich gebe Ihnen die Telefonnummer eines Kollegen von mir. Es ist sinnvoller, gleich mit diesem zusammen auf der Wache zu erscheinen, denke ich."

Tolle Antwort! „Glauben Sie, die wollen Michael tatsächlich festnehmen?"

„Um eine normale Vernehmung handelt es sich nicht, zumindest meinem Gefühl nach", schwächte sie ihre Worte ab. „Ich vermute, die Ermittler haben ein wichtiges Indiz gefunden, das auf Ihren Mann hindeutet, irgendetwas, das sich am Tatort befand und ihn nun belastet. Anders kann ich mir ihr Verhalten nicht erklären."

„Aber ich habe ihm ein Alibi gegeben!"

Ihr Tonfall klang eindeutig mitleidig. „Was meinen Sie, wie oft Angehörige aus Liebe lügen!"

„Ich nicht."

„Das ist mir klar und Ihnen und Ihrem Mann ebenso. Alle anderen werden Sie davon nicht überzeugen können."

Michael zupfte an meinem Ärmel, damit ich ihn ansah, und schüttelte vehement den Kopf. Trotzdem ließ ich mir von Frau Kohlmeier den Namen und die Telefonnummer ihres Freundes diktieren. „Wir überlegen, ob wir uns nicht für heute totstellen", sagte ich abschließend und bedankte mich für ihre Hilfe. „Sie meint, du solltest es lieber sofort hinter dich bringen", wandte ich mich an Michael.

„Können die mich verhaften?"

Jetzt war ich es, die mit ‚keine Ahnung' antwortete. „Solange wir nicht wissen, was gegen dich vorliegt, ist eine Prognose schwer zu stellen", wiederholte ich Frau Kohlmeiers Worte.

Michael griff mit zitternden Fingern nach meiner Zigarettenschachtel auf dem Tisch. Ich holte den Aschenbecher aus der Küche, ließ mich in den Sessel ihm gegenüber fallen und zündete mir ebenfalls einen Glimmstängel an. Dann wartete ich schweigend, welchen Entschluss er fassen würde.

„Ich gehe nicht dorthin." Er drückte energisch die Kippe im Aschenbecher aus. „Ich bin kein Verbrecher."

„Willst du nicht wenigstens anrufen? Du kannst ja am Telefon fragen, worum es geht?"

Er lachte spöttisch auf. „Denkst du etwa, die erzählen mir netterweise, dass ein Haftbefehl gegen mich vorliegt und ich mich bitte stellen soll?"

„Noch ist gar nicht raus, ob der wirklich existiert." Meine Güte, es konnte nichts geben, dass ihn dermaßen in Verdacht brachte!

„Das Risiko gehe ich nicht ein."

„Wie stellst du dir das vor? Einfach nicht öffnen, wenn es klingelt? Nie mehr das Haus verlassen?" Langsam wurde diese Diskussion albern.

„Ich tauche unter." Er nickte energisch. „Du schickst die Unterlagen, die ich bekommen habe, zur Krankenkasse. Ich bin die nächsten Wochen noch krankgeschrieben. Bis dahin hat sich hoffentlich alles geklärt."

„Was für Unterlagen?"

Er sprang auf und hetzte hinüber ins Schlafzimmer. Ich folgte ihm und sah zu, wie er begann, einige Kleidungsstücke aus dem Schrank aufs Bett zu legen. „Ich fühle mich fit genug, demnächst wieder arbeiten zu gehen", erklärte er, ließ sich aber in seinem Tun nicht stören. „Ich habe das Schreiben der Ärztin und den Zahlschein auf die Kommode gelegt. Den Termin beim Therapeuten sagst du bitte ab."

„Wo willst du denn hin?"

Er zählte sieben Paar Socken ab, bevor er antwortete: „Zu meinen Eltern. Ich kenne genügend Leute, die mich verstecken. Ich besorge mir ein neues Handy und rufe dich an, sobald es möglich ist. Oder nein. Du wirst bestimmt überwacht. Ich melde mich bei Heidrun. Meinst du, sie hilft uns?"

Ich fühlte mich völlig überfahren. „Michael. Lass uns in Ruhe darüber reden. Es muss einen anderen Weg geben."

Er sah sich suchend um. „Wo ist die Sporttasche?"

„Oben auf dem Schrank. Bitte", ich stellte mich vor ihn. „Das ist keine Lösung."

„Geli." Er drückte mich fest an sich. Ich hörte sein Herz pochen. Es raste wie nach einem Sprint. „Ich gehe nicht ins Gefängnis. Ich habe nichts getan."

„Das weiß ich." Ich hob meinen Kopf, um ihm in die Augen zu blicken. Die waren mir damals bei unserem Kennenlernen sofort aufgefallen, tiefbraun mit goldenen Sprenkeln. Jede Frau hätte dafür einen Mord begangen. Ich zuckte zusammen. Womit wir wieder beim Thema wären.

Er deutete mein Zusammenzucken falsch und löste sich von mir. „Wirklich?"

Ich klammerte mich an ihn. „Ich liebe dich. Ich weiß, dass du nicht der Täter bist. Bitte lass uns das gemeinsam durchstehen."

„Nein." Er drückte mir einen Kuss aufs Haar. „So ist es besser für dich und mich."

56

Michael

Ich verließ das Haus durch den Hintereingang und nahm den Weg über den Parkplatz. Natürlich hatte ich nicht vor, zu meinen Eltern zu fahren. Dort würde mich die Polizei als Erstes suchen.

Ich schlenderte durch die Straßen und überlegte, wie ich es anstellen sollte, Kontakt aufzunehmen. Mein Handy hatte ich ostentativ auf dem Küchentisch zurückgelassen, von unserem Telefonanschluss anzurufen, hatte ich nicht gewagt, eine Telefonzelle war nicht in Sicht.

Die Innenstadt! Dort gab es, wenn ich mich richtig erinnerte, noch offene Zellen. Gleich die zweite besaß sogar einen Münzschlitz. „Ich brauche dringend deine Hilfe", meldete ich mich, hoffend, dass sie mich an der Stimme erkannte. „Gibt es einen Hintereingang zum Laden?"

Sie erklärte mir ohne nachzufragen den Weg. „Warte, bis ich dich reinlasse, okay?"

Die früh einsetzende Dunkelheit und die zum Abend zunehmende Kälte kamen mir gelegen. Ich zog mir die Kapuze des Anoraks weit ins Gesicht, senkte gegen den Wind den Kopf und schritt zügig vorwärts.

Das Tor des Nachbargrundstücks stand wie beschrieben offen. Ich bog ohne zu zögern ab und drückte mich dicht an der Hauswand entlang bis zu dem kleinen Jägerzaun, der die Grenze markierte.

„Pass auf das Licht auf!", hörte ich ihre Stimme in meinen Gedanken. „Es wird über einen Bewegungsmelder aktiviert. Der leuchtet noch den letzten Winkel aus."

Der Zaun war nicht hoch, trotzdem hätte ich mindestens einen Schritt vorwärts machen müssen, um darüber zu klettern. Viel zu gefährlich! Ich warf die Sporttasche hinüber und probierte, ob das Holz mich tragen würde. Das Knacken, das in dem Hinterhof laut nachhallte, war mir Warnung genug. Mist! Wie kam ich da rüber?

Die Entscheidung wurde mir abgenommen. Ein leises Knirschen war alles, was ich vernommen hatte. Plötzlich flammte der Strahler auf und blendete mich. Ich zögerte keine Sekunde, hechtete über den Zaun und blieb platt auf dem Boden liegen, als Schritte anzeigten, dass jemand näherkam. Ich wagte nicht einmal, den Kopf zu heben. Hoffentlich verhinderten die Holzlatten und der Schatten, den sie warfen, einen genauen Blick auf mich.

Der Mann, wie ich vermutete, ging schnurstracks auf die Garage zu und zog das Tor auf. Als ich die Autotür schlagen hörte, rollte ich mich dichter an den Zaun und betete, dass der Fahrer zu abgelenkt sein würde, den Wagen aus der schmalen Ausfahrt zu bugsieren, um auf die Umgebung zu achten.

Er rollte sehr, sehr langsam rückwärts. Erst nachdem das Licht wieder erloschen war, kroch ich auf die Hauswand zu, tastete mich an ihr entlang und richtete mich vorsichtig auf. Meine Hände brannten von dem harten Aufprall, mein Herz klopfte immer noch wie rasend. Ein Leben auf der Flucht war aufreibender als gedacht, musste ich mir eingestehen.

Zu dem überdachten Hintereingang führten ein paar Stufen hinauf. Ich griff nach meiner Sporttasche und setzte mich auf die Schwelle. Jetzt hieß es warten.

Eine gefühlte Ewigkeit später drehte sich ein Schlüssel im Schloss und die Tür öffnete sich einen Spalt breit. „Michael?"

Ich rappelte mich hoch, mittlerweile war ich völlig durchgefroren. „Ja", gab ich leise zurück.

Sonja ließ mich eintreten und musterte mich besorgt. „Komm mit. Ich koche dir einen heißen Tee. Du siehst schrecklich aus."

„Könnte ich bitte deine Toilette benutzen?"

„Ja, klar." Wir standen in einer rechteckigen Diele, von der mehrere Türen abgingen. Sie wies auf die direkt neben mir. „Ich bin da." Sie deutete auf die hintere, rechte. „Ich habe den Laden schon geschlossen. Wir sind allein."

Aus dem Spiegel über dem Waschbecken sah mir ein Fremder entgegen. Die Haare standen wirr vom Kopf ab, auf der Nase und der Stirn prangten Schmutzstreifen. Doch meine Augen waren es, die mir fast selbst Angst einjagten. Dieser wilde, gehetzte Blick – ein Wunder, dass Sonja mich überhaupt eingelassen hatte.

Sie saß an einem kleinen Tisch und wies auf die Tassen vor sich. „Er muss noch ein bisschen ziehen."

Ich setzte mich ihr gegenüber, die Jacke behielt ich an. Trotz der eher hohen Temperatur in dem kleinen Raum fror ich immer noch. „Die Polizei denkt, ich sei Sugars Mörder."

Sie sog scharf die Luft ein. „Wieso das denn?"

„Keine Ahnung. Ich war es nicht. Ich war zu dem Zeitpunkt längst bei Geli zu Hause." Ich zog den Teebeutel heraus, gab zwei Löffel Zucker in die Tasse und nahm einen vorsichtigen Schluck - und den nächsten und den nächsten. Ganz langsam durchströmte mich eine angenehme Wärme.

„Noch einen?" Sonja, die stumm zugeschaut hatte, griff schon nach dem Wasserkocher.

Ich nickte. „Entschuldige. Ich … ich …" Beschämenderweise schossen mir Tränen in die Augen. Ich wischte sie unbeholfen weg. „Ich weiß nicht, wieso sie mich verdächtigen. Du musst mir glauben! Ich habe nichts mit Sugars Tod zu tun."

57

Angelika

Nein, mir behagte sein Entschluss überhaupt nicht. Aber Michael hatte sich von dieser Idee nicht abbringen lassen, obwohl ich wirklich alles versuchte ihn umzustimmen, nichts zu überhasten, sich zumindest telefonisch mit der Polizei in Verbindung zu setzen. Er blieb bei seiner felsenfesten Überzeugung, dass die Kripobeamten ihn verhaften wollten.

Mit hängenden Armen hatte ich zugesehen, wie er die Sporttasche packte, ihn an sein Rasierzeug und seine Zahnbürste erinnert und im letzten Moment noch meine stille Reserve ausgegraben, die ich für besondere Ereignisse vom Haushaltsgeld absparte. Zusammen mit dem, was jeder von uns im Portemonnaie hatte, verfügte er damit über knapp vierhundert Euro.

Ich hatte ihn in eine letzte lange Umarmung gezogen. „Wie willst du dorthin kommen?"

„Zuerst mit der Bahn, vielleicht rufe ich dann von unterwegs bei einem alten Freund an, vielleicht nehme ich anschließend verschiedene Busse und laufe den Rest. Mal sehen."

Hm, das klang seltsam.

„Auf jeden Fall fahre ich nicht auf direktem Weg hin. Ich verwische meine Spuren, sodass niemand auf die Idee kommt, wo ich stecke. Apropos!" Er schob mich sanft von sich. „Du gehst jetzt rüber zu Marion. Ich warte eine halbe Stunde, bis ich gehe. Dann kannst du bei der Polizei aussagen, wir hätten uns nicht mehr getroffen."

Recht war mir sein Vorgehen natürlich nicht, aber es war eindeutig, dass er sich nicht von seinem Plan abbringen lassen würde. „Pass auf dich auf. Und melde dich!"

Marion, meine Nachbarin, empfing mich hoch erfreut. „Was ist eigentlich bei euch los? War das schon wieder die Polizei gerade? Geht es immer noch um die Attacke eures ehemaligen Freundes?"

Bei einer Tasse Kaffee erzählte ich ihr, was sich in der Zwischenzeit ereignet hatte. Nach Hermanns Überfall hatten wir kurz miteinander gesprochen, danach nicht mehr. Sie arbeitete viermal in der Woche – außer mittwochs – von drei bis sieben, ich am Vormittag, dadurch sahen wir uns nur selten. Es gab also viel zu berichten.

Fast zwei Stunden später tat ich, als blicke ich erschrocken auf die Uhr. „Schon halb sechs! Michael wundert sich bestimmt, wo ich bleibe. Wir haben uns heute noch gar nicht gesehen."

Marion kicherte, schob sich fast schon reflexartig den langen Pony aus der Stirn und blinzelte mir zu. „Sag ihm, du hättest mich unbedingt informieren müssen, bevor ich vor Neugier platze. Das wird er verstehen."

Durch die Freundschaft der Kinder waren wir uns ebenfalls nähergekommen, sie war, bevor ich Heidrun kennenlernte, so etwas Ähnliches wie meine engste Vertraute. Denn auch mit Marion hatte ich nie über das Vorgefallene gesprochen. Sie erhielt die gleiche Erklärung wie alle anderen: Hermann und Michael hatten sich über eine Lappalie gestritten, das Ganze war zu einem heftigen Streit ausgeufert, an dem die Freundschaft zu Bruch ging. Keiner durfte von dieser Geschichte erfahren.

Deshalb war das heutige Gespräch ziemlich mühsam gewesen. Sie konnte natürlich überhaupt nicht verstehen, warum Hermann uns attackiert hatte und noch weniger, was die Polizei sich von Michael für gravierende Erkenntnisse erhoffte.

Ich muss ihr aus dem Weg gehen, beschloss ich, nachdem ich wieder vor meiner eigenen Tür stand. Besser, als mich ständig in neue Lügen zu verstricken. Das hatte sie nicht verdient.

58

Michael
„Erzähl von Anfang an", gab Sonja ruhig zurück.
Ich war absolut ehrlich. Berichtete von Lillis Anruf, der mich in tiefste
Depressionen stürzte, von dem Streit mit Hermann und meiner ver-
rückten Idee, Sugar einer Straftat überführen zu wollen. „Ich hätte alles
dafür gegeben, sie als das zu entlarven, was sie war", gestand ich.
„Zum Mörder wäre ich wegen ihr nicht geworden, niemals."
Sonja schüttelte angeekelt den Kopf. „Was für ein Luder! Als Mutter
kann ich deine Reaktion gut nachvollziehen. Wenn meinen Jungen so
etwas zugestoßen wäre … Wieso hast du diese Geschichte nicht publik
gemacht? Es hätte jeder erfahren müssen, was sie Lilli angetan hat."
„Das ist nicht so einfach, wie du denkst. Sugar ist keine Täterin, sondern ein Opfer. Kinder, die anderen Kindern Derartiges antun, sind
schwer geschädigt. Sie brauchen selbst Hilfe."
Sie schnaube abfällig. „Das ist nicht dein Ernst!"
„Doch. Ich habe mich sowohl von einer Psychologin als auch von
einer Rechtsanwältin belehren lassen müssen. Kinder unter vierzehn
Jahren sind strafunmündig, also kann man sie nicht für das, was sie
gemacht haben, belangen. Wäre Sugars Tat direkt damals herausgekommen, hätte man sie vermutlich in einem Heim untergebracht, das
für diese Art von Störung geeignet ist. Um ihr zu helfen, nicht, um sie
zu bestrafen", fügte ich hinzu. „Die Experten sagen, dass diese Kinder
selbst schlimm gelitten haben. Sie können nicht mehr zwischen richtig
und falsch unterscheiden. Es ist ihre Art, den Druck, dem sie nicht
gewachsen sind, zu kompensieren."
Auf ihrem Gesicht machte sich ungläubiges Staunen breit. „Glaubst du
das etwa auch?"
„Als Vater des Opfers fällt es mir schwer …" Ich schüttelte den Kopf.
„Natürlich hatte ich eine Stinkwut. Aber unser Strafrecht gibt vor, dass
es sich eben nicht um eine Straftat, sondern um ein pädagogisches
Problem handelt. Deshalb spricht man von sexuell übergriffigen Kin-

dern und nicht von Tätern. Bei einem derart extremen Verhalten wie bei Sugar, also wenn diese Grenzverletzungen sich über Jahre hinziehen …"

„Grenzverletzungen?"

„Das ist der richtige Begriff für diese Art von Taten. Es ist bei Kindern unter vierzehn Jahren kein strafrechtlich relevantes Verhalten, also spricht man nicht von Missbrauch."

Sonja lachte ungläubig auf. „Und die Opfer? Wie erklärt man denen, dass keine Strafe erfolgt?"

„Ganz so ist es nicht. Normalerweise wird Eltern oder dem Personal in Schulen und Kitas empfohlen, bei einem einmaligen Vorfall dem entsprechenden Kind unmissverständlich klarzumachen, dass sexuelle Grenzverletzungen nicht in Ordnung sind. Bei wiederholtem Auftreten soll die Hilfe von Fachleuten in Anspruch genommen werden, die eine Behandlung vor Ort einleiten und sich ebenfalls um das Umfeld kümmern. Zusätzlich gibt es diese Heime für die extremen Fälle. So steht es zumindest in den Fachartikeln, die ich gelesen habe", fügte ich achselzuckend hinzu.

„Dass du dabei noch ruhig bleiben kannst." Sonja holte tief Luft. „Ich finde das Ganze zum Kotzen. Das heißt ja, das Opfer wird weiterhin täglich mit dem Missbraucher konfrontiert."

Ich entledigte mich meiner Jacke und hängte sie hinter mir über den Stuhl. Es lag nicht nur an dem Tee und der Wärme im Raum, dass ich zu schwitzen begann. „Es geht um Vorbeugung", versuchte ich ihr zu erklären. „Dieses Verhalten verwächst sich meist nicht. Also besteht die Gefahr, wenn nicht rechtzeitig eingegriffen wird, des Hineinwachsens in dieses Muster. Es geht nicht um Sex, zumindest bei den meisten nicht. Die Kinder wollen auf diese Art andere dominieren, selbst Macht ausüben, eigenen Frust abbauen."

Sie kniff die Augen zusammen. „Und trotz deines offensichtlichen Verständnisses hast du Sugar überwacht? Ich dachte, du siehst sie als armes Opfer der Umstände?"

„Natürlich nicht! Ich bin schließlich Lillis Vater!" Das war viel zu laut herausgekommen. Ich schluckte, bemüht, mich zu mäßigen. „Entschuldige mein Gebrüll. Ich kann ... Das ist die offizielle Sicht, die nach außen vertreten wird. Wäre ich nicht selbst betroffen, könnte ich sie vielleicht sogar nachvollziehen. Für mich ist und bleibt Sugar ein Ungeheuer. Sie ist schuld an Lillis Martyrium. Sie ...", mir versagte die Stimme.

„Ich könnte verstehen, wenn du sie umgebracht hättest", gestand Sonja grimmig.

Ich lächelte schwach. Ihre Worte sollten mir wohl signalisieren, dass sie selbst mit diesem Wissen zu mir gehalten hätte. Doch ich konnte nichts beichten, was ich nicht getan hatte.

59

Anna war ein richtiger Gewinn gegenüber Sugar, dachte Tarik nicht zum ersten Mal, während er ihr bei der Mahlzeit gegenübersaß. Auch wenn ihr Äußeres ihn anfangs abgestoßen hatte und es ihm schwergefallen war, sein Entsetzen zu verbergen. Annas Kleidung, Schlabberpullover und weite Hosen, konnten ihren Umfang nicht verbergen. Sie dick zu nennen, wäre eine Untertreibung gewesen.

„Ich versuche ja abzunehmen. Aber mir schmeckt es einfach zu gut", hatte sie ihm anvertraut, als er zum ersten Frühstück ohne Jamal bei ihr eintraf. Der Freund war am Sonntagabend zurückgefahren. Nun nahm er jeden Tag die Mahlzeiten mit ihr und ihrem Vater ein. Eine Frau gab es nicht, Geschwister ebenso wenig. Er hatte bisher nicht gewagt zu fragen und schützte mangelnde Sprachkenntnisse vor, was nicht einmal gelogen war. Er verstand einiges, nur am Sprechen haperte es.

Jedenfalls war Anna ein echtes Juwel, lieb und anschmiegsam seinem Freund gegenüber - sie hing geradezu an seinen Lippen - und tüchtig noch dazu. Sie machte den gesamten Haushalt und saß bis zu dessen Schließung an der Kasse des Riesenrads, Tag für Tag. Gestern hatte er sie auf ihrem Großeinkauf in die Supermärkte begleitet. Anschließend war sie mit ihm durch die umliegenden Straßen gefahren, um ihm alles zu zeigen. In der Nähe des Kirmesplatzes befand sich ein großer Baumarkt, daran schlossen sich eine Vielzahl von kleineren Geschäften an. Auf dem riesigen Parkplatz herrschte reger Verkehr. Das ideale Betätigungsfeld für ihn, erkannte er auf den ersten Blick.

Mit seinem Bruder hatte er gestern ein weiteres langes Gespräch geführt. Das nächste Geld, das Tarik schicken würde, ging auf ein neues Konto, das dieser einrichten sollte. Die Mutter und die Geschwister waren für die nächste Zeit versorgt. Der Onkel sollte es ja nicht wagen, mehr zu verlangen. Als der Bruder erfuhr, wie viel Geld er zum Ende des Jahres geschickt hatte, wurde auch er wütend und versprach, mit ihm zusammenzuarbeiten. Auch er wollte einen Teil seines Gehalts sparen. Ihr Ziel war es, ein gemeinsames Geschäft zu eröffnen. Jamal, dem er während der Zugfahrt seinen Plan darlegte, hatte gute Tipps für ihn parat.

„Jamal war Händler", sagte er jetzt in einem Kauderwelsch aus Deutsch und Englisch zu Anna.

Heute aßen sie allein. Karl hatte eine kleinere Reparatur, die nicht warten konnte, und würde erst später kommen. Jedes Mal, wenn sie allein waren, versuchte Anna, so viel wie möglich über seinen Freund zu erfahren. Gehandicapt durch seine Sprachschwierigkeiten gestaltete sich ihre Unterhaltung sehr schwierig.

„Vater war Marokkaner, auch Händler. Mutter ist aus Syrien." Daher hatte er wahrscheinlich sein Sprachtalent. „Beide tot. Wohnten in Afghanistan, dann in Syrien. Bombenangriff." Auch Jamal hatte sich von den Bildern und Berichten, die im Internet kursierten, beeindrucken lassen und sich mit seiner Familie auf den Weg gemacht, ein neues, besseres Leben in dem gelobten Land zu beginnen.

„Und seine Frau und sein Sohn?" Sie zeigte deutliche Betroffenheit.

„Sind die auch bei einem Bombenangriff umgekommen?"

„Nein, im Lager. In Türkei. Schlimmer Durchfall. Viele gestorben."

„Ach, der Arme! Und trotzdem hat er sich ganz allein auf den Weg gemacht. Er wollte unbedingt ihren gemeinsamen Traum leben." Sie seufzte. „Ich würde alles für ihn tun, weißt du?"

Ja, das war ihm klar. Anna liebte ihn ehrlich. Und selbst wenn Sugar wesentlich besser ausgesehen hatte, was er unumwunden zugab, war dieses Mädchen die bessere Wahl, obwohl auch sie noch viel lernen musste, was den normalen Umgang zwischen den Geschlechtern anging.

„Wir leben in Deutschland", hatte Jamal ihm erklärt, als er sich bei ihrem ersten Kennenlernen daran stieß, dass Anna ihm direkt in die Augen sah und ihm die Hand zur Begrüßung entgegenstreckte. Gleichberechtigung", hatte er augenzwinkernd nachgesetzt. „Du verstehst?"

Diese Aussage bestärkte ihn noch in seinem Entschluss. Wahrscheinlich war es für alle, ihn eingeschlossen, besser, es mit einem Neuanfang in der Heimat zu versuchen, und das nicht nur wegen seiner augenblicklichen Lage. Mit genug Geld im Rücken ließ sich auch dort ein gutes Leben schaffen.

60

Michael

Wir hatten beschlossen, dass ich diese Nacht im Geschäft verbringen sollte. Sonja fand es zu gefährlich, mich im Auto zu ihrem Haus mitzunehmen. „Du kennst unsere Nachbarn nicht." Außerdem hätte sie ihrem Mann reinen Wein einschütten müssen. „Besser ich erzähle ihm, dass ich mich morgen mit einer Freundin treffe und spät heimkomme. Den Schlüssel für den Wohnwagen bringe ich gleich mit. Wir fahren direkt nach Ladenschluss los."

Mehr als eine Nacht hätte ich auch nicht durchgehalten. Die Behandlungsliege war dermaßen unbequem, dass ich mich am nächsten Morgen wie gerädert fühlte. Viel geschlafen hatte ich sowieso nicht. Meine Gedanken kreisten ständig um die Frage, was die Polizei mir vorwarf. War es richtig gewesen, mich ihnen zu entziehen, oder hätte ich lieber das Gespräch mit Herrn Niemann suchen sollen? Zu einem Ergebnis kam ich nicht. Ich musste abwarten, was Geli herausfinden würde.

Als Sonja eintraf, saß ich in der Küche vor der ersten Tasse Kaffee.

„Hier." Sie reichte mir eine kleine Papiertüte. „Ich bin eben beim Bäcker reingesprungen. Ich hoffe, du magst süße Brötchen. Die Wurst und das Brot im Kühlschrank hast du sicher gestern Abend schon aufgegessen."

Ich nickte und verputzte das Rosinenbrötchen und das Butterhörnchen in einer affenartigen Geschwindigkeit. Da ich gestern bis auf ein Frühstück und die kärglichen Reste von Sonjas Vorräten nichts gegessen hatte, fühlte sich mein Magen wie ein riesiges leeres Loch an.

Eine zweite Tasse Kaffee und die Welt sah gleich viel besser aus. „Hast du den Schlüssel?"

„Klar." Sonja, die sich ebenfalls einen Kaffee gegönnt hatte, erhob sich. „Ich muss an die Arbeit. Du bleibst bitte hier im Raum und machst wenn möglich keine Geräusche. Das Radio kann an bleiben, das kennen meine Kunden. Schwerer zu erklären wären Nieser oder ein Husten, die auf einen männlichen Gast hindeuten. Tut mir leid, du musst dich völlig still verhalten."

Der Vormittag zog sich endlos hin. Sonja hatte einen Lokalsender eingestellt, der kaum Wissenswertes außer Nachrichten brachte, die jedoch alle halbe Stunde. Kurz vor der Mittagspause hätte ich jede einzelne mitbeten können. Von mir war nicht die Rede. Wieder durchzuckten mich Zweifel, ob mein Entschluss der richtige gewesen war.

Sonst konnte ich nichts anderes tun, als herumzusitzen und den Gesprächen von Sonja und ihren Kundinnen zu lauschen, was sich nicht gerade aufregend gestaltete. Über was für Nichtigkeiten die sich unterhielten! Aber immer noch besser, als meinen Gedanken nachzuhängen. Je mehr es auf den Mittag zuging, desto unentschlossener wurde ich, ob ich tatsächlich fliehen sollte. Hatte ich vielleicht doch überreagiert?

Dann endlich steckte Sonja kurz den Kopf durch die Tür. „Ich springe eben zum Fleischer rüber und besorge uns Frikadellen und Salat. Isst du immer noch so gern Kartoffelsalat? Ich schließe ab, falls es klopft, mach ja nicht auf", fuhr sie auf mein Nicken fort. „Bin sofort wieder zurück."

Der Laden blieb für all die Kunden, die keine Behandlung benötigten, sondern nur einen Kosmetikartikel kaufen wollten, über Mittag geöffnet. Eine Stunde hielt sich Sonja für eine Pause frei, wie ich staunend anhand ihres Vormerkbuchs erkannte. Die Geschäfte schienen gut zu laufen.

Nach dem gemeinsamen Mittagessen drückte sie mir ihr Handy in die Hand. „Versuch mal, ob du Geli erreichst!"

Ihr Telefon war abgeschaltet. Was sollte das denn? Hatte sie nicht versprochen, noch vor der Arbeit im Präsidium vorbeizufahren? Sie musste längst auf dem Weg nach Hause sein!

„Rufst du eben nach Feierabend noch einmal an." Sie merkte genau, dass ich mir Sorgen machte.

Dank des Buches, das sie im Auto gefunden hatte, verging die Zeit nun schneller. Naja, vielleicht lag es auch an der Vorfreude, endlich rauszukommen. Und natürlich an dem Angebot, mich mit meiner Frau in

Verbindung setzen zu können. Ich atmete erleichtert auf, als Sonja hinter der letzten Kundin die Tür abschloss.

61

Angelika

Es war ein seltsames Gefühl, Michael nicht mehr um mich zu haben. Natürlich hatten wir schon getrennte Kurzreisen unternommen, er mit seinen Freunden, ich zusammen mit Lilli oder Josie. Und sein letzter Krankenhausaufenthalt lag ebenfalls noch nicht lange zurück. Trotzdem fühlte es sich anders an. Die Wohnung erschien mir viel zu groß, die Stille in der Nacht verhinderte einen erholsamen Schlaf, beim Frühstück am nächsten Morgen brachte ich kaum einen Bissen hinunter.

Der Anruf von Herrn Niemann ließ nicht lange auf sich warten. „Haben Sie mit Ihrem Mann gesprochen?", fragte er rundheraus.

„Er ist nicht nach Hause gekommen", erklärte ich kurz angebunden. Glücklicherweise standen Klienten wartend vor der Anmeldung. Ich versprach, nach der Arbeit bei ihm vorbeizukommen, was ich eigentlich direkt am Morgen hatte tun wollen. Doch da war er nicht erreichbar gewesen.

„Ich begleite Sie." Meine Chefin war nicht davon abzubringen. Kurz vor Feierabend hatte ich die Zeit gefunden, sie über Michaels Reaktion zu unterrichten.

„Er hätte sich in Begleitung eines Anwalts der Vernehmung stellen sollen", erklärte sie mir zum wiederholten Mal, als wir uns vor der Wache trafen, um gemeinsam hineinzugehen.

Jede von uns war mit ihrem eigenen Auto gekommen und wir hatten in der zugeparkten Straße nur weit voneinander entfernte Stellplätze gefunden.

Ich seufzte. „Das sehe ich genauso. Er hingegen war sich sicher, die wollten ihn verhaften."

„Mit seiner Flucht hat er erst recht den Verdacht auf sich gelenkt."

Der gleichen Ansicht war Herr Niemann, der irritiert von einem zum anderen blickte, als wir vor seiner Tür auftauchten. Die Dame wäre mein Rechtsbeistand, stellte ich meine Chefin vor. Wir würden gern wissen, weshalb mein Mann dermaßen dringend um sein Erscheinen gebeten würde. Er druckste eine Weile herum, bis Frau Kohlmeier erklärte, auch ihn zu vertreten. Sie sei seit langem unsere Anwältin in sämtlichen Rechtsfragen.

„Wann ist Ihr Mann am Montagabend, dem Abend, als Michelle Fischer ermordet wurde, heimgekehrt?“, fragte er, nachdem die Formalitäten geklärt waren.

„Gegen halb neun, meine Aussage stimmt. Ich habe nicht gelogen.“

Er hob begütigend die Hände. „Denken Sie bitte nach. Könnte es sein, dass Sie sich irren?“

„Nein, ich bin mir sicher. Er kam während der ersten Werbepause herein und teilte mir mit, dass unser Auto nicht mehr anspringe und ich deshalb am nächsten Tag den Bus nehmen müsse.“

„Wann genau ist Frau Fischer ermordet worden?“, mischte sich Frau Kohlmeier in das Gespräch.

Der Beamte verzog das Gesicht. „Gegen zweiundzwanzig Uhr, sagt der Rechtsmediziner.“

„Dann kann es Michael nicht gewesen sein“, triumphierte ich. „Da saß er längst neben mir.“

Er lehnte sich zurück und verschränkte die Arme vor der Brust. Seine Augen fixierten mich, als wolle er sich keine Gefühlsregung entgehen lassen. „Frau Fischer wurde erwürgt und die DNA-Spuren Ihres Mannes fanden sich an der Leiche.“

Erwartungsgemäß schnappte ich nach Luft. „Das muss ein Irrtum sein!“

Er schüttelte langsam den Kopf, ließ mich dabei immer noch nicht aus den Augen.

„Er könnte sie bei einem früheren Treffen hinterlassen haben“, sprang mir Frau Kohlmeier zur Seite.

„Am Hals?“, fragte Herr Niemann, während ich gleichzeitig herausplatzte: „Er hat sie beobachtet, mehr nicht!“ Dann erst wurde mir die Brisanz des Gehörten richtig bewusst. „Das kann nicht sein. Er war nicht dort.“

Er musterte mich intensiv. „Sie bleiben bei Ihrer Aussage, dass er das spätere Opfer nie persönlich traf?"

„Ja!", stieß ich hervor, obwohl Frau Kohlmeier mich mit dem Fuß antippte. „Genauso wie ich nur wiederholen kann, dass er gegen halb neun bereits zu Hause war. Er ist nicht Ihr Täter."

„Sie müssen Ihre Aussage eventuell bei Gericht beeiden. Ist Ihnen das klar?"

Ich nickte. „Glasklar."

„Suchen Sie Herrn Voß als Verdächtigen oder als Zeugen?", mischte sich Frau Kohlmeier ein.

„Das wird sich bei einem persönlichen Gespräch klären", wich Herr Niemann einer direkten Antwort aus.

Ich wusste genug. Michaels Entscheidung war die richtige gewesen. Deshalb bereitete es mir nicht einmal Unbehagen, dem Kripobeamten mitten ins Gesicht zu lügen. Ich hätte meinen Mann gestern Morgen zum letzten Mal gesehen, behauptete ich. Nach dem Besuch von ihm und seiner Kollegin wäre ich zu meiner Nachbarin hinübergegangen. Selbst nach meiner Rückkehr sei mir nichts Ungewöhnliches aufgefallen, allenfalls hätte ich mir, je später es wurde, Sorgen gemacht. Aber da mein Mann schon öfter bei einem Treffen mit Freunden vergessen hätte, sich zu melden, wären diese nicht übermäßig ausgeprägt gewesen. Beim Betreten des Schlafzimmers sei mir sein Handy auf dem Nachttisch aufgefallen. Dass ein Teil seiner Kleidung verschwunden sei, stellte ich in der Früh fest.

„Und Sie sind trotzdem ganz normal zur Arbeit gegangen?", fragte Herr Niemann ungläubig.

„Ich habe direkt heute Morgen versucht Sie zu erreichen. Was hätte ich noch tun sollen? Ihn als vermisst melden?", gab ich kühl zurück.

„Soweit ich weiß, darf jeder Erwachsene verschwinden, ohne sich zuvor abmelden zu müssen."

„Warum sollte er das tun?"

„Keine Ahnung. Vielleicht, weil der Kurtermin immer näher rückt und er diesen nicht wahrnehmen will. Genauso gut kann das Gespräch mit seinem Psychiater schuld daran sein. Er hatte gestern bei ihm einen

Termin. Vielleicht hat er einfach nur Torschlusspanik, weil seine beiden Töchter ihren baldigen Besuch anmeldeten und er Lilli nicht gegenübertreten will. Oder vielleicht", ich grinste ihm frech ins Gesicht, „will er sowohl den Fischers als auch Ihnen aus dem Weg gehen. Es gibt so viele Gründe, die mir plausibel erscheinen."

62

Eigentlich war Anna für eine Deutsche echt zurückhaltend, sinnierte Tarik, während er den noch fast leeren Kirmesplatz hinter sich ließ. Sie ordnete sich ihrem Vater unter und tat, was er ihr sagte. Sie überließ Jamal die Führung und umsorgte ihn bei seinen Besuchen, wie es seine Mutter nicht besser hätte machen können. Und sie war stets um Harmonie bemüht. Bei Sugar dagegen ging es immer nur um sie. Rücksicht auf andere kannte sie nicht, auch kein Mitleid. Passierte ihrem Sohn ein Missgeschick, wurde er gleich angeschrien, verletzte er sich, zuckte sie mit den Schultern und meinte, er solle beim nächsten Mal besser aufpassen, war er krank, kümmerten sich die Großeltern.

Anfangs fielen diese Wesenszüge kaum auf. Beim ersten Treffen gelang es ihr stets, einen guten Eindruck zu hinterlassen. Er war einer der wenigen, der, obwohl er seine instinktive Abwehr nicht genau benennen konnte, sich von ihr abgestoßen gefühlt hatte. Dabei legte sie anfangs ein durchaus freundliches, charmantes Verhalten an den Tag. Erst später, wenn man sie näher kannte, wurde deutlich, dass ihre Offenheit auf Selbstdarstellung beruhte und ihre Freundlichkeit genau so lange vorhielt, wie man ihr zu Willen war. Außerdem kannte sie kein Maß. Wenn sie trank, dann richtig, wenn sie Auto fuhr, dann viel zu schnell und rücksichtslos, wenn sie etwas durchsetzen wollte, benutzte sie jeden Trick, um ihr Ziel zu erreichen.

Verglich man Anna und Sugar rein äußerlich, war Letztere deutlich im Nachteil. Obwohl Anna mit ihren großen braunen Augen, der Stupsnase und dem großzügigen Mund bestimmt gut aussehen würde – wenn sie etliche Kilos abnahm. Sie hatte fast die gleiche Haarfarbe wie Sugar, ein wunderschönes Goldblond und trug ihre Haare wie diese bis auf den Rücken fallend. Sugar war allerdings nicht nur größer, fast so groß wie Jamal, sondern auch relativ schlank gewesen, dazu diese himmelblauen Augen - insgesamt schon ein schöner Anblick, dachte er bei ihrem ersten Kennenlernen. Dass sie ihr Äußeres weidlich dazu nutzte, sich ihr Leben angenehm zu gestalten, wusste er damals noch nicht.

Tarik blieb an der Kreuzung stehen, um sich zu orientieren. Er hatte beschlossen, zum Baumarkt zu laufen und dort sein Glück zu versuchen. Am Dienstag hatte er es gewagt, sich unter die Kirmesbesucher zu mischen. Seine Ausbeute war erfreulich groß. Menschen, die sich amüsieren wollten, hatten viel Bargeld in der Tasche und achteten, abgelenkt durch die vielen bunten Geschäfte, im Gedränge nicht sonderlich gut auf ihr Portemonnaie. Er nahm sich diejenigen vor, die gerade erst angekommen waren, das brachte fettere Beute.

Einmal pro Ort konnte er sich dieses Auftreten leisten, öfter würde auffallen und erhöhte das Risiko, geschnappt zu werden. Deshalb wollte er heute in den Geschäften arbeiten. Gerade der Baumarkt und der Elektronikladen boten sich an, weil dort oft für größere Summen eingekauft wurde. Allerdings musste er wesentlich mehr auf die Umgebung achten, wegen der Detektive und Kameras. Und Glück haben, denn viel zu oft bestand die Beute aus Kreditkarten, die er nicht benutzen konnte.

Vorher, als er noch im Zweier- oder Dreierteam gearbeitet hatte, gestaltete sich ein Taschendiebstahl wesentlich einfacher. Einer schubste das Opfer oder lenkte es irgendwie ab, er, der Geschickteste von ihnen, entwendete das Portemonnaie und gab es an den dritten Mann weiter, der die Umgebung beobachtete und nach Erhalt der Beute sofort das Weite suchte.

Seine Ausbildung hatte er bereits in der ersten Unterkunft begonnen, aus lauter Langeweile. Stundenlanges Nichtstun lag ihm einfach nicht. Statt die Gegend zu erkunden, tat er sich mit einigen Landsleuten zusammen, unter denen sich ein wahrer Meister dieser Kunst befand - dachte er zumindest, bis er auf Jamal traf. Täglich trafen sie sich auf dem Gelände zum Üben und er stellte erstaunt fest, dass er ebenfalls ein Talent für das Stehlen besaß. Als er sich später in der Barackensiedlung mit Jamal anfreundete, brachte diese ihm die letzten Finessen bei. Mit ihm zusammen ging er zum ersten Mal auf Beutefang und lernte, genau hinzusehen, sein Opfer einzuschätzen und wechselnde Taktiken zu benutzen.

Sie waren vorsichtig, ließen sich nicht zu oft am selben Ort sehen und hörten nach zwei, drei gelungenen Aktionen auf. Der Erlös wurde redlich geteilt. Einen Teil behielt er für sich, um sich ab und zu ein Essen außerhalb zu gönnen, den Rest schickte er an seine Familie, vielmehr seinen Onkel, wie er jetzt wusste.

Nachdem Jamal das Barackenlager verlassen hatte, suchte er sich andere Mitstreiter. Da sein Ruf sich mittlerweile herumgesprochen hatte, konnte er sich diejenigen, denen er vertraute, aussuchen. Er blieb vorsichtig, ihm war durchaus bewusst, dass er, wenn er erwischt wurde, einen negativen Asylbescheid riskierte.

Später, nach der Ablehnung, richtete er sein Trachten darauf, möglichst fette Beute zu machen. Er wusste, das Schlimmste, was ihm passieren konnte, war die sofortige Abschiebung und die drohte sowieso. Warum also nicht alles mitnehmen, was erreichbar war?

Nur das Ziel hat sich geändert, dachte er grimmig, während er sich dem Eingang des Baumarktes näherte. Jetzt ging es um die finanzielle Absicherung seines Neuanfangs.

63

Angelika

„Es bringt Ihnen nichts, sich den Mann zum Feind zu machen", belehrte mich Frau Kohlmeier, während ich vor der Wache stehend nach meinen Zigaretten kramte. „Hätten Sie nicht das hilflose Frauchen spielen und mir den Rest überlassen können? Nein", beantwortete sie sich ihre Frage selbst. „Sie gehen lieber mit dem Kopf durch die Wand."

„Lieb und nett sein, hätte nichts gebracht", verteidigte ich mich. „Die halten Michael für den Täter."

„Es wirft ein schlechtes Licht auf ihn, sich der Befragung zu entziehen. Und Ihr Alibi den Mord betreffend wirkt unglaubwürdig, nachdem Sie ihn decken. Herr Niemann ist nicht dumm. Er wird sich denken, dass Sie Ihren Mann von dem Besuch der Polizei informierten und zumindest wissen, dass er sich einem Verhör entziehen will."

Ich musste ihr im Stillen recht geben. Vorteilhaft war meine Vorgehensweise nicht gewesen. „Das mit der DNA macht mir viel mehr Sorgen", bekannte Frau Kohlmeier. „Das ist ein handfestes Indiz."

„Also hätten die ihn verhaftet?"

Sie runzelte die Stirn. „Sie sollten ihre Gedanken lieber auf die vorliegenden Beweise richten. Woher stammt eigentlich das Vergleichsmaterial?"

„Michael hat freiwillig seine Fingerabdrücke abgegeben und diesem DNA-Test zugestimmt. Weil er unschuldig ist", trumpfte ich auf und zündete mir endlich die lang ersehnte Zigarette an. Nach einem tiefen Zug schwand meine Euphorie über die Art und Weise, wie ich Herrn Niemann hatte auflaufen lassen. Dieser angebliche DNA-Treffer, das konnte nicht stimmen. Niemals! Aber wenn doch, wie waren Michaels Spuren an den Hals der Ermordeten gekommen?

Den gesamten restlichen Tag grübelte ich über diese Frage nach. Dass mein Mann mir einen Besuch bei Sugar verschwiegen hatte, stand nicht zur Debatte. Bei seiner Beichte war wirklich alles zur Sprache gekommen.

„Nach meinem Gespräch mit Frauke recherchierte ich noch einmal im Internet", hatte er erklärt, „und bin auf einige interessante Tatsachen gestoßen. Die Experten gehen davon aus, dass jemand wie Sugar, der nie therapiert wurde, auch im Erwachsenenalter straffällig wird, nicht unbedingt mit Sexualdelikten, vor allem nicht als Frau … Kannst du dich an unser Gespräch mit Heidrun darüber erinnern?"

Meine Freundin hatte bei Sugar eine dissoziale Persönlichkeitsstörung vermutet. „Ausbeuterisches Beziehungsverhalten, mangelndes Einfühlungsvermögen, fehlendes Schuldbewusstsein, starker Egoismus, niedrige Schwelle für aggressives Verhalten", hatte sie aufgezählt. „Laut eurer Schilderung scheinen alle diese Punkte auf sie zuzutreffen."

Beim Nachgoogeln – leider vergaß ich bei Aufregungen immer sofort die Hälfte wieder – stellte ich fest, dass ebenso ein Hang zum Lügen und Verschweigen dazugehörte. Betroffene Kinder erkannte man daran, dass weder durch Bestrafung noch Lob eine Verhaltensänderung bewirkt werden konnte, eher kam es dadurch sogar zu einer trotzigen Verstärkung. Ich hatte mir diese Liste aufgeschrieben, weil ich mir damit immer vor Augen halten wollte, dass Sugar tatsächlich ebenfalls ein Opfer der Umstände war. Durch dieses Verhalten, das sie ohne entsprechende Behandlung nie wieder ablegen konnte, war sie für ihr Leben gestraft.

Michael dagegen war durch eine ähnliche Recherche zu einer ganz anderen Lösung gekommen. Er wollte nicht eher ruhen, bis er Material in der Hand hatte, das die wahre Seite der jungen Frau zeigte.

64

Michael

Ich griff sofort nach dem Handy auf dem Tisch. „Bist du allein?“, fragte ich, nachdem meine Frau sich gemeldet hatte.

„Ja, wo …“

„Das möchtest du lieber nicht wissen“, unterbrach ich sie. „Gibt es was Neues?“

Sie berichtete von ihrem Besuch bei Herrn Niemann. Mich durchlief es eiskalt. Ich hatte instinktiv die richtige Entscheidung getroffen.

Sonja erzählte ich, es sei ein Gegenstand in der Wohnung gefunden worden, an dem sich Rückstände meiner DNA befanden. Und dass nach Gelis Einschätzung die Polizei mich durchaus als Mörder in Betracht zöge. Glücklicherweise fragte sie nicht nach Einzelheiten, sondern drängte zum Aufbruch.

„Sag mal, wie lief das mit Hermann. Hast du ihm die Wahrheit gesagt?“, fragte Sonja, kaum dass wir im Auto saßen.

„Ja, ungefähr drei Wochen, nachdem wir durch Lilli von der Geschichte erfahren hatten, traf ich mich mit ihm.“

Ich sah die Szene vor mir, als sei es gestern gewesen. Heidrun hatte Geli und mich gebeten, zuallererst mit uns selbst ins Reine zu kommen, was natürlich in der kurzen Zeit nicht möglich war. Aber mir gingen langsam die Entschuldigungen aus, normalerweise trafen wir uns mindestens einmal in der Woche. Zudem stand demnächst die Party zu seinem Geburtstag an, bei der wir, da waren wir uns einig, nicht erscheinen würden. Uneinigkeit herrschte jedoch über unser weiteres Vorgehen die Familie Fischer betreffend. Mit Sugar wollten wir beide nichts mehr zu tun haben, sie am liebsten nie wiedersehen müssen und, wenn möglich, sie nicht einmal im Gespräch erwähnt wissen.

Ich hatte, nachdem der erste Schock überwunden war, relativ schnell erklärt, dass wir nicht die gesamte Familie für ihr Fehlverhalten verantwortlich machen konnten. Hermann und ich, unsere Freundschaft

– sollte ich diese etwa wegen seiner Stieftochter infrage stellen? Er war genauso wenig schuld an diesen Vorgängen wie wir. Nein, es reichte aus, ihn mit der Wahrheit zu konfrontieren und ihm zu erklären, warum wir den normalen Familienfesten von nun an fernbleiben würden. Er wäre mit Sicherheit dermaßen betroffen, davon war ich überzeugt, dass er uns verstand. Ehrlich gesagt hatte ich damit gerechnet, ihn aufbauen zu müssen. Dass wir ihm persönlich nichts nachtrugen, so in der Art.

Heidrun hatte mich gewarnt. „Die meisten Eltern reagieren auf diese Vorwürfe mit Abwehr. Entweder bezichtigen sie eure Tochter der Lüge oder sie bagatellisieren die Vorfälle."

„Hermann braucht nur im Internet nachzuschauen. Ich kann ihm gern die entsprechenden Links schicken. Damit habe ich gleich den nächsten Einwand ausgehebelt, dass Lilli sich das Ganze ausgedacht haben könnte. Dort steht: Betroffene Kinder haben keinen Grund sich Übergriffe auszudenken, übergriffige Kinder jedoch allen Grund, diese zu leugnen. Weiter heißt es: In der Regel sind die Opfer drei bis vier Jahre jünger als die Täter. Auch dieser Fakt stimmt."

„Ich denke nicht, dass er sich darauf einlässt."

„Doch, wird er, und anschließend sofort zu Sugar laufen und ihr alles an den Kopf knallen", argumentierte ich im Brustton der Überzeugung. „So einfach kann sie sich nicht rausreden."

Sie lachte mich aus. „Selbst die Jugendlichen, die auf frischer Tat ertappt werden, sind meist nicht bereit, die Übergriffe zuzugeben und Verantwortung für ihr Handeln zu übernehmen. Die Sache mit Lilli liegt jahrelang zurück. Sie wird sich auf einvernehmliches kindliches Experimentieren herausziehen. Wenn sie es nicht schlichtweg leugnet."

In dem Moment war Geli mir zur Seite gesprungen. „Ich bin auch der Meinung, wir reden auf jeden Fall Tacheles. Hermann muss wissen, was vorgefallen ist."

„Das befürworte ich sogar. Nur macht euch keine großen Hoffnungen auf einen Fortbestand der Freundschaft."

Unter dem Vorwand, er müsse mir bei meinem eigenen Computer helfen, bat ich Hermann zu dem Gespräch. Wir saßen im Wohnzimmer und Geli werkelte bei offener Tür in der Küche, bereit einzugreifen, falls die Lage eskalieren sollte. Ein mulmiges Gefühl hatte ich schon im Bauch, als ich ihn mit den Tatsachen konfrontierte.

Im ersten Moment war er wie erstarrt. Dann nickte er zu meinem Erstaunen und sagte leise: „Also deshalb …"

Leider brach er mitten im Satz ab und saß lange Zeit mit gesenktem Kopf da, den Blick auf seine ineinander verschränkten Hände gerichtet. Ich verspürte tiefes Mitleid mit ihm. Für ihn war diese Geschichte mindestens genauso schlimm wie für uns.

„Ich weiß gar nicht, wie ich das Petra beibringen soll", quetschte er schließlich hervor. „Die wird ausrasten."

„Unsere Freundschaft bleibt bestehen", versicherte ich ihm. „Ich mache weder dich noch deine Frau für irgendwas verantwortlich. Nur musst du verstehen, dass wir nicht mehr vorbeikommen, wenn Sugar da ist."

„Sie ist doch meine Tochter." Er hob den Kopf und sah mich aus geröteten Augen an.

„Wie ihr mit dem Wissen umgeht, ist uns nicht wichtig", behauptete ich, obwohl ich natürlich schon erwartete, dass er sie sich vornahm. „Wir wollen ihr nie wieder begegnen. Für uns existiert sie nicht mehr."

Geli und ich waren beide überrascht, wie ruhig Hermann reagiert hatte. Bevor er sich verabschiedete, fragte er sogar noch, wie und wann wir davon erfahren hätten und wie es Lilli damit ging.

„Erstaunlich", kommentierte Sonja meinen Bericht. „Eine derart ruhige, vernünftige Reaktion hätte ich ihm gar nicht zugetraut."

Ich grinste schwach. Ja, das hatten meine Frau und ich auch gedacht. Daher war ich auf das dicke Ende, das eine Woche später folgte, in keinster Form vorbereitet gewesen.

65

Michael

„Kaum hatte meine Frau das Haus verlassen, klingelte es an der Tür", setzte ich meinen Bericht fort.

Hermann wirkte geradezu überdreht, als er mir auf eine Tasse Kaffee in die Küche folgte. „Ich denke, wir sollten ein Gespräch zwischen Sugar und Lilli arrangieren, bei dem jeder seine Seite erklärt", ließ er gleich die Bombe platzen. „Damit dürfte die Geschichte aus der Welt geschafft sein. Wie du weißt, ging es Sugar zu dem Zeitpunkt selbst nicht gut. Sie wurde wahnsinnig gemobbt, dazu kam die Eifersucht auf ihren kleinen Bruder. Der hatte auch unter ihr zu leiden. Wir sind mit ihr bei einem Kinderpsychologen gewesen, der sie ein Jahr lang behandelte. Danach wurde es deutlich besser."

„Wann war das?", brachte ich gerade noch zwischen zusammengebissenen Zähnen hervor. Viel lieber wäre ich aufgesprungen und hätte ihn geschüttelt.

Auf meinen Vorwurf, Sugar habe ihre Handlungen danach weiter fortgesetzt, ging er nicht ein. Er stellte Lilli nicht direkt als Lügnerin hin, betonte aber deutlich, dass er, seine Frau und Sugars Bruder zu ihr halten würden.

„Er forderte regelrecht dieses gemeinsame Gespräch ein", beendete ich meinen Bericht. „Worauf ich mich natürlich nicht einließ. Das konnte, das wollte ich unserer Tochter nicht zumuten."

„Er schob dir den schwarzen Peter zu. Jetzt warst plötzlich du der Böse, der seiner armen Kleinen Dinge nachtrug, die längst verjährt waren", nickte Sonja. „Eine typische Reaktion von ihm."

Ich versuchte mich an einem schwachen Grinsen, aus dem eher eine Grimasse wurde. Die Erinnerung hatte alles wieder nach oben gespült, ich fühlte mich am Boden zerstört. „Vielleicht war es sogar besser, einen Schlussstrich zu ziehen. Als ich später mit meiner Recherche begann, entdeckte ich mehrere Aussagen von Experten dazu. Meist liegt es an den Eltern, wenn die Kinder so werden."

Genau in diesem Moment erreichten wir den Parkplatz des Campingplatzes. Ich atmete erleichtert auf. Ohne Sonja die Möglichkeit zu geben, weiter nachzufragen, sprang ich aus dem Auto. Zu mehr Erklärungen war ich heute wirklich nicht mehr in der Lage. Ich hatte sowieso schon viel mehr gesagt als angedacht.

Sonja meldete mich als ihren Cousin beim Betreiber an und erzählte ihm, ich sei durch die Trennung von meiner langjährigen Ehefrau ziemlich angeschlagen. Ich suche vor allen Dingen Ruhe, um mich auf einen neuen Lebensabschnitt vorzubereiten. Wie lange ich bliebe, wisse sie nicht, das hinge von vielen verschiedenen Faktoren ab.

Während sie mit dem Mann sprach, richtete ich mich häuslich ein. Den Wohnwagen hatten sie und ihr damals noch Lebensgefährte gekauft, als die Jungen in das Alter kamen, sich frei zu bewegen. Obwohl sie ihn kaum noch nutzten, hatten sie sich bisher nicht dazu durchringen können, ihn zu verkaufen. Mein Glück!

„Michael, der Camper." Sie stand grinsend im Eingang des Vorzeltes. „Dass ich das noch erlebe!"

Sonja zeigte mir, wie man das Wasser aufdrehte und den Katalytofen bediente. „Austauschflaschen bekommst du beim Platzwart."

Der Sicherungskasten befand sich in einem kleinen Schuppen neben dem Vorzelt. Dort gab es sogar einen Spülstein und eine echte Toilette.

Sie lachte, als sie meinen staunenden Blick bemerkte. „So bist du unabhängig von den Gemeinschaftsräumen. Nur unter die Dusche im Wohnwagen würde ich mich nicht unbedingt stellen. Du müsstest jedes Mal vorher das Wasser auffüllen." Sie warf einen Blick auf ihre Uhr. „Alles klar? Ich sollte langsam fahren. Ach", ihre Hand fuhr in die Jackentasche. „Hier. Das ist das alte Handy von Lutz. Auf der Karte sind noch fünf Euro Guthaben. Ich gebe Geli die Nummer, ja?"

„Wie kann ich dir jemals danken?" Ich umarmte sie zum Abschied.

„Eher sind wir jetzt quitt", winkte sie ab. „Ich melde mich."

Ich drehte den Ofen höher, da es zum Abend empfindlich kalt geworden war, und sah mich in meiner neuen Behausung um, die sich als wesentlich komfortabler entpuppt hatte als gedacht. Das Vorzelt war komplett mit Holz verkleidet und besaß sogar eine richtige Tür. In der hinteren Ecke befand sich eine kleine Küchenzeile bestehend aus einer Spülen-, Kühlschrank-, Kochplatten-Kombination und einem Unterschrank, der das Geschirr enthielt. Ein kleiner Tisch mit zwei Plastikstühlen stand direkt davor, daneben der Ofen, dem es mittlerweile gelungen war, die Luft auf eine angenehme Temperatur zu erwärmen.

Ich zog die Jacke aus, schaltete den alten Röhrenfernseher an und setzte mich in einen der beiden davorstehenden Liegestühle, auf den mir Sonja fürsorglich eine Decke gelegt hatte. Auch das Bettzeug war von ihr mitgebracht worden. „Über den Winter wird es zu feucht. Du musst wahrscheinlich das Geschirr komplett spülen, bevor du es benutzen kannst."

Es roch wirklich feucht und modrig, stellte ich fest. Morgen würde ich einmal richtig durchlüften. Und den Kühlschrank ausputzen, bevor ich ihn in Betrieb nahm. Wir hatten unterwegs kurz angehalten und uns einen Döner gegönnt, der immer noch vorhielt. Deshalb konnten Sonjas Vorräte, ein halbes Brot, Butter und ein Glas Marmelade, ruhig in der Tragetasche bleiben. „In dem kleinen Laden des Platzwartes kannst du das Nötigste kaufen. Oder du wanderst zurück zur Hauptstraße und gehst in den kleinen Supermarkt. Daneben befindet sich ein Imbiss. Verhungern wirst du hier bestimmt nicht."

Sie hatte mich vorgewarnt, dass es ab morgen Mittag belebter werden könnte. Anscheinend gab es genug hartgesottene Campingfreunde, die die Kälte nicht davon abhielt, ihr Wochenende im Grünen zu verbringen. Daher beschloss ich, direkt nach den Nachrichten um zehn schlafen zu gehen. Ich stellte den Handywecker auf sieben Uhr. Ich würde die notwendigen Arbeiten erledigen, bevor die neugierigen Nachbarn erschienen.

66

Michael

Im Wohnwagen hatte ich trotz Sonjas Ermahnung den Ofen auf kleiner Flamme durchbrennen lassen. Es war angenehm warm, nur der muffig modrige Geruch stach mir in der Nase. Frohgemut öffnete ich sämtliche Fenster und stieg die Stufen zum Vorzelt hinab. Eisige Kälte empfing mich. Und hier sollte ich frühstücken? Unmöglich!

Stattdessen zog ich meine Jacke über, riss die Tür auf und sorgte für kräftigen Durchzug, der im Nu für bessere Luft sorgte. In der Zwischenzeit suchte ich den kleinen Schuppen auf, erledigte allerdings in dem ebenfalls eiskalten Raum nur die notwenigsten Verrichtungen zur Morgentoilette. Nein, zum Camper war ich definitiv nicht geboren!

Der Ofen schaffte es überraschend schnell, den Raum aufzuheizen. Einzig auf den Kaffee verzichtete ich lieber und begnügte mich mit dem Rest aus der Colaflasche, die Sonja unterwegs gekauft und mir dagelassen hatte. Maschine und Kanne bedurften einer gründlichen Reinigung.

Mit meiner geleerten Sporttasche machte ich mich auf den Weg zu dem kleinen Supermarkt, der sich schätzungsweise drei Kilometer entfernt befand. Ich nahm die schmale Straße, die wir auf dem Hinweg benutzt hatten, und merkte überrascht, dass ich fast so etwas wie Urlaubsgefühle entwickelte. Natürlich nagte der Verdacht, der auf mir lastete, immer noch an mir. Doch der frische, klare Morgen und der sanft geschwungene, von Wiesen und Wäldern gesäumte Weg vermittelten Ruhe und Frieden. Trotz der unbefriedigenden Situation wurde mir leichter ums Herz. Ich summte die Melodie, die ich gerade im Radio gehört hatte, und atmete tief die satte Landluft ein, die sich von dem Abgas- und Feinstaubgemisch der Großstadt deutlich unterschied.

Ich hatte gleich Vorräte für mindestens eine Woche besorgt: Käse, Dauerwurst, ein Glas Honig, mehrere Konserven, zwei Packungen Schnittbrot und verschiedene Sorten Kekse für den kleinen Hunger zwischendurch. Bevor ich meine Einkäufe verstaute, unterzog ich die Schränke und sämtliches Zubehör einer gründlichen Reinigung. Danach war ich reif für ein weiteres Schläfchen. In der Nacht hatte ich erstaunlich gut geschlafen. Zwar war die Härte des umgebauten Bettes – die zusammengeklappten Sitzbänke samt Tisch ergaben die Liegefläche, die Polster dienten als Matratzen - etwas ungewohnt, aber meine ständigen Rückenschmerzen waren auf wundersame Weise verschwunden. Jetzt taten mir nur die Muskeln von dem langen Spaziergang weh.

Laute Stimmen und zuklappende Autotüren weckten mich. Im ersten Moment wusste ich nicht, wo ich mich befand, und schreckte mit wild klopfendem Herzen hoch. Dann fiel es mir wieder ein und ich ließ mich beruhigt zurücksinken. Die Nachbarn waren eingetroffen, wie von Sonja vorhergesagt.

Während die Camper bei offenen Türen werkelten und sich gegenseitig auf einen kurzen Plausch besuchten, verhielt ich mich den Nachmittag über vollkommen ruhig. Erst als die aufkommende Kälte die Wohnwagenbesitzer in ihre Vorzelte trieb und die leisen Geräusche der eingestellten Fernseher zu hören waren, wagte ich es, Geli anzurufen. Privatsphäre gab es nämlich auf diesem Platz nicht. Ohne mich groß anzustrengen, hatte ich fast jedes Wort der nebenan geführten Unterhaltung mitbekommen.

„Ich habe schon mit Sonja gesprochen", verkündete meine Frau, nachdem ich mich gemeldet hatte. „Du bist nicht zu deinen Eltern gefahren."

„Nein, mir kam unterwegs die Idee, mich an sie zu wenden. Die Verbindung zu ihr zieht niemand so schnell." Ob Sonja ihr erzählt hatte, wo ich mich versteckte?

„Sie gab mir die Handynummer von dir, meinte jedoch, ich solle abwarten, bis du mich anrufst. Wo bist du?"

„Ruf mich zurück", bat ich. Tja, was sollte ich ihr sagen?

„Wo steckst du?", wiederholte sie auch prompt ihre Frage, nachdem sie meiner Bitte nachgekommen war.

Keine Geheimnisse voreinander! Hatte ich diesen Spruch nicht erst vor kurzem hinausposaunt? „Ich bin in dem alten Wohnwagen von Sonja untergekommen. Hier vermutet mich bestimmt keiner."

„Das ist tatsächlich eine gute Idee", lobte sie. „Nur bist du dir sicher, dass Sonja dich nicht verrät, wenn die Polizei sie direkt danach fragt?"

„Wird sie nicht. Ich habe noch etwas bei ihr gut." Hoffte ich zumindest.

Die Pause, die entstand, machte deutlich, dass Geli eine genauere Erklärung erwartete.

„Du weißt, dass ich schon vor der Trennung oft zwischen Hermann und ihr vermittelt habe", begann ich. „Was ich dir nie erzählte, ist: Sonja bat mich damals, ihr beizustehen, als sie Hermann davon unterrichten wollte, dass sie auszieht."

Er reagierte ähnlich wie bei der Geschichte mit Lilli. Zuerst war er deutlich geknickt, behauptete allerdings, ihre Entscheidung verstehen zu können. Ein nicht näher beschreibbares Gefühl der Dringlichkeit hatte mich dazu bewogen, sie und die Jungs noch am selben Abend zu ihren Eltern zu bringen – fast gegen ihren Willen, musste ich zugeben. Am nächsten Tag rief sie mich noch auf der Arbeit an. Hermann stände vor dem Haus und tobe wie ein Besessener, weil ihr Vater ihm den Zutritt ins Haus verwehrte, nachdem sein aggressives Gebaren und sein Ton diesen erahnen ließen, dass die Situation womöglich eskalieren könne.

„Ich habe dir gesagt, dass ich ihm helfen wolle, die Trennung zu verkraften. Tatsächlich musste ich auf ihn einwirken, damit er Sonja und die Jungs in Ruhe lässt. Er hatte sich in den Kopf gesetzt, sie zurückzuholen. Er war damals wie von Sinnen."

„Und Sonja hat deinen Beistand bis heute nicht vergessen." Geli war beeindruckt.

Nach dem, wie ich mich für sie eingesetzt hatte? Wohl kaum. Aber die genauen Einzelheiten musste meine Frau nicht erfahren.

„Sie erzählte mir bei diesem Wiedersehen vor ein paar Monaten beiläufig von dem Wohnwagen." Sie hatte mir ein Foto ihrer Jungen gezeigt und im Hintergrund stand besagtes Gefährt. Mein Anruf bei ihr war ein reiner Glückstreffer.

„Du hast recht. Dort wird dich niemand suchen. Hast du darüber nachgedacht, wie deine DNA an Sugars Hals kommen konnte?"

„Nein, ich zerbreche mir, seitdem ich von zu Hause weg bin, den Kopf darüber", antwortete ich nicht ganz wahrheitsgemäß. Allerdings war mir die ganze Zeit über sehr bewusst gewesen, dass ich das Problem nicht lange ignorieren konnte. Dass die Polizei plötzlich umschwenkte und einen anderen Verdächtigen ins Visier nahm, darauf durfte ich nicht hoffen.

67

Angelika

Am Samstag fuhr ich wieder zu Heidrun. Diese stille Wohnung war
mir ein Graus. Am Vormittag hatte ich einen kaum nötigen Hausputz
begonnen, sämtliche Küchenschränke ausgeräumt und gereinigt und
mir anschließend eine kurze Ruhepause auf der Couch gegönnt. Einschlafen konnte ich nicht, immerzu kreisten meine Gedanken um die
DNA-Spur.

Es stimmte, Michael war getrieben durch Wut und Frust ziemlich
schwierig gewesen. Aus dem Nichts heraus konnte er hochgehen, eine
Kleinigkeit reichte aus, ihn explodieren zu lassen. Ich wusste nie, wie
ich mit ihm umgehen sollte und hatte mich mehr und mehr zurückgezogen, um ihm bloß keine Angriffsfläche zu bieten. Dass eine Depression hinter diesem Gebaren steckte, erfuhr ich erst, nachdem er mit
Verdacht auf Herzinfarkt in die Klinik eingewiesen wurde. Er hatte
über ein zunehmendes Engegefühl in der Brust geklagt, dann war ihm
zusätzlich schwindelig geworden. Seine Arbeitskollegen riefen Krankenwagen und Notarzt.

Seine Beschwerden waren psychischer Natur, zum ersten Mal fiel das
Wort Depression. Nach einem ausführlichen Gespräch mit dem Psychologen wurde er direkt in eine psychiatrische Klinik überwiesen. „Ihr
Mann hat ernstzunehmende Selbstmordgedanken", teilte man mir mit.
Da Michael es erlaubte, durfte der behandelnde Arzt mir Auskunft
über seinen Zustand geben. „Ihr Mann kann seine Schuldgefühle nicht
eigenständig verarbeiten", erklärte dieser. „Zudem kränkt ihn das Verhalten seines besten Freundes. Er empfindet dessen Reaktion als starke
Zurückweisung. War er vor dem Anruf Ihrer Tochter schon angespannt oder teilweise gestresst?"

Naja, irgendwie schon. Er stöhnte häufiger als sonst über die Arbeit
und klagte vermehrt über seine kleinen Wehwehchen. Ich hatte vermutet, er würde eben genau wie ich eine neue Phase durchmachen. Ich

hatte mit den Wechseljahren zu kämpfen und er höchstwahrscheinlich mit einer Midlife-Crisis, denn bei Männern gab es ersteres ja nicht!

Ich erfuhr, dass Michael aufgrund seiner Kindheitserfahrungen nicht in der Lage war, mit Problemen vernünftig umzugehen. In seiner Familie wurde nie etwas ausdiskutiert, nie über das eigene Befinden geredet, alles Unangenehme unter tiefem Schweigen begraben.

Trotz dem, was ich mitgemacht hatte, wusste ich aber, dass bei aller Wut und Verzweiflung, die in ihm steckte, er niemals zum Mörder werden konnte. Dafür war er viel zu konfliktscheu. Einen Angriff im Affekt hätte ich ihm direkt nach Lillis Beichte durchaus zugetraut - wenn wir Sugar denn mit ihrer Tat konfrontiert hätten. Davor schreckten wir allerdings beide zurück, weil wir wussten, dass dieses Gespräch in einem schrecklichen Desaster enden würde. Nein, es musste sich um einen Irrtum handeln.

„Es kann einfach nicht stimmen", platzte ich heraus, kaum dass ich mich in dem Sessel Heidrun gegenüber niedergelassen hatte.

„Hast du was gegessen?", fragte sie zurück und schob mir einen Teller mit Kuchenstücken zu.

„Ich bringe im Moment nichts runter", wehrte ich ab. Wie denn auch? Meine Kehle war wie zugeschnürt, mein Magen revoltierte nach jedem Krumen und Kaffee vertrug ich überhaupt nicht mehr.

„Du musst bei Kräften bleiben." Sie ließ nicht eher locker, bis sie mir ein Hefeteilchen auf den Teller legen durfte.

Ich nahm brav einen Bissen und würgte ihn hinunter. „Wir …"

„…reden erst darüber, wenn du aufgegessen hast", bestimmte sie und sah mich mit gerunzelter Stirn an. „Zucker hilft beim Nachdenken."

Bei mir war im Moment das Gegenteil der Fall, obwohl ich sonst dieses süße Zeug liebte. Mir wurde übel. „Mehr geht wirklich nicht." Ich hatte gerade mal die Hälfte geschafft. „Wo ist eigentlich meine Freundin?", versuchte ich von mir abzulenken. Die Katze war trotz meines aufgewühlten Zustands bisher nicht aufgetaucht.

Ihre Miene verdüsterte sich. „Sie ist gestern Abend von ihrem Ausflug nicht zurückgekehrt. Ich habe schon überall nach ihr gesucht. Sie bleibt sonst nie über Nacht weg."

Damit musste man bei Freigängern leider immer rechnen, das musste ich ihr nicht extra sagen. Und mir fiel partout keine passende, tröstende Bemerkung ein. Ich machte ein, wie ich hoffte, mitleidiges Gesicht, konnte jedoch nicht verhindern, dass ich darauf brannte, zum eigentlichen Thema zurückzukehren. Echt hässlich von mir, das wusste ich selbst. Doch wer so dringend Trost benötigte wie ich, war nicht in der Lage, anderen Trost zu spenden.

Sie winkte auch schon ab. „Ich kann nur warten und hoffen, dass ihr nichts zugestoßen ist. Lass uns lieber über euer Problem reden. Hast du eine Idee, wie seine DNA an die Tote gekommen sein kann?"

„Ein Irrtum ist angeblich unmöglich. Ich habe bereits nachgeforscht. Aber Michael ist kein Mörder."

Heidrun nickte bedächtig. „Das wissen du und ich, doch reicht das nicht, ihn zu entlasten. Ich habe mich ebenfalls klug gemacht. Man kann DNA-Spuren fälschen, indem man etwas von demjenigen benutzt, den man belasten will."

„Wie soll das funktionieren?" Ich war skeptisch statt euphorisch. Diese Möglichkeit erschien mir als viel zu weit hergeholt.

„Du nimmst ein getragenes Teil dieser Person und drehst sozusagen das Innere mit den Spuren, die daran haften geblieben sind, nach außen. So verteilst du garantiert genügend Fremd-DNA."

„Sugar wurde erwürgt und die Spuren fanden sich an ihrem Hals", erinnerte ich sie.

„Genau! Der Täter hat ein Kleidungsstück von Michael genommen und sie damit erdrosselt."

Ich musste über ihre Argumentation zuerst gründlich nachdenken. „Das hieße ja, der Mörder hat den Verdacht ganz bewusst auf Michael gelenkt."

Heidrun nickte mit funkelnden Augen, griff nach einem der kleinen Quarkstrudel und biss herzhaft hinein. „Es muss jemand sein, der euch gut kennt und der in der Lage war, ihm etwas Getragenes zu entwenden, ohne dass es auffiel."

68

Angelika

Zuhause angekommen griff ich gleich nach meinem Handy. „Moment", hörte ich die Stimme meines Mannes und dann Stimmengemurmel. Hatte ich ihm nicht gesagt, er solle sich möglichst bedeckt halten?

„Ich musste eben reingehen. Meine Nachbarn fahren gerade ab", sagte er entschuldigend.

„Ich dachte, du wolltest dich draußen nicht blicken lassen", sagte ich schärfer als beabsichtigt. Das war wieder typisch für ihn. Das Alleinsein lag ihm nicht, er brauchte ständig Trubel um sich – zumindest war es vor seiner Erkrankung so gewesen. Und dafür nahm er die Gefahr des Entdecktwerdens billigend in Kauf!

„Die haben heute Morgen bei mir angeklopft und sich vorgestellt", rechtfertigte er sich. „Und nachdem ich ihnen die mit Sonja abgesprochene Story erzählte, sind sie mehrfach bei mir aufgekreuzt. Die beiden meinten wohl, sie müssten mich ein bisschen aufheitern."

Deshalb stellt man sich trotzdem nicht für alle sichtbar nach draußen und winkt ihnen zum Abschied hinterher!

„Niemand sonst hat mich gesehen", sagte er, als hätte er meine Gedanken erraten. „Die sind alle drinnen. Obwohl es heute merklich wärmer war, sinken zum Abend hin die Temperaturen noch ziemlich ab."

Ich beschloss, die gute Nachricht nicht sofort preiszugeben. „Und? Bist du auf eine Antwort gekommen, was diese DNA-Spur betrifft?"

„Nein. Ich kann nur immer wiederholen, dass ich sie nicht umgebracht habe." Er lachte so kläglich, dass es einem Schluchzen glich.

Ich konnte ihn nicht länger hängen lassen. „Dafür hat Heidrun was ausgegraben." Ich berichtete ihm ausführlich von ihrer These.

„Bist du sicher, dass diese Möglichkeit besteht?", fragte er ungläubig nach. Trotzdem war der Unterton der Hoffnung nicht zu überhören.

„Ich habe es sogar schwarz auf weiß." Ich griff zu der bereitliegenden Zeitung.

Ja, der Artikel hatte tatsächlich vor einiger Zeit im Ortsteil gestanden. Ich war ziemlich perplex gewesen, als Heidrun mir die entsprechende Seite mit den Worten: „Es lohnt sich eben manchmal, akribisch auch die kurzen Berichte auf den hinteren Seiten zu lesen", unter die Nase gehalten hatte. „Und sich auf sein Gedächtnis verlassen zu können. Du hast Glück gehabt, meine Kiste, in der ich das Altpapier sammle, war fast voll. Nächste Woche hätte ich es entsorgt."

„Ein Reporter hat vor ungefähr zwei Wochen von einem ungewöhnlichen Freispruch berichtet", erklärte ich jetzt Michael. „Ein Mann war wegen Einbruchs angeklagt, man hatte seine DNA-Spuren am Tatort sichergestellt. Sein Verteidiger wandte ein, seinem Mandanten seien einige Zeit zuvor seine getragenen Socken gestohlen worden. Es wäre also genauso gut möglich, dass ihm irgendjemand Böses wolle und diese anstatt Handschuhe übergezogen und so Spuren hinterlassen habe, die auf ihn als Täter hindeuten. Der Richter folgte dieser Beweisführung und sprach den Angeklagten in diesem Fall frei." Dass er trotzdem verurteilt wurde, da ihm drei weitere Einbrüche nachgewiesen werden konnten, unterschlug ich vorsichtshalber.

„Das klingt fast zu gut, um wahr zu sein." Ich konnte fast sehen, wie Michaels Augen zu leuchten begannen. „Ihr meint also, der Mörder habe mir ein Kleidungsstück entwendet, ohne dass ich es merkte? Das würde ja heißen, derjenige hat mich absichtlich belastet."

Kaum zu glauben, das sah ich ebenso, aber die einzig vernünftige Erklärung. „Heidrun und ich dachten an einen Schal, dessen Fehlen du bisher nicht bemerktest. Oder hast du vielleicht in letzter Zeit einen irgendwo verloren?"

„Nicht dass ich wüsste. Kannst du eben nachschauen? Den schwarzen habe ich mitgenommen, der graue müsste in der Kommode liegen."

Ich fand dort nicht nur den grauen, sondern auch noch einen schwarzbraun gemusterten, von dessen Existenz ich gar nichts mehr geahnt hatte. „Ist da. Wie sieht es mit Socken aus? Das wäre schließlich auch eine Möglichkeit. Oder ein T-Shirt. Hast du nicht eins letzten Sommer an Hermann verliehen?"

„Du glaubst doch wohl nicht …" Er verstummte. „Das habe ich eine Woche später gewaschen zurückbekommen."

„Der Mörder muss jemand sein, dessen DNA am Tatort keine Beachtung fand, weil er seine Anwesenheit in der Wohnung begründen konnte."

„Nicht Hermann, für den geht Familie über alles."

„Denk drüber nach", ermahnte ich ihn zum Abschluss. „Du warst es nicht. Wer dann?"

69

Angelika

Am Montag rief ich gleich von der Arbeit aus bei der Polizei an und vereinbarte einen Termin mit Herrn Niemann für denselben Nachmittag.

„Haben Sie Nachricht von Ihrem Mann?", empfing er mich.

„Nein, aber entlastendes Material gefunden." Ich schob ihm den Zeitungsartikel über den Schreibtisch zu.

Er griff zu seiner Lesebrille, was mir zum ersten Mal bewusst machte, dass er sich in unserem Alter befinden musste. Ansehen tat man es ihm nicht. Mit dem akkuraten Kurzhaarschnitt und der sportlichen Figur wäre er gut als Mittvierziger durchgegangen.

„Hm. Sie glauben also, der Täter hätte absichtlich Ihren Mann als Hauptverdächtigen ins Spiel gebracht?" Die Skepsis in seiner Stimme war nicht zu überhören.

„Ja, allerdings. Michael war es nicht." Ich musste aufpassen, dass ich nicht zu genervt klang. Immerhin wollte ich ihn von meiner Ansicht überzeugen, ihn als Helfer gewinnen.

„Sie müssen zugeben, er macht es uns nicht leicht, unsere Meinung zu ändern. Er entzieht sich der Vernehmung, er hat im Vorfeld eine Menge Zeit damit verbracht, das Opfer zu beobachten, und er hatte eine guten Grund, sie zu töten."

Was erwartete er von mir? Dass ich diese Gründe widerlegte? Nett von ihm, dass er wenigstens nicht Michaels psychische Erkrankung mit ins Spiel gebracht hatte! „Sie sehen das völlig falsch. Mein Mann wollte Michelle Fischer eines weiteren Vergehens überführen. Laut der Experten in diesem Bereich haben Kinder, die mit unter zehn Jahren derart dissoziale Tendenzen zeigen, eine sehr schlechte Prognose. Besonders, wenn sie wie Michelle nie behandelt worden sind."

„Sie vermuten, Frau Fischer litt an einer dissozialen Persönlichkeitsstörung?" Seine unbewegte Miene ließ nicht erkennen, ob er meinen Worten Glauben schenkte.

„Diese Störung betrifft circa ein Prozent der Frauen und drei Prozent der Männer", nickte ich. Hielt ich ihm eben einen kleinen Vortrag zu diesem Thema. „Wobei der Anteil der Frauen nach Meinung von Experten zu niedrig geschätzt wird. Tatsache ist, dass mehr als die Hälfte der Missbrauchstäter im Gefängnis eine derartige Persönlichkeitsstörung attestiert bekamen."

„Sie vermuten, Frau Fischer setzte ihre sexuellen Übergriffe als Erwachsene fort?"

Wollte er mein Wissen testen? „Nein, nur circa zehn Prozent der sexuell übergriffigen Kinder werden später Missbrauchstäter. Aber bei ihnen ist das Risiko, andere Straftaten zu begehen, deutlich höher." Ich hatte so oft über diesen Fakten gebrütet, dass ich sie ohne Stocken auswendig herunterspulen konnte. „Und genau darauf setzte mein Mann. Ihm war klar, dass wir Michelle nicht wegen dem, was sie unserer Tochter angetan hatte, zur Verantwortung ziehen konnten. Er wollte beweisen, dass sie immer noch eine Gefahr für die Gesellschaft darstellte."

Er grinste. „Sie scheinen sich ausgiebig mit diesem Thema beschäftigt zu haben."

„Würden Sie nicht ebenso handeln, wenn es Ihre Tochter beträfe?", gab ich zurück.

„Ich bin nicht Ihr Feind, Frau Voß." Er lehnte sich vor, stützte die Arme auf den Tisch und sah mich eindringlich an. „Ich kann durchaus verstehen, was Sie durchgemacht haben. Wir Polizisten fühlen uns in erster Linie den Opfern verpflichtet, nicht den Tätern."

„Nun, Michelle war beides in einem", stellte ich richtig.

„Sexuell übergriffige Kinder sind nicht unser Klientel. Ich denke, Sie wissen mehr darüber als ich", wich er aus.

„Sie tauchen ja nicht mal in der Kriminalstatistik auf. Dabei geschieht laut einer Studie ein Drittel der sexuellen Gewalt gegen Kinder durch unter Achtzehnjährige", trumpfte ich auf.

„Die Jugendämter kümmern sich um diese Fälle", gab er zurück.

„Ja, klar, weil die armen, armen Täter nicht kriminalisiert werden sollen! Dabei hat allein die Zahl der polizeilich registrierten Übergriffe männlicher Jugendlicher sich im letzten Jahrzehnt vervierfacht", fauchte ich. „Halt, nein! Täter ist schon wieder stigmatisierend." Ich holte tief Luft, um mich wieder in den Griff zu bekommen. Meine Wut und mein Entsetzen hatten hier im Moment nichts zu suchen. „Gut möglich, dass unsere Tochter nicht Michelles einziges Opfer war", fuhr ich übergangslos fort. „Ich wette, es gibt eine Reihe weiterer Personen, denen sie psychische oder physische Gewalt angetan hat. Die kämen auch infrage."

„Das erklärt immer noch nicht die DNA-Spur Ihres Mannes an dem Hals der Toten."

Von einem auf den anderen Moment verließ mich jeglicher Kampfgeist. Was hätte ich auch sonst vorbringen können? Er glaubte mir sowieso nicht.

„Vermisst Ihr Mann ein Kleidungsstück?", fragte Herr Niemann auf einmal nach.

Bleib bei der Wahrheit, ermahnte ich mich selbst. „Nein, zumindest ist uns nichts aufgefallen."

„Ich werde Ihre These meinen Kollegen vorstellen", versicherte er abschließend und betonte, wie hilfreich es für sie wäre, mit Michael selbst sprechen zu können. Ich behauptete, keine Ahnung von dem Aufenthaltsort meines Mannes zu haben, was er mir definitiv nicht glaubte.

Mutlos und enttäuscht trat ich aus dem Gebäude. Was sollte ich bloß Michael erzählen? Mit zitternden Händen zündete ich mir eine Zigarette an. Am besten hangelte ich mich an der Wahrheit entlang. Die Ermittler würden meinem Hinweis folgen und sämtliche Bekannten Michelles erneut durchleuchten. Noch sei er jedoch der Hauptverdächtige und müsse sich daher versteckt halten.

Zusätzlich sollte ich ihn anspornen, sein Gedächtnis zu durchforsten. Bei dem Täter musste es sich um jemanden handeln, der sowohl mit uns als auch mit Sugar Kontakt hatte. So schwer durfte es eigentlich nicht sein, die betreffende Person selbst zu finden!

70

Michael

Am Montag lag der Campingplatz fast wie ausgestorben da. Außer mir gab es noch drei andere Wagen, in denen momentan Urlauber wohnten, erzählte mir der Platzwart, mit dem ich bei meinem Brötchenkauf einen kleinen Schwatz hielt. In ihm hatte ich einen Leidensgenossen, wie ich kurz darauf erfuhr. Auch seine Frau war ihm davongelaufen.

„Mich hat meine aus dem gemeinsamen Haus geworfen", behauptete ich, beschloss dann aber, lieber das Thema zu wechseln. Keine Ahnung, was Sonja ihm sonst noch erzählt hatte. Nicht dass sich unsere Angaben wiedersprachen und er Verdacht schöpfte!

Wir schieden als beste Freunde. „Wenn irgendwas nicht klappt, kannst du dich jederzeit an mich wenden. Und", er hob seine Tasse, „einen Kaffee habe ich auch immer parat."

Gleich am nächsten Tag musste ich sein Angebot annehmen. Am Abend zuvor war das Gas aufgebraucht, jedenfalls vermutete ich, dass der Ofen deshalb ausgegangen war. Mit Beginn der Woche hatten sich die angenehmen Temperaturen verflüchtigt, ohne eine ständige Wärmequelle wäre es absolut unangenehm geworden.

Uwe, er hatte mich sofort geduzt, wechselte fachmännisch die Flasche. „Was bist du eigentlich von Beruf", wollte er grinsend wissen.

„Fernmeldetechniker bei der Telekom."

„Naja, dann erklär ich dir mal, wie das funktioniert."

Ganz einfach eigentlich, beim nächsten Mal schaffte ich es auch allein. Zum Dank bekam er eine Tasse Kaffee, ein kleines Entgelt für seine Mühen lehnte er kategorisch ab. Vielleicht sollte ich ihn demnächst auf einen abendlichen Umtrunk einladen.

Ich würde die Woche über etwas für meine Fitness tun, hatte ich beschlossen. Von montags bis freitags stand Wandern auf dem Programm, morgens und nachmittags jeweils zwei Stunden. Es reichte, dass ich am Wochenende den ganzen Tag im Wohnwagen verbringen musste. Mir fiel sowieso schon die Decke auf den Kopf. Immer nur lesen oder fernsehen, dazu das abendliche Telefonat mit Geli, waren nicht genug, mich auszulasten.

Gestern hatte sie mir ihr Gespräch mit Herrn Niemann wiedergegeben. Das klang durchaus positiv, er schien tatsächlich einzusehen, dass mir jemand den Mord untergeschoben haben könnte. Aber wer kam für diese schändliche Tat infrage?

Der Einzige, der mir einfiel, war Dirk. Der hatte selbst nach all den Jahren noch einen gewaltigen Hass auf Hermann. Das war bei unserer Unterhaltung im Fitness-Center deutlich zu erkennen.

Ich versuchte, mir jede Einzelheit unserer Treffen ins Gedächtnis zurückzurufen. Zweimal waren wir nach dem Training zusammen in die Umkleide gegangen, ein großer Raum mit Bänken und Spinden ausgestattet. Hätte es ihm dort gelingen können, mir ein Kleidungsstück zu entwenden?

Nur - warum sollte Dirk Sugar umbringen, statt direkt mit Hermann abzurechnen? Außerdem vermutete Geli, es müsse sich bei dem Täter um jemanden handeln, der von der Geschichte mit Lilli wusste oder zumindest davon, dass ich sie beobachtete. Dieser Fakt traf auf Dirk nicht zu. Der Einzige, der einen gewissen Einblick gehabt hatte, war Lukas - und dadurch natürlich auch seine Mutter. Er war nicht in der Lage, ein Geheimnis vor ihr zu bewahren.

Doch warum sollten sie mir Böses wollen? Schließlich war ich es, der ihnen half, Material gegen Sugar zu sammeln. Außerdem hatte Lukas keine Gelegenheit, an ein Kleidungsstück von mir zu kommen, weder bei ihm zu Hause noch im Café, soweit ich mich erinnern konnte. Selbst im Auto … Was, wenn es sich gar nicht um etwas Getragenes handelte, sondern um etwas, das ich in der Hand gehalten hatte? Den Schwamm zum Beispiel, den ich zum Säubern der Scheiben benutzte. Oder das Tuch, mit dem ich die auftretende Feuchtigkeit während meiner Observationen abwischte.

Vor Aufregung schritt ich schneller aus, obwohl es steil bergauf ging. Ja, Lukas war bisher der aussichtsreichste Kandidat. Seine Mutter setzte Himmel und Hölle in Bewegung, um wieder Zugang zu ihrem Enkelkind zu bekommen. Vielleicht vertraute sie nicht darauf, dass das

Gutachten zu ihrer Zufriedenheit ausfiel, und hatte ihren Sohn unter Druck gesetzt, die verhasste Nebenbuhlerin auszuschalten.

Dass Frauke dahinterstecken könnte, schloss ich aus. Klar, sie traf sich regelmäßig mit Hermann, und Marcel besuchte sie ebenfalls ab und zu. Ich verhielt und versuchte wieder zu Atem zu kommen. Und wenn ihre Tochter sich nie von dem damaligen Albtraum erholt hatte und immer noch litt? War es nicht seltsam, dass sie mit keinem Wort erwähnt hatte, wie es ihr ging? Aber würde sie sich auf regelmäßigen Kontakt zum Bruder und Neffen einlassen, wenn Valerie ebenfalls geschädigt war?

Resigniert schüttelte ich den Kopf. Dieses ganze Herumrätseln brachte nichts. Darum sollte sich die Polizei kümmern. Bald war ich so weit, dass ich jeden verdächtigte.

Ich folgte dem Rundweg durch den Wald und verbannte jeden Gedanken an diese Aufgabe aus meinem Kopf. Die Stille, die nur ab und zu von einem Zwitschern unterbrochen wurde, die nach Harz duftende Luft - ich sollte lieber meinen Ausflug genießen.

71

Michael

Abends gab ich die Namen von Dirk, Lukas und Frauke an Geli weiter. Sie versprach, sich gleich morgen an Herrn Niemann zu wenden, damit er diese drei erneut überprüfte.

„Sonst fällt dir niemand ein?", fragte sie.

War da ein Vorwurf in ihrer Stimme? „Wieso? Lukas ist ein vielversprechender Kandidat", verteidigte ich mich. Ich hatte eher mit einem Lob gerechnet, dass ich das mögliche Tatwerkzeug um eine neue Variante erweiterte.

„Der ist zu dumm ... zu einfach gestrickt", verbesserte sie sich schnell. „Wenn der sie umgebracht hätte, dann im Affekt. Eine im Voraus geplante Tat mit dem Vorsatz, einen anderen dafür büßen zu lassen, traue ich ihm nicht zu."

„Ich dachte ja auch eher daran, dass seine Mutter ihn dazu trieb. Unterschätze nicht ihren Einfluss auf ihn. Das mit dem Gutachten ging eindeutig von ihr aus."

„Nein. Er ist kein Mörder, nie im Leben! Der könnte keiner Fliege was zuleide tun."

Leider musste ich ihr recht geben. „Und seine Mutter? Die hat definitiv Haare auf den Zähnen. Die würde über Leichen gehen, um ihre Interessen durchzusetzen." Ja, die alte Kramer gefiel mir in dieser Rolle definitiv besser.

„Wäre sie denn körperlich dazu in der Lage?"

Mist! Gelis Einwand war nur zu berechtigt. Frau Kramer hatte zwar einen eisernen Willen, aber von Statur und Kraft her war Sugar ihr eindeutig überlegen gewesen. „Wir liefern nur Hinweise. Lass Herrn Niemann selbst entscheiden, welchen er wann nachgeht", sagte ich trotzdem.

„Schöne Grüße von Lilli", wechselte sie das Thema. „Sie bat mich, dir auszurichten, du sollst durchhalten, bis die Wahrheit ans Licht kommt. Bitte keine gefährlichen Extratouren, das waren ihre Worte."

„Sie weiß Bescheid?" Hätte Geli sich nicht irgendeine Ausrede einfallen lassen können? Was musste sie jetzt von mir denken?

„Du warst derjenige mit dem Spruch: keine Lügen mehr", erinnerte sie mich.

Ich schaltete den Fernseher ein und warf mich genervt in den davor stehenden Liegestuhl. Auch das noch! Das Ganze zog immer weitere Kreise. Bald wusste mein gesamtes Umfeld Bescheid!

Und dann landete ich ausgerechnet bei einem Film, in dem es um Kindesmissbrauch ging.

Ich schaffte es gerade noch zur Toilette. Hustend und würgend umklammerte ich den Rand, mir war sterbenselend. Die verdrängten Bilder brachen hervor, ohne dass ich es verhindern konnte.

Damals, als es passierte, war ich vierzehn gewesen, kein Kind mehr. Trotzdem hatte ich es geschehen lassen und hinterher kein Wort darüber verloren. Die Scham und das Entsetzen waren größer als der Wunsch, mich meiner Mutter anzuvertrauen. Das Gefühl der eigenen Schuld hielt mich zurück.

Hatten mich meine Eltern nicht ausdrücklich gewarnt, mich nicht mit dem Gesocks, wie sie die Jugendlichen verächtlich nannten, abzugeben? Hatte nicht mein Vater sogar gedroht, mich windelweich zu schlagen, wenn er mich beim gemeinsamen Herumstreunen mit diesen Halbstarken erwischte?

Ich war lange Zeit ein Außenseiter gewesen, der, der nach der Schule nie Zeit zum Spielen hatte, der immer brav auf dem Hof half, der nie wagte, aufzumucken, genau wie meine Schwester, die von meiner Mutter ebenfalls in Beschlag genommen wurde. Unser jüngerer Bruder nahm sich wesentlich mehr Freiheiten heraus. Er verteidigte unerschrocken seine Verabredungen, reagierte trotzig, wenn mein Vater ihn aufforderte, uns zu helfen und verschwand manchmal für Stunden spurlos, egal was sein Verhalten für eine Strafe nach sich zog. Ich war der Brave, der Große, der um seine Pflichten wusste.

Erst mit Beginn der Pubertät begann ich aufzubegehren und erkämpfte mir einige kleinere Freiheiten. Doch ich hatte keine Freunde, mit denen ich etwas unternehmen konnte. Bis ich bei einem Kinobesuch

Heiko wiedertraf, meinen Banknachbarn aus der ersten Klasse, der nicht versetzt wurde und etwas später die Schule wechseln musste. Er und seine Freunde lungerten vor dem Kino herum und versuchten die Mädchen anzumachen, die einzeln oder zu zweit aus dem Saal strömten.

„He, Micha!" Er winkte mir, zu ihm zu kommen.

„Was geht ab, Mann? Bist du allein unterwegs?" und als ich bejahte: „Wir gehen rüber in die Kneipe. Hast du Lust?"

Ich zögerte, war das etwa eine Einladung?

Warum auch immer, Heiko hatte beschlossen, mich unter seine Fittiche zu nehmen. Immer wieder lud er mich ein, bei ihren Unternehmungen mitzumachen, die damals, zu Beginn, harmlos waren. Wir pfiffen den Mädchen nach – keiner aus der Bande hatte eine Freundin –, versuchten, uns ohne Eintritt zu zahlen ins Kino zu schmuggeln, was meist an der aufmerksamen Kassiererin scheiterte, saßen abends im Park und tranken Bier, fuhren im Sommer mit dem Fahrrad zusammen an den Badesee.

Ja, ich hatte schon mitbekommen, dass meine neuen Freunde oft die Schule schwänzten, ab und zu im Supermarkt was mitgehen ließen und in angetrunkenem Zustand Mülltonnen umwarfen und Autospiegel abtraten. Aber es war die erste Gruppe, zu der ich gehörte, in der mich alle akzeptierten und mein Wort genauso viel zählte wie das der anderen.

„Heute zeige ich es dem Heinrich", sagte Heiko eines Tages grimmig. „Der hat mich bei meinem Alten verpfiffen, dass ich in seinen Vorgarten gepinkelt habe. Jetzt soll ich für den Arsch einen Monat lang jede Woche den Rasen mähen. Der soll mal lieber aufpassen, dass ich dem seine Besucher nicht mal genauer unter die Lupe nehme."

Heikos Vater war mit der Erziehung seiner drei Jungen völlig überfordert. Je schlechter die sich benahmen, desto härtere Strafen setzte es. Ich wusste genau wie die anderen, dass er sich zusätzlich eine ordentliche Tracht Prügel eingefangen hatte und deshalb nun auf Rache sann.

Heiko erklärte uns seinen Plan und wir machten uns auf den Weg. Mir waren von Anfang an Zweifel über die Durchführbarkeit gekommen.

Trotzdem hatte ich nicht gekniffen, wahrscheinlich aus Angst, die anderen würden mich einen Feigling schimpfen, obwohl ich meine Einwände tapfer vorbrachte. Denn das, was sie vorhatten, war brandgefährlich.

72

Jamal hatte sich über eine Woche lang nicht blicken lassen. Als er endlich auftauchte, begrüßte er Anna nur kurz und nahm ihn anschließend zur Seite. „Es gibt viele Neuigkeiten. Lass uns in deinen Wagen gehen."

Tarik war auf dem Weg in die Stadt, am späten Nachmittag war die beste Zeit, um zuzuschlagen. Vor allem im Gedränge vor den Geschäften ließ sich leicht Beute machen. Er schüttelte immer wieder den Kopf über den Leichtsinn der Männer, ihr Portemonnaie hinten in der Hosentasche zu tragen. Es lud direkt dazu ein, herausgezogen zu werden. „Ich wollte gerade los. Wir reden später."

Jamal hielt ihn am Arm fest. „Überall ist Polizei, du bleibst besser hier."

Erschrocken zuckte er zusammen. „Suchen die mich?"

Sein Freund lachte und schlug sich auf die Schenkel. „Nein, mal wieder eine Bombendrohung. Woher sollen die von dir wissen?"

„Keine Ahnung." Er lebte in ständiger Angst, verhaftet zu werden. Bis dahin musste er genügend Geld zusammenhaben, dass sein Bruder das Geschäft allein aufziehen konnte. „Warte." Er schob sich unter den Wagen und holte das eingenommene Geld aus seinem Versteck. „Kannst du das an meinen Bruder überweisen?"

Jamal war der Einzige, der über entsprechende Kontakte verfügte, zumindest der Einzige, zu dem er weiterhin Zugang hatte.

Dieser pfiff durch die Zähne. „Ganz schön fette Beute. Ist doch einträglicher als für Kemal zu arbeiten, oder? Und wesentlich sicherer", fügte er im Brustton der Überzeugung hinzu.

„Ich dachte, es sei umgekehrt", gab er zu. „Ich dachte, die beschützen mich."

„Für Leute wie Kemal bist du Kanonenfutter. Es gibt jederzeit Nachschub. Warum sollte er sich die Mühe machen? Später vielleicht, wenn du das Glück gehabt hättest, davonzukommen und nach und nach aufgestiegen wärest." Jamal grinste und verpasste ihm einen derben

Schlag auf die Schulter. „Dann lebtest du genau in dem Milieu, das du verlassen wolltest. Mach uns mal einen Kaffee! Ich habe gehört, du hättest eine eigene Maschine von Anna gekriegt."

„Ich habe Hermann, den Vater von Sugar, besucht", berichtete Jamal, nachdem sie mit ihren Tassen nebeneinander auf der Matratze Platz genommen hatten. „Wir sind immer gut miteinander klargekommen. Also warum sollte ich nicht bei ihm vorbeischauen?"

Aufgeregt beugte er sich vor. „Was hat er gesagt?"

„Ein ehemaliger Freund von ihm ist der Täter. Das steht wohl zweifelsfrei fest. Er ist abgehauen, bevor sie ihn verhaften konnten."

Das war beruhigend zu wissen. Da er nicht mehr unter Mordverdacht stand, konnte er sein Ziel nun wesentlich offensiver verfolgen. Er hatte eine feste Unterkunft, die zudem den Vorteil besaß, dass sie ihn nicht an einen Ort band und Jamal in der Nähe, der zu ihm stand. Er konnte endlich beginnen, gelassener in die Zukunft zu blicken.

„Da die jetzt hinter einem anderen her sind, such dir wie früher ein billiges Hotel", schlug Jamal vor. „Oder zieh von einer Erstaufnahme zur anderen. Ich habe gehört, du kannst deine Anwesenheit dort verlängern, indem du tagsüber nicht auffindbar bist. Die schmeißen dich schon nicht raus. Du haust unter der Woche morgens ab, bevor das Amt dort öffnet, und kehrst abends zurück, wenn die geschlossen haben. Die Betreuer sind auf deiner Seite. Überleg dir irgendwelche Entschuldigungen, damit kommst du gut eine Weile durch."

Außerdem gäbe es die Möglichkeit, gegen den Abschiebebescheid zu klagen oder ins Kirchenasyl zu gehen. Das wäre vielleicht eine Alternative für später. Ewig könne er die Gastfreundschaft von Karl schließlich nicht ausnutzen.

„Das ist geregelt", protestierte Tarik. „Ich helfe dafür kostenlos beim Auf- und Abbau mit."

Jamal runzelte die Stirn. „Es ist eine Übergangslösung. Du kannst nicht bei ihnen bleiben."

Es traf ihn wie ein Schlag. „Es wäre nur für ein paar Monate. Bis ich genug Geld beisammen habe."

„Auch die Kirmesleute werden kontrolliert. Du braucht bald eine andere Unterkunft."

„Und wenn ich klage? Kann ich dann hierbleiben?"

„Keine Ahnung."

„Kirchenasyl kommt nicht infrage. Da gehe ich lieber gleich ins Gefängnis." Tarik war tief enttäuscht. Was für tolle Neuigkeiten!

„Mein Antrag, dass ich bei Anna und Karl einziehen darf, wurde genehmigt."

Aha, daher wehte der Wind. Es war sich doch jeder selbst der Nächste!

„Es ist für sie einfach zu gefährlich, wenn du ebenfalls bleibst."

Er sprang auf. „Wann muss ich weg?"

„He, beruhig dich! Vor Ende nächster Woche wird das nichts bei mir. So lange kannst du auf jeden Fall hierbleiben."

Voll Zorn stürmte Tarik aus dem Wohnwagen. Er würde in die Stadt fahren und nicht eher zurückkehren, bis er die Taschen voller Geld hatte.

73

Michael

Heiko hatte einen Kanister mit Benzin unter dem Forsythienstrauch in seinem Garten versteckt. Er wollte den Schuppen, in dem Heinrich die Gartengeräte unterstellte, abfackeln. „Dann ist der Rasenmäher hin und er muss erst mal einen neuen kaufen."

Es war mehr eine windschiefe Hütte, aus Brettern unbeholfen zusammengebaut, die aussah, als könne sie ein kräftiger Windstoß umwerfen.

„Der legt sich jeden Mittag hin", behauptete Heiko.

Trotzdem sondierten wir sorgfältig die Lage. Die Gärten hinter den Häusern lagen allesamt verlassen da, kein Laut drang an unser Ohr.

„Los jetzt!" Heiko nahm den Kanister auf und rannte zu dem Schuppen. Während er das Holz mit Benzin bespritzte, klaubten seine Freunde trockenes Moos und kleine Ästchen auf und warfen sie in die entstandenen Lachen. Ich stand untätig daneben und versuchte die Umgebung im Auge zu behalten.

Ich weiß nicht mehr, wer schließlich zum Feuerzeug griff und den Brand legte. Ich habe nur noch verschwommene Erinnerungen daran. Der langgezogene Schrei, der uns im Weglaufen erreichte, klingt dagegen immer noch in meinen Ohren nach.

Ich hielt Heiko am Ärmel fest. „Da ist irgendein Tier drin."

„Das wird schon irgendwie rauskommen. Ist ja auch reingekommen."

Er schüttelte meine Hand ab und rannte los.

Ich zögerte. Der Schrei wurde immer jämmerlicher. Ich rannte zurück und warf mich ungeachtet der rundherum züngelnden Flammen gegen die Tür. Verdammt, sie klemmte! Ich unternahm einen neuen Versuch, trat dann mit Wucht gegen das Holz – es knarrte und knackte und ein schmaler Spalt entstand. Eine magere Katze schoss an mir vorbei, so schnell, dass ich sie nicht packen konnte, und verschwand im nächsten Gebüsch.

Weg hier! Bevor ich den Gedanken in die Tat umsetzen konnte, legte sich eine schwere Hand auf meine Schulter und griff kräftig zu. „Du kommst mit mir, mein Junge."

Heinrich! Er musste sich während der Rettungsaktion an mich herangeschlichen haben.

Obwohl ich mich nach Leibeskräften wehrte, kam ich gegen ihn nicht an. Diese Kraft hätte ich ihm gar nicht zugetraut. Er war weder groß noch wies er sichtbare Muskeln auf, ein eher kleiner, schmächtiger Mann, der immer ein wenig verwahrlost wirkte.

Er zog mich hinter sich her in sein Häuschen, das genauso unangenehm roch wie er. Voller Angst und Ekel bemühte ich mich, seinem Griff zu entkommen.

„Ich rufe die Polizei", drohte er. „Und sag denen, dass ich alles gesehen habe. Da!" Er stieß mich in Richtung Fenster.

Die alte Hütte brannte lichterloh. Von links kam ein Nachbar mit einem Gartenschlauch in der Hand angerannt und richtete den Wasserstrahl auf die Flammen.

„Ich geh raus und du rührst dich nicht", bestimmte Heinrich. „Bist du weg, sage ich alles."

Es war ein Riesentheater. Die Feuerwehr kam mit drei Wagen und löschte den Brand im Nu. Kurz darauf erschien die Polizei und sprach mit Heinrich und den mittlerweile zahlreich erschienenen Nachbarn. Ich stand verdeckt von einem zerschlissenen Vorhang in der Nähe des Fensters und beobachtete das Geschehen mit klopfendem Herzen. Würde Heinrich uns verraten?

Die Feuerwehrmänner rollten den Schlauch, den sie benutzt hatten, wieder ein und fuhren ab. Die Polizisten gingen ebenfalls zu ihrem Auto. Heinrich schlurfte langsam und bedächtig zum Haus zurück, richtig harmlos sah er in diesem Moment aus: ein älterer Mann, dem gerade übel mitgespielt worden war.

Mein aufkommendes Mitleid mit dem alten Mann sollte mir schnell vergehen. Heinrich stellte mich vor die Wahl: Entweder ich tat, was er verlangte oder er würde behaupten, seine Beobachtung in der Aufregung vergessen zu haben.

Es war widerlich. Bei diesem ersten Mal musste ich ihm nur einen runterholen. Ich kniff die Augen fest zusammen und betete, dass es schnell vorbei sein würde.

„Nächste Woche kommst du wieder." Er blinzelte mir zu. „Glaub ja nicht, ich wäre schon fertig mit dir."

Heiko und den Kumpeln log ich vor, Heinrich habe gesehen, dass ich die Katze rettete. Meinen langen Aufenthalt in dessen Haus erklärte ich mit einem nicht enden wollenden Redeschwall. „Der ist eigentlich ziemlich nett", sagte ich wider besseres Wissen.

Zu Hause erfuhr niemand etwas von meiner Schmach. Damals war ich wirklich der Meinung, ich sei selbst schuld. Ich müsse büßen für das, was ich getan hatte.

74

Am nächsten Morgen klopfte Jamal schon früh an die Tür seines Wohnwagens. Auf den Händen balancierte er ein Tablett mit dem Frühstück. „Wir finden schon einen Weg, dich weiterhin zu verstecken. Lass uns gemeinsam überlegen, was wir tun können."
Beim Essen berichtete er von Samir, der neben mehreren anderen aufgefallen war und nun mit Sanktionen rechnen musste. „Selbst der ist nicht ins Gefängnis gewandert. Du siehst das alles viel zu verbissen. Wenn sie dich schnappen, kommst du zurück in das Abschiebelager, wartest auf einen günstigen Zeitpunkt und haust ab, genau wie beim letzten Mal."
Seine Worte konnten Tarik nicht aufmuntern. Gut, er fühlte eine tiefe Befriedigung, dass Samir mit seinem Betrug nicht durchgekommen war, wobei er sich eingestehen musste, dass das Gefühl dem Neid entsprang, diese Masche nicht selbst versucht zu haben.
„Du kannst ganz einfach an viel mehr Geld kommen", hatten ihn seine Landsmänner schon in der Erstaufnahmeeinrichtung aufgeklärt. „Du beantragst in mehreren Städten unter verschiedenen Namen Asyl, tauchst dann jeweils zur Geldausgabe auf und kassierst ab." Damals war diese Form des Betrugs möglich, weil durch den riesigen Ansturm nur eine einfache Registrierung erfolgte, weder wurden Fingerabdrücke genommen noch Fotos gemacht. Manche hatten später dieses Muster weiterverfolgt, indem sie sich nach einem positiven Asylbescheid in zwei, drei oder sogar vier Städten anmeldeten und von jedem Sozialamt Unterstützung bekamen.
Er hatte von dieser Masche nichts wissen wollen. Nein, er wollte von Anfang an ehrlich sein, gab seinen echten Namen und das richtige Alter an und hielt sich aus den Machenschaften der anderen heraus. Gut, er hatte behauptet, er würde in Afghanistan verfolgt. Aber das war im Gegensatz zu dem, was andere taten, eine Kleinigkeit, genauso wie die Taschendiebstähle. Es traf ja keine Armen. Die Menschen hier

in Deutschland waren alle reich. Die konnten den Verlust ohne weiteres verschmerzen.

„Meinst du nicht, die stecken mich dieses Mal in ein Abschiebegefängnis?", wandte er ein.

„Nein, das dürfen die gar nicht", Jamal grinste. „Ist gegen deren Gesetze."

Trotzdem, das war ihm zu unsicher. Seine Herkunft hatten sie geklärt, seine Rückreise war bereits beschlossene Sache. Was, wenn sie ihn einfach direkt nach seinem Aufgreifen in einen Flieger setzten?

„Ich könnte Kontakt zu Freunden aufnehmen, von denen ich weiß, dass sie Illegale verstecken", begann Jamal zögernd. „Das Problem ist, die leben am Niederrhein und das ist eine Hochburg der Jesiden."

Damit schied dieser Weg aus. Mit denen wollte er nichts zu tun haben. Moslems und Jesiden, das war wie Feuer und Wasser.

„Wenn du bereit wärest, am Autoskooter zu arbeiten, könnte Karl das für dich arrangieren. Der Besitzer wechselt nicht an denselben Ort wie wir. Viel Freizeit bleibt dir dann allerdings nicht." Er zwinkerte ihm zu. „Dafür hast du die Chance, an deutsche Mädchen ranzukommen. Mach es wie ich, such dir eine dankbare Frau, die alles für dich tut. Sobald du verheiratet bist, kannst du deine Familie nachholen."

Mit diesen geschminkten Weibern in engen Klamotten, die sich an jeden Dahergelaufenen ranschmissen? Nein, danke. Er hatte genügend Gelegenheiten gehabt, sie aus der Ferne zu beobachten. Die tranken und rauchten in der Öffentlichkeit und waren mit Sicherheit schon durch zahlreiche Hände gegangen. Die nahm man sich, wenn der Trieb zu stark wurde, für eine Nacht.

Überhaupt war eine Heirat mit einer Deutschen für ihn längst keine Option mehr. Er hatte Zeit genug gehabt, darüber nachzudenken. Die meisten waren viel zu dominant. Allein wie sie rumliefen! Und diese herausfordernden Blicke! Kein Wunder, dass es ab und zu Ärger gab. Anna war wirklich lieb und nett, doch wenn er sich vorstellte, mit ihr … Er schüttelte sich. „Liebst du sie?", fragte er aus diesem Gedanken heraus.

Jamal machte eine abfällige Geste. „Kommt es darauf an? Sie ist mein Weg ins Paradies."

Dann schon lieber das alte Leben wieder aufnehmen. Ja, er könnte die alten Kontakte wiederherstellen und gemeinsam mit den anderen agieren. Bei ihnen würde er auch Unterschlupf finden. Das war sicherer und vermutlich fast genauso einträglich. Er stand auf. „Sag Karl, dass ich noch beim Auf- und Abbau helfe. Danach haue ich ab."

75

Michael

Erst nach meinem fünften Besuch widersetzte ich mich ihm. Bei den ersten drei hatte ich Hand anlegen müssen, beim vierten mich von ihm anfassen lassen. Das Schlimmste war, er brachte mich tatsächlich zu einem Erguss. Das Mal darauf zwang er mich, ihn oral zu befriedigen und tat dasselbe bei mir.

Nie wieder, schwor ich, als ich die Tür hinter mir schloss und jede Deckung ausnutzend durch den Garten davonschlich. Mir war kotzübel, sein ekliger Gestank aus scharfem Schweiß, Tabak und Urin saß wie festgeklebt in meiner Nase. Kaum zu Hause putzte ich meine Zähne und spülte mit dem scharfen Gurgelwasser nach, das mein Vater gegen seine Halsentzündung benutzte. Nichts half, ich brachte an diesem Abend nichts mehr hinunter. Selbst am nächsten Morgen meinte ich noch, seinen Geschmack im Mund zu haben.

Statt in die Schule ging ich zu Heinrich und gab meinen Entschluss bekannt.

„Melde ich dich eben der Polizei", er grinste mich an, sodass ich sein lückenhaftes Gebiss sehen konnte.

„Gut, ich Sie auch", erwiderte ich nach außen hin völlig ruhig. In meinem Inneren tobte dagegen die Angst. Aber ich hatte für mich das kleinere Übel von zweien gewählt. Nichts konnte schlimmer sein als das, was ich bereits erlebt hatte.

„Glaub ja nicht, dass dir irgendjemand glaubt", zischte er.

Vor lauter Nervosität hätte ich beinahe losgekichert und kniff mich fest in die Hand, um den Lachreiz zu unterdrücken. „Ich sage, was Sie mit mir gemacht haben", wiederholte ich mit möglichst fester Stimme.

Seine Augen funkelten, ob vor Wut oder vor Angst, konnte ich nicht erkennen. „Dir hat es genauso viel Spaß gemacht wie mir. Wir …"

Ich drehte mich auf dem Absatz um und floh aus dem Haus. Nicht mal die klitzekleinste Befürchtung, gesehen zu werden, verspürte ich in diesem Moment. Seine Worte hatten mich tief getroffen. Dass ich unter seiner Hand und später in seinem Mund abspritzte, war schließlich nicht zu leugnen. Hatte es mir tatsächlich ganz tief in mir drinnen gefallen?

Es dauerte lange, bis ich über diese Geschichte hinwegkam. Mit Heiko und seinen Freunden hatte ich direkt nach dem Feuer gebrochen, neuen Bekanntschaften ging ich aus dem Weg, wurde wieder zum Außenseiter, der am liebsten für sich blieb. Nur mein Vater und der Hof profitierten von meinem neuen Verhalten. Ich stürzte mich in die Arbeit, um zu vergessen.

Natürlich wurde mir irgendwann als Erwachsener klar, dass Heinrich mich benutzt und meine Jugend und Doofheit ausgenutzt hatte. Ich vergrub das Geschehene tief in mir, nicht einmal Geli erzählte ich davon. Es ließ sich ja sowieso nicht mehr ändern. Was hätte es gebracht, diese Geschichte, deren Erinnerung mich immer noch schaudern ließ, hervorzuholen?

Heidruns Worte waren es, die alles zurückgebracht hatten. Fortan geisterten diese Sätze durch meinen Kopf und brachten mich schier um den Verstand. Lag es also doch an mir, dass meine Kleine sich nicht gewehrt hatte?

Ich traute mich auch bei den folgenden Gesprächen nicht, nachzufragen, was genau sie damit meinte, verstrickte mich nur immer mehr in dem Gefühl der Schuld. Oft, wenn Geli und ich beieinander saßen und herumrätselten, warum sich Lilli uns nicht anvertraut hatte, war ich kurz davor, ihr alles zu gestehen, brachte die notwenigen Worte jedoch nicht über die Lippen. Stattdessen zog ich mich von ihr zurück und verschloss mein Innerstes. Sie sollte den Hass und die Wut nicht erkennen, die in mir tobten.

Hass auf mich selbst und Hass auf Sugar, die in meinen Augen zu einem zweiten Heinrich mutierte, und Wut, die mich von innen heraus auffraß, dass meine Kleine, ähnlich gestrickt wie ich, demselben Muster zum Opfer gefallen war. Ich glaube, wäre mir Sugar in jenen Tagen über den Weg gelaufen, ich hätte tatsächlich zum Mörder werden können.

Meine eigenen Erfahrungen seien der Grund, weshalb ich den Vorfall nicht verarbeiten könne, sagte mein Therapeut, nachdem es ihm gelungen war, mich zu bewegen, ihm alles zu erzählen. Er hatte wohl ziemlich schnell den Verdacht geschöpft, ich könne anderweitig betroffen sein. Dabei lag meine Offenheit ihm gegenüber allein daran, dass ich endlich Gewissheit haben wollte, weil Heidrun behauptet hatte: „Experten sind der Ansicht, Kinder von Eltern, die selbst in ihrer Kindheit oder Jugend missbraucht wurden, werden eher zum Opfer. Vater oder Mutter entwickeln dadurch, besonders wenn sie nie therapiert wurden, eine defensive, sogar konfliktscheue Haltung, die sie an ihr Kind weitergeben. Dann setzt sich der Kreislauf oftmals fort. Deshalb ist es äußerst erfreulich, dass eure Tochter sich zu einer professionellen Aufarbeitung entschlossen hat."

Nach einigem Hin und Her gab mein Therapeut schließlich zu: „Opfer entwickeln oft später ein devotes Verhalten ihren Mitmenschen gegenüber, was sich durchaus auf den eigenen Nachwuchs übertragen kann. Sie sind oft ängstlicher, unsicherer", hatte er hinzugefügt, „können sich nicht gut abgrenzen, wollen anderen gefallen, wagen nicht, Nein zu sagen."

Zuerst hatte ich davon nichts wissen wollen. Diese Eigenschaften passten nicht zu mir, überhaupt nicht! Hatte ich mich nach dem Verlassen meines Elternhauses nicht total gewandelt? Ich war mittlerweile das krasse Gegenteil eines Außenseiters, hatte unzählige Freunde und Bekannte.

Die Einsicht kam nach und nach in unzähligen Stunden des Grübelns, bis ich mich vor Scham und Entsetzen krümmte. Meine Art, mein Umgang mit anderen hatten dazu beigetragen, dass Lilli zum perfekten Opfer wurde.

76

Angelika

Am Mittwoch raffte ich mich endlich auf, die nötigen Einkäufe zu erledigen. Seit einer Woche war Michael nun verschwunden, mir kam es vor wie mehrere Monate. Bis auf diesen einen Putzanfall hatte ich den Haushalt schleifen lassen, mir jeden Tag ein Fertiggericht aufgewärmt und meine Freizeit mit Grübeln oder Nachforschungen im Internet verbracht, nur unterbrochen von einem Ausflug am Montag mit Heidrun zum Tierheim. Die Therapiekatze war verletzt aufgegriffen und dorthin gebracht worden. Für mich eine Selbstverständlichkeit, meine aufgeregte Freundin zu begleiten und sie und die beiden anschließend nach Hause zu bringen.

Statt ans Telefon zu gehen, ließ ich den Anrufbeantworter anspringen, der mittlerweile kaum noch Kapazitäten aufwies. Fast alle seine Freunde hatten nachgefragt, warum Michael sich nicht meldete, nicht zum obligatorischen Freitagstreffen erschienen war, nicht wie vereinbart bei Stefan angerufen hatte. Ich konnte mich nicht aufraffen, sie zurückzurufen. Nur mit meiner Schwägerin hatte ich kurz gesprochen, sie in groben Zügen eingeweiht und gebeten, abzuwarten, bis ich mich wieder melde. Selbst bei meinen Eltern, die sich glücklicherweise noch im Urlaub auf Gran Canaria befanden, wo sie jedes Jahr überwinterten, schob ich starke Belastung auf der Arbeit vor, um die Handygespräche mit ihnen so kurz wie möglich zu halten. Denen gegenüber hatte ich mit keinem Wort das, was sich bei uns abspielte, erwähnt.

Zu meinem Pech trat Marion gleichzeitig mit mir aus der Tür. „Hi." Sie warf einen überraschten Blick auf die riesige Tüte mit dem Leergut. „Holst du die Getränke?"

Das war normalerweise die Aufgabe meines Mannes. „Ja, ich bin im Moment Strohwitwe", log ich meinem impulsiven Einfall folgend. „Michael ist zur Kur. Die Aufforderung ist irgendwie in der Post hängen geblieben. Daher gestaltete sich alles etwas hektisch."

Marion zwinkerte mir zu. „Wann feiern wir? Ich habe morgen und übermorgen Urlaub."

„Ausgerechnet jetzt deckt meine Chefin mich bis obenhin mit Arbeit zu", wich ich aus. „Ich kann noch von Glück sagen, dass ich mir einen Teil davon mit nach Hause nehmen darf. Freizeit? Keine Chance! Ich schaffe nicht mal mehr das bisschen Haushalt."

„Du Arme! Gibt es schon was Neues in Bezug auf den Mord?" Sie hatte mir den Vortritt gelassen und blieb auf der Treppe dicht hinter mir.

„Nicht dass ich wüsste. Wir erfahren nichts von der polizeilichen Arbeit."

„Na, wenigstens könnt ihr so sicher sein, dass ihr nicht verdächtigt werdet. Viel Spaß beim Einkaufen." Sie verschwand in Richtung Keller.

Fast hätte ich laut aufgelacht. Nur gut, dass keiner außer Sonja die Wahrheit kannte!

Ich legte fast ausschließlich Tiefkühl-Fertiggerichte auf das Band, dazu etwas Schokolade und zwei Packungen Kekse als Nervennahrung und natürlich die üblichen Dinge für Frühstück und Abendessen. Mit den zwei Sechser-Packs Wasser war der Einkaufswagen gut gefüllt. Ich verstaute alles im Kofferraum und machte mich auf den Heimweg.

Wie sonst Michael parkte ich das Auto auf dem Einstellplatz und nahm den hinteren Eingang. Mittlerweile war es dunkel geworden und hatte begonnen, leicht zu nieseln. Und wieder einmal war die Lampe über der Tür kaputt, stellte ich ärgerlich fest, während ich mich vorsichtig die Stufen hinuntertastete. Wozu hatten wir eigentlich einen Hausmeister, der für die gesamte Häuserzeile verantwortlich zeigte?

Meine Laune fiel weiter, als ich erkannte, dass die Tür nur angelehnt war. Dass kaum einer daran dachte, abzuschließen, konnte ich noch verstehen, weil das Schloss ziemlich hakelte. Sie nicht mal zuzumachen, war für mich ein Unding. Fast jede Woche stand in der Zeitung, dass die Einbrüche zunahmen. Und der Winter war immer schon die umtriebigste Zeit für Diebe gewesen. Man musste es ihnen wirklich nicht zusätzlich erleichtern.

Ich stellte die Wasserflaschen in den Gang und wandte mich um, die Einkaufstaschen zu holen. Ein leises Kratzen hinter mir ließ mich aufschrecken und herumwirbeln. Aus dem Dunkel tauchte eine vermummte Gestalt auf, die drohend einen Holzknüppel schwang. Ich wich zurück, der Schrei blieb mir in der Kehle stecken, als mich ein wuchtiger Hieb an der Schulter traf. Der Kerl hatte auf meinen Kopf gezielt, nur durch meine schnelle Reaktion war ich einem Knock-out entkommen.

Endlich fand ich meine Stimme wieder und schrie und schrie und schrie, bis das aufflammende Licht und die Stimme von Herrn Kunze mich zur Besinnung brachten. „Was ist passiert? Frau Voß? Geht es Ihnen nicht gut?"

Ich öffnete den Mund, um zu antworten, und kicherte hysterisch los. Meine Schulter pochte wild, mein Arm dagegen hing gefühllos herab.

„Ist er weg?", krächzte ich mühsam.

„Wer?" Herr Kunze war nicht der Hellste.

„Mich hat ein Mann angegriffen und geschlagen", fügte ich hinzu und deutete mit der Rechten auf meine linke Seite.

„Ich habe niemanden gesehen." Sicherheitshalber trabte er den Gang in Richtung Keller zurück und schaute in jede Ecke. „Nee, eindeutig weg. Zeigen Sie mal!" Er wollte nach meinem Arm greifen.

„Nicht anfassen! Ich glaube, der ist gebrochen." Mir wurde schwindelig und ich rutschte an der Wand entlang zu Boden.

„Ich rufe die Polizei und einen Krankenwagen." Er zückte sein Handy.

„Geli?" Im Durchgang tauchte Marion auf. Sie ging neben mir in die Hocke. „Was ist passiert?"

„Ich bin überfallen worden. Der Kerl hatte einen Knüppel und wollte mich k.o. schlagen. Ich konnte ausweichen und er traf meine Schulter. Nein, nicht anfassen!"

„Krankenwagen und Polizei sind unterwegs", meldete Herr Kunze.

Oh Gott, meine Einkäufe! „Kannst du bitte die beiden Taschen aus dem Kofferraum holen, nach oben bringen und auspacken", bat ich meine Nachbarin. „Und die Tiefkühlsachen in den Gefrierschrank packen? Ich muss bestimmt mit in die Klinik fahren. Und sind Sie bitte so nett", wandte ich mich an Herrn Kunze, „und begleiten sie? Nicht dass der Kerl draußen noch lauert."

Er brachte sogar die Six-Packs anschließend direkt vor meine Kellertür und blieb neben mir, bis die Sanitäter eintrafen, die zum Glück nicht lange auf sich warten ließen. Der eine untersuchte vorsichtig meine lädierte Schulter. „Das muss geröntgt werden. Wir nehmen Sie mit."

Doch zuerst musste ich eine kurze Aussage bei der nun ebenfalls eingetroffenen Polizei machen. „Ich habe nicht viel erkennen können", sagte ich wahrheitsgemäß. „Ein dunkler Schatten kam auf mich zu und griff mich an."

„Wie war er gekleidet?", versuchte der eine Beamte mehr Informationen aus mir herauszuholen. Der andere sprach schon mit meinen beiden Nachbarn.

„Ich konnte nichts erkennen. Das Licht über der Tür schaltete sich nicht ein und ich trug in jeder Hand eine Packung Getränke. Die hatte ich gerade erst abgestellt, als der Angriff erfolgte."

„Die Lampe draußen funktioniert über einen Bewegungsmelder?", vergewisserte sich der Polizist.

Ich nickte. „Die Tür war angelehnt, nicht geschlossen", fiel es mir ein. „Ich drückte sie auf und stellte die Sixpacks davor, weil ich noch den Rest aus dem Auto holen wollte. Ich hatte mich schon umgedreht und tastete nach dem Lichtschalter für den Gang, da hörte ich ein Geräusch hinter mir." Ehrlich gesagt hatte ich damit gerechnet, dass Herr Kunze wieder einmal die Tür aufgelassen hatte. Der werkelte fast jeden Nachmittag in seinem Keller, den er sich als Werkstatt eingerichtet hatte und benutzte, wie wir alle wussten, es allerdings bisher stillschweigend duldeten, den Durchgang, um die Schleif-, Schweiß- und Farbgerüche abziehen zu lassen. Und vergaß dann immer wieder, die Tür zu schließen.

„Gut, dass ich gerade im Keller zu tun hatte", hörte ich ihn wie auf Stichwort sagen. „Ich war innerhalb weniger Sekunden hier."

„Dann hätten Sie den Kerl eigentlich sehen müssen", mischte sich der Polizist, der bei mir stand, ein.

Ja, hätte er! Der Typ war den Gang hinunter geflohen, nicht an mir vorbei nach draußen. Die Waschküche!", fiel es mir ein. „Er muss sich dort versteckt haben."

Herr Kunze ging mit dem Beamten zusammen nachschauen. Den Moment nutzten die Sanitäter und wollten mich mit dem Stuhl, in den sie mich gepackt hatten, hinaus und in ihren Krankenwagen befördern.

„Halt!", schrie ich auf, sodass der zweite Polizist auf mich aufmerksam wurde.

„Sie müssen sich noch kurz gedulden", maßregelte er die beiden Männer. „Wir haben noch nicht mal die Personalien aufgenommen."

„Volltreffer!" Herr Kunze kam zurückgestürmt und strahlte mich an, als wäre es sein Verdienst. „Er hat den Knüppel liegen lassen."

„Falls er sich in unserer Datenbank befindet, haben wir ihn bald." Der Beamte erlaubte sich ein zufriedenes Lächeln. Um die Sache zu beschleunigen, nahm er meine Personalien auf, dann wurde ich hinausgetragen und in die Klinik gefahren.

77

Angelika

Wer kann dir das angetan haben? Diese Frage beschäftigte mich so sehr, dass ich die Prozedur der Untersuchung und des anschließenden Röntgens kommentarlos über mich ergehen ließ. Erst als der Arzt mir erklärte, das Schlüsselbein sei gebrochen und er müsse mir einen dementsprechenden Verband anlegen, wurde ich aufmerksam. „Kann ich damit arbeiten und Auto fahren?"

Er lachte. „Nein, Sie gehen morgen zu einem niedergelassenen Chirurgen und lassen sich krankschreiben. Sie sind erst einmal außer Gefecht gesetzt. Ich gebe Ihnen für die Nacht Schmerztabletten mit. Alles Weitere besprechen Sie mit dem behandelnden Kollegen."

Bis ich die Klinik verlassen konnte, war es halb neun. Zu dieser Zeit stand nicht ein Taxi vor der Tür. Ich griff zu meinem Handy, das ich wie üblich beim Einkaufen aus- und danach nicht wieder eingeschaltet hatte. Sechs entgangene Anrufe, blinkte es mir entgegen. Noch bevor ich nachschauen konnte, wer mich so dringend hatte erreichen wollen, klingelte es erneut.

„Geli, gut, dass ich dich erreiche!", tönte Sonjas Stimme. „Ich muss mit dir sprechen. Kann ich vorbeikommen?"

„Äh, ich stehe vor dem Krankenhaus", brachte ich mühsam hervor.

„Ist was mit Michael?"

„Nein, nichts dergleichen", erwiderte sie schnell, zu schnell und fragte sofort nach: „Was ist mit dir? Bist du krank oder verletzt? Wie schlimm ist es?"

Mein Argwohn war geweckt. „Ich bin überfallen worden, aber es geht mir den Umständen entsprechend gut. Kannst du mir nicht am Telefon sagen, worum es sich handelt?"

„Moment." Im Hintergrund hörte ich einen Mann etwas sagen, mehr als Gemurmel drang leider nicht bis zu mir. „Nein, ich muss kurz weg", hörte ich sie antworten. „Angelika ist überfallen worden und bittet mich, sie von der Klinik abzuholen und nach Hause zu bringen."

Weiteres Gemurmel. „Okay, mache ich. Geli? Wo genau bist du? Ich komme."

Erneut wurden mir die Beine schwach. Ich hatte gegen meinen Willen dem Treffen zugestimmt. Dabei wollte ich nur noch meine Ruhe. Was war jetzt wieder geschehen? Hörte es denn nie auf?

Ich setzte mich auf die unterste Stufe der Eingangstreppe und lehnte mich gegen das Geländer. Am liebsten wäre ich an Ort und Stelle eingeschlafen. Die Augen fielen mir fast von allein zu und ich dämmerte vor mich hin, bis ich das Geräusch eines sich nähernden Fahrzeugs vernahm.

„Oh Gott, du siehst ja furchtbar aus!" Sonja machte Anstalten, aus dem Auto zu springen, um mir zu helfen.

„Geht schon!" Aufatmend nahm ich vorsichtig auf dem Beifahrersitz Platz. Die Wartezeit war mir lang geworden, ich hatte mich kaum noch aufrecht halten können. Ich sehnte mich nach einer ersten Schmerztablette und einem ruhigen Abend auf der Couch. Auf weitere Hiobsbotschaften würde ich gern verzichten.

„Was ist passiert?"

„Worum geht es?"

Wir hatten beide gleichzeitig gesprochen.

„Du zuerst", bestimmte Sonja. „Ich kann besser zuhören als reden beim Fahren."

Bis wir vor dem Haus hielten, hatte ich alles Wichtige erklärt.

„Hoffentlich kriegen die den Typ. Ob der es auf dein Portemonnaie abgesehen hatte?"

„Kann ich mir nicht vorstellen. Ich hatte die Tasche bereits abgestellt und mich abgewandt, als er zuschlug." Ich verschwieg, dass ich die Geldbörse stets in der Jacke bei mir trug. Aber ich war mir sicher, dass es sich nicht um einen Raubüberfall handelte.

Sonja half mir fürsorglich auf die Couch und brachte mir aus der Küche ein Glas Wasser. Schweigend sah sie zu, wie ich eine der Tabletten, die der Arzt mir mitgegeben hatte, schluckte. „Ausgerechnet jetzt gibt es einen Interessenten für den Wohnwagen", sagte sie dann.

„Hattet ihr annonciert?"

„Nein, das ist es ja. Angeblich hat ein Freund eines Arbeitskollegen von Lutz erfahren, dass wir daran denken, den Platz aufzugeben. Er wollte gleich für dieses Wochenende einen Besichtigungstermin ausmachen."

„Seltsam", murmelte ich. Aber was war daran so wichtig, dass sie mich unbedingt heute noch sehen musste?

„Ich habe das Gefühl, Hermann steckt dahinter. Es ist mehr eine Ahnung, der potentielle Käufer hat mit Lutz gesprochen. Aber es ist schon alles sehr komisch. Gut, dass mein Mann nichts von Michael weiß. So musste er nicht den Ahnungslosen spielen."

„Hermann? Wieso er? Was will der mit einem Wohnwagen?"

Sonja verdrehte die Augen angesichts meiner Ahnungslosigkeit. „Das ist ein Fake! Ich denke, es ging eher darum abzuklären, ob wir den Wohnwagen noch besitzen. Der will Michael finden, warum auch immer."

„Es weiß keiner, dass er unter Verdacht steht", wehrte ich ab. „Ich habe mit niemandem gesprochen."

„Trotzdem ist es durchgesickert. Vielleicht weil die Polizisten jeden fragten, wann und wo sie deinen Mann zuletzt gesehen haben. Die waren sogar bei mir im Laden."

In meinem Kopf setzte ein schrilles Summen ein. „Sagen die, dass sie ihn verdächtigen?"

„Nein, das nicht. Sie zeigen allerdings schon deutliches Interesse. Von mir wollten sie wissen, ob ich weitere Freunde oder Bekannte kenne, bei denen er sich aufhalten könne. Von den Eltern samt Bruder und der Schwester wussten sie bereits", setzte sie hinzu.

„Das heißt, jeder kann sich an fünf Fingern abzählen, dass sie ihn gezielt suchen. Ahh!" Ich hatte mich zu abrupt aus meiner halb liegenden Stellung aufgerichtet und ein stechender Schmerz war die Antwort. „Das Handy! Kannst du mir bitte das Handy bringen? Es ist in der rechten äußeren Jackentasche."

Sonja reichte mir das Gewünschte. „Willst du Michael anrufen? Ich war mir unsicher, ob ich ihn warnen und wie dringend ich es machen sollte. Deshalb wollte ich unbedingt mit dir sprechen."

Noch während sie sprach, hatte ich seine Nummer gewählt und legte nun den Finger auf die Lippen. „Michael? Such dir sofort eine andere Unterkunft. Wie es aussieht, hat Hermann Kenntnis von dem Wohnwagen und wird dich dort suchen. Heute noch", drängte ich, weil ein lautes Aufstöhnen folgte.

„Sag ihm, er soll sich an den Platzwart wenden und ihm das Blaue vom Himmel vorlügen", instruierte Sonja mich. „Der kennt garantiert einen passenden Unterschlupf und wird dichthalten, falls jemand nach Michael fragt. Gib ihm einen Fünfziger und bestell einen schönen Gruß von mir, Micha!", rief sie laut.

„Was soll ich ihm denn erzählen?"

„Meine Güte, denk dir was aus!", fauchte ich. „Nur mach schnell! Vielleicht ist Hermann schon unterwegs."

Wieder war es Sonja, die den richtigen Weg vorgab. „Du hast wichtige Papiere dabei, die deine Frau rasend gern in die Finger kriegen würde. Du bist von einem guten Freund gewarnt worden, dass ein Typ unterwegs sei, sie dir abzunehmen. Das reicht, Uwe hilft dir, garantiert."

„Ich melde mich morgen Abend wieder, beeil dich!" Ich drückte den Anruf weg, bevor er antworten konnte.

„Du hast ihm gar nichts von diesem Angriff …" Sie nickte verstehend. „Er soll sich keine Sorgen machen?"

„Ich weiß auch nicht." Im letzten Moment verkniff ich mir ein Schulterzucken. „Mir kam gerade der Verdacht, ob sie ihn vielleicht mit dieser Attacke auf mich zurücktreiben wollten. Wenn er wüsste, dass ich verletzt bin, hielte ihn nichts davon ab, sich sofort ins Auto …"

Das hatte er ja zum Glück nicht, fiel mir ein.

Wieder nickte Sonja. „Er würde einen Weg finden, zu kommen. Aber glaubst du nicht, das ist zu weit hergeholt?"

„Nicht weiter als deine Vermutung." Ich lächelte sie an, damit sie nicht dachte, ich wäre sauer auf sie. „Ich denke, falls du recht hast, wird Hermann noch heute hinfahren und nachschauen."

Sie schlug sich mit der flachen Hand vor die Stirn. „Oh Gott! Ich hätte nicht so lange zögern dürfen. Hoffentlich kam unser Anruf noch rechtzeitig!"

Ich schickte Michael eine SMS und bat ihn, sich zu melden, sobald er sicher untergebracht war. Mehr konnte ich von hier aus nicht tun.

78

Michael

Meine Güte, Geli und Sonja sahen bestimmt Gespenster. Ich beschloss, erst am nächsten Morgen mit Uwe zu reden. Es war nach neun, heute Abend würde bestimmt nichts mehr passieren. Die angenehme Mattigkeit in meinen Muskeln versprach einen ruhigen Schlaf, es fühlte sich viel zu beschwerlich an, meinen bequemen Liegestuhl zu verlassen und, beladen mit all meinen Sachen, durch die eiskalte Nacht zu laufen.

Ich griff zu meinen Zigaretten, die ich auf das kleine Tischchen neben mir gelegt hatte. Noch eben den Film zu Ende schauen und dann ins Bett. Mist, leer. Träge überlegte ich, ob ich wirklich aufstehen sollte. Dabei lagen die Päckchen drüben im Küchenschrank.

Hatte ich zumindest gedacht. Es war kein einziges mehr da, stellte ich fest, nachdem mich die Nikotinsucht hochgetrieben hatte. Und jetzt? Hatte Uwe nicht gesagt, ich könne ihn jederzeit stören?

Also doch noch raus. Ich warf mir meine Jacke über und marschierte los. Stockdunkel war es, die Laternen, die eigentlich den Weg beleuchten sollten, brannten mal wieder nicht. Uwe sparte unter der Woche Strom. Ich verfluchte mich, dass ich keine Taschenlampe mitgenommen hatte.

Abends, wenn ich die letzte Zigarette vor der Tür rauchte und noch einmal durchlüftete – bei brennendem Ofen versteht sich -, erfreute ich mich normalerweise an der undurchdringlichen Schwärze und den funkelnden Sternen, die fernab der Großstadt viel bombastischer wirkten. Auf einem Campingplatz fühlte man sich der Natur wesentlich näher, das vollkommene Fehlen der Geräusche und der Gerüche einer immer betriebsamen Stadt hatte mich regelrecht ins Schwärmen gebracht. Sobald diese Geschichte ausgestanden war, würden Geli und ich einen Urlaub auf dem Land buchen, schwor ich mir jeden Tag aufs Neue. Das war das Richtige; wandern und die Stille genießen, wieder zueinanderfinden.

Ich stolperte über einen Stein und konzentrierte mich auf den Pfad, den etliche Besucher vor mir quer über die Wiese getrampelt hatten. Der führte direkt zu dem kleinen Laden, den Uwe betrieb und in dessen hinteren Räumen er wohnte.

Er saß vor dem Fernseher, wie ich bei meinem Blick durch das hell erleuchtete Fenster sehen konnte. Ich hob die Hand, klopfte mit den Knöcheln gegen die Scheibe und rief gleichzeitig seinen Namen, damit er sich nicht erschreckte. Also für immer würde ich in dieser Einöde nicht leben wollen.

„Na, was fehlt denn?" Er grinste wissend.

„Zigaretten", gestand ich.

„Wie viele Päckchen sollen es denn sein?"

Für eins konnte ich ihn schlecht laufen lassen. „Fünf, wenn du sie da hast. Und zwei Flaschen Bier", fügte ich schnell hinzu. Die würden mich innerlich aufwärmen.

Während ich wartete, überlegte ich mir, dass ich ihn besser gleich jetzt auf meine Unterkunftssuche hinwies. Dann konnte ich morgen früh vielleicht schon umziehen. Und sobald ich zurück im Wohnwagen war, musste ich Geli eine SMS schicken. Der gegenüber würde ich natürlich behaupten, der Umzug sei bereits gelaufen. Brr, nein! Mitten in der Nacht in einem ausgekühlten Domizil erst alles auf Vordermann bringen müssen – danach stand mir nicht der Sinn.

Uwe hatte Zigaretten und Bier in eine Tragetasche gepackt, die er mir nun aus dem Fenster anreichte. „Angenehmen Abend noch."

„Hör mal", sagte ich schnell, bevor er das Fenster schließen konnte. „Meine Ex hat angeblich vor, mir einen Schlägertrupp auf den Hals zu hetzen. Gibt es hier auch Mietwohnwagen, möglichst weit weg von dem jetzigen?"

„Klar. Wann willst du sie dir ansehen? Keiner ist gebucht, du hast die freie Auswahl."

„Ich komme morgen nach dem Frühstück vorbei. Okay?"

Viel besser, lobte ich mich selbst auf dem Rückweg. Ich konnte mir die infrage Kommenden in aller Ruhe ansehen, ohne Druck und bei Tageslicht. Ein Fernseher und eine eigene Toilette sollten schon drin sein und auf ein versifftes Exemplar legte ich auch keinen Wert.

Ich hätte mir von Uwe eine Taschenlampe leihen sollen, dachte ich wenige Minuten später, als ich über einen großen Stein stolperte und nur mühsam das Gleichgewicht wiederfand, sodass die Bierflaschen klirrten. Irgendwie hatte ich es geschafft, vom Weg abzukommen.

Ich blieb stehen und versuchte mich zu orientieren. Dieser Umstand und die Stille, die über dem Platz lag, waren der Grund, warum ich sie hörte. Ein leiser Fluch verwehte, ich spitzte die Ohren und lauschte angespannt. Nichts, sie bewegten sich vollkommen lautlos – wenn denn überhaupt jemand da draußen herumstrich. Vielleicht war ein anderer, nicht mit einer eigenen Toilette gesegneter Camper auf dem Weg zu den Sanitäranlagen gestolpert und hatte sich Luft gemacht. Und ich stand im Dunkeln und machte mir fast in die Hose vor Angst!

Obwohl kein weiteres Geräusch an mein Ohr drang, schlug ich einen weiten Bogen und näherte mich meiner Behausung von der Rückseite her. Jede Parzelle besaß einen eigenen kleinen, abgezäunten Bereich, den der Besitzer frei gestalten konnte. Sonja hatte Rasen ausgesät und zum hinteren Nachbarn hin Lebensbäume gepflanzt, die die gesamte Rückfront mittlerweile im Schatten hielten und wie eine grüne Mauer keinen Blick auf ihr Eigentum zuließen. Die Seitengrundstücke trennte ein halbhoher Sichtschutz, über den man als Erwachsener noch gut hinüberblickte. Von da hätte ich mich nicht ungesehen anschleichen können.

Meine Tragetasche stellte ich vor dem Zaun des rückwärtigen Nachbarn ab, der kein wirkliches Hindernis darstellte. Ich konnte mühelos hinübersteigen. Immer noch keinerlei Hinweis auf die Anwesenheit Fremder. Ich begann schon, mir albern vorzukommen. Trotzdem tappte ich vorsichtig an den aufgestellten Steinkübeln vorbei, die, im Sommer vermutlich voller Blumen, den vorderen Bereich verschönern sollten, tastete mich an dem Wohnwagen entlang und wagte die vier Schritte bis zur Hecke. Die Zweige waren derart dicht zusammengewachsen, dass ich Kopf und Schultern regelrecht hindurchpressen musste. Ich spürte, wie der Tau in meinen Nacken rieselte, und unterdrückte einen Fluch. Hätte ich mich doch niemals von der Paranoia der beiden Frauen anstecken lassen!

Endlich hatte ich freie Sicht. Ich erahnte die Umrisse mehr, als dass ich sie sah und musste mich auf mein Gehör verlassen. Mindestens fünf Minuten stand ich wie angewurzelt da und lauschte. Nichts, nicht ein Ton war zu hören. Falscher Alarm.

Im ersten Moment wusste ich nicht, ob den Ästen das leise Knarren zuzuschreiben gewesen war, als ich mich zurückzog. Wie erstarrt blieb ich stehen und lauschte. Nein! Es wiederholte sich und ich erkannte den Auslöser. Irgendjemand saß auf dem Stuhl im Küchenbereich, und zwar auf dem, der ständig knirschte, wenn man sich bewegte. Das hieß, man lauerte mir tatsächlich auf!

So schnell es mir in der Schwärze der Nacht möglich war, trat ich den Rückzug an. Fast wäre ich dabei über die abgestellte Tragetasche gestolpert. Ich nahm sie vorsichtig auf, schob aber zuvor die Zigarettenpäckchen zwischen die Flaschen, damit diese ja nicht klirrten. Und jetzt? Zurück zu Uwe? Und wenn sie dort auftauchten, um sich nach mir zu erkundigen?

Ich schielte auf meine Armbanduhr. Die Leuchtziffern zeigten auf die volle Stunde. Zehn Uhr. Was, wenn der- oder diejenigen bis zum nächsten Morgen ausharren würden? Ich konnte nicht die ganze Nacht draußen verbringen. Noch jagte das Adrenalin durch meinen Körper, doch die Temperaturen fielen bestimmt wieder unter null Grad. Wo sollte ich mich verstecken?

Das Bauernhaus, fiel es mir ein. Gut, dass ich jeden Tag stundenlang gewandert war. Den Weg würde ich mit geschlossenen Augen finden.

Aus Angst, dass weitere Kumpane meiner Angreifer am Parkplatz lauerten, nahm ich einen riesigen Umweg in Kauf, huschte anfangs von Wohnwagengasse zu Wohnwagengasse, hielt immer wieder lauschend inne und schwang mich zuletzt über den Zaun, der das Gelände von der Straße abtrennte. Danach marschierte ich in dem zügigsten Tempo, das die Dunkelheit zuließ, los, erreichte kurz darauf den mit Furchen durchzogenen Pfad, der zu dem Gehöft führte, und verfiel in einen leichten Trab, die Tragetasche schützend gegen meine Jacke gepresst.

Und wenn es dort einen Wachhund gab? In Sichtweite der Gebäude blieb ich schwer atmend stehen. Egal, ich war erschöpft und durch die Angst und die Anstrengung schweißgebadet. Ich musste es riskieren.

Ich hielt mich so weit wie möglich von dem Wohnhaus fern und steuerte auf die Scheune zu, deren Tor hoffentlich nicht abgeschlossen war. Nein, in dieser Gegend hatten die Menschen noch Vertrauen in ihre Nachbarn. Aufatmend zog ich das Tor einen Spalt breit auf und schlüpfte hinein. Ich wagte es, das Feuerzeug anzuknipsen – bloß gut, dass ich vorher nicht darauf gekommen war, es zu benutzen – und sah mich um. Ein Trecker, jede Menge Gerätschaften, die ich nicht kannte, und ein Stapel gefüllter Säcke. Im hinteren Bereich entdeckte ich einige Boxen, die ich mir näher ansehen wollte.

Das flackernde Licht fiel auf ein kleines Kälbchen, das im Stroh ruhte und mich nun aus großen Augen anstarrte. Im nächsten Verschlag machte eins Anstalten, auf die Beine zu kommen. Ich nahm meinen Finger von dem Feuerzeug, denn ich hatte genug gesehen. Die hinterste Box war leer. Ich hatte einen Schlafplatz für die Nacht gefunden.

79

Angelika

Sonja erhob sich halb aus ihrem Sessel und sah mich bittend an. „Kann ich bei dir auf seine Nachricht warten? Ich würde zu Hause keinen klaren Gedanken fassen können."

Ich nickte, obwohl ich mich nun völlig erschöpft fühlte. Anderseits ließ mich die Angst um Michael sowieso nicht einschlafen. So hatte ich wenigstens Gesellschaft.

„Du, kann ich dich mal was fragen?"

Ich sah sie erstaunt an. Was sollte das denn? Ich hatte sie wesentlich forscher in Erinnerung.

Sonja schien es sichtlich schwer zu fallen, die richtigen Worte zu finden. „Während der Fahrt zum Wohnwagen hat mir Michael von eurem letzten Aufeinandertreffen mit Hermann erzählt. Er hatte sich deutlich in Rage geredet, er sagte, meist seien die Eltern schuld an dem Verhalten ihrer Kinder. Seitdem gehen mir seine Worte nicht mehr aus dem Kopf. Stimmt das?"

„Was hat er dir erzählt?", fragte ich nach. Und nachdem sie eine kurze Zusammenfassung gegeben hatte: „Wir sind damals von einer Psychologin betreut worden und ja, sie erklärte uns die Zusammenhänge. Demnach ist diese Störung, durch die Sugar zum Missbraucher wurde, ein Zusammenspiel aus Genen und Erziehung. Meist Erziehung", schwächte ich ab. „Auch andere Traumata können dazu führen, dass sich Kinder derart entwickeln. Aber in der Mehrzahl der Fälle sind es angeblich die Eltern, denen man die Verantwortung zuschreibt."

Sie hatte die Augen weit aufgerissen und schluckte mehrfach. „Das heißt, Petra und Hermann sind ebenso schuldig?"

Ein schwieriges Minenfeld, auf das ich mich gerade wagte. Ich war schließlich keine Expertin und konnte nur das wiedergeben, was ich erfahren oder nachgelesen hatte. „So, wie ich es verstanden habe, reicht es manchmal schon aus, wenn die Ungeborenen im Mutterleib häufig Stress und Angst ausgesetzt sind. Dadurch herrscht ein ständig hoher Cortisol- und Adrenalinspiegel vor, der das System des Babys angreift." Sie wusste bestimmt, worauf ich anspielte. Angeblich war Petra noch vor der Geburt aus der Beziehung mit einem gewalttätigen Alkoholiker geflohen - und direkt in den Armen eines Sexsüchtigen gelandet, der sie zu immer neuen Eskapaden überredete. Hermann hatte behauptet, es existierten sogar selbst gedrehte Filmchen im Internet.

Sonja schien tatsächlich im Bilde zu sein. „Ich dachte dabei eher an Hermann und seine Art", sagte sie zu meiner Verblüffung. „Leider kann ich mir gut vorstellen, dass er, statt Sugar aufzufangen, ihr den Rest gegeben hat."

„Du meinst seinen Jähzorn?"

„Und seine despotische Art. Er wollte über alles die Kontrolle haben, er war der Bestimmer. Wenn irgendetwas nicht so lief, wie er es sich vorstellte, rastete er aus." Sie seufzte. „Wir haben andauernd gestritten, weil ich mir diese Behandlung nicht gefallen ließ. Für die Jungen war es allerhöchste Zeit, dass wir uns trennten. Ja, er war ein liebevoller Vater, das streite ich gar nicht ab – wenn denn alles gut lief. Ein falsches Wort, ungebührliches Benehmen, ein harmloses Gerangel unter Geschwistern und es war um seine Ruhe geschehen. Nicht dass er jedes Mal gleich losschrie. Du kennst ihn, er hat diese Angewohnheit, sich vor dir aufzubauen und dich allein mit seinem Blick und seiner Körperhaltung zu maßregeln. Die Jungen bekamen dann richtig Angst vor ihm."

„Bei unseren Treffen kam das kaum vor. Im Gegenteil, Hermann war meist derjenige, der sich zu einer Wasserschlacht oder einem Ballspiel überreden ließ", während Petra herumsaß und sich wenig bis gar nicht um ihre Kinder kümmerte.

„Ist dir nie aufgefallen, dass er bei kleineren Vergehen viel zu hart durchgriff und dass seine Kinder vor ihm zurückschreckten?"

„Sie hatten ziemlichen Respekt vor ihm", musste ich zugeben. „Er brauchte nur die Stimme zu erheben und sie kuschten." Warum hatte ich das früher nie gemerkt? Weil man bei seinen Freunden anders reagiert als bei Fremden, gab ich mir selbst die Antwort. Du siehst deine

Bekannten wesentlich unkritischer als Unbekannte. Redest die Dinge schön, gebrauchst Entschuldigungen.

Plötzlich begann mein Magen laut zu knurren. Dabei hatte ich gedacht, ich würde vor lauter Aufregung nichts hinunterkriegen! „Hast du auch Hunger? Ich richte uns schnell was."

Sonja sprang auf. „Bleib du liegen. Ich kümmere mich darum. Ruf mir einfach deine Anweisungen zu."

Schon kurz darauf kam sie mit einer bunten Platte zurück: belegte Brote, garniert mit Tomatenscheiben und kleinen Gurkenhappen, zwei hartgekochte Eier und das Schälchen Geflügelsalat, das eigentlich als morgiges Mittagessen angedacht gewesen war. „Ich habe deinen Kühlschrank geplündert. Ist das okay?"

Ich nickte und schob mich vorsichtig in eine sitzende Position. Durch die Tabletten waren meine Schmerzen fast verschwunden. Dankbar nahm ich eines der Brote und biss hinein.

„Moment. Ich hole eben die Teller und die Gabeln für den Salat. Ach, und Früchtetee habe ich auch gekocht."

Bis sie alles vor mich hingestellt hatte, war das erste Brot bereits verschwunden. „Bedien dich", ermahnte ich sie, als sie mir sogar noch den Zucker in die Tasse rühren wollte. „Ich bin angeschlagen, aber nicht schwerbehindert. Morgen gehe ich ganz normal arbeiten."

„Wirst du nicht krankgeschrieben?" Sie ließ sich mir gegenüber in den Sessel fallen und griff ebenfalls zu.

„So schlimm ist es nicht. Nein, wirklich", wehrte ich ab, ihren Gesichtsausdruck richtig deutend. „Ich sitze am Schreibtisch und bewege mich wenig. Das geht schon. Meine Schmerztabletten nehme ich mit." Außerdem würde ich zu Hause nur unablässig vor mich hin grübeln, denn jede Anstrengung war für die nächsten Tage ärztlich untersagt.

Ein Blick zur Uhr, schon nach zehn! Wieso dauerte das bei Michael so lange?

„Soll ich lieber gehen?", fragte Sonja.

„Nein, er müsste sich ja eigentlich bald melden. Vorher bekomme ich kein Auge zu. Also wenn du willst, bleib."

„Wenn es dir wirklich nichts ausmacht." Sie sammelte die Teller und Tassen ein und brachte sie zurück in die Küche. „Ich lege dir das eine übriggebliebene Brot in den Kühlschrank und stelle den Salat direkt daneben!"

„Stapel das benutzte Geschirr in der Spüle und bring den Aschenbecher und die Zigaretten mit", bat ich. Jetzt, nachdem mein Magen gefüllt war, lockte die Sucht.

„Bitte schön." Sie schob mir das Gewünschte über den Tisch zu.

„Du nicht?"

„Nein, ich habe schon vor Jahren aufgehört. Zünde dir ruhig eine an, es stört mich nicht."

Das ließ ich mir nicht zweimal sagen. Genussvoll sog ich den Rauch ein.

„Wie ging es mit euch und den Fischers weiter?", fragte Sonja nach einer kurzen Pause. „Ich meine, nachdem Hermann dieses gemeinsame Gespräch gesucht hatte und Michael sich nicht auf seinen Vorschlag einließ, war danach direkt Sendepause?"

„So seltsam es sich anhören mag: ja. Hermann rief nicht mehr an und Michael ebenso wenig. Er war ehrlich gesagt auf hundertachtzig, dass sein bester Freund derart reagierte. Als wenn Sugars Fehlverhalten eine Kleinigkeit gewesen wäre, als hätte er überhaupt nicht begriffen, was sie Lilli angetan hatte! Ich meine, selbst wenn du so etwas als Eltern erst Jahre später erfährst, kannst du doch nicht einfach darüber hinwegsehen!" Ich spürte, wie die altbekannte Bitterkeit wieder in mir aufstieg.

„Das verstehe ich vollkommen. Wenn ich daran denke, es könnte einem meiner Kinder passiert sein …" Sonja schüttelte angewidert den Kopf.

„Keiner von uns hat verlangt, er solle seine Tochter bestrafen oder ebenfalls aus seinem Leben streichen. Und Michael gab ihm ja keine Schuld. Das Einzige, was wir wollten, war, Sugar nie wieder begegnen zu müssen. Dafür hätten wir auf die obligatorischen Familienfeiern verzichtet."

„Geli, du siehst ihn falsch. Für Hermann ist eure Weigerung, alles wieder ins Lot zu bringen, ein direkter Angriff. Der hat seine Kinder nie erwachsen werden lassen. Er ist weiterhin das Familienoberhaupt, das sich um alles Notwendige kümmert. Auch wenn man sich dafür einiges schönreden muss."

„Er setzte sogar noch einen drauf. Ungefähr zwei Wochen später bekamen wir Post von seinem Anwalt. Sollten wir unsere nicht beweisbaren Behauptungen in der Öffentlichkeit wiederholen, drohe uns eine Klage wegen übler Nachrede und Verleumdung."

„Ein starkes Stück. Aber leider wieder typisch Hermann. Ich hätte mich in Grund und Boden geschämt, wenn eines meiner Kinder …" Sie hielt inne und schüttelte den Kopf. „Ich finde, euer Angebot war viel zu großzügig. Im umgekehrten Fall hätte ich von mir aus den Kontakt abgebrochen."

Ja, das stand für mich damals außer Frage. Ich wollte keinen aus der Familie mehr sehen. „Hermann war Michaels bester Freund." Meinem Mann zuliebe hatte ich diesem Kompromiss, den er eigentlich anstrebte, zugestimmt. „Und diese Geschichte lag Jahre zurück."

„Na und? Das ist kein Argument." Sonja wirkte richtig aufgebracht.

„Ich …"

In diesem Moment klingelte mein Handy.

80

Michael

„Alles in Ordnung", beruhigte ich meine Frau, die völlig aufgelöst eine Frage nach der anderen hervorsprudelte, nachdem sie zurückgerufen hatte. Die wichtigste war natürlich: Warum meldest du dich erst so spät an? „Sie sind aufgetaucht, bevor ich umziehen konnte. Zum Glück hörte ich ein Geräusch und war dadurch vorgewarnt. Ich habe, statt den Campingplatzbetreiber mit reinzuziehen, mir eine andere Unterkunft gesucht." Ich konnte ein Grinsen nicht unterdrücken. „Ein leerstehender Schuppen", kam ich ihrer nächsten Frage zuvor. „Der tut es bis morgen früh."

„Und wie soll es weitergehen? Die geben bestimmt nicht so schnell auf."

Sie hatte recht. Die Angreifer – ich war mittlerweile davon überzeugt, dass es mindestens zwei gewesen waren – hatten im Vorzelt auf mich gewartet. Die wussten also definitiv, dass ich mich dort aufhielt. „Keine Ahnung. Ich denke, ich muss mir ein anderes Versteck suchen", setzte ich hinzu.

Ich hörte sie mit jemandem tuscheln, Wahrscheinlich hatte sie mit Sonja zusammen auf meinen Anruf gewartet. „Ich hole dich morgen ab. Bis dahin ist uns hoffentlich eine Alternative eingefallen." Sie seufzte. „Mein Kopf ist wie leergefegt. Ich kann keinen klaren Gedanken fassen. Halt! Nein!"

Das Letzte hatte nicht mir gegolten, daher war ich nicht überrascht, als ich plötzlich Sonjas Stimme hörte. „Geli ist ebenfalls heute überfallen worden. Sie hat einen Schlüsselbeinbruch."

„Wann … wie … wer …" Ich schnappte nach Luft. „Was ist genau passiert?"

„Sie war einkaufen und hat den Hintereingang genommen. Sie stellte ihre Taschen ab und wurde angegriffen. Der Typ wollte sie niederschlagen. Sie hatte unglaubliches Glück."

Geli nahm ihr das Handy aus der Hand und erzählte mir den genauen Vorgang.

„Wieviel Uhr war es?"

Sie stutzte. „So gegen halb sechs. Ich …"

„Und wann kam der Anruf von dem Wohnwagen-Interessenten?", unterbrach ich sie.

Sie gab die Frage an Sonja weiter. „Lutz ist immer gegen sechs zu Hause. Es muss irgendwann zwischen sechs und sieben gewesen sein." Sie atmete scharf ein. „Denkst du, der Anschlag hatte dir gelten sollen? Ja, klar! Es war dunkel und ich trug deine Jacke, weil meine in der Wäsche ist. Und wegen des heftigen Windes hatte ich die Kapuze übergestülpt. Der hat mich mit dir verwechselt!"

Geli war nur wenige Zentimeter kleiner als ich, die weite Kleidung ließ ihre Figur nicht erkennen. Sie hatten mir erst zu Hause aufgelauert und anschließend, nachdem ihnen ihr Irrtum bewusst wurde, überlegt, wo ich untergeschlüpft sein konnte. Dieser Anruf bei Lutz sollte lediglich klären, ob Sonja den Wohnwagen noch besaß.

„Bei mir war es ein Kerl. Bist du sicher, dass dir mehrere auflauerten?", störte Geli meine Gedankengänge.

„Ich bin einfach von mindestens zweien ausgegangen. Kann natürlich auch nur einer gewesen sein." Die Frage, um wen es sich dabei handelte, war wesentlich interessanter. „Warum ausgerechnet heute?" Dieser Punkt störte mich am meisten. „Ich bin jetzt seit einer Woche weg. Warum so lange warten?" Ich hatte schon einen ziemlich eindeutigen Verdacht, um wen es sich bei diesem Aggressor handelte, wollte ihn allerdings noch nicht aussprechen.

Wieder übernahm Sonja nach einigem Getuschel mit Geli das Handy. „Die Nachricht, dass man dich verdächtigt, macht erst seit kurzem die Runde. Heute Morgen rief mich Frauke an und wollte wissen, ob an diesem Gerücht was dran sei. Sie hat am Tag zuvor mit Hermann gesprochen und der behauptete, der zuständige Ermittler hätte ihm gesteckt, es gäbe eine heiße Spur, der Verdächtige sei aber flüchtig. Daraufhin telefonierte Hermann alle Bekannten und Freunde von sich und Sugar ab, um herauszufinden, ob es einer von ihnen ist." Sie schwieg und ließ mich die Verbindung selbst ziehen.

„Hermann war es nicht", verbesserte ich sie. „Der hat einen Arm in Gips." Gespannt wartete ich ihre Schlussfolgerung ab.

„Du meinst …", sie zögerte, es auszusprechen.

„Pass auf! Ich habe eine großartige Idee. Du rufst bitte Uwe an. Denk dir irgendeine wilde Geschichte aus. Hauptsache, er ruft die Polizei. Wetten, dass die Angreifer immer noch im Vorzelt auf mich warten?"

„Jetzt noch?" Weißt du, wie spät es ist, hörte ich heraus.

„Ja, dann kriegen wir sie. Sag Uwe, das Ganze ist mir einen Hunderter wert", lockte ich.

„Okay. Ich mach's."

„Ruf mich anschließend sofort an oder sag Uwe, er soll sich bei Geli melden!", konnte ich gerade noch rufen, bevor sie das Gespräch beendete.

Wieder schoss das Adrenalin durch meinen Körper. Die hatten sich an meiner Frau vergriffen – wenn auch unabsichtlich – und hatten ihr das Schlüsselbein gebrochen! Ich kochte vor Wut. Wahrscheinlich war ihnen erst durch ihr Geschrei klar geworden, dass sie das falsche Opfer attackierten, doch statt aufzugeben, wollten sie ihren Irrtum berichtigen. Wer weiß, was sie mit mir angestellt hätten, hätten sie mich in die Finger bekommen!

Ich überlegte tatsächlich, ob ich mich nicht zurückschleichen und aus einiger Entfernung das Spektakel beobachten sollte, verwarf den Gedanken nach einigem Hin und Her und beschloss, lieber an Ort und Stelle abzuwarten. Nicht dass die Polizei im Eifer des Gefechts noch auf mich aufmerksam wurde!

Die Zeit verrann zähflüssig. Anfangs sah ich andauernd auf die Uhr, die stehen geblieben zu sein schien. Der Minutenzeiger rückte so langsam vor, dass ich immer nervöser wurde. An Schlafen war jedenfalls nicht zu denken, nicht bevor ich das hoffentlich positive Ergebnis bekam.

Ich trank meine zwei Flaschen Bier und versuchte mich zu entspannen. Eine Zigarette wäre genau das richtige gewesen, aber dafür hätte ich in die kalte Nacht hinausgemusst. Nein. Ich wickelte mich fester in die Plane, die ich in mein Schlafgemach geschleppt hatte, und wühlte mich tiefer in das frische Stroh, um mich zu wärmen. So wartete ich auf den ersehnten Anruf.

Irgendwann musste ich tatsächlich eingeschlafen sein. Das gedämpfte Schrillen direkt an meinem Ohr riss mich in die Gegenwart zurück. Von einem auf den andern Augenblick war ich hellwach. „Ja? Geli?"

„Sie haben sie erwischt und mit auf die Wache genommen. Du hattest recht. Es waren zwei, Marcel und einer seiner Kumpel. Und es kommt noch besser! Sonja rief Uwe an und erzählte ihm, du hättest gehört, dass Personen versuchten sich Einlass zu verschaffen, und seist durch ein Wohnwagenfenster geflüchtet. Du hättest uns ruhig sagen können, dass du ihm gegenüber behauptet hast, deine Frau wolle dir Schläger auf den Hals hetzen. Sonja kriegte gerade noch die Kurve."

„Weiter, weiter!" Mensch, es gab Wichtigeres!

„Uwe nahm sich seinen Schlagstock, weil er dachte, er könne das selbst regeln. Er überraschte die beiden tatsächlich im Vorzelt. Nur leider hatten sie Baseball-Schläger. Wäre der Hund nicht gewesen …"

„Welcher Hund?"

„Na, Uwes. Der hat einen Dobermann."

„Und wieso …?"

„Er ist in einem Zwinger untergebracht. Den nimmt er nur mit, wenn es Ärger gibt", klärte sie mich auf. „Jedenfalls mischte sich das Tier ein, nachdem sein Herrchen den ersten Schlag abbekommen hatte, und biss den einen Angreifer ins Bein, den anderen in die Hand. Leider hat er ebenfalls einstecken müssen."

Für Geli und mich war das Endergebnis erfreulicher als für Uwe. Er und sein Hund hatten reichlich Blessuren davongetragen, zudem war der Betreiber von den eigentlichen Tätern als Aggressor hingestellt worden. Sie hätten auf ihren Freund gewartet, der hier zurzeit wohne, erklärten sie gegenüber der Polizei. Auf einmal sei dieser Mann hereingeplatzt und habe sich auf sie gestürzt.

Sie dachten wohl, weil sie zu zweit waren, kämen sie mit dieser Behauptung durch. Uwe wies auf die Einbruchspuren am Schloss hin –

als jahrelanger Großstädter war mir das Abschließen, sobald ich das Vorzelt verließ, in Fleisch und Blut übergegangen – und erklärte, er habe, bevor er eintrat, laut und deutlich nach mir, also dem echten Mieter, gerufen, worauf keine Antwort gekommen sei. Der Hund hätte einen der Eindringlinge unter dem Tisch gefunden, der andere stand hinter der Tür und griff Uwe noch auf der Schwelle stehend an.

„Außerdem haben sich Besucher bei mir zu melden, bevor sie auf das Gelände dürfen. Das Schild am Eingang weist ausdrücklich darauf hin", hatte Uwe zum Schluss aufgetrumpft. Er gab an, von der Besitzerin des Wohnwagens informiert worden zu sein, dass deren angemeldeter Besucher Eindringlinge bemerkt hätte. Wo dieser sei, wisse er nicht. Er denke, er habe nicht abwarten wollen und würde erst morgen zurückkehren.

„Bevor ich dich anrief, habe ich mir Sonjas Okay geben lassen. Ich will nämlich gleich morgen früh bei Herrn Niemann vorbeigehen und ihm von den Angriffen auf mich und auf dich berichten. Sonja ist einverstanden, auch wenn sie dadurch eventuell mit einer Anzeige rechnen muss. Sie hat auf seine Anfrage behauptet, sie wisse nicht, wo du dich versteckst. Diese Lüge ist nun leider aufgeflogen."

Uwe würde morgen den versprochenen Hunderter bekommen. Seine Leistung war mit Geld nicht aufzuwiegen. Wie ich Sonjas Verhalten wiedergutmachen konnte, wusste ich noch nicht. Ich spürte nur, wie mein Hass auf die Fischers immer mehr wuchs. Hätte ich diesen verdammten Hermann doch bloß nie kennengelernt!

81

Angelika

Ich informierte meine Chefin, dass ich aufgrund des gestrigen Angriffs heute nicht zur Arbeit kommen könne. Wie hätte ich sonst meine Vorhaben umsetzen sollen? Und zur ärztlichen Kontrolle musste ich wirklich.

„Wenn tatsächlich die Fischers hinter dieser neuerlichen Attacke stecken, werden wir ein Näherungsverbot erwirken", erklärte sie grimmig.

„Ich kümmere mich darum."

Als wenn die sich daran halten würden! „Morgen früh bin ich auf jeden Fall wieder da", versicherte ich ihr. „Ich denke, die schlimmste Nacht habe ich hinter mir. Ich bin nur ziemlich unbeweglich. Die Stelle ist dick geschwollen und dieser Rucksackverband, den ich tragen muss, drückt."

„Ich werde auch ein paar Tage auf Sie verzichten können", beruhigte mich meine Chefin. „Will der Arzt Sie krankschreiben, wehren Sie sich nicht dagegen."

„Ich melde mich, sobald ich Näheres weiß." Ich wollte arbeiten! Die Anforderungen würden mich wenigstens für diese Zeit von meinen Problemen ablenken.

„Kühlen, kühlen, kühlen", mahnte der Chirurg, den ich anschließend aufsuchte. „Das ist die Prellung, die so heftig schmerzt." Er polsterte den Verband etwas aus und verschrieb mir neue Schmerztabletten. Ob ich aufgeklärt worden sei, dass eventuell eine Operation anstehe?

„Im Krankenhaus sagte man mir, bei dem glatten Bruch sei das wahrscheinlich nicht nötig." Eine Operation? Mehrere Tage Krankenhausaufenthalt? Oh, bitte nicht! Nicht jetzt!

Ich versprach, regelmäßig zur Kontrolle vorbeizukommen, und bekam an der Anmeldung gleich einen neuen Termin für den nächsten Montag. Den legte ich allerdings auf den Nachmittag und auf eine Krankschreibung über den heutigen Tag hinaus hatte ich auch verzichtet.

Von der Praxis aus war es ein Katzensprung zu Sonjas Laden. Daher verschob ich meinen Besuch bei Herrn Niemann auf später. Für diese Unterredung brauchte ich einen klaren Kopf. Ich löste das Rezept in der Apotheke unten im Haus ein und machte mich auf den Weg.

Sonjas kleines Geschäft lag eingezwängt zwischen einer Fleischerei und einem Elektronikfachgeschäft, trotzdem war es ihr gelungen, das einzige Fenster als Eyecatcher zu gestalten. Die bunten Sommerblumen zwischen den ausgestellten Kosmetika und die lächelnde Sonne, die darüber schwebte, lockten den potentiellen Kunden, wenigstens einen kurzen Blick in die Auslage zu werfen.

An mich waren diese Herrlichkeiten verschwendet. Ich benutzte weder regelmäßig Make-up noch Parfüm noch duftende Badeessenzen, und das Deo stammte aus dem Supermarkt, wenn ich die Preise sah, wusste ich auch, warum. Die lagen weit über dem, was ich auszugeben bereit war.

Nicht dass wir es uns nicht hätten leisten können. Michael und ich verdienten zusammen deutlich mehr, als wir an Ausgaben hatten. Wir waren uns jedoch einig, dass wir uns lieber Rücklagen für das Alter schaffen wollten. Besser spät als nie.

Durch die Belastung der Kosten für Josies Internat und ihre häufigen Wochenendbesuche hatten wir jahrelang auf vieles verzichten müssen. Für uns war es schon etwas Besonderes, in einem gutbürgerlichen Restaurant zu essen oder eine Reise mit Hotelservice zu buchen. Wir vermissten den Luxus eines aufwändigen Lebensstils immer noch nicht. Vielmehr hatten uns die Einschränkungen geholfen, bodenständig zu bleiben und auch unsere Kinder in diesem Sinne zu erziehen. Wahrscheinlich hatte es Lilli nur deshalb geschafft, mit dem wenigen, das sie verdiente, ein eigenständiges Leben zu führen.

Die Tür des Ladens öffnete sich und eine perfekt geschminkte Kundin trat heraus, Sonja direkt hinter sich. „Hi! Komm rein!" Ihr fragender Blick sprach Bände. Was ist nun schon wieder passiert?

„Ich war beim Arzt in der Nähe und dachte, ich schau mal kurz vorbei", beruhigte ich sie. „Ich wollte mich bei dir bedanken, für alles, was du getan hast. Nein", kam ich ihrem Protest zuvor. „Du hast dich selbst in Teufels Küche gebracht. Das ist nicht selbstverständlich."

„Ich habe Michael mindestens genauso viel zu verdanken", wehrte sie ab. „Du kannst dir nicht vorstellen, wie extrem das damals war." Sie schüttelte gedankenverloren den Kopf. „Und außerdem bin ich mir sicher, dass er mit dem Mord nichts zu tun hat. Die Polizei macht einen großen Fehler, wenn sie sich ausschließlich auf ihn konzentriert."

„Ich gehe gleich zu dem Ermittler und berichte ihm von den gestrigen Vorfällen und … Oder hat er sich schon bei dir gemeldet?"

Sie lachte auf. „Die wissen bestimmt noch gar nichts von der neuen Entwicklung. Polizeimühlen mahlen langsam, genau wie alle amtlichen." Sie wurde wieder ernst. „Was macht Michael? Weiß er schon, wo er hin will?"

Ich sah auf die Uhr. „Er hat noch genau drei Stunden, sich ein neues Versteck zu überlegen. Ich treffe ihn um ein Uhr in der Nähe des Campingplatzes. Deshalb habe ich mir heute doch freigenommen. Ich …"

„Geli, nein!" Sie hob entsetzt die Hände. „Das ist viel zu gefährlich. Stell dir vor, die folgen dir. Dann haben sie ihn sofort."

„Ich glaube nicht, dass …"

„Seid lieber vorsichtig. Man kann nie wissen." Sie musterte mich kritisch. „Bist du überhaupt in der Lage, Auto zu fahren? Nein, eher nicht", beantwortete sie sich ihre Frage selbst. „Man sieht dir an, dass du Schmerzen hast. Nein, das ist keine gute Idee." Sie zog die Lippen zwischen die Zähne und kaute nachdenklich darauf herum. „Uwe! Michael soll sich an Uwe wenden. Der wird ihm helfen. Ich rufe ihn an." Sie machte Anstalten, in einen der hinteren Räume zu laufen.

„Halt!" Eine weitere Person mit hineinziehen? Ich kannte diesen Mann nicht. Würde der nicht sofort die Polizei einschalten, wenn er erfuhr, weshalb Michael sich versteckte?

„Uwe ist in Ordnung." Sie schien meine unausgesprochenen Einwände zu erahnen. „Er hatte früher selbst mal Probleme mit unseren Ordnungshütern. Deshalb hätte ich eigentlich wissen müssen, dass er versucht die Einbrecher eigenmächtig zu stellen. Glaube mir, der ist genau der Richtige. Ich erkläre ihm alles, muss mich aber beeilen. Die nächste Kundin kommt gleich zur Behandlung." Sie erstarrte mitten in der Bewegung. „Nein, da ist sie schon. Guten Tag, Frau Heißner", empfing sie das pickelige junge Mädchen mit einem Lächeln. „Sie können gleich durchgehen. Ich bin sofort bei Ihnen. Lass mich ruhig machen", flüsterte sie mir zu, nachdem diese an uns vorbeigegangen war. „Ruf mich an, wenn du aus der Wache raus bist. Bis dahin habe ich alles geregelt."

Natürlich hatte ich vergessen, Sonja um ein Glas Wasser zu bitten, damit ich die Schmerztablette einnehmen konnte. In der Bäckerei gegenüber bestellte ich einen Kaffee und nahm mir gleich zwei Stücke Kuchen als Mittagessen mit. Noch war ich nicht überzeugt, dass Sonja mit ihrer Idee Erfolg hatte.

So verfügte ich auch gleich über ausreichend Münzen für das Straßenbahnticket. Kaum hatte ich es gezogen, fuhr die Bahn vor. Um diese Zeit waren die Schüler und die Berufstätigen längst an ihren Zielorten angekommen, ich konnte mir sogar einen Sitzplatz in Fahrtrichtung aussuchen.

Drei Haltestellen später hatte ich mein Ziel erreicht. Der Rentner vor mir nahm quälend langsam die Stufen, der junge Mann hinter mir versuchte sich an mir vorbeizudrängeln und stieß dabei gegen meine Schulter. Trotz der Schmerztablette durchfuhr mich ein so heftiger Stich, dass mir der Schweiß ausbrach. Und ich wollte heute mehrere Stunden hinter dem Steuer sitzen?

Herr Niemann sei nicht im Haus, teilte mir der Pförtner mit. Frau Dietrich, seine Partnerin, sei aber in ihrem Zimmer. Ob ich mit ihr sprechen wolle?

Ja, wollte ich. Er meldete mich telefonisch an und wies mir den Weg. Sie stand bereits im Flur, als ich aus dem Aufzug stieg, wir stellten uns gegenseitig vor und sie deutete auf den Stuhl vor ihrem Schreibtisch. „Wie kann ich Ihnen helfen?"

„Ich bin gestern tätlich angegriffen worden, mehrere Stunden danach hat vermutlich derselbe Täter versucht meinen Mann zu verprügeln.

Stattdessen erwischte es den Campingplatzbetreiber, der nach dem Rechten sehen wollte."

„Dafür sind wir leider nicht zuständig. Sie müssen sich an …"

„Das weiß ich", unterbrach ich sie. „Ich dachte, es würde Sie interessieren. Naja, zum einen, dass mein Mann sich anscheinend die ganze Zeit in einem Wohnwagen dort versteckte, zum anderen, dass jemand ihn aufstöberte und gezielt angriff. Genauso wie mich", setzte ich hinzu. „Obwohl ich vermute, dass es sich dabei um eine Verwechslung handelte und mein Mann das eigentliche Ziel war."

Langsam schien ihr zu dämmern, wen sie vor sich hatte. „Frau Voß. Sie sind die Ehefrau des Verdächtigen."

„Mit Ihren Bemühungen, ihn durch die Befragung seiner Freunde und Bekannten zu finden, haben Sie offensichtlich diese heftige Reaktion ausgelöst", erklärte ich. „Daher denke ich, Sie sollten sich mit den Kollegen in Verbindung setzen, die diese Fälle bearbeiten. Beim zweiten Mal gelang es nämlich, die Täter zu fassen. Wäre doch bestimmt auch für Sie interessant, zu erfahren, um wen es sich dabei handelt."

Ich erhob mich und wandte mich zur Tür.

„Frau Voß?"

Ich blieb mit dem Rücken zu ihr stehen.

„Wissen Sie, wo sich Ihr Mann jetzt befindet?"

Ich drehte mich doch noch einmal um und blickte ihr fest in die Augen. „Nein, er hat sich rechtzeitig genug in Sicherheit gebracht. Das ist alles, was ich weiß." Damit verließ ich hoch erhobenen Hauptes den Raum, mit dem Gefühl, einen wenn auch kleinen und total nebensächlichen Sieg davongetragen zu haben.

82

Michael

Ich hatte mir den Handywecker auf halb sechs gestellt und fühlte mich nach der kurzen Nacht und all der Aufregung wie zerschlagen. Im Zeitlupentempo erhob ich mich, nahm meine Tragetasche und verließ die Scheune, nachdem ich vorsichtig durch den Spalt der Tür gelugt hatte. Bis meine Frau mich in einigen Stunden abholte, musste ich mich irgendwo in der Nähe versteckt halten, möglichst ohne entdeckt zu werden.

Es war saukalt, die eisige Luft schmerzte in meiner Lunge und ich musste meine müden Muskeln zwingen, sich in einen schnelleren Marsch zu setzen. Ich sehnte mich nach einem heißen Kaffee, der mich wenigstens aufwärmte. Zwar hatte ich relativ gut geschlafen, aber die Temperaturen im Stall waren nicht mit denen eines richtigen Bettes zu vergleichen. Ich hatte gelinde gesagt die Schnauze voll von diesem Abenteuer. Stellen wollte ich mich jedoch auch nicht. Dann lieber weitere Unannehmlichkeiten in Kauf nehmen!

Ich zündete mir zum Trost eine Zigarette an und nahm den Weg zum nächsten Dorf. Vermutlich hatte ich Glück und niemand suchte dort nach mir. Die Polizei würde sich zuerst um die beiden Verdächtigen kümmern und sich dann vielleicht irgendwann mal mit der Behörde in Verbindung setzen, die den Mord bearbeitete, das konnte dauern.

Die Bäckerei hatte bereits geöffnet und selbst in diesem kleinen Kaff gehörten zu der Einrichtung zwei kleine Tische, um in Ruhe zu frühstücken. Ich bestellte mir eine Tasse Kaffee und ein belegtes Brötchen und kaufte eine Tageszeitung dazu. Ganz langsam begann ich aufzutauen. Ich ließ ein zweites Brötchen und einen weiteren Kaffee folgen und benutzte ausgiebig die sanitären Anlagen. Danach trat ich schweren Herzens wieder nach draußen in die Kälte. Ich hatte noch mehrere Stunden totzuschlagen, bis Geli eintraf.

Ich beschloss, wieder in den Wald zurückzukehren. Erstens war ich dort ein wenig vor dem beißenden Wind geschützt und zweitens wusste ich nicht, was ich sonst machen sollte. Dieses kleine Dorf bestand aus einer Ansammlung von Bauernhöfen, dem Bäcker, einem kleinen Lebensmittelladen und einer Tankstelle. In der Großstadt hätte ich die Stunden in den Kaufhäusern verbummeln und mich dabei aufwärmen können. Hier gab es diese Möglichkeit leider nicht. Ich war der Einzige, der sich eine ruhige Stunde gegönnt hatte, um zu essen, und ich hatte die letzte halbe Stunde das Gefühl gehabt, als starre mich die Verkäuferin an, so ungewöhnlich schien mein Verhalten zu sein.

Die Kälte vertrieb die letzten Reste meiner Müdigkeit, ließ mich aber auch bald wieder frösteln. Noch fast drei Stunden bis zu meinem Treffen mit Geli!

Als das leise Summen meines Handys die Stille durchbrach, zuckte ich zusammen. Eine unbekannte Nummer, nicht die von meiner Frau! Ich zögerte, ob ich das Gespräch annehmen sollte. Und wenn die Polizei mich versuchte zu orten?

„Du Idiot!", schimpfte ich mit mir selbst. Dazu müssen sie dich nicht anrufen. Du hast das Telefon eingeschaltet gelassen. Vielleicht hast du sie bereits auf deine Spur gesetzt.

Das Klingeln endete, während ich panisch überlegte, was ich machen sollte. Das Handy stellte die einzige Verbindung zu Geli dar. Was, wenn sie mich erreichen wollte?

Ping! Das Signal gab den Eingang einer SMS an. Geh dran!!! Ich muss dringend mit dir sprechen, Sonja. Das Klingeln setzte wieder ein.

„Pass auf! Ich habe gerade mit Uwe gesprochen. Geh zum hinteren Parkplatz und warte neben den Flaschencontainern. Er kommt dich abholen." Das alles war wie ein einziger Schwall aus ihr herausgebrochen. Sie holte tief Luft.

„Ist was mit Geli?", fragte ich, bevor sie weitersprechen konnte.

„Nein, es geht ihr den Umständen entsprechend. Ich weiß, sie wollte dich abholen. Nur – wo willst du dich verstecken? Hast du ein vernünftiges Ziel?"

„Nein", musste ich zugeben. „Ich überlege noch."

„Siehst du. Uwe ist der gleichen Meinung wie ich: Am besten bist du da aufgehoben, wo dich keiner vermutet. Alle werden denken, du bist getürmt. Keiner sucht dich weiterhin an diesem Ort. Verlass dich auf ihn, er weiß Bescheid."

„Aber …"

„Micha, ich kann jetzt nicht, die nächste Kundin kommt jeden Moment. Mach einfach, was ich dir sage. Und such dir eine andere Möglichkeit zum Telefonieren. Die Verbindung zwischen uns ist aufgeflogen. Wer weiß, ob die Polizei nicht versucht dich zu orten."

Das hörte sich an wie aus einem schlechten Krimi. Trotzdem tat ich genau das, was sie vorgeschlagen und ich ebenfalls in Erwägung gezogen hatte, ich schaltete das Handy aus. Bei einer Zigarette dachte ich über ihren Vorschlag nach, der mir, je mehr mir die Kälte zusetzte, umso einleuchtender erschien. Gewiss kannte Uwe einen abgelegenen Ort, an dem ich mich für die nächste Zeit ohne Gefahr zu laufen, entdeckt zu werden, aufhalten konnte. Ob er auch zuverlässig war und mich nicht verriet, stand auf einem anderen Blatt. Warum sollte er mir helfen wollen?

„Weil ich weiß, wie leicht man von denen abgestempelt wird."

Ich hatte ihn direkt nach unserem Treffen an den Containern gefragt, wieso er sich traute, dieses Risiko einzugehen, und er gab mir bereitwillig Auskunft.

„Meine Ex und ich haben uns im Streit getrennt. Auf einmal behauptet sie, ich habe sie vergewaltigt und bedroht, also noch während der Beziehung. Ich erfuhr von den Vorwürfen dadurch, dass eines Tages die Polizei auf der Matte stand und mich zum Verhör mitnahm. Die haben mich wie den letzten Dreck behandelt. Für die war ich schuldig. Ich habe mir fast ins Hemd gemacht, das kannst du mir glauben. Wie sollte ich das Gegenteil beweisen?"

Das waren die längsten aneinandergereihten Sätze, die ich Uwe bisher hatte reden hören. Erstaunlich, wie offen er mir seine Geschichte erzählte. Wahrscheinlich deshalb, weil er in mir einen ähnlichen Unglücksraben vermutete. Was hatte Sonja ihm bloß erzählt? „Und? Wie bist du aus der Nummer wieder rausgekommen?"

„Ich hatte einen cleveren Anwalt, der mich fast meine gesamten Ersparnisse kostete, dafür aber eine Menge hässliche Dinge über meine

Verflossene ausgrub. Die hatte das schon mal versucht, mit dem Partner vor mir. Und der wusste Sachen zu erzählen, du glaubst es nicht! Ich wurde von allen Vorwürfen freigesprochen und sie kriegte ein Verfahren wegen ihrer Falschaussage an den Hals. Diese Polizisten, meinst du, einer von denen hätte sich bei mir entschuldigt? Kannste vergessen." Er knuffte mich in die Seite. „Sonja sagt, du bist okay. Ich finde das auch. Also helfe ich dir, ist wohl klar. Kommst du?"

Er brachte mich zu dem sogenannten Wohnwagenfriedhof, einem extra abgezäunten Gelände hinter dem eigentlichen Platz, auf dem Camper in den verschiedensten Stadien des Verfalls vor sich hin rotteten. Ein riesiger Dobermann stand am Tor und beobachtete uns wachsam.

„Das ist Cäsar." Uwe öffnete das Vorhängeschloss, löste die Kette und der Hund stürzte sich auf ihn. Lachend wehrte er ihn ab. „Er riecht die Wurst in meiner Tasche. Der spuckt mir sonst die Tabletten, die er einnehmen muss, vor die Füße. Deshalb kriegt er jetzt morgens und abends Leckerchen." Liebevoll tätschelte er das Tier, das zu hecheln begann und mir dabei einen Blick auf seinen riesigen Fang gestattete. Ich schluckte mühsam. Und mit dem in meiner direkten Nähe sollte ich leben?

„Hier." Uwe hielt ihm die präparierte Wurst hin, ein Happs und sie war verschwunden. Verlangend stupste Cäsar gegen die Finger. „Na gut, eins noch." Er grinste mich an. „Ohne ihn wäre ich vermutlich im Krankenhaus gelandet. Die hatten Baseballschläger dabei. Ich auch, aber die waren zu zweit und ziemlich wütend."

„Ich muss euch beiden danken. Ihr …"

„Quatsch! Sonja hat gesagt, ich soll die Polizei rufen. Ich habe mich selbst in Gefahr gebracht. Also wenn Cäsar was Schlimmeres passiert wäre …" Seine Stimme brach. Er wandte sich seinem Hund zu und kraulte ihn ausgiebig hinter den Ohren, bis der vor Wonne winselte. Dann zeigte er auf mich und sagte: „Freund." Und an mich gewandt: „Los, komm. Du kriegst die beste Unterkunft, die ich habe."

Das Tier trabte neben Uwe her und beäugte mich misstrauisch von der Seite. „Bist du dir sicher, dass er dich verstanden hat?", wagte ich zu fragen.

„Klar, der weiß, dass er dir nichts tun darf." Er grinste mich an. „Solange du brav auf dem Gelände bleibst. Raus lässt er dich nicht mehr."

Na, das waren ja tolle Aussichten!

„Keine Bange. Ich hole dich jeden Abend nach dem Dunkelwerden rüber zu mir. Da kannst du dich vernünftig waschen und was Richtiges essen. Nur am Wochenende solltest du hierbleiben. Ich bringe dir noch ein paar Vorräte vorbei. Damit kommst du über die Runden."

Er führte mich zu einem heruntergekommenen Vehikel mit platten Reifen und dreckverschmierten Scheiben, dessen ehemals weiße Farbe kaum noch zu erahnen war. „Der sieht schlimmer aus als er ist. Warte, bis wir drinnen sind."

Ein muffiger Geruch schlug uns entgegen, sonst schien das Innere erstaunlich gut in Schuss. Auf der einen Seite befand sich ein großes Doppelbett, auf der anderen eine Sitzecke, an der Längswand gegenüber der Tür sah ich den obligatorischen Ofen, Herdplatten mit darunterliegendem Kühlschrank und eine kleine Spüle.

Uwe öffnete die daneben liegende Tür. „Eine funktionierende Toilette hast du auch. Falls nötig zeige ich dir, wie man sie leert. Das Wasser aus dem Kran würde ich nicht benutzen." Er nickte zu dem kleinen Waschbecken hinüber. „Ich bring dir später einen vollen Kanister."

„Was ist mit der Heizung?" Das war meine größte Sorge. Die Nächte waren auf dem Land wesentlich kälter als in der Stadt. Selbst mit einem vernünftigen Schlafsack ausgestattet würde ich es nicht lange hier aushalten.

„Ich habe schon eine Gasflasche angeschlossen. Ich sag doch, das ist ein Luxusteil. Du kannst sogar kochen."

Zumindest besser als die Scheune, da hatte er recht. Und vielleicht war bereits in einigen Tagen das Versteckspiel vorbei und der wahre Täter entlarvt. So schwer konnte es eigentlich nicht sein, ihn zu finden. Wir mussten uns eben Mühe geben!

83

Angelika

„Michael sollte doch wissen, wer die Möglichkeit hatte, an ein Kleidungsstück von ihm zu kommen", sagte Heidrun, die mich gleich nach meinem Anruf bei ihr besuchte.

„Es fehlen, soweit ich es überblicken kann, keine." Ich hatte mehrfach die Schränke durchsucht. Jedes Mal, wenn ich dachte, ich wäre auf der richtigen Spur, fand sich das entsprechende Teil in der Schmutz- oder Bügelwäsche. Ich hatte wirklich keine Idee mehr, worum es sich dabei handeln konnte.

„Was ist mit diesen Handschuhen beim Sport? Zieht man nicht welche über, wenn man zum Beispiel Gewichte stemmt?"

Ich musste lachen, hörte aber schnell wieder auf. Die Schmerzen waren mithilfe der Tabletten mittlerweile erträglich, wenn ich mich ruhig verhielt. Eine falsche oder zu hastige Bewegung, ein Husten oder Lachen musste ich mir wohl noch für einige Tage verkneifen. „Michael ist aufs Laufband gegangen und hat einige der Maschinen zum Training der Arm- und Beinmuskulatur benutzt. Das war's."

„Was ist mit einem Handtuch zum Schweißabwischen?"

„Er nahm eins von unseren mit. Du wirst nichts finden - bis auf die Putzlappen im Auto, die er zum Säubern der Scheiben benutzte. Das ist unsere einzige Spur."

„Wen hat er im Auto mitgenommen?" Heidrun stürzte sich geradezu auf diese Aussage. „Los, wir machen eine Liste!"

„Schon geschehen. Im Prinzip kann es danach jeder gewesen sein, sogar Hermann." Der Zusatz war als Scherz gemeint gewesen, ihn konnten wir definitiv ausschließen. Niemals würde er die Hand gegen eines seiner Kinder erheben, nicht mal im Affekt. „Verbleiben von denen, die weiterhin zu uns und den Fischers Kontakt hatten, nur Stefan und Holger. Und vielleicht noch Lukas Kramer und seine Mutter. Aber die beiden scheiden eigentlich aus. Er ist von seiner Intelligenz her nicht in der Lage, einen derartigen Plan umzusetzen, sie ist laut Michaels Aussage zu klein und zierlich, als dass sie sich gegenüber Sugar körperlich hätte durchsetzen können."

„Vergiss diejenigen nicht, mit denen Michael während seiner Recherchen sprach", erinnerte mich Heidrun. „Es gibt mehr Verdächtige, als du denkst."

„Es muss einen Zusammenhang geben. Ich meine, niemand geht hin und tötet jemanden einfach so. Es muss sowohl einen Grund für den Mord geben als auch dafür, dass der Täter Michael sozusagen als zweites Opfer auserkor."

„Im ersten Punkt stimme ich dir zu, im zweiten nicht." Heidrun griff nach ihrer Tasse, aber anstatt zu trinken, betrachtete sie nachdenklich die Flüssigkeit und schwenkte sie leicht hin und her. „Dein Mann ist meiner Meinung nach eher ein Opfer der Umstände, er war zur richtigen Zeit am richtigen Ort, um als Verdächtiger herzuhalten. Eine große Zahl unterschiedlicher Personen wusste von seinem Hass auf Sugar und von seiner Überwachung. Du glaubst nicht, was Menschen alles anstellen, um bei einer derartigen Tat ungeschoren davonzukommen. Viele hauen dafür selbst den besten Freund in die Pfanne."

Hermann nicht, fuhr es mir unwillkürlich durch den Kopf. Zu seinen Freunden und seiner Familie war er loyal bis zur Selbstaufgabe.

„Kann Michael sich erinnern, ob oder vielleicht sogar wann er den Lappen ersetzte?"

„Es handelte sich nicht um einen, sondern um mehrere", musste ich leider zugeben. „Einer mehr oder weniger wäre ihm nicht aufgefallen. Es gab reichlich Nachschub in den diversen Autofächern."

„Frag ihn trotzdem noch mal. Vielleicht erinnert er sich, dass jemand anbot, ihm zu helfen. Und frag ihn auch, ob er nicht vielleicht irgendwo ein Gästehandtuch benutzte. Ja, das ist es!" Sie grinste mich triumphierend an. „Ihr wart doch öfter auf Partys. Derjenige musste nur zusehen, dass er direkt hinter Michael die Toilette betrat. Ein derart kleines Tuch kann man gut in der Jackentasche verschwinden lassen."

„Und hat dann Sugar mit diesem Miniteil erdrosselt?", fragte ich zweifelnd.

„Vielleicht trug er auch Handschuhe und rieb anschließend ihren Hals daran. Meine Güte, zeig mal ein bisschen Phantasie!"

„Müsste die Spurensicherung nicht Hinweise gefunden haben, mit welchem Gegenstand Sugar erwürgt wurde?" Ja, ich würde meine Chefin morgen früh sofort bitten, ihren Anwaltskollegen einzuschalten. Der sollte sich als Michaels Verteidiger ausgeben und Akteneinsicht verlangen. Das würde ihm sicherlich gewährt – oder?

„Geli, wir kommen der Sache tatsächlich näher." Heidrun lachte triumphierend. „Kannst du Michael irgendwie erreichen? Der weiß schließlich am besten, was er wo angefasst hat."

„Über Sonja eventuell." Die hatte mir erklärt, dass das Handy zur Sicherheit ausgeschaltet blieb und ich bloß nicht selbst bei dem Campingplatzbetreiber anrufen solle, um keine neuen Spuren zu hinterlassen.

„Klar gebe ich das weiter", antwortete diese auf meine Bitte hin sofort. „Sollten die Ermittler tatsächlich unsere Telefone überwachen, kann ich immer noch behaupten, ich hätte mit Uwe wegen der Schäden Kontakt aufgenommen. Es darf nur nicht zu oft vorkommen."

„Danke, tausend Dank! Ich schaue morgen nach der Arbeit bei dir rein. Dann müssen wir nicht telefonieren."

Ich umarmte Heidrun zum Abschied. „Auch dir möchte ich danken, für alles, was du für uns getan hast. Wenn wir dich nicht kennengelernt hätten …"

„… wären wir vermutlich nie Freundinnen geworden", fiel sie mir ins Wort. „Du warst genauso für mich da, als wir Kitty abholen durften."

Das war eine Kleinigkeit gegen das, was sie mir gegeben hatte!

Die ersten zwei Monate hatte sie als unsere gemeinsame Therapeutin fungiert. Nach Michaels Zusammenbruch hatte ich sie allein aufgesucht, wir stellten fest, dass wir uns von Mal zu Mal besser verstanden, bis unsere Treffen eher einem Austausch zwischen Freundinnen glichen.

Schon bald hatte sie sich geweigert, Geld von mir zu nehmen, obwohl wir oft auf das Thema, das uns zusammengebracht hatte, zurückkamen. „Ich lade meinen Kummer bei dir ab und du deinen bei mir. Ich nehme Anteil an deinem Leben und du an meinem."

Auch in Bezug auf Michael hatte sie mich unterstützt, ihm sogar schon vor seinem Krankenhausaufenthalt gut zugeredet, dass er sich in stationäre Behandlung begeben solle, wovon mein Mann natürlich nichts hören wollte. Sie hatte ihn von Anfang an richtig eingeschätzt. „Du bist die Starke, er tut nur so. Er frisst die Probleme in sich hinein, du versuchst aktiv dagegen anzugehen. Michael wird daran zerbrechen, wenn er sich keine intensive Hilfe holt."

Da mein Mann nicht bereit war mitzuarbeiten, drehten sich damals unsere Gespräche ohne erkennbare Fortschritte im Kreis - zumindest aus seiner Sicht. Ich setzte mich jede freie Minute an den Computer und recherchierte, hatte bei jedem Treffen neue Fragen, tauchte tief in die Materie ein. Er dagegen suhlte sich regelrecht in seinem Leid, so kam es mir wenigstens vor. Er wurde zunehmend ungerecht und vor allen Dingen unberechenbar. Er litt und ließ seine gesamte Umgebung mitleiden.

„Du kannst ihm nicht helfen", sagte mir Heidrun immer wieder. „Er muss von sich aus bereit sein, Hilfe anzunehmen, sich auf eine tiefergehende Therapie einlassen."

Wie recht sie hatte! Im Endeffekt war dieser Zusammenbruch auf der Arbeit ein Glücksfall. Endlich sah Michael ein, dass er allein nicht aus diesem tiefen Loch herauskommen würde. Dem Psychiater im Krankenhaus gelang es, ihn zu überzeugen, sich einer Langzeittherapie zu unterziehen. Ich konnte aufatmen, der erste Schritt zu seiner Gesundung war gemacht.

Es fiel mir heute noch schwer, die Zusammenhänge nachzuvollziehen. Eigentlich war Lilli die Hauptbetroffene, sie war es, die jahrelang gelitten hatte, deren Leben durch die Erlebnisse in ihrer Kindheit aus den Fugen geriet und ein planvolles Gestalten unmöglich machte.

Kinder, die missbraucht werden, entwickeln Schulprobleme oder Ängste, ein massives Gefühl von Entwertung, Ohnmacht und vermeintliche Schuld, da sie sich nicht als Opfer sehen können, hatte ich gelesen. Wieso waren mir die Veränderungen an Lilli damals nicht aufgefallen?

„Mach dir keine Vorwürfe", mahnte Heidrun. „Deiner Schilderung nach ist deine Tochter intelligent genug, ihr Innenleben vor dir zu verbergen. Du dachtest vielleicht an Eifersucht, an Probleme mit den Klassenkameraden und dann später in der Pubertät an falsche Freunde oder fehlenden Antrieb. Ich bin mir sicher, du hast dein Bestes gegeben."

Trotz ihrer Erklärung und der vielen Literatur, die ich zu diesem Thema gelesen hatte, verstand ich bis heute nicht wirklich, wieso Lilli sich uns nicht anvertraut hatte. Die große Wunde hatte sich im Laufe der Monate geschlossen, doch eine weiterhin schmerzende Narbe war zurückgeblieben.

84

Michael

Das Gelbe vom Ei war meine neue Behausung nicht. Gut, dass ich mich hier verstecken musste und nicht etwa Geli. Die Matratzen wiesen große Stockflecken auf, Bezüge gab es nicht. Die Sitzpolster der Bänke in der Essecke waren angeschimmelt, die Spinnweben und Staubflusen überall ebenfalls nicht von schlechten Eltern. Aber Hauptsache, ich hatte es warm und trocken!

Uwe kam kurz darauf noch einmal vorbei und brachte mir ein paar Lebensmittel und einen Kanister Wasser. „Damit du nicht vom Fleisch fällst."

Ich bat ihn, meine Klamotten und eigenen Vorräte aus Sonjas Wohnwagen zu holen und die Decke und das Kopfkissen nicht zu vergessen.

„Schon geschehen. Ich habe gleich heute Morgen leer geräumt. Und das Schloss ausgetauscht. Da war nichts mehr zu machen. Wieso hattest du eigentlich abgeschlossen?"

„Aus alter Gewohnheit. Die mir wahrscheinlich das Leben rettete", setzte ich hinzu.

„Sehe ich genauso." Sein Grinsen verschwand und wurde durch eine grimmig blickende Miene ersetzt. „Ich hoffe, die wandern dafür in den Bau." Er pfiff nach Cäsar, der in der Nähe herumschnüffelte, und setzte sich wieder in Bewegung. „Wenn ich dich nachher abhole, kriegst du deine Bettwäsche. Alles auf einmal kann ich nicht anschleppen."

„Kein Problem", versicherte ich ihm. „Ich esse eine Kleinigkeit und schlafe dann ein bisschen. Die Nacht war viel zu kurz."

„Wem sagst du das!"

Selbst aus der Entfernung konnte ich erkennen, dass er spöttisch die Augenbraue angehoben hatte. Ich musste mich ihm gegenüber unbedingt erkenntlich zeigen – irgendwie. Mit Geld war sein Tun im Prinzip nicht aufzuwiegen. Den versprochenen Hunderter hatte ich ihm regelrecht mit der Begründung, er solle seinem Hund dafür Leckerchen kaufen, aufgedrängt.

Ich aß eine halbe Packung Kekse und musste meinen Durst aus dem Kanister stillen, weil Uwe vergessen hatte, mir Wasserflaschen mitzubringen. Die Zigarette danach rauchte ich aus dem Fenster, Auge in Auge mit Cäsar, der mich genauestens beobachtete. Ich drückte die Kippe sorgfältig aus und legte sie in die Spüle. Einen Aschenbecher musste ich mir heute Abend auch organisieren.

Danach war es Zeit für ein kleines Nickerchen. Ich benutzte meine Jacke als Kopfkissen und deckte mich innerlich schaudernd mit einer Mini-Decke zu, die ich als einziges Überbleibsel im Kleiderschrank gefunden hatte. Kaum berührte mein Körper die Matratze, schlief ich ein.

Lautes Poltern weckte mich. „He, Micha, aufwachen!"

Überrascht stellte ich fest, dass es bereits dunkel war. Uwe stand direkt vor mir, neben ihm sein hechelnder Hund.

„Hier!" Er warf mein Bettzeug auf mich. „Hast du Hunger oder willst du lieber weiterschlafen?"

„Nein, ich komme mit." Die Kekse hatten nicht lange vorgehalten, ich verspürte einen Bärenhunger.

„Gut, wir warten draußen."

Cäsar beschnüffelte mich ausgiebig, als ich mich zu ihnen gesellte. Auf ein leises Wort von Uwe ließ er von mir ab und trollte sich. „Der ist nur neugierig", behauptete er. „Bald seid ihr die besten Freunde."

Das wagte ich zu bezweifeln. Dieses riesige Tier jagte mir Angst ein, denn obwohl ich auf einem Bauernhof aufgewachsen war, hatten wir nie Hunde gehalten. Und denen, die ich von den anderen Höfen kannte, ging man besser weiträumig aus dem Weg. Das waren exzellente Wachhunde, die keinen Fremden in die Nähe der Gebäude ließen.

„Dieses Wochenende wird kaum was los sein." Uwe leuchtete uns mit einer Stablampe. „Es soll kalt bleiben, mit extremen Minustemperaturen in der Nacht. Das tun sich vielleicht die Hartgesottenen an. Die anderen bleiben zu Hause."

„War die Polizei noch einmal da?"

„Nee, ich hab angerufen, ich brauch ja die Namen für die Tierarzt-rechnung. Die mussten die beiden Übeltäter freilassen, war ja klar. Aber die Anzeige steht, die müssen vor Gericht."

„Haben sie nach mir gefragt?"

„Heute nicht. In der Nacht wollten die schon wissen, wer hier wohnt und wo derjenige ist. Ich habe ausgesagt, ich hätte dich kaum zu Ge-sicht bekommen. Du seist ein Gast von der Besitzerin gewesen und die hätte dich ordentlich angemeldet." Er wartete mit seiner weiteren Er-klärung, bis wir in sein Häuschen eingetreten waren. „Sonja sagt, ich solle ruhig bei der Wahrheit bleiben. Sie macht das schon."

Wieder jemand, dem ich aufs Tiefste verpflichtet war. Eigentlich ko-misch, dass nicht meine besten Freunde, sondern eine ehemalige Be-kannte und ein Fremder für mich in die Bresche sprangen.

Uwe setzte mir ein Tiefkühlgericht vor, das er in der Mikrowelle er-wärmte. Er selbst aß nur zwei belegte Brote. Dazu gab es Bier aus der Flasche, aber nur eine, wie er betonte. Bevor wir zum gemütlichen Teil übergingen, hätten wir einiges zu bereden.

Ich verstand den Wink. Er wollte endlich die ganze Geschichte hören, was ich durchaus nachvollziehen konnte. Immerhin machte er sich mit dem, was er für mich tat, strafbar. Ich musste endlich die Wahrheit offenlegen.

„Was ist, wenn einer der übrigen Camper vorbeikommt?", fragte ich, bevor ich mit meinem Bericht begann. „Und mich sieht?" Wir saßen im hellen Licht, jeder, der wie ich ans Fenster klopfte, würde mich sehen.

„Die benutzen die Schelle vorn am Laden", erklärte er süffisant grin-send. „Auf die Idee, ums Haus zu schleichen und mich zu erschrecken, kommen allerhöchstens die Kurzzeit-Gäste, und von denen bist du im Moment der einzige."

Also erzählte ich: von Lillis Anruf und ihrem Geständnis, von meinen Gefühlen, dem Zusammenbruch, der langen Zeit in Therapie und meinem Entschluss, Sugar einer Straftat zu überführen.

Fast eine Stunde redete ich allein. Uwe hörte schweigend zu, holte jedoch unaufgefordert eine zweite und eine dritte Flasche Bier, um meine Kehle zu befeuchten.

Als ich geendet hatte, nahm Uwe erst mal einen tiefen Schluck aus seiner Flasche. „Ich glaube, ich wäre ausgerastet und hätte sie sofort zur Rede gestellt", sagte er dann. „Ich habe keine Kinder, aber wenn ich mir vorstelle, ich hätte welche und einem von denen wäre so was passiert – nee, ich hätte für nichts garantieren können." Noch ein weiterer Schluck. „Also bist du ihr absichtlich aus dem Weg gegangen? Weil du sonst für nichts garantieren konntest?"

„Nein", gab ich ehrlich zu. „Ich hatte eine Stinkwut auf sie, der Gedanke, sie umzubringen, kam mir jedoch nie."

„Verstehe ich nicht. Du hast monatelang nichts getan und auf einmal bist du auf die Idee gekommen, es ihr irgendwie heimzuzahlen. Wieso?"

Was war das hier, eine Inquisition? Ich hatte eigentlich mehr Verständnis von ihm erwartet. „Vorher war ich viel zu sehr mit meinen Schuldgefühlen beschäftigt und mit Hermanns Reaktion. Danach stand ich unter starken Medikamenten." Ich zuckte mit den Schultern. „Vielleicht bin ich auch einer, der lange braucht, sich zu entscheiden, was er machen will. Keine Ahnung."

„Dachtest du nie daran, dass sie sich geändert haben könnte?"

„Alles, was ich gesehen und gehört hatte, widersprach dieser Vorstellung", versuchte ich zu erklären. „Wir, also meine Frau und ich, nahmen an ihrer Art und ihrer Lebensweise vorher nur keinen Anstoß, weil es uns nicht betraf und wir ja keine Probleme mit ihr hatten, wie wir dachten. Sie besaß schon einen gewissen Charme und behandelte meine Frau und mich immer wie zur Familie gehörend. Zu uns war sie nie ausfallend, sondern lieb und nett, als lege sie Wert auf ein gutes Verhältnis."

„Ein Mädchen!" Kopfschüttelnd stand er auf und holte zwei neue Bierflaschen aus dem Kühlschrank. „Also dass es Jungen gibt, die so was machen, das war mir klar. Aber Mädchen?"

„Sie sind in der Minderheit, allerdings beileibe keine Einzelfälle." Tatsächlich sprachen die Experten von dreißig Prozent mehr Jungen. Aber das tat hier nichts zur Sache.

„Und wie wird man so? Werden die so geboren?"

„Zum Teil ja, den Rest erledigt meist das Elternhaus." Auch Hermann war, wie ich mir selbst erst relativ spät eingestanden hatte, mitschuldig.

„Das Mädchen ist in ihren ersten Lebensjahren ziemlich heftigen Belastungen ausgesetzt gewesen. Das wirkt sich laut der Psychologen auf ihre Psyche aus."

„Und wieso hat nie jemand was gemerkt?"

Tja, gute Frage. Das war mir im Nachhinein auch ein Rätsel.

85

Angelika

Morgens beim Frühstück durchzuckte mich ein Gedanke, der meinen Magen zusammenzog und ein Weiteressen unmöglich machte. Woher wusste Sonja von Petras früheren Schwierigkeiten? Angeblich hatte sie seit der Scheidung keinen beziehungsweise durch das gemeinsame Sorgerecht nur oberflächlichen Kontakt mit Hermann gehabt. Und dieser war, nachdem sich ihre Jungen bereits im Teenageralter gegen weitere Treffen mit dem Vater wehrten, auf null geschrumpft.

Ich ließ unser Gespräch im Geiste noch einmal ablaufen. Ja, sie hatte eindeutig zu verstehen gegeben, dass sie informiert war, als ich Petras Hintergrund anschnitt. Woher hatte sie diese Informationen?

Ich schob die Tasse Kaffee von mir und zündete mir stattdessen eine Zigarette an. Mein Puls raste regelrecht, während ich mir eine mögliche Erklärung überlegte.

Außer mit Michael hatte Hermann, soweit mir bekannt war, mit niemandem offen über das Vorleben seiner Frau gesprochen. Selbst ich wusste lange Zeit nichts davon. Bis zu dem besagten Abend, an dem er schon ziemlich angeheitert auftauchte und nach weiteren drei Bier zu erzählen begann. Danach war der Damm gebrochen und ich erfuhr nach und nach weitere Einzelheiten, nicht regelmäßig, nur wenn er das dringende Bedürfnis verspürte, bei uns Trost zu suchen.

Petra und Hermann führten eine komplizierte Beziehung. Das, was jeder der beiden als Altlasten, wie Heidrun es gern bezeichnete, mit sich herumschleppte und nie mit professioneller Hilfe aufgearbeitet worden war, verhinderte ein harmonisches Miteinander. Sein ständig aufflammender Jähzorn und seine bevormundende Art trafen auf ihre leichte Kränkbarkeit und ihr Unvermögen, in Ruhe mit ihm zu diskutieren. Stattdessen schrien sie sich an, sie drohte, ihn zu verlassen, er reagierte mit komplettem Rückzug.

Dabei liebte Hermann seine Frau abgöttisch. Er hielt geradezu verzweifelt an der Beziehung fest, ein anderer durfte kein schlechtes Wort über Petra verlieren. Er selbst entschuldigte ihre Art mit den schlimmen Erlebnissen, die sie erdulden musste, ihre Kindheit war wohl ebenfalls kein Zuckerschlecken.

„Eigentlich passen die beiden überhaupt nicht zusammen", sagte selbst Michael hinter seinem Rücken. „Es ist genau wie bei Sonja. Er kann einfach nicht akzeptieren, dass sich erst etwas ändern wird, wenn er anfängt, an sich zu arbeiten."

„Beide", verbesserte ich ihn. „Ich glaube, einer allein reicht nicht."

Dass sich seine erste Frau von ihm getrennt hatte, konnte ich mittlerweile verstehen. Hermanns Liebe war derart allumfassend, er wollte das Leben seiner Familie komplett bestimmen, aus einem Gefühl der Verantwortung heraus, das jeder mit normalen Maßstäben nicht nachvollziehbar finden musste.

Nur war Hermann niemand, der mit seinen Problemen hausieren ging. Woher wusste Sonja von diesen Interna?

Das brachte mich gleich zur nächsten Frage. Wenn sie informiert war, bestand die Möglichkeit, dass sie gezielt nach diesen Dingen gegraben hatte. Und warum tat man so etwas? Weil man aus irgendwelchen Gründen einen gewaltigen Hass auf den Ex-Partner hatte, gab ich mir selbst die Antwort. Vielleicht fußte die Trennung der Jungen von ihrem Vater ja doch auf irgendeinem schrecklichen Ereignis, an dem die Kinder noch heute zu knacken hatten und von dem sie selbst erst vor kurzem erfahren hatte. Kannte ich Sonja gut genug, um zu erahnen, wie sie reagieren würde?

Ich gehe direkt nach der Arbeit bei ihr vorbei, beschloss ich, und konfrontiere sie mit meinem Verdacht - zumindest erschien es mir in diesem Moment naheliegend.

Gut, dass ich zuerst keinen weiteren Gedanken daran verschwenden konnte. Durch meinen einen Krankheitstag war viel liegen geblieben, ich musste zusehen, den Berg an Akten zu verringern, und hatte nicht eine freie Minute zum Grübeln.

Nach Feierabend informierte ich meine Chefin ausführlich über die beiden Attacken. Sie griff sofort zum Telefon und ließ sich mit der zuständigen Polizeiwache verbinden. Mit blitzenden Augen wandte sie sich mir zu: „Marcel Fischer ist für beide Angriffe verantwortlich. Man konnte ihm die aufgefundenen Fasern bei Ihrem Überfall eindeutig zuordnen."

„Und was heißt das?" Mich erfüllte eine tiefe Befriedigung. Sowohl Hermann als auch sein Sohn würden für das, was sie uns angetan hatten, bestraft werden.

„Ich veranlasse sofort ein Näherungsverbot. Sobald Sie einen von Ihnen in Ihrer Nähe entdecken, rufen Sie die Polizei." Sie holte aus ihrer Handtasche ein Notizbuch und begann darin zu blättern. „Am besten ich beauftrage Volker damit. Der …"

„Halt! Ich habe noch eine weitere Bitte." Ich berichtete ihr von meiner Idee, die Ergebnisse der Spurensicherung zu erfragen.

„Ich glaube nicht, dass er Auskunft bekommt. Noch ist Ihr Mann jemand, der befragt werden soll, kein Verdächtiger, nach dem gefahndet wird oder der bereits in Untersuchungshaft sitzt. Außerdem hat Volker kein echtes Mandat. Aber", sie schmunzelte über meine Enttäuschung, die man mir sicherlich am Gesicht ablesen konnte. „Zufällig hat mein guter Freund einige Kontakte bei der Polizei."

Gebannt hörte ich zu, wie sie ihrem Anwaltskollegen den Fall schilderte. Sie stellte uns als arme Opfer hin, die nicht nur von den Angehörigen, sondern auch von staatlicher Seite her unter völlig falschen Verdacht geraten waren.

„Ich kenne den Mann persönlich. Er ist kein Mörder", sagte sie im Brustton der Überzeugung. „Seine Frau arbeitet seit Jahren für mich. Du musst den beiden helfen. Ich verlasse mich auf dich." Sie gab ihm meine Handynummer, damit er mich benachrichtigen konnte, sobald er ein Ergebnis hatte.

„Ich … danke … ich erstatte Ihnen selbstverständlich Ihre Auslagen", stotterte ich mit hochrotem Kopf.

„Nicht nötig, es gibt keine." Sie wandte sich zur Tür. „Es wäre allerdings schön, wenn Sie die beiden Testament-Abschriften bis Montag ins Reine bringen könnten, ja? Das ist mir Dank genug. Schönes Wochenende!"

Ich machte mich sofort an die Arbeit.

Wieder nahm ich mir auf dem Weg zwei süße Teilchen vom Bäcker mit, die als Mittagessen reichen mussten. In Momenten wie diesen war es direkt von Vorteil, dass ich keine Rücksicht auf Michael nehmen musste. Im Gegensatz zu ihm war ich ein echter Kuchenfreak. Der Zuckerguss beruhigte die Nerven und gab mir neuen Auftrieb, sodass ich trotz der herrschenden Kälte meine Schritte in die Innenstadt lenkte und von Geschäft zu Geschäft bummelte. Ich hatte mir überlegt, dass es sinnvoller wäre, Sonja direkt vor Ladenschluss abzupassen. Die anderthalb Stunden konnte ich mich dort besser ablenken.

Ich kaufte sogar ein Sweatshirt für Lilli und eine Bluse für Josie, die ich ihnen bei ihrem Besuch, der hoffentlich trotz all unserer Probleme stattfinden würde, überreichen wollte. Das Aussuchen der neuen Hose für mich, das ich eigentlich ins Auge gefasst hatte, scheiterte an meiner aufkommenden Ungeduld. Je näher der Zeiger an die sechs rückte, desto nervöser wurde ich.

Sonja kam gerade mit dem Schlüssel in der Hand von hinten, als ich auftauchte. „Endlich! Ich habe schon vor Stunden mit dir gerechnet!"

„Ich musste die liegen gebliebene Arbeit erledigen", schwindelte ich und fügte, um ihrer Frage die Tüten betreffend zuvorzukommen, hinzu: „Danach musste ich noch schnell die vorbestellte Ware abholen."

Sie verschloss hinter mir die Tür und führte mich in eine kleine Küche. „Setz dich! Möchtest du einen Kaffee?"

„Lieber ein Glas Wasser." Ich kramte in meiner Jackentasche nach den Schmerztabletten.

„Wie geht es dir?" Sie musterte mich besorgt.

„So lala. Und, hast du Michael erreicht?", wechselte ich zum offiziellen Grund meines Besuchs.

Sonja stellte das Glas vor mich und schob sich einen Stuhl neben meinen. „Besser, ich habe mit Uwe gesprochen und ihn gebeten, sich dahinterzuklemmen." Sie strahlte mich an. „Der macht Michael Druck, eine entsprechende Liste zu erstellen. Auf den können wir uns verlassen. Er meldet sich, sobald sie vollständig ist."

Und sie hatte ich verdächtigt? Nein, damit lag ich völlig daneben. „Sag mal, wieso bist du eigentlich so gut über Hermann und seine Familie informiert?", fragte ich trotzdem.

Sie wirkte überrascht. „Na, durch Frauke. Hat dir Michael nicht erzählt, dass sie weiterhin mit Hermann in Kontakt steht? Selbst Marcel schaut ab und zu vorbei."

In der hintersten Ecke meines Gehirns meldete sich eine Erinnerung. Ich hatte diese Information komplett vergessen.

„Warum auch nicht? Wir haben uns von Anfang an gut verstanden."

Sonja sah zur Seite. „Das mit Sugar und ihrer Tochter hatte sie mir allerdings verschwiegen. Erst bei unserem gestrigen Gespräch rückte sie damit heraus." Sie griff nach meiner Hand. „Es tut mir so leid für euch."

Ich atmete innerlich auf, sie von jedem Verdacht reingewaschen zu sehen. „Dich trifft keine Schuld. Woher hättest du wissen sollen, wie schlimm es um das Kind steht?"

Sie sprang auf und machte sich mit dem Rücken zu mir an der Spüle zu schaffen. „Die Jungs haben Andeutungen fallen lassen, dass mit Sugar was nicht stimmt. Immerzu spioniere sie ihnen nach und dränge sich regelrecht in ihre Privatsphäre. Das war der eigentliche Grund, warum sie nicht mehr dort übernachten wollten. Ich war zu feige, mit Hermann darüber zu reden. Es gab ja auch keine richtig eindeutigen Sachen. Es war mehr ein Gefühl des Unbehagens, das bei meinen beiden immer stärker wurde."

„Dich trifft keine Schuld", wiederholte ich in bestimmtem Ton. Hatte nicht selbst Heidrun mir erklärt, dass dieses Thema weiterhin ein Tabu darstellte, über das kaum jemand Genaueres wusste und über das selbst die Betroffenen nie in der Öffentlichkeit sprachen?

86

Michael

Ich wachte auf, weil mir die Sonne direkt ins Gesicht schien. Heftige Stiche zuckten durch meinen Kopf und ich schloss schnell wieder die Augen. Der gestrige Exzess zeigte seine Nachwirkungen. Vorsichtig drehte ich mich in den Schatten und dämmerte vor mich hin. Aufzustehen erschien mir als zu große Kraftanstrengung.

„Morgen! Raus aus den Federn! Es ist nach zehn!"

Uwes muntere Stimme riss mich aus tiefem Schlaf.

„Los, wir haben viel vor heute! Dein Frühstück wartet."

Der hatte genauso viel getrunken wie ich! Und war schon auf den Beinen?

„Ich bin wie immer um sieben aufgestanden", erklärte er, nachdem ich mich endlich in eine sitzende Position gequält hatte. „Von acht bis zehn gibt's ja im Laden frische Brötchen. Ich habe gerade abgeschlossen. Wir können uns in aller Ruhe deinem Projekt widmen."

Welchem Projekt? Fehlte mir ein Teil meiner Erinnerung? Nein, nach dem fünften Bier hatte mich Uwe eingeladen, auf seiner Couch zu übernachten. Keiner von uns wollte in dem Zustand, in dem wir uns befanden, durch die eiskalte Nacht laufen. Ich hatte sein Angebot dankend angenommen. „Ich muss erst mal ins Bad", krächzte ich.

„Kann ich mir denken." Er musterte mich nicht ohne Spott. „Du siehst echt scheiße aus, Mann."

Der Typ mit den blutunterlaufenen Augen, der mir aus dem Spiegel im Badezimmer entgegensah, hatte nur entfernt Ähnlichkeit mit mir. Und seit wann mischten sich derart viele graue Haare in meinen vollen braunen Schopf, auf den ich immer so stolz gewesen war? Die Bartstoppeln schimmerten ebenfalls grau, bestätigte mir mein kritischer Blick. Ich sollte mich unbedingt später rasieren. Auch wenn dann meine Falten wesentlich stärker zur Geltung kamen.

Ach, Quatsch! Eitelkeit lag mir eigentlich fern. Klar, ich hatte mich bisher, ohne viel dafür zu tun zu müssen, gut gehalten für mein Alter.

Aber die Geschehnisse der letzten Zeit waren nicht spurlos an mir vorübergegangen. Gefangen in meinen Gefühlen hatte ich mich wie achtzig gefühlt. Jede Bewegung kostete unheimlich viel Kraft. Nach dem Absetzen der Medikamente waren die Kilos, die ich zuvor zugelegt hatte, gepurzelt und eine rastlose Unruhe hatte mich befallen. Ich wog mittlerweile garantiert weniger als vor meinem Klinikaufenthalt. Dieser Umstand und mein derangiertes Äußeres trugen zu dem Gesamteindruck bei: Ich konnte gut als der Verbrecher durchgehen, als den die Polizei mich sah.

Nachdem ich mir mehrmals eiskaltes Wasser ins Gesicht geklatscht hatte, fühlte ich mich etwas besser. Zumindest funktionierte mein Gehirn langsam wieder. Was Uwe mit meinem Projekt meinte, wusste ich dagegen immer noch nicht.

Er hatte tatsächlich den Tisch eingedeckt und mir zwei Brötchen auf den Teller gelegt, während er selbst sich mit einer Tasse Kaffee begnügte. Kaum hatte ich angefangen, eine dünne Schicht Butter aufzutragen, legte er los: „Du sagtest gestern Abend, ihr wollt versuchen selbst den Mörder zu finden. Also lass uns gemeinsam überlegen, wer infrage kommt." Er sprang auf, holte Papier und Stift und sah mich erwartungsvoll an.

Hatte ich das? Daran konnte ich mich gar nicht erinnern.

„Sonja rief heute Morgen an."

Aha, daher wehte der Wind!

„Sie meint, wir sollen eine Liste erstellen, von allen, die dich und diese Sugar kennen. Und du musst überlegen, bei wem du was angefasst hast." Er legte mir Sonjas und Gelis Gedanken dar.

Nach der zweiten Tasse Kaffee und der ersten Zigarette kam ich langsam in Schwung.

„Die Partys kannst du vergessen. Ich habe nie eins der Handtücher benutzt." Wir grinsten uns verständnisinnig an. Das höchste der Gefühle war, dass man Wasser über die Hände laufen ließ und diese kurz abschüttelte.

„Hast du irgendwem irgendwann bei was geholfen, wo du dich dreckig gemacht hast und dich in deren Bad säubern musstest?"

Ja, beim Wechsel auf die Winterreifen zusammen mit Detlef, zuerst bei uns und anschließend bei ihm. Und Holger hatte ich beim Kleinsägen des morschen Baumes geholfen, der umzukippen drohte. Aber das war Monate her. Moment! Ich richtete mich ruckartig auf. Als ich vor kurzem bei Stefan war, mussten wir drei Rechnerleichen im Keller auseinandernehmen, damit wir alle benötigten Ersatzteile zusammenbekamen. Um sie vom Regal herunterzuholen, hatten wir Handschuhe benutzt. Das war an dem Abend, an dem Sugar ermordet wurde!

Uwe reagierte prompt. „Ha! Der ist es! Wer sonst?"

„Der hatte keinen Kontakt mehr zu Sugar. Zu Hermann ja, nicht zu seiner Tochter. Das wüsste ich. Außerdem sind das dicke Arbeitshandschuhe gewesen."

„Lass das mal die Frauen abklären. Immerhin haben wir jetzt schon drei Verdächtige gefunden." Er setzte Stefan auf die Liste. „Weiter!"

„Mehr war nicht."

„Wer konnte sich eins deiner Wischtücher wegnehmen? Wen hast du alles im Auto mitgenommen?"

Das hätte ich beinahe vergessen! „Joachim und Detlef, Stefan und Holger, Lukas, den ehemaligen Freund von Sugar und natürlich Hermann. Ach ja, und Marcel, seinen Sohn."

Uwe schrieb jeden Namen auf. „Da haben die Frauen einiges zu tun, die alle zu überprüfen. Los, sag: Auf wen würdest du tippen?"

„Auf gar keinen. Joachim und Detlef sind meine Freunde, die haben Hermann und Petra nur auf unseren Partys gesehen. Stefan und Holger trafen sich meist abends oder am Wochenende mit Hermann, wenn Sugar nicht mehr da war. Lukas ist zu …", ich suchte nach den richtigen Worten. „Der kann so was nicht im Voraus planen, dafür fehlt ihm die Cleverness. Wirklich." Ich hatte Uwes skeptischen Blick durchaus gesehen. „Und weder Hermann noch sein Sohn sind für Sugars Tod verantwortlich, da bin ich mir sicher."

„Und die Frauen?" Uwe zwinkerte mir zu. „Wenn ich dich richtig verstanden habe, war diese Sugar ein heißer Feger. Hat nichts anbrennen lassen. Vielleicht hat sie was mit einem der Freunde ihres Vaters angefangen und dessen Frau ist dahintergekommen."

„Bestimmt nicht." Trotz des Ernstes der Lage musste ich lachen. Wenn ich mir vorstellte, eine von ihnen hätte sich gegen das durchaus kräftige und wesentlich jüngere Opfer durchgesetzt! Nicht eine hielt ich dazu für fähig.

Er ließ sich nicht beirren und malte in Großbuchstaben FRAUEN auf seinen Zettel. „Das reicht bestimmt fürs Erste. Ich rufe Sonja an und gebe ihr das Ergebnis durch. Die wird sich schon darum kümmern."

Vorher brachte er mich allerdings zu meinem Wohnwagen zurück. „Wir sollten unser Glück nicht überstrapazieren."

Bewacht von Cäsar saß ich am offenen Fenster und starrte trübsinnig auf die genauso trübsinnige Umgebung. Irgendwie hatte ich die Hoffnung verloren, dass sich der Mord so einfach aufklären ließ.

87

Angelika

Der Samstag verging mit endlosen Grübeleien. Mittags, direkt nach Ladenschluss, war Sonja mit einer Liste erschienen, die Uwe ihr diktiert hatte. Wir brüteten mehr als eine Stunde darüber und kamen zu keinem Ergebnis.

„Ich nehme Kontakt zu Frauke auf", erklärte sie schließlich. „Die müsste eigentlich wissen, wer von den Genannten bei Sugar gewesen sein könnte."

Sie versprach, sich sofort zu melden, wenn es Neuigkeiten gebe, doch das Telefon blieb den restlichen Tag still. Abends schellte Marion an, um zu fragen, ob ich bei irgendetwas Hilfe benötigte. Ich verneinte, bat sie aber trotzdem herein, denn ich hatte beschlossen, ihr die Wahrheit zu erzählen und sie anschließend um Stillschweigen zu bitten. Die Lüge mit der Kur lag mir schwer im Magen. Irgendwann würde bestimmt herauskommen, dass die Polizei Michael suchte.

Um ihr die Zusammenhänge zu erklären, musste ich von Anfang an berichten. „Jetzt denkt die Polizei, Michael sei der Täter", schloss ich. Die angebliche DNA-Spur am Hals des Opfers hatte ich allerdings nicht erwähnt.

„Du sieht mich entsetzt und sprachlos." Marion fuhr sich mit der Hand über die Augen. „Was für eine scheußliche Geschichte."

Ich stand auf und holte uns einen Schnaps. Den hatten wir beide nötig.

„Warum hast du nie was gesagt?" Nachdem sie ihr Glas geleert hatte, blitzten ihre Augen wieder. „Ich dachte, wir sind Freundinnen?"

„Es gibt keine Beweise", versuchte ich zu erklären. „Wir konnten nichts unternehmen. Und selbst wenn …" Ich gab ihr in wenigen Sätzen unser Dilemma wieder. „Außerdem glaube ich nicht, dass Lilli möchte …" Ich hielt inne. Wie sollte ich ihr erklären, dass es auch um Selbstschutz ging? Dass man derartige Ereignisse lieber für sich behielt?

Aber sie hatte bereits verstanden. „Kein Außenstehender sollte erfahren, was sie durchmachen musste. Sie fühlt sich beschädigt. Da hilft auch alles Wissen nichts, dass sie keine Schuld trifft." Sie holte tief Luft. „Genau das ist falsch. Dieses verdammte Schweigen bringt nur den Tätern Vorteile. Es müsste jeder, dem Ähnliches passiert ist, es in die Welt hinausschreien, damit die Vielzahl der Übergriffe bekannt wird. Stattdessen werden die Taten schöngeredet oder vertuscht. Das ganze Thema ist immer noch ein Tabu."

Das sagte sich so einfach! Solange man nicht selbst betroffen war, konnte man natürlich wesentlich lockerer damit umgehen. „In unserem Fall wurden wir explizit gewarnt, uns mit Schuldzuweisungen zurückzuhalten", verdeutlichte ich. „Die Übergriffe passierten, bevor Sugar vierzehn war. Selbst damals wäre sie nie verurteilt worden."

„Es ist eine Schande", murmelte Marion, immer noch in Rage.

„Jedenfalls vermuten nun sowohl Hermann als auch die Polizei, dass Michael Selbstjustiz verübt hat", fuhr ich schnell fort, um einer stundenlangen Diskussion aus dem Weg zu gehen. Obwohl ich wegen der Verletzung kaum etwas im Haushalt getan hatte, fühlte ich mich müde und ausgelaugt.

„Also deshalb dieser Angriff auf dich und der zuvor auf deinen Mann", ließ sie sich ablenken.

„Ich war gar nicht gemeint. Vermutlich hat mich der Angreifer mit ihm verwechselt." Ich erzählte von dem Vorfall auf dem Campingplatz.

„Und, wer war es? Wieder Hermann?"

„Nein, sein Sohn."

„Was für eine Familie! Einer schlimmer als der andere!"

„Seine Schwester wurde ermordet", nahm ich ihn gegen meinen Willen in Schutz. Ich hatte genug Zeit zum Nachdenken gehabt. Natürlich war auch ich dafür, dass er bestraft wurde. Ich war schließlich sein Opfer. Aber tief in mir konnte ich sein Handeln nachvollziehen. Obwohl er als Kind sehr unter seiner Schwester zu leiden hatte, liebte er sie abgöttisch. Ich war oft genug anwesend, um zu sehen, wie eng die beiden verbunden waren. Wie Hermann ging Marcel die Familie über alles und wie sein Vater bemühte er sich, seine Mutter und seine

286

Schwester zu unterstützen. Sugars Tod hatte ihn tief getroffen. Kein Wunder, dass er alles daransetzte, ihren Mörder zu finden.

Marion schnaubte laut. „Wusste er von dieser Geschichte mit Lilli?"

„Er glaubte kein Wort davon."

„Und diese Sache mit der Begutachtung?"

„Sugar wird ihm ihre eigene Version erzählt haben."

„Was für ein Schwachkopf!"

„Ist es nicht eher menschlich, dass wir bei denen, die wir lieben, die Augen vor deren Fehlern verschließen beziehungsweise diese entschuldigen?"

„Wie kannst du derart abgeklärt sein?" Sie schüttelte verwundert den Kopf.

„Ich habe lange dafür gebraucht." Und nächtelang darüber gegrübelt. Ganz so abgeklärt, wie ich es darstellte, war ich beileibe nicht. Ich verstand, wie es dazu hatte kommen können, und ich wusste, dass Sugar im Prinzip genauso ein Opfer war wie Lilli. Nur dass sie aufgrund ihrer Vorgeschichte sich niemals einer Therapie unterzogen hätte. Stattdessen wäre ihr Leben in denselben zerstörerischen Bahnen weiterverlaufen wie bisher. Ein glückliches Leben sah anders aus. Doch trotz dieses Wissens krochen bei jedem Gedanken an sie Hass und Wut in mir hoch. Es mit dem Verstand zu begreifen und als selbst Betroffene danach zu handeln, waren zwei verschiedene Dinge.

Sonntagmorgen klingelte, während ich noch beim Frühstück saß, das Telefon.

„Bist du zu Hause?", Sonja klang aufgeregt. „Kann ich vorbeikommen?"

Ich beeilte mich mit dem Lüften und räumte das Wohnzimmer auf. Gerade als ich die Fenster schloss, schellte es. Ich stürzte zur Tür und drückte ohne nachzufragen auf. Erst mit Blick auf den herannahenden Hermann erkannte ich meinen Fehler.

„Bitte, Geli! Ich möchte mich bei dir entschuldigen", sagte er, bevor ich reagieren konnte.

Ich blieb unschlüssig im Türrahmen stehen. Eigentlich hatte ich ihm das Blatt vor der Nase zuschlagen wollen.

„Darf ich reinkommen?" Hermann stand nun direkt vor mir. Er sah schlecht aus, die normalerweise vollen Haaren klebten fettig am Kopf, die Falten um Mund und Nase, früher nur leicht angedeutet, hatten sich tief in die Haut eingekerbt. Der linke Arm war eingegipst, er trug ihn in einer Schlinge. Quer über den Kopf zog sich eine grellrote Narbe umgeben von bleichschimmernder Kopfhaut, die den Eindruck einer lebensgefährlichen Verletzung vermittelte.

„Lieber nicht." Ich verspürte kein Mitleid, war eher auf der Hut. Bei einer falschen Bewegung von ihm würde ich sofort schreien.

„Ich wollte mich bei dir entschuldigen." Er wich meinen Augen nicht aus.

Las ich tatsächlich Bedauern darin? Ich war mir nicht sicher. Dass er mir auch derart gehandicapt körperlich weit überlegen war, wusste ich dagegen genau.

„Es ist mir wahnsinnig peinlich, was geschehen ist. Ich konnte nicht mehr klar denken, sonst hätte ich das niemals getan. Und Marcel", er schluckte. „Er ist ein Heißsporn, wollte den Tod seiner Schwester rächen. Ich habe ihm klargemacht, dass Michael niemals der Täter sein kann. Ist er da?" Er versuchte an mir vorbeizuschauen.

„Nein. Ich habe keine Ahnung, wo er sich aufhält."

Ein ungemütliches Schweigen entstand.

„Ja, dann …", begann er, wurde aber von der Klingel unterbrochen. Wieder drückte ich ohne nachzufragen auf. Das würde hoffentlich Sonja sein.

Hermann nickte mir zu. „Mehr wollte ich dir nicht sagen. Es tut mir leid. Es wird nicht wieder vorkommen."

Er wandte sich ab und stand seiner Exfrau gegenüber, die ihn überrascht musterte. Ohne ein Wort trat sie zur Seite und ließ ihn vorbei.

„Puh", kaum hatte sich die Wohnungstür hinter uns geschlossen, atmete sie tief durch. „Ein Schreck in der Morgenstunde! Was wollte der denn?"

„Sich entschuldigen. Und mir wohl mitteilen, dass er Michael nicht für den Schuldigen hält." Ich ging ihr voraus in die Küche. Auf den

Schreck brauchte ich erst einmal eine Zigarette. „Möchtest du einen Kaffee?"

„Ja, gern." Sie nahm mir gegenüber Platz. „Hat er dich angerufen?"

„Nein, er ist einfach so aufgetaucht. Ich dachte, du wärest es." Ich stieß heftig den Rauch aus. „Sonst hätte ich nicht einfach aufgedrückt."

„Immerhin hast du jetzt die Gewissheit, dass du von der Seite nichts mehr befürchten musst. Er sah schrecklich aus, findest du nicht?"

„Weshalb wolltest du mich unbedingt sprechen?", lenkte ich zu einem wesentlich wichtigeren Thema über. Zwar fühlte ich mich erleichtert, dass die Sache zwischen uns wohl geklärt war, aber das war auch alles. Mitgefühl brachte ich ihm nicht entgegen, dafür war einfach viel zu viel zwischen uns passiert.

„Jaaa!" Sie riss siegesgewiss beide Arme hoch. „Frauke hat uns einen Verdächtigen geliefert."

88

Statt direkt nach dem Aufbau der Kirmes auf dem neuen Platz zu verschwinden, hatte Tarik beschlossen, bis Sonntagabend zu bleiben, denn die Aussicht auf einen schnellen Beutezug war einfach zu verlockend. Bei den fast frühlingshaften Temperaturen der letzten Tage würde enorm viel Betrieb herrschen. In dem Gedränge konnte er noch einmal richtig zuschlagen.

Anfangs ging alles gut. Er mischte sich unter die Menge und suchte nach passenden Opfern. Zweimal gelang es ihm, das Portemonnaie aus der Tasche zu ziehen, ohne dass die Männer es bemerkten. Er entledigte sich jeweils sofort des belastenden Materials und schob das Geld in die vordere Hosentasche.

Da, der gemütlich wirkende Dicke holte umständlich ein dickes Bündel Scheine hervor und überreichte einen davon seiner Frau, die ein kleines Kind auf dem Arm und ein etwas größeres neben sich an der Hand hielt. Den Rest stopfte er zurück in die Innentasche seiner Jacke. Dieser Platz erschwerte den Diebstahl zwar, stellte aber für seine geschickten Finger kein echtes Hindernis dar.

Er folgte der Familie zum Kinderkarussell. Direkt vor ihm bemühte sich gerade eine Mutter, ihren Sohn davon zu überzeugen, in das Feuerwehrauto zu steigen. Dieser widersetzte sich energisch und zeigte auf die Motorräder, auf denen bereits Kinder saßen.

„Bei der nächsten Runde", lockte die Frau. „Ich habe drei Karten für dich gekauft."

Der Kleine gab sich geschlagen und sie half ihm beim Einsteigen.

Tarik schob sich dichter an sie heran. Die Handtasche, die über ihrem Arm hing, klaffte verlockend auf und er konnte die Geldbörse sehen. Ein schneller Griff und er zog sich zurück, drängte durch die wartenden Mamas und Papas und strebte den Bereich an, der den Besuchern versperrt blieb. Schlappe zwanzig Euro! Er hätte sich lieber auf den Dicken konzentrieren sollen.

Es dauerte nicht lange, bis er die Familie wiedergefunden hatte. Der Mann stand an der Kasse des Riesenrads und überreichte Anna einen der Scheine. Drei Karten zählte Tarik. Demnach würde der Vater wohl nicht mit einsteigen. Er gesellte sich zu den Wartenden vor dem Aufbau.

Der Dicke half Frau und Kindern beim Hineinklettern und trat zurück. Wie Tarik es vorausgeahnt hatte, stieg er die Stufen hinunter und blieb direkt daneben stehen. Das Riesenrad setzte sich in Bewegung und drehte seine Runden. Tarik blickte nach oben und winkte, als hätte er ebenfalls Freunde in einer der Gondeln, dabei schob er sich unauffällig näher an den Mann heran.

Er konzentrierte sich auf den Moment, als die Ersten ausstiegen und gleichzeitig die Nächsten einsteigen wollten. Er wich zur Seite, um zwei junge Mädchen an sich vorbeizulassen, und stieß dabei mit voller Wucht gegen den Dicken. „Entschuldigung!" Er fasste wie Halt suchend nach dessen Schulter, klammerte sich mit der anderen Hand an seinem Mantelaufschlag fest. Beide machten ein paar unbeholfene Schritte rückwärts. Blitzschnell verschwand Tariks Hand in der Innentasche und griff zu.

„He!" Der Mann versuchte ihn zu packen.

Tarik fuhr herum und rannte los.

„Haltet den Dieb!", schrie sein Opfer hinter ihm her.

Zwei Jünglinge wurden aufmerksam und stellten sich Tarik in den Weg. Er sprang zur Seite und nutzte die Lücke zwischen der Losbude und dem Getränkezelt, um ungesehen zu verschwinden.

Doch die beiden folgen ihm, etwas weiter entfernt kam der Dicke herangekeucht. Immer mehr Menschen wurden auf die Situation aufmerksam.

Er hechtete über die Seitenabsperrung der Raupe und bog neben der Kasse in den schmalen Durchgang ab, der dem Personal vorbehalten war. Laute Stimmen verkündeten, dass seine Verfolger immer noch nicht aufgegeben hatten. Wohin jetzt? Panisch blickte er sich um, verlor kurzfristig die Orientierung, rannte einfach los.

Der Schießstand! Er atmete auf, hielt kurz inne, sah niemanden hinter sich und sprang die Stufen empor. Kaum hatte er die Tür hinter sich geschlossen, hörte er laute Stimmen näherkommen. Durch den Spalt des Vorhangs, der den Ausgang vom Wageninneren abtrennte, konnte er Karl erkennen, der sich vorlehnte, als sei er an dem Tumult interessiert.

„Haben Sie einen Kerl gesehen, der hierher gerannt ist?", rief ihm einer der Männer zu.

„So ein junger Ausländer?" Karl wies mit der Hand in Richtung Ausgang. „Der ist da lang gelaufen."

Tarik kam langsam wieder zu Atem. Das war ziemlich knapp gewesen.

„Sag mal, spinnst du?" Karl stand auf der anderen Seite des Vorhangs, das Gesicht zu den Besuchern gedreht. Obwohl sein Gesicht vor Ärger hochrot angelaufen war, bemühte er sich, seine Stimme leise zu halten. „Sieh zu, dass du das Gelände verlässt. Das gibt gewaltigen Ärger."

Eine Stunde später trat Jamal wie vereinbart durch die Tür des McDonalds. „Die sind alle sauer auf dich", sagte er, noch bevor er sich gesetzt hatte. „Ich soll dir ausrichten, du sollst dir eine andere Unterkunft suchen."

„Hatte ich sowieso vor." Trotz seiner vorgeschobenen Unbekümmertheit, fühlte Tarik sich unwohl. Er hatte Karls Gastfreundschaft ausgenutzt und ihm dazu einen Riesenärger beschert.

„Dein Opfer hat die Polizei gerufen. Der ist anscheinend irgendein hohes Tier. Die sind mit vier Mann gekommen und haben den ganzen Platz nach dir abgesucht", bestätigte Jamal seine Befürchtung. Dann grinste er und griff nach seinem Hamburger. „Und? Hat es sich wenigstens gelohnt?"

Er nickte. „Dreihundert Euro in Fünfzigern und Zwanzigern."

Der Freund pfiff anerkennend durch die Zähne. „Anna kennt ein kleines Hotel in der Nähe des Bahnhofs. Dort kannst du für die Nacht unterkommen."

„Sag Karl bitte, ich habe das nicht gewollt." In Erinnerung an den keuchenden Dicken musste er lachen. „Ich hätte nicht gedacht, dass der so schnell rennen kann."

„Besser du suchst dir wieder ein Team." Jamal nahm einen letzten Bissen, knüllte das Papier zusammen und schnippte es auf das Tablett. „Das ist risikoärmer."

„Habe ich vor. Ich verlasse gleich morgen früh die Stadt."

„Wo willst du hin?"

„Keine Ahnung. Vielleicht wieder nach Berlin? Auf jeden Fall in irgendeine Großstadt."

„Hast du dort jemanden, der das Geld an deinen Bruder überweist?" Tarik schüttelte den Kopf und hob sein Handy. „Ich melde mich regelmäßig bei dir. Ich dachte, ich lagere die Beute wie immer im Schließfach am Bahnhof zwischen."

„Lass den Betrag nicht zu groß werden", schärfte dieser ihm ein. „Und ruf zwischendurch an, wie es läuft."

„Und du sag Bescheid, wenn sie den Mörder verhaftet haben." Er hoffte aus ganzem Herzen, dass der Flüchtige auch der Schuldige war. Dann brauchte er zumindest vor einer Anklage in dieser Richtung keine Angst zu haben.

„Hermanns Sohn hatte ihn aufgespürt. Der wollte das selbst regeln. Leider war der Mann nicht da, dafür ein anderer, mit dem haben sie sich geprügelt und sind von der Polizei erwischt worden."

Tarik nickte. Bei seinen Schwestern hätte er ähnlich gehandelt. „Sitzt er im Gefängnis?"

Jamal fand seine Frage äußerst komisch. „Nicht in Deutschland", stieß er lachend hervor. „Bevor du hier verhaftet wirst, müssen viel schlimmere Sachen passieren. Noch was. Anna ist eine Idee gekommen. Wenn sie dich erwischen, sag, du hast den Mord an Sugar miterlebt. Als Zeuge bleibst du hier und wirst erst einmal nicht ausgewiesen."

Nein, das Risiko war viel zu groß, dass sie versuchten die Tat auf ihn abzuwälzen. Andererseits konnte ihm das ja auch ohne seine Aussage passieren. Seine Fingerabdrücke, sein Mageninhalt wiesen ja schon darauf hin, dass er vor Ort gewesen war. „Ich habe den Mann nicht gesehen", wandte er ein.

„Überleg!", drängte Jamal. „Hat sie seinen Namen genannt? Oder kam dir seine Stimme bekannt vor?"

Er schloss die Augen und rief sich die Szene ins Gedächtnis, was nicht schwer war, da er fast jede Nacht von der Toten träumte. Dieser Anblick, es schüttelte ihn immer noch. Dadurch, dass seine Zimmertür geschlossen war, hatte er kein Wort der Unterhaltung mitbekommen. Selbst als der Streit … „Nein, weder das eine noch das andere. Aber du hast recht. Ich würde ihn an seiner Stimme wiedererkennen, ganz bestimmt. Ich kann mich genau daran erinnern."

„Prima!" Jamal hob seine Cola und prostete ihm zu. „Damit ist dein Aufenthalt gesichert."

Tarik beschloss, sofort den Zug zu nehmen. Das neue Gefühl von Freiheit war geradezu übermächtig. Die Zeit, die ihm verblieb, würde auf jeden Fall ausreichen, selbst wenn man ihn gleich heute verhaftete.

Jamal begleitete ihn zum Bahnhof. Nachdem Tarik sich eine Fahrkarte gekauft hatte, händigte er dem Freund fast die komplette Summe aus, die sich in seiner Tasche befand. „Schick es bitte an meinen Bruder!" Jamal umarmte ihn zum Abschied fest. „Sei trotzdem vorsichtig!"

Er nickte, doch seine Augen glitten bereits auf der Suche nach seinem nächsten Opfer unruhig hin und her.

89

Michael

Langsam wurde das Eingesperrtsein unerträglich. Bis auf das mittlerweile obligatorische Abendessen bei Uwe hatte ich den Samstag allein im Wohnwagen verbracht, nur mit einigen Büchern als Ablenkung. Doch ich konnte mich nicht auf die Worte konzentrieren, las ganze Abschnitte, ohne irgendetwas davon aufzunehmen, fing wieder von vorn an und legte sie schließlich weg. Immerfort quälten mich die Überlegungen, wer für Sugars Tod verantwortlich sein konnte, ohne dass ich zu einem Ergebnis kam.

Darum war ich hocherfreut, als Uwe am Sonntagmittag mit einem breiten Grinsen auf dem Gesicht zu mir hereinkletterte. „Die Schwester deines ehemaligen Freundes hat erzählt, ein Typ namens Stefan sei öfter mit ihm zu der Tochter gegangen, zumindest jedes Mal, wenn irgendwas repariert werden musste. Der ist nämlich auch ab und zu bei ihr mit gewesen, scheint ein guter Handwerker zu sein."

Stefan? Nein! Das konnte nicht stimmen! „Weshalb sollte er sie umbringen?" Dass er Hermann geholfen hatte, diverse Schäden bei Sugar zu beheben, war durchaus vorstellbar. Stefan war hilfsbereit bis zur Selbstaufgabe. Aber dass er ohne Hermann bei ihr aufgetaucht sein sollte, war für mich nicht glaubhaft.

„Vielleicht stimmt meine Vermutung und sie hat was mit ihm angefangen." Uwe warf mir einen strafenden Blick zu. Er war eindeutig entrüstet über meinen Einwurf. Für ihn schien die Sache klar zu sein.

„Niemals." Ich brach meine Verteidigungsrede abrupt ab. Das Gleiche hatte ich von Hermann gedacht. War ich mir wirklich sicher, wie es um Stefans Ehe stand? Konnte ich von dem Wenigen, was ich bei ihm zu Hause mitbekam, auf ein harmonisches Verhältnis zwischen den beiden schließen?

„Er ist auch ohne deinen Freund zu Reparaturen bei ihr gewesen", vertiefte Uwe mein aufflackerndes Misstrauen. „Die Schwester weiß es, da er von der direkt zu ihr weitergefahren ist, ganz allein."

Hatte Stefan mir die Arbeitshandschuhe nicht geradezu aufgedrängt? Ich stand schon auf dem Hocker, um das erste Computergehäuse aus dem Regal zu holen, als er sie mir hinhielt. Und handelte es sich dabei nicht um ein unbenutztes Paar, das er direkt aus der Verpackung genommen hatte? Je länger ich darüber nachdachte, desto unsicherer wurde ich.

„Jedenfalls ist er der Einzige, der laut der Schwester Kontakt zu der Toten hatte", fügte Uwe hinzu. „Wenn du es natürlich genau wissen willst, solltest du besser direkt bei deinem ehemaligen Freund nachfragen." Er lachte laut über seinen Scherz.

„Wie geht es jetzt weiter? Was will meine Frau unternehmen?" Langsam nahm meine Aufregung zu. Ein neuer Verdächtiger! Vielleicht war ich damit aus der Schusslinie und konnte schon bald wieder in mein altes Leben zurückkehren.

„Sie ruft gleich morgen früh bei diesem Anwalt an, den ihre Chefin ihr besorgt hat. Der soll mit der Polizei sprechen."

„Anwalt?" Wann und wie war Geli denn auf diese Idee gekommen?

„Ja, der soll hintenrum in Erfahrung bringen, ob es am Hals der Toten irgendwelche Faserspuren gab. Der wollte sich bei ihr melden, sobald er Bescheid weiß. Ich habe es auch gerade erst von Sonja erfahren. Die Frauen denken echt gut mit!"

Hätte ich nur selbst Kontakt zu Geli! „Wann hat sie ihn eingeschaltet?"

„Das war am Freitagmittag. Ein bisschen Zeit brauchen diese Nachfragen unter der Hand schon. Aber ist ja auch jetzt egal. So, wie es aussieht, habt ihr den Täter schon gefunden." Er klopfte mir auf die Schulter und wandte sich zum Gehen. „So, ich muss wieder los. Heute Abend feiern wir. Bis dann."

Ich rauchte gleich drei Zigaretten hintereinander und überdachte die Angelegenheit gründlich, kam jedoch zu keinem Resultat. Es half alles nichts, hier musste die Polizei ermitteln.

Uwe hielt Wort. Nach dem Essen stellte er diverse Alkoholika auf den Tisch. Wir verbannten jedwedes Spekulieren über den Mord aus unserer Unterhaltung und es wurde ein netter, feuchtfröhlicher Abend.

Der Brummschädel am nächsten Morgen war nicht von schlechten Eltern. Ich ließ es geruhsam angehen, stand spät auf und gönnte mir mehrere Tassen Kaffee. Danach setzte ich mich ans Fenster und unterhielt mich mit Cäsar, der wie üblich vor dem Wohnwagen wachte. Mittlerweile hatte ich mich an das Tier gewöhnt. Ich fütterte ihn mit den Resten meines Frühstücks, dafür hörte er sich unverdrossen meinen Redeschwall an – zumindest widersprach er mir nicht!

Uwe tauchte gegen Mittag auf. „Ich habe gute und schlechte Nachrichten für dich. Welche willst du zuerst hören?" An seiner Miene konnte ich ablesen, dass die guten eindeutig überwogen, denn er strahlte geradezu.

„Nun sag schon!"

„Dieser Stefan, den ihr verdächtigt, hat eindeutig nichts mit dem Mord zu tun. Erstens handelt es sich bei den Fasern, die gefunden wurden, um irgendwas Schwarzes aus Mikrofaser und zweitens", er legte eine Pause ein und blies die Backen auf: „Es ist ein Zeuge aufgetaucht, der ihn eindeutig entlastet hat." Mit triumphierender Geste holte er eine Zigarettenschachtel aus seiner Jackentasche und bot mir eine an.

Ich war viel zu perplex, um zuzugreifen. „War das jetzt die gute oder die schlechte Nachricht?"

„Na, beides!" Er wedelte mit der Schachtel. „Komm, lass uns eine rauchen. Viel Zeit bleibt dir ja nicht mehr."

Ich gehorchte und gab ihm und mir Feuer. „Wieso? Was ist daran gut?" Und wieso blieb mir keine Zeit mehr, echote es in meinem Kopf.

„Na, weil der Zeuge im Nebenzimmer saß, als der Mord verübt wurde. Deine Frau hat gleich in der Früh mit diesem Anwalt gesprochen und obwohl der das Ergebnis von den Faserspuren kannte, wollte er trotzdem den Kommissar anrufen, der deinen Fall bearbeitet. Dieser Stefan hat sich freiwillig zu einer Gegenüberstellung bereiterklärt. Leider sagt der Zeuge, er sei es nicht gewesen."

„Moment, langsam. Wo kommt dieser Zeuge so plötzlich her?"

Uwe grinste. „Zufälle gibt's, die gibt's gar nicht. Die Tote hat wohl ab und zu das Kinderzimmer als Schlafplatz an Flüchtlinge vermietet. Ihr Freund war anscheinend auch einer. Und der soll sie dazu überredet haben, sagt ihr Vater. Jedenfalls war der Mann an dem Abend im Nachbarzimmer und hat alles mitangehört. Er behauptet, er kann den Mörder anhand der Stimme identifizieren."

Meine Frage war damit immer noch nicht beantwortet. „Wieso hat er sich erst jetzt gemeldet?"

„Hat er nicht, er wurde bei einem Diebstahlversuch verhaftet. Der Mann, den er beklauen wollte, war ein Zivilbulle."

Ich lachte auf. Uwe hatte recht, was für ein Zufall!

„Also eigentlich suchten die den schon länger. Gegen den lag ein Abschiebeurteil vor und er hatte sich aus dem Camp, wo er auf seinen Flug warten sollte, abgesetzt. Seitdem war er zur Fahndung ausgeschrieben. Du kannst dir vorstellen, wie erstaunt die Polizisten waren, als sie seine Fingerabdrücke in dem Raum neben der Toten fanden. Hätte es nicht diese DNA-Spur gegeben, wäre er der Verdächtige Nummer Eins gewesen."

„Das heißt, er kann mich entlasten", wurde mir in diesem Moment klar. Ich musste mich nicht mehr verstecken!

„Du hast es erfasst. Deine Frau fährt direkt nach der Arbeit los." Uwe nickte und machte ein betrübtes Gesicht. „Du wirst mir fehlen."

„Mensch, ich …" Mir traten tatsächlich Tränen in die Augen und meine Stimme brach. Ich hatte mein Leben wieder!

„Krieg dich wieder ein, Alter. Noch ist es nicht zu Ende." Uwe kniff die Augen zusammen und musterte mich. „Oder wollt ihr aufgeben? Ich meine, ihr habt euch so intensiv mit der Suche nach dem Täter beschäftigt. Soll das alles umsonst gewesen sein?"

„Keine Ahnung." Darüber konnte ich später noch zusammen mit Geli nachdenken. Viel wichtiger war es, mich sofort der Polizei zu stellen und diesen Stimmenvergleich durchzuziehen. Danach wäre ich hundertprozentig entlastet. Ich rechnete nach. Meine Frau machte extra schon um eins Schluss, hatte Uwe gesagt. Die Fahrt hier hin dauerte, wenn sie gut durchkam, ungefähr eineinhalb Stunden. Wir konnten mit viel Glück gegen vier bei der Polizei sein. Hoffentlich klappte es noch heute!

90

Angelika

War das eine Aufregung! Volker Lindner, der Anwalt, hatte am frühen Vormittag angerufen, um mir von dem Resultat seiner Nachforschungen und der Festnahme des Zeugen zu berichten. „Ihr Mann sollte sich sofort stellen. Jetzt kann ihm nichts mehr passieren."

Trotzdem erzählte ich ihm von dem, was wir herausgefunden hatten. Er versprach, es an die Polizei weiterzugeben, machte mir allerdings keine großen Hoffnungen. „Arbeitshandschuhe mit schwarzem Innenfutter aus Microfleece. Das wäre eine seltsame Zusammensetzung."

Zwei Stunden später meldete er sich wieder. „Der Verdächtige wurde durch den Zeugen eindeutig entlastet."

„Hat man ihm gesagt, wer ihn beschuldigte?"

„Nein, nein", beruhigte er mich. „Die Handschuhe wurden nicht mal sichergestellt."

Ich atmete auf. Unser Hinweis auf Stefan hätte die Beziehung zwischen ihm und meinem Mann bestimmt belastet. Ehrlich gesagt war ich felsenfest davon überzeugt gewesen, dass es sich bei ihm um den Täter handelte. Meiner Meinung nach stand es mit der Ehe nicht zum Besten. Schon auf den diversen Partys war mir aufgefallen, dass er mit den anwesenden Singlefrauen ausgiebig flirtete. Seine eigene gab er sozusagen an der Garderobe ab, amüsierte sich ohne sie und erwartete dann, dass sie ihn nach Hause brachte. Wenn Sugar ihm entgegengekommen wäre, hätte ich darauf schwören können, dass er das Angebot annahm.

Ja, in meinem Kopf war das Szenario schon fix und fertig. Stefan hatte sich mit ihr eingelassen, nur durfte seine Frau natürlich nichts von der Affäre erfahren. Sugar verlangte nach Zuwendung in Form von Geld und, als er nicht so viel geben wollte, wie sie erwartete, erpresste sie ihn mit der Drohung, seine Frau aufzuklären. Er tat, als würde er nachgeben, in seinem Kopf begann sich die Idee zu formen, sich ihrer zu entledigen, natürlich ohne dafür büßen zu müssen. Es hätte alles so schön gepasst!

Michael gegenüber verschwieg ich meine Gedanken. Kaum war ich angekommen, umarmte er mich stürmisch und schleppte mich gleich zu Uwe, um mich ihm vorzustellen. Da die Zeit drängte, handelte es sich um ein sehr kurzes Zusammentreffen. Aber Michael versprach, dass wir ihn bald gemeinsam besuchen kämen.

„Das war nicht nur so dahin gesagt." Er warf sein Gepäck in den Kofferraum und nahm wie selbstverständlich auf dem Beifahrersitz Platz. „Der hat so viel für mich getan. Ich muss mir unbedingt was einfallen lassen, wie ich mich bei ihm bedanken kann."

Bevor ich dazu Stellung nehmen konnte, wechselte er das Thema. „Und was mache ich mit Stefan? Stell dir mal vor, dieser Zeuge wäre nicht aufgetaucht und die Polizei hätte ihn genauso unter Druck gesetzt wie mich. Wie könnte ich ihm jemals wieder unter die Augen treten?"

„Er wird nie erfahren, dass wir ihn verdächtigten." Ich hatte die Zufahrt zum Campingplatz hinter mir gelassen und trat aufs Gas. Vielleicht schafften wir es, rechtzeitig bei Herrn Niemann anzukommen. Je eher Michael reingewaschen wurde, desto besser. „Dieser Zeuge ist ein Riesenglück für uns", lenkte ich ihn ab. „Und was für ein Zufall, dass er ausgerechnet jetzt verhaftet wurde."

Er sprang tatsächlich darauf an. „Weißt du, warum er sich nicht direkt nach dem Mord gestellt hat?"

„Die Abschiebung. Er hatte Angst, man setzt ihn gleich in den nächsten Flieger. Er gab an, er sei von einer Stadt zur anderen gezogen und in der Obdachlosenszene untergetaucht. Dieser versuchte Diebstahl wäre aus der Not heraus geboren, nicht zu verhungern. Er hatte nur ein paar Centstücke bei sich."

„Armer Kerl! Was geschieht jetzt mit ihm?"

„Noch wird er gebraucht, um den Mörder zu fassen. Danach? Keine Ahnung." Wir sollten uns lieber überlegen, wie wir weiter vorgehen wollten. Solange der Mörder nicht gefasst war, würde selbst bei einer vollständigen Reinwaschung durch den Zeugen ein Hauch des Verdachts zurückbleiben. Das kannte man ja zur Genüge.

„Und die Polizei hat sofort die Verbindung zu dem Mord gezogen?"

„Er wurde schließlich bundesweit gesucht. Herr Niemann gab wohl einen Zusatzvermerk ein, man solle sein Team bei dessen Verhaftung informieren. Dass er damit gleich den einzigen Zeugen fand, war sein und unser Glück."

„Wieso hat der Täter ihn nicht bemerkt?"

„Er versteckte sich unter dem Bett und kam erst darunter hervor, nachdem der Mörder die Wohnung verlassen hatte." Ich warf ihm einen schnellen Seitenblick zu. „Dieser Anwalt, Herr Lindner, ist wirklich gut. Wir sollten uns seinen Namen merken, falls wir irgendwann mal wieder jemanden benötigen. Der hat gute Kontakte zur Polizei."

„Kommt er zur Wache?"

„Nein, das wird nicht nötig sein. Das schaffen wir allein."

Ich merkte ihm an, dass er ziemlich nervös war. Auch ich zitterte innerlich vor Anspannung. Sein weiteres Geschick in die Hände eines unbekannten Mannes zu legen, war immer ein Risiko. Was, wenn der behauptete, Michael sei der Täter? Wie gut hatte er wirklich die Stimme des Täters erkennen können?

Wir hielten um Punkt vier Uhr vor dem Polizeigebäude. Geschafft! Herr Niemann hatte versprochen, bis halb fünf auf uns zu warten. Michael sprang hinaus. „Such dir in Ruhe einen Parkplatz. Bis gleich!" Natürlich war in der Nähe keiner frei. Ich quetschte mich schließlich in eine winzige Lücke, stand mehr auf der Straße als auf dem Bürgersteig – egal. Gleich konnte Michael das Auto herausmanövrieren.

„Ihr Mann ist schon zur Gegenüberstellung", empfing mich Frau Dietrich. „Sie warten bitte kurz vor der Tür, bis alle Formalitäten geklärt sind."

Mein Herz klopfte mir mittlerweile bis zum Hals und ich war froh, mich hinsetzen zu können. Oh, bitte, bitte, lass ihn sagen, er war es nicht, betete ich stumm. Ist es nicht seltsam, dass wir im Auge der Gefahr in alte, längst überwunden geglaubte Gewohnheiten zurückfallen? Ich vertraute doch längst nicht mehr auf einen gütigen Gott, der die Unschuldigen beschützte.

Die Minuten zogen sich endlos hin. Ich wurde immer nervöser. Was dauerte das so lange? Müssten sie nicht längst zurück sein?

Endlich hörte ich sich nähernde Stimmen und sprang auf. Vorneweg kam Michael um die Ecke. Er breitete die Arme aus und ich flüchtete mich hinein. Schon an seiner Haltung hatte ich erkennen können, dass die Vorwürfe ausgeräumt waren. Er wirkte entspannt, seine Augen leuchteten, der zusätzlichen Worte, die er mir ins Ohr flüsterte, hätte es nicht bedurft.

Herr Niemann habe ihn gleich noch einmal als Zeugen vernommen, erzählte er mir auf der Rückfahrt, jetzt selbst am Steuer. Sie seien sämtliche männliche Bekannten durchgegangen. Einen echten Durchbruch hätten sie nicht erreicht.

Er bremste vor unserem Stammitaliener. „Was meinst du? Sollen wir zur Feier des Tages essen gehen?"

Im Lokal war ein einzelner Tisch besetzt. Wir nahmen wie üblich den am Fenster und bestellten das Übliche: eine Krabbenpizza für mich, eine Lasagne für Michael. Der Kellner brachte unsere Getränke, kleine Brötchen und die dazugehörige Butter. Kaum hatte er sich umgewandt, griff ich gierig danach. Vor lauter Aufregung hatte ich heute Mittag nichts essen können, mein Magen grummelte hungrig.

Michael dagegen spielte versonnen mit seinem Glas. „Ich weiß nicht, irgendwie kann ich nicht aufhören, mir Gedanken zu machen", bekannte er. „Ich will, dass dieser Mörder gefasst wird. Kannst du das verstehen?"

„Mir geht es ähnlich. Nur sehe ich keine Möglichkeit, wie wir helfen könnten, ihn zu fassen. Wir sind alle unsere Bekannten durchgegangen. Darunter ist niemand, auf den irgendein Verdacht fällt."

Er sah auf und griff über den Tisch nach meiner Hand. „Ich möchte mich mit Hermann treffen und mit ihm gemeinsam überlegen, wer infrage kommt."

91

Michael

Anfangs hatte Geli darauf bestanden, mit mir zu kommen. Das, fand ich, war keine gute Idee. Hermann würde wesentlich offener reden, wenn diese Unterhaltung nur zwischen uns beiden geführt wurde. Sie gab schließlich nach, bestand aber darauf, sich vorher mit mir zu einem gemeinsamen Brainstorming zusammenzusetzen. Und dieses Mal gingen wir die Sache ganz anders an.

Geli fuhr zur Arbeit und ich rief Hermann gegen zehn auf seinem Handy an. Dann war er bestimmt schon unterwegs und Petra würde somit nichts von unserem Gespräch mitbekommen. Ich berichtete knapp, dass ein Zeuge aufgetaucht sei, der mich entlastet hätte und der in der Lage sei, den wahren Mörder an der Stimme zu erkennen. Ich wolle mich mit ihm treffen, um gemeinsam mit ihm nach weiteren Verdächtigen zu suchen.

Im ersten Moment schien er perplex über dieses Angebot. Ziemlich zögerlich stimmte er schließlich zu.

Ich hatte ein Lokal in der Stadt ausgewählt, in dem wir früher oft zusammen gesessen hatten – und das ich seitdem mied. Die paar zufälligen Begegnungen mit Hermann und Petra, die sich anscheinend in einer relativ kleinen Stadt nicht vermeiden ließen, reichten mir völlig.

Beim ersten Mal, das war kurz nach unserem Zerwürfnis, schlenderten Geli und ich auf der Suche nach einer neuen Jacke für mich durch ein Kaufhaus, als ich zwei Ständer weiter Petra und Marcel entdeckte. Wir wandten uns schnell ab und fuhren mit der Rolltreppe nach oben. Zwei Wochen später begegneten uns Hermann und seine Frau im Einkaufszentrum. Sie standen bereits an der Kasse, auf die wir ebenfalls gerade zusteuerten. Ich schwenkte ab und kurvte so lange durch die Gänge, bis sie verschwunden waren.

„Das ist albern", meinte Geli. „Nicht wir sind die Aggressoren. Warum sollten wir uns von denen einschränken lassen?"

Ich bemühte mich, ihr meine Beweggründe zu erklären. Allein der Anblick von einem der Fischers reichte aus, heiße Wut in mir aufflammen zu lassen. „Ich kann für nichts garantieren. Sollten die mich ansprechen, mache ich an Ort und Stelle eine Szene. Also gehe ich ihnen lieber aus dem Weg." Ja, das war meine größte Sorge, dass Hermann versuchen wollte sich mit mir auszusprechen, indem er wieder betonte, es handle sich um ein Missverständnis und wir würden das Geschehene überbewerten. Dieser Vorwurf brannte immer noch in mir.

Durch meinen Krankenhausaufenthalt erübrigte sich dieses Verhalten. Geli erledigte die meisten Besorgungen allein, alles andere kauften wir über das Internet. Bei meinen späteren Ausflügen und der Observierung von Sugar behielt ich meine Umgebung genau im Auge und konnte so Hermann und Familie früh genug ausweichen.

Dabei wäre laut Geli diese Vorsicht überhaupt nicht nötig gewesen. Sie hatte in der Zwischenzeit mehrere Begegnungen mit den Fischers gehabt, die damit endeten, dass man aneinander vorbeiging, als würde man sich nicht kennen. „Ich ignoriere sie und sie mich. Das war's", hatte Geli berichtet.

Nur als sie Sugar plötzlich gegenüberstand – die wollte in die Sparkasse rein und meine Frau raus -, versagte ihr Gleichmut. „Die grinst mich doch tatsächlich hohnlächelnd an. Ich musste mich richtig zusammenreißen", hatte sie sich empört. „Am liebsten hätte ich …" Sie brachte den Satz nicht zu Ende. Ich verstand auch so. Geli besaß im Gegensatz zu mir ein ausgleichendes Wesen und machte das meiste mit sich selbst aus. Bis sie laut wurde, dauerte es, aber dann wusste jeder in ihrer Umgebung, dass die Grenze endgültig überschritten war. Immerhin zeigte mir ihr Ausbruch, dass sie diese Geschichte beileibe nicht verarbeitet hatte und genauso litt wie ich.

Ich war etwas zu früh dran und suchte mir einen einzeln stehenden Tisch im hinteren Bereich aus. Das, was wir besprechen wollten, war nicht für fremde Ohren bestimmt.

Bis Hermann eintraf, hatte sich das Lokal gut gefüllt. Verständlich, es war weithin für seine moderaten Preise und großen Portionen bekannt. Hier konnte man noch für wenig Geld satt werden.

Ich erhob mich halb und winkte, um ihn auf mich aufmerksam zu machen. Er zwängte sich durch die dicht an dicht stehenden Tische, nickte mir zu und nahm den Stuhl mir gegenüber.

Ich wies auf das Glas Dunkelbier, das der Kellner neben meine Cola gestellt hatte, und griff nach der Speisekarte. „Für dich. Lass uns erst bestellen!"

Kaum hatten wir uns darin vertieft, stand schon die Bedienung neben uns.

Die Buchstaben tanzten vor meinen Augen und ließen sich nicht zu Wörtern verbinden. „Ich nehme das Tagesgericht."

Hermann schloss sich mir an. „Ich habe nie geglaubt, dass du Sugar umgebracht hast", sagte er, nachdem wir wieder allein waren. „Dieser Angriff … ich bin völlig ausgerastet, als die Polizei mir von dem Mord erzählte. Ich habe versucht mich bei Geli zu entschuldigen … auch für Marcel. Der Bengel hat das alles in den falschen Hals gekriegt. Der wollte seine Schwester unbedingt rächen. Ich habe ihm klargemacht, dass er woanders suchen muss."

Ich nickte stumm. Ganz so einfach wollte ich es ihm nicht machen.

„Was meinst du denn? Wer könnte das getan haben?"

„Irgendjemand, der sowohl mit mir als auch mit Sugar Kontakt hatte." Ich klärte ihn über die DNA-Spuren auf. „Das heißt, dieser jemand muss mir ein benutztes Kleidungsstück entwendet haben, ohne dass es mir auffiel. Entweder erwürgte er deine Tochter damit oder er trug Handschuhe und rieb hinterher mit dem Teil über ihren Hals. Anders können diese Spuren nicht entstanden sein." Dass Geli und ich immer noch kein fehlendes Wäschestück entdeckt hatten, behielt ich für mich. „Ich kenne niemanden …" Er hielt inne und runzelte die Stirn. „Stefan, der hat mir ein paarmal geholfen, ihr …" Sein Gesicht lief rot an und er machte Anstalten aufzustehen.

„Der ist es nicht. Der hat genauso wie ich diesen Stimmtest abgeliefert", sagte ich schnell. „Das hat mir der Kommissar verraten." Vielleicht war es doch keine so gute Idee gewesen, Hermann miteinzubeziehen. Der brachte es fertig und übte auf der Stelle Selbstjustiz, falls wir denn tatsächlich einen Verdächtigen entdeckten.

Er ließ sich zurücksinken, griff nach seinem Dunkelbier und nahm einen langen Schluck. „Der Einzige, der sonst noch infrage kommt, ist Holger", sagte er schließlich.

Ich schüttelte den Kopf. „Er hat ein Alibi. Er und seine Frau sind mit Freunden ausgegangen. Das Restaurant war kilometerweit von Sugars Wohnung entfernt und sie sind bis gegen elf geblieben. Es muss noch jemanden geben." Fieberhaft überlegte ich, wie ich auf Lukas überleiten konnte, ohne ihn gleich erneut anzustacheln. Ob er überhaupt wusste, dass er und ich uns getroffen hatten?

Unser Schweigen wurde von dem Kellner unterbrochen, der das Essen brachte. Hühnerfrikassee, ein Gericht, das ich eigentlich verabscheute. Hätte ich bloß die Karte genauer gelesen!

Hermann schien genauso wenig Appetit wie ich zu haben. Er schob mit der Gabel kleine Häufchen von links nach rechts und dachte angestrengt nach. „Hast du mit Freunden von Sugar gesprochen? Oder bist du denen auch gefolgt?" Er strengte sich sichtlich an, seine Stimme gleichmütig zu halten.

Damit lieferte er mir die ideale Vorlage. „Der Einzige, der mir über den Weg lief, war Lukas. Ja, mit dem habe ich mich zweimal kurz unterhalten."

Er schnaubte. „Der war seit Monaten nicht mehr in der Wohnung. Den hätte Sugar hochkant rausgeschmissen, wenn er vor ihrer Tür aufgetaucht wäre."

„Wegen dieses Gutachtens?", fragte ich vorsichtig nach.

Hermann verzog das Gesicht zu einem schiefen Grinsen. „Ja, sie war total sauer auf ihn. Aber sie hätte diese kleine Laus fertiggemacht, das kannst du mir glauben."

Und dann erfuhr ich haargenau das, was ich wissen wollte.

92

Angelika

Das Warten war das Schlimmste.

Michael hatte mir den Wagen überlassen und die Straßenbahn genommen. Um eins wollten sich die beiden treffen. Das Essen würde voraussichtlich nicht länger als eine Stunde dauern, der Weg zurück knapp zwanzig Minuten. Also musste er jeden Moment kommen.

Um mir die Zeit zu vertreiben, begann ich die Schmutzwäsche zu sortieren. Alles, was Michael eingepackt hatte, roch muffig. Am besten ich wusch auch die Kleidungsstücke, die noch sauber waren.

Erst als ich ihn in der Hand hatte, wurde ich aufmerksam. Schwarzes Microfleece!" Ich drehte den Schal in meinen Händen. Besaß Michael nicht auch ein passendes Paar Handschuhe? Ich wühlte mich durch den Haufen auf dem Badezimmerboden. Ja, da waren sie, zusammengekrumpelt, die Finger halb nach innen gezogen.

Ich zupfte sie auseinander und legte sie zur Seite. Sollte ich sie mitwaschen? Oder, so blöd es sich auch anhörte, hatte der Mörder Michael die Handschuhe nach dem Mord wieder untergeschoben? Aber wie wäre das möglich gewesen?

Ich nahm sie auf und betrachtete sie genauer. Komisch, ich hatte sie wesentlich abgegriffener in Erinnerung. Und wo war der kleine Brandfleck, verursacht von der herabfallenden Glut, weil Michael wieder mal nicht aufgepasst hatte? Das war fast schon so etwas wie sein Markenzeichen. Die meisten seiner Kleidungsstücke wurden nicht aus Altersgründen aussortiert, sondern weil die Selbstgedrehten, die er bevorzugte, ihre Spuren hinterließen.

Nein, da war er, direkt an der Naht und deshalb kaum zu sehen. Enttäuscht warf ich die Handschuhe zurück auf die restliche Schmutzwäsche. Es wäre ja auch zu schön gewesen!

Statt mit meiner Arbeit fortzufahren, ließ ich mich auf den Boden sinken und dachte nach. Irgendwo gab es einen Denkfehler, ich musste ihn nur finden. Noch einmal griff ich nach Handschuhen und Schal und untersuchte sie Zentimeter für Zentimeter. Dann hatte ich die Lösung gefunden.

Wie auf Stichwort hörte ich den Schlüssel im Schloss. Ich sprang auf und lief Michael entgegen. „Hast du …“

„Wir haben das Motiv!“, unterbrach er mich. Er nahm mich in den Arm und drückte mich fest an sich. „Du bist ein echtes Genie, weißt du das?“

Ich stellte mich auf die Zehenspitzen und gab ihm einen Kuss auf die Nasenspitze. „Sogar mehr, als du denkst. Ich glaube, ich habe gerade das fehlende Stück in der Beweiskette gefunden.“

„Erzähl!“ Er löste sich von mir und hängte die Jacke an die Garderobe.

„Nein, erst du!“

Nachdem er geendet hatte, holte ich den Schal. „Ist das deiner?“

„Ja, klar.“ Er stutzte. „Schwarze Mikrofaser.“

„Schau ihn dir genau an!“, verlangte ich.

Er drehte ihn hin und her und sah mich verständnislos an. Männer!

„Siehst du das Etikett?“, half ich ihm auf die Sprünge. Michael war gegen die kleinen Zettel, die sich an jedem Kleidungsstück befanden, regelrecht allergisch. Seitdem er sich vor Jahren einmal an einem zugegebenermaßen großen Etikett den Hals wundgerieben hatte, bestand er darauf, dass ich selbst die kleinsten entfernte, was ich mithilfe einer Nagelschere brav direkt nach dem Einkauf erledigte.

Er sah mich verständnislos an und zuckte die Schultern.

„Du weißt doch, dass ich die von deinen Sachen sofort nach dem Einkauf entferne!“

„Vielleicht hast du es vergessen.“

„Nein, ganz bestimmt nicht“, triumphierte ich. „Jemand hat ihn durch einen gleichaussehenden ersetzt“, stellte ich das Offensichtliche klar.

„Jemand, der genau wusste, dass du einen Hass auf Sugar hattest. Höchstwahrscheinlich genau der jemand, auf den wir tippen.“

Er sprang auf. „Komm, wir fahren sofort zu Herrn Niemann.“

Mit einem nur leicht schlechten Gewissen folgte ich ihm. Gestern hatte ich den Termin bei meinem behandelnden Chirurgen auf heute Nachmittag verschoben. Jetzt klappte es wieder nicht. Aber das hier war wichtiger!

Der Kommissar saß in seinem Büro und sah uns lächelnd entgegen. „Ist Ihnen noch etwas eingefallen?", fragte er meinen Mann.

„Wir vermuten, dass wir Ihren Täter gefunden haben." Michael zog mich neben sich, sodass wir uns fast gleichzeitig auf die Besucherstühle setzten.

„Dann lassen Sie mal hören!"

Sein Unglaube war deutlich zu sehen. Na, der würde ihm schnell vergehen! Ich lehnte mich zurück und überließ es meinem Mann, ihn aufzuklären. Diesen Triumph hatte er sich verdient.

„Nachdem endgültig feststand, dass ich nicht der Täter bin, holten wir unsere Liste hervor und kontrollierten sie ein zweites Mal", begann dieser zu berichten.

„Eine Liste?" Herr Niemann hob fragend die Augenbrauen.

„Ja, klar. Nachdem Sie mich ins Visier genommen hatten, mussten wir doch versuchen den wahren Mörder selbst zu finden. Wir wussten, dass ich es nicht war, also überlegten wir, wer es sonst gewesen sein könnte."

Der Kommissar verkniff sich eindeutig ein Grinsen. „Und so sind Sie auf den Täter gekommen?"

„Nein, eben nicht. Wir sind von völlig falschen Tatsachen ausgegangen."

Jetzt griff ich doch ein. „Wir dachten, es müsse jemand sein, der sowohl mit Sugar als auch mit meinem Mann in Kontakt stand", erklärte ich. „Keiner würde sich über Spuren von ihm in der Wohnung wundern. Gleichzeitig musste derjenige die Möglichkeit haben, sich ein Kleidungsstück meines Mannes zu besorgen, mit dem er den Verdacht in die falsche Richtung lenkte."

„Und was ist an diesem Gedankengang falsch?"

Ha, er kam auch nicht darauf! Ich stieß Michael an, damit er weitermachte.

„Wir fanden bis auf Hermanns und meinen gemeinsamen Freund Stefan niemanden, auf den beide Punkte zutrafen. Der wurde jedoch entlastet. Daher vermuteten wir einen Denkfehler in unseren Überlegungen." Er hielt inne und wartete auf einen weiteren Kommentar des Kommissars.

„Mein Mann traf sich heute mit Hermann Fischer", sprang ich schnell ein, da ich merkte, dass dieser langsam die Geduld verlor. „Wir versuchten nämlich einen andern Ansatz. Wer hätte ein Motiv? Bei Sugar gab es durch die vielen Besucher bestimmt einige Spuren, die sich nicht zuordnen ließen. Also musste es nicht unbedingt ein Bekannter gewesen sein, der rechtmäßig Zutritt zu ihrer Wohnung hatte."

„Hermann erzählte mir, dass der Vater ihres Kindes und dessen Mutter ein Verfahren auf Übernahme des Sorgerechts beim Jugendamt angestrengt hatten. Lukas wollte nicht nur sein ihm zustehendes Besuchsrecht einklagen. Er wollte das alleinige Sorgerecht." Michael konnte es nicht lassen und legte wieder eine Pause ein.

„Sind Sie sicher? Wir wussten nur von normalen Sorgerechtsstreitigkeiten. "

„Es kommt noch besser: Sugar vertraute ihrem Vater an, dass Lukas gar nicht der Erzeuger ist", ließ Michael die Bombe platzen. „Ein dementsprechender Test würde das beweisen."

Herr Niemann fuhr auf. „Warum hat er mir davon nichts gesagt?"

„Welcher Vater gibt schon zu, dass seine Tochter ein ausgekochtes Miststück ist!" Ha, es hatte richtig gutgetan, dieses Wort auszusprechen. „Sie wolle erst einmal in Ruhe abwarten, zu welchem Urteil die Gutachterin kommen würde, hatte sie ihm mitgeteilt, und ihren Trumpf nur ausspielen, falls ihr deren Ansicht nicht passe."

Unser Gegenüber begann zu begreifen. „Wen hat sie erpresst? Lukas Kramer oder seine Mutter?"

„Weder noch", erklärte ich grinsend und stupste meinen Mann in die Seite. Den Rest durfte er erzählen.

93

Michael

Der Kommissar hielt Wort und meldete sich am nächsten Tag telefonisch bei uns. „Sie hatten recht. Er war es. Unser Zeuge hat ihn eindeutig identifiziert. Als wir ihn auch noch mit dem Schal konfrontierten, den wir bei der Hausdurchsuchung fanden, ist er zusammengebrochen. Er hat gestanden."

„Meinen Schal? Wieso warf er ihn nicht weg?"

„Er wollte ihn Ihnen unterschieben. Lukas hatte den Auftrag, sich mit Ihnen in Verbindung zu setzen, sobald Sie wieder auftauchten. Sein Vater wollte den Austausch bei einem Besuch von Ihnen vollziehen. Von dem Zeugen wusste er ja nichts … Woher hatten Sie eigentlich die Information mit den schwarzen Faserrückständen auf der Haut des Opfers?"

„Ist es so abgelaufen, wie wir vermuteten?", fragte ich dagegen. Ich konnte schließlich nicht den Rechtsanwalt verraten, der uns mit dieser Nachricht erst die Möglichkeit des Handelns verschafft hatte.

Herr Niemann schien zu verstehen, dass er darüber von mir keine Antwort erhalten würde. „Die Kombinationsgabe Ihrer Frau ist wirklich erstaunlich", stellte er mit einem leicht hämischen Unterton fest. „Sie hätte zur Kriminalpolizei gehen sollen."

Aha, das war die Retourkutsche. Ihm war nicht entgangen, dass eigentlich Geli den Fall gelöst hatte. Sei's drum. Hauptsache, er befriedigte unsere Neugier. „Ich werde es an sie weitergeben."

„Der Entschluss, die Übertragung des Sorgerechts auf den Vater einzuklagen, ging eindeutig von Frau Kramer aus. Sie war von Anfang an nicht mit der Beziehung einverstanden gewesen, weil sie vermutete, dass Frau Fischer ihren Sohn nur ausnutzen wollte. Als diese Lukas dann nach der Trennung anzeigte und behauptete, er sei gegenüber dem Kind gewalttätig geworden und sich anschließend weigerte, ihn noch in Louis' Nähe zu lassen, schlugen ihre Gefühle in Hass um. Sie begann ebenfalls Beweise zu sammeln, die die Mutter in einem schlechten Licht zeigen sollten."

„Wusste sie, dass das Kind gar nicht das ihres Sohnes ist?", fragte ich nach, obwohl ich mir sicher war, die Antwort zu kennen.

„Nein", bestätigte Herr Niemann meine Vermutung. „Sonst wäre es wahrscheinlich nie zu diesem Mord gekommen." Nach einer kurzen Pause fuhr er fort: „Frau Fischer passte den alten Herrn Kramer, kurz nachdem die Gutachterin sie das erste Mal besucht hatte, ab und erklärte ihm, dass er seine Frau daran hindern solle, gegen sie zu intrigieren und ebenso dafür sorgen müsse, dass die ihren Antrag auf Übernahme des Sorgerechts zurückzieht. Sonst würde sie nämlich mit der Wahrheit herausrücken, dass Louis gar nicht Lukas' Sohn sei. Dann dürften sie ihn gar nicht mehr sehen. Sie wäre durchaus bereit, sie am Leben des Kleinen teilhaben zu lassen - aber zu ihren Bedingungen."

Typisch Sugar! Sie hatte sich nicht geändert.

„Sie muss sehr überzeugend aufgetreten sein. Herr Kramer glaubte ihr", fuhr der Kommissar fort. „Statt sich mit seiner Frau auszusprechen, überlegte er, wie sie trotzdem gegen Frau Fischer gewinnen könnten."

Lukas' Mutter wäre sowieso nicht von ihrem Entschluss abzubringen gewesen. Dafür liebte sie Louis und hasste sie Sugar viel zu sehr.

„Er behauptet, die Dinge, die seine Frau zutage gefördert habe, hätten eindeutig gezeigt, dass Frau Fischer sich in keinster Weise um ihr Kind kümmerte. Ihr den Jungen zu überlassen und zusehen zu müssen, wie sie ihn zugrunde richtete, wäre keine Option gewesen."

„Sie hätten gegen ihn aussagen können, auch wenn dabei die Wahrheit herausgekommen wäre", warf ich ein. „Dann hätten weder Frau Fischer noch die Kramers den Kleinen bekommen."

„Wem sagen Sie das." Herr Niemann seufzte. „Er behauptet, er hätte Angst gehabt, dass dann die alten Fischers Louis zugesprochen bekämen. Und die wären ja wohl überhaupt nicht in der Lage, ein Kind zu erziehen, was man deutlich an Michelle Fischer sehen könne."

„Also hat er abgewartet, bis Lukas mich zu sich nach Hause schleppte, und mir heimlich den Schal aus der Jackentasche gezogen?"

„Angeblich sei ihm der Einfall ganz plötzlich gekommen."

„Er muss den Plan schon vorher gefasst haben. Er hat ihn schließlich ausgetauscht", widersprach ich.

„Nein, wieder angeblich besaß er genau den gleichen. Die gibt es wohl jeden Winter in den diversen Billigmärkten zu kaufen. Er hatte gerade den Vorsatz gefasst, Frau Fischer um eine letzte Aussprache zu bitten, als Sie zu Besuch kamen. Da entdeckte er, dass Sie den gleichen Schal wie er trugen und tauschte ihn gegen seinen eigenen aus."

„Haha, rein vorsorglich natürlich!"

„Darüber wird das Gericht entscheiden", blockte Herr Niemann ab.

„Laut Aussage des Zeugen haben die beiden wirklich ein längeres Gespräch geführt, in dessen Verlauf Herr Kramer, wie er uns mitteilte, versuchte, mit Frau Fischer eine vernünftige Einigung zu erzielen: Er würde sich auf ein gemeinsames Sorgerecht einlassen, wenn sie im Gegenzug schriftlich garantierte, sich an die geltenden Besuchsregeln zu halten."

Als wenn Sugar sich jemals von getroffenen Vereinbarungen hätte beeinflussen lassen!

„Sie machte ihre Zustimmung jedoch plötzlich von einem neuen Punkt abhängig und forderte nun zusätzlich zum Unterhalt dreihundert Euro im Monat für ihr weiteres Schweigen. Herr Kramer verdiene gutes Geld, Lukas steuere ebenfalls seinen Teil zum Einkommen bei, das könnten sie ihrem Enkel beziehungsweise Sohn zuliebe gut entbehren. Darüber kam es dann zum Streit, weil keine Seite bereit war nachzugeben."

Eindeutig Vorsatz! Der wollte sich nicht erpressen lassen, genau wie Geli vermutet hatte.

„Herr Kramer erbat sich neue Bedenkzeit. Er stand auf, knöpfte seinen Mantel zu, den er nicht mal ausgezogen hatte, und zog seine Lederhandschuhe aus der Tasche, wobei der Schal mit herausfiel. Noch während er ihn aufhob, sei Frau Fischer laut geworden und habe ihn aggressiv beschimpft. So kam es zu der Tat."

Ich hätte jetzt gern ein zweites Mal bemerkt, dass die Geschichte so nicht stimmen könne, die Unstimmigkeiten in seinen Aussagen sogar mir auffielen. Nicht nur, dass Lukas Vater den Schal ja schon vorher ausgetauscht hatte, also da bereits entschlossen war, Sugar umzubringen und mich als Täter hinzustellen. Auch alles andere passte nicht zusammen. Wer fest entschlossen ist, ein Kind aus einem seiner Meinung nach schädlichen Umfeld zu retten, lässt sich nicht auf faule Kompromisse ein. Aber Herr Niemann wäre mir vermutlich wieder mit der noch ausstehenden Gerichtsverhandlung gekommen. Ich musste ja im Endeffekt froh sein, dass er mir überhaupt all diese Auskünfte gab.

„Zwei Dinge geben mir zu denken", sagte ich stattdessen. „Erstens: Musste Herr Kramer nicht damit rechnen, dass Sugar schon mit irgendjemandem über die Tatsache, dass Louis nicht Lukas' Sohn war, gesprochen hatte? Und zweitens: Wenn er mir den Schal wieder zustecken wollte, um mich damit noch mehr zu belasten, hätten Sie bei einer Laboruntersuchung nicht auch Spuren von ihm entdeckt?"

„Gut aufgepasst", lobte mich der Kommissar. „Laut Herrn Kramer betonte Michelle Fischer ihm gegenüber ausdrücklich, dass bisher niemand von der nicht bestehenden Vaterschaft seines Sohnes wisse. Zu Ihrem zweiten Punkt kann ich nur sagen, dass Ihre Vermutung gerade von unseren Technikern überprüft wird."

„Was passiert jetzt mit dem Zeugen?" Ich wollte ihn unbedingt kennenlernen und ihm persönlich danken.

„Derzeit sitzt er bei uns im Gefängnis. Wir haben um Aussetzung der Abschiebung gebeten."

„Muss er dort bleiben?" In mir keimte eine Idee auf, für die mich Geli wahrscheinlich umbringen würde. „Ich meine, wenn wir ihn aufnehmen, wäre das möglich?", sprach ich sie direkt aus.

Herr Niemann lachte auf. „Wenn Sie wirklich auf ihn aufpassen wollen? Der klaut sich, seitdem er weiß, dass er abgeschoben wird, quer durch Deutschland." Er wurde wieder ernst. „Keine Ahnung. Wenn das tatsächlich Ihr Ernst ist, vermittle ich Ihnen ein Gespräch mit dem zuständigen Richter. Nur tun Sie mir einen Gefallen: Reden Sie zuerst mit Ihrer Frau."

Das würde ich umgehend tun. Kaum hatte ich das Gespräch beendet, wählte ich erneut.

94

Angelika

Das Konzert von Josie war einsame Spitze. Es gab stehende Ovationen und wie Michael barst ich schier vor Stolz. Als wir gemeinsam zum Hinterausgang schlenderten, hakte sich Lilli bei mir ein. „Komm, wir holen den Star drinnen ab."

An diesem Abend drehte sich alles um die ältere Schwester, trotzdem war in meinen Augen die Kleine die Gewinnerin des heutigen Tages. Sie hier zusammen mit den anderen völlig unbeschwert zu sehen, hatte für mich eine größere Bedeutung. Sie lachte und scherzte und schien sich köstlich zu amüsieren. Der dunkle Schatten, der über ihr gelegen hatte, war verschwunden.

Unser Dank galt in erster Linie ihrem Freund Alex, der sie zu ihrem Besuch bei uns begleitete, ein von seinem Äußeren her unscheinbarer Mann, dazu sehr ruhig und viel erwachsener als man bei einem Fünfundzwanzigjährigen erwartete.

„Nein, sie hat einen starken Willen", hatte er meine diesbezüglichen Worte einen Tag zuvor abgewehrt, während wir allein in der Küche saßen, außer Hörweite von Lilli. „Das Leben, das sie führte, war ihr nicht genug. Sie wollte gesunden."

Wie auch immer, es war gut, dass unsere Tochter endlich einen Partner an ihrer Seite hatte, der sie auf ihrem Weg begleitete und unterstützte. Ich musste mir keine Sorgen mehr um sie machen.

Auch Michael hatte sich endgültig gefangen. Seit drei Wochen arbeitete er einige Stunden am Tag, was ihm gut gefiel. Am liebsten wäre er schon morgen wieder voll eingestiegen. Aber sein Arzt erlaubte es ihm nicht. Er solle sich langsam eingewöhnen und dazu regelmäßig seinen Therapeuten aufsuchen, meinte der. Außerdem hatte er so wenigstens genügend Zeit, sich um Tarik zu kümmern. Der junge Mann war bis zu dem Prozess in einem Wohnheim der Diakonie untergekommen und Michael besuchte ihn jeden Tag.

„Es ist eine Schande, dass er nicht bleiben darf", sagte er fast jeden Abend zu mir. Dabei übersah er allerdings großzügig, dass sein Schützling bereits zwei weitere Male bei einem Diebstahl ertappt worden und nur durch Glück einer erneuten Inhaftierung entgangen war. Er lud ihn ständig ein, zu uns zu kommen, aber Tarik lehnte meist ab. In meiner Gegenwart und vor allem seit Lilli und ihr Freund bei uns wohnten, fühlte er sich sichtlich unwohl. Er wusste nie, wie er mir und ihnen begegnen sollte. Auch für das heutige gemeinsame Essen zu Ehren Josies hatte Michael ihn eingeladen. Seine prompte Absage kam unter dem Vorwand, einen lange nicht mehr gesehenen Freund zu treffen. So saßen wir zu fünft am Tisch und ließen uns das Mahl, das Lilli und Alex zubereitet hatten, schmecken.

Wieder kam das Gespräch automatisch auf den Mord an Sugar und unsere gelungene Beteiligung bei der Mördersuche. Josie, durch ihre Konzertreise stark eingebunden, hatten wir bisher nur kurz am Telefon aufgeklärt, sie brannte auf einen ausführlichen Bericht.

„Wie seid ihr eigentlich darauf gekommen, dass Lukas' Vater der Täter ist?", fragte sie zwischen Hauptgang und Nachtisch. „So, wie ich das verstanden habe, hattet ihr ihn doch die ganze Zeit über nie in Verdacht."

Michael und ich grinsten uns über den Tisch hinweg verständnisinnig an.

„Das ist deiner Mutter zu verdanken", erklärte mein Mann. „Sie brachte den Ansatz ins Spiel, wir sollten uns in erster Linie um das Motiv kümmern, das zu dem Mord führte. Es war ja keine Tat im Affekt, wie der auf mich gelenkte Verdacht bewies. Also handelte es sich vermutlich um eine Erpressung mit tödlichem Ausgang."

„Und da bist du gleich auf Herrn Kramer gekommen?" Sie wirkte immer noch ungläubig.

„Ganz so einfach, wie Papa es darstellt, war es nicht", stellte ich richtig. „Während wir uns alles noch einmal durch den Kopf gehen ließen, fiel mir auf, dass wir Lukas' Vater bisher völlig außen vorgelassen hatten. Trotzdem war er nur einer unter mehreren, nicht der, auf den wir sofort tippten. Erst als Papa sich mit Hermann traf und wir von dem Versuch, das alleinige Sorgerecht zu erhalten, und der falschen Vaterschaft erfuhren, sahen wir klar. Was natürlich auch mit der Entdeckung des untergeschobenen Schals zusammenhing."

„Dass wir den alten Kramer nicht ebenfalls ins Visier genommen hatten, war meine Schuld", übernahm wieder Michael. „Für mich stand seine Frau im Vordergrund, ihn habe ich ein einziges Mal kurz gesehen. Sie war diejenige, die Lukas dazu getrieben hatte, sich ans Jugendamt zu wenden. Sie hetzte ständig gegen Sugar, ja, führte sogar eine Liste, auf der sie deren Verfehlungen mit Datum notierte. Außerdem bin ich ja davon aufgegangen, dass es bei dem Antrag ans Jugendamt darum ging, ein vernünftiges Besuchsrecht durchzusetzen."

Wir sahen den alten Kramer als schweigenden Partner, der ihr Verhalten duldete, jedoch nicht aktiv beteiligt war, setzte ich im Stillen hinzu. Selbst für mich stand Lukas' Vater lange am Rand des Geschehens statt mittendrin.

„Also ich hätte eher auf Lukas getippt", erklärte Josie stirnrunzelnd. „Auch wenn ihr sagt, er sei nicht in der Lage, sich einen derartigen Plan selbst auszudenken. Seine Mutter hätte ihn dazu überredet haben können."

Dieses Kind dachte einfach mit zu viel Logik und zu wenig Gefühl!

„Lukas nicht. Der ist einfach nur lieb, der …"

„Der hat sich ja nicht mal gegen die Vorwürfe, er hätte seinen Sohn misshandelt, gewehrt. Obwohl er wusste, dass Sugar für diese blauen Flecke verantwortlich war", half mein Mann mir aus. „Lukas hasst Gewalt, er ist der sanfteste Mensch, den ich kenne."

„Wer ist denn nun eigentlich der Vater von Louis?", fragte Lilli, bevor Josie weiter nachhaken konnte. „Und wo ist der Kleine untergebracht?"

Michael konnte sein Schmunzeln nicht unterdrücken. „Zu Punkt eins: Das weiß keiner. Sugar hat ihr Geheimnis mit ins Grab genommen. Vor Lukas hatte sie eine Zeit lang keinen festen Freund, da kam ihr der gutmütige Verehrer, der sie andauernd umschwänzelte, gerade recht, um als Vater ihres Kindes herzuhalten."

„Das müssen die Eltern von ihm doch gemerkt haben", widersprach Josie. „Selbst wenn er nicht rechnen kann, die können es."

Aus Michaels Schmunzeln wurde ein breites Grinsen. „Habe ich etwas behauptet, sie hat ihn vorher nicht rangelassen?"

Die Kinder waren völlig perplex. Dann stimmten sie in unser Gelächter ein.

„Ich denke, Lukas erschien ihr als der geeignetste Kandidat", fuhr Michael schließlich fort. „Der würde alles tun, was sie ihm sagte. Die Beziehung hielt knapp zwei Jahre, allerdings mit etlichen Höhen und Tiefen. Schließlich setzte Sugar ihn vor die Tür und behauptete gleichzeitig, er misshandle den Kleinen. Keiner glaubte ihm, dass sie es war, die ihm die vielen blauen Flecke zufügte, dafür log Sugar viel zu gut. Im Moment lebt Louis bei Hermann und seiner Frau. Sie streben einen DNA-Test an, damit sie das alleinige Sorgerecht zugesprochen bekommen."

Ich konnte Lilli an der Nasenspitze ablesen, was sie dachte: Hoffentlich ziehen sie nicht eine zweite Sugar groß! „Der Kleine wird bereits psychologisch betreut. Darauf hat die Gutachterin bestanden", beruhigte ich sie. „Und Hermann und Petra müssen sich auf regelmäßige Kontrollen des Jugendamtes einstellen."

„Was wird jetzt aus ihnen und euch?", fragte Josie.

Darüber waren mein Mann und ich uns ohne Diskussion einig gewesen. „Nichts. Wir gehen weiterhin getrennte Wege."

Mein Mann hob sein Glas und prostete mir und den Kindern zu. „Auf uns!"

Über den Tisch hinweg sah er mir tief in die Augen und ich konnte die bedingungslose Liebe für seine Familie darin erkennen. Ja, so hässlich es sich auch anhörte: Sugars Tod und die nachfolgenden falschen Verdächtigungen hatten das Auseinanderdriften, ausgelöst durch Lillis schreckliche Erlebnisse, beendet und uns stattdessen enger denn je zusammengeschmiedet.

Gleich morgen früh zerreiße ich die Blätter mit unserer Geschichte, die Heidrun mir nach dem Lesen zurückgab und die sich nach wie vor unter den Blusen befanden, und werfe sie in den Müll, beschloss ich. Mit diesem Thema hatten wir endgültig abgeschlossen.

Romane von KJ Weiss

In ohnmächtiger Wut

Ein ausländischer Schüler wird brutal zusammengeschlagen. Der engagierte Lehrer Jens Baumgard kann nicht länger tatenlos zusehen und bewegt die einzige Zeugin zur Aussage. Dadurch rückt er selbst in den Fokus einer rechtsradikalen Gruppierung, die nun alles daransetzt, sein Leben und das seiner Familie zu zerstören.

Im Schatten des Vergessens

Einst waren Ulrike und Gabi ein Paar. Doch ihre Liebe reichte nicht aus, die Unterschiede zu überwinden. Heute ist Gabi mit einem Mann verheiratet und hat mit ihm zwei Kinder.

Eines Tages steht Timo, Ulrikes Sohn, vor der Tür und bittet sie um Hilfe. Seine Mutter wird des Mordes an ihrem Mann verdächtigt. Nur widerwillig lässt sich Gabi in die Ermittlungen mit hineinziehen, hin und her gerissen zwischen dem Wunsch, dem jungen Mann zu helfen und der Angst, dass ihr lang gehütetes Geheimnis dabei aufzufliegen droht. Denn um erfolgreich zu sein, müssen sie in die Vergangenheit eintauchen.

Liebe-Trennung-Mord

Ohne Vorwarnung wird Heike Kilian nach vierundzwanzigjähriger Ehe von ihrem Ehemann Martin verlassen. Von einem auf den anderen Tag steht sie völlig mittellos da. In den nächsten drei Monaten verwickelt er sie in einen Trennungskrieg und lässt nichts unversucht, ihr zu schaden.

Ein halbes Jahr später, sie hat sich mittlerweile ein neues Leben aufgebaut, erhält sie die Nachricht, dass ihr Mann ermordet wurde. – Und alle Indizien deuten auf sie als Täterin hin.

Sie flieht vor der Polizei und versucht gemeinsam mit ihren Söhnen, sich von dem Verdacht zu entlasten. Denn sie ahnt schon bald, wer der wirkliche Täter ist.

Albtraum - Tod eines Kindes

Der elfjährige Felix stirbt bei einem Treppensturz. Seine Mutter, die alleinerziehende Daniela, bricht völlig zusammen.

Kurz darauf wird ihr Nachbar wegen Totschlags an ihrem Sohn verhaftet. Doch sie weiß, dass er es niemals gewesen sein kann. Für sie ist schnell klar, dass die angeblichen Zeugen, die ihn bei der Tat beobachtet haben wollen, lügen. Nur - wie kann sie die Wahrheit ans Licht bringen?

Von ihrem Bruder unterstützt, nimmt sie eigene Nachforschungen auf.

Flickenteppich: Diagnose Schizophrenie

Wer hat Sarah überfallen? Nicole Wellmann ist entsetzt, als sie erfährt, dass ihre Schwester schwer verletzt im Krankenhaus liegt. Denn eigentlich hatte diese sich gerade erst zu einem Urlaub gen Süden verabschiedet. Doch bald schon stellt sie fest, dass Sarah ein Leben geführt hat, das voller Widersprüche steckt. Nichts ist so, wie es zu sein scheint.

Während ihre Schwester im künstlichen Koma liegt, versucht Nicole, mühsam Stückchen für Stückchen dieses Lebens wieder zusammenzusetzen. Aber nichts passt zueinander.

Erst nur ein leiser Verdacht wird es schließlich zur bitteren Gewissheit: Sarah leidet an paranoider Schizophrenie. Als einzige nahe Verwandte wird Nicole zur Pflegerin ihrer Schwester. Kann Sarah jemals wieder ein eigenbestimmtes, selbstständiges Leben führen?

Lukas, Irrwege eines Hochbegabten

Lukas ist zwar etwas zurückhaltend, aber sonst ein ganz normales Kind, meinen seine Eltern. Doch schon kurz nach der Einschulung beginnen die Probleme.

Schließlich, als auch Lukas Leistungen rapide nachlassen, findet ein Psychologe die Wahrheit heraus: Lukas ist hochbegabt.

Ein langer Leidensweg durch mehrere Schuljahre beginnt; Lukas kann sich nicht anpassen, die Schulen, die Lehrer können ihm nicht helfen. Lukas wird zum Schulversager, droht völlig zu scheitern. Auch seine beiden kleineren Geschwister, ebenfalls hochbegabt, bekommen zusehends Probleme. Da finden die verzweifelten Eltern endlich den rettenden Ausweg.

die Richie-Reihe von Karin Franke

Eigentlich weilt Richie nicht mehr unter den Lebenden. Doch er konnte sich bisher nicht von seiner Familie, seiner Frau und den beiden Kindern, trennen. In Katharina, die ihn als Einzige sehen und mit ihm sprechen kann, hat er eine gute Freundin gefunden. Seine Unsichtbarkeit erweist sich als wertvoller Trumpf in ihren Ermittlungen.

Am eigenen Leib: Richies erster Fall

Zusammen haben die Pfarrersfrau Katharina und der frühere Kleinkriminelle Richie schon einige kleinere Verbrechen gelöst. Als Richies ehemaliger Schwiegervater entführt und missbraucht wird, will dieser den Fall unbedingt aufklären. Aber schon bald finden sie heraus, dass es sich hierbei um eine ganze Serie von Vergewaltigungen handelt – immer an Richtern begangen.

Warum ausgerechnet diese und warum wird darüber nicht in den Medien berichtet? Während die beiden eine Spur nach der anderen verfolgen, entdeckt Richie noch ein weiteres abscheuliches Verbrechen …

Je tiefer du gräbst: Richies zweiter Fall

Simon Glaser wird Opfer eines Unfalls. Kurz danach wird in seiner Wohnung eingebrochen. Kein Zufall, sagt Richie und wittert einen neuen Fall.

Die Ermittlungen führen ihn und Kathi in mehrere Richtungen, unter anderem zu einem Internat für hochbegabte Kinder. Je tiefer sie graben, desto deutlicher wird ihre Gewissheit: Sie sind auf der richtigen Spur.

Zwischen Lüge und Wahrheit: Richies dritter Fall

Katharina nimmt ein neues Pflegekind auf. Die Mutter des kleinen Justus wurde von ihrem Ex-Freund entführt - nur eine Sache von Tagen, bis die Polizei ihnen auf die Spur kommt, meint die zuständige Sozialarbeiterin.

Richie hat ganz andere Probleme, seine totgeglaubte Mutter ist wieder aufgetaucht und hat sich bei seiner Exfrau gemeldet, was nur zu gewaltigen Schwierigkeiten führen kann. Trotzdem lässt er sich von Kathi überreden, ihr bei eigenen Ermittlungen im Fall der verschwundenen Frau zu helfen. Als dieser jedoch kurz darauf eine erschreckende Wendung erfährt, sind sie plötzlich die Einzigen, die Schuld oder Unschuld beweisen können.

Jeder Tod hat seinen Preis: Richies vierter Fall
Der plötzliche Tod von Michaela Brück stellt die Polizei vor ein Rätsel. Auf den ersten Blick erscheint dieser Mord völlig sinnlos. War vielleicht ihre an Alzheimer erkrankte Mutter das eigentliche Ziel des Anschlags?
Kathi und Richie schalten sich in die Ermittlungen ein. Doch dann führen neue Spuren in eine völlig andere Richtung. Das Altenheim, in dem Michaela gearbeitet hat, rückt immer stärker in den Fokus ihrer Nachforschungen.

Inmitten der Krise: Richies fünfter Fall
Heinz Gruber, ein streitsüchtiger Besserwisser, wird ermordet aufgefunden. Kurz darauf verhaftet die Polizei einen Asylbewerber und beschuldigt ihn der Tat.
Unmöglich, sagt Richie, hat er diesen doch an dem besagten Tag auf einer Sauftour begleitet und ihn keinen Moment aus den Augen gelassen.
Um den Unschuldigen zu entlasten, nehmen Kathi und ihr Freund eigene Ermittlungen auf. Schnell rückt das Flüchtlingsheim in den Fokus ihrer Untersuchung.

Kinderseelen-Hölle: Richies sechster Fall
Anita Lehmann, eine Psychologin, die Familiengutachten erstellt, wird hinterrücks erschlagen aufgefunden. Ihre Freundin bittet Kathi um Hilfe bei der Aufklärung des Verbrechens.
In den Unterlagen der Toten zu einem aktuellen Fall entdeckt Richie eine Randnotiz: Verdacht auf Kindesmissbrauch. Für ihn steht sofort fest, dass dieser Verdacht oberste Priorität besitzt. Er klinkt sich aus der Ermittlung aus, um den Täter zu stellen. Doch was er dann entdeckt, ist jenseits seiner Vorstellungskraft.

Schwarze Teufelin: Richies siebter Fall
Das erste Mal, dass sie getrennte Wege gehen müssen - und es stellt sich schwieriger dar als gedacht.
Eine psychisch kranke Frau wird verdächtigt, ihre Nachbarin erstochen zu haben. Die Nichte bittet Kathi um Hilfe.
Richie recherchiert derweil zusammen mit einem gerade ermordeten Jungpolitiker in einem ganz anderen Fall.
Erst als ein dritter Mord geschieht, kommen ihre Ermittlungen endlich voran.